KB134139

중학생 독후감 따라잡기 119

중학생이 보는
사기 열전 1

서울대 · 연세대 · 고려대 추천도서

사마천 지음 | 김영수·최인욱 역해
성낙수(한국교원대 교수)·오은주(서울여고 교사)·김선화(홍천여고 교사) 엮음

좋은 책 좋은 독자를 만드는 —
(주)신원문화사

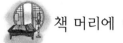 책 머리에 ••••••••••••••••••••••••••••

　더 이상 언급할 필요도 없지만 요즘은 독서의 중요성이 더욱 강조
되는 시대입니다. 첨단과학으로 이루어진 대중매체 덕분에 눈으로
읽는 것보다는 말초신경을 자극하는 동영상 쪽으로 관심이 모아지는
데 대한 우려 때문일 것입니다. 꿈과 희망을 가지고 자라나는 학생들
에게는 올바른 사고력과 분별력을 키워 주어야 합니다. 그런 점에서
다른 사람들의 생각과 철학, 인생관과 세계관이 들어 있는 명작들을
많이 읽는 것이야말로 바람직한 학습 효과를 거둘 수 있는 지름길이
라 생각합니다.

　명작은 오랜 세월에 걸쳐 많은 사람들이 읽고 크게 감동을 받은 인
정된 작품들로서, 청소년들의 삶에 지침이 되어 주고 인생관에 변화
를 주게 될 것입니다.

　이번에 중학생들에게 꼭 읽히고 싶은 명작들을 선정하여, 작품을
바르게 감상하고 독후감을 쓰는 데 도움을 주고자 이 시리즈를 기획
하게 되었습니다. 작품들은 동서고금에 걸쳐 객관적으로 인정받은,
훌륭한 대상만을 선정하였습니다. 그리고 책의 구성을 다음과 같이
하여, 읽고 쓰는 데 도움이 되도록 하였습니다.

하나, 삶에 대한 지혜와 용기를 주고 중학생이라면 꼭 읽어야 할 명작만을 골랐습니다.

둘, 명작을 읽고 난 후의 솔직한 느낌을 논리적 · 체계적으로 쓸 수 있도록 중학생들의 독후감 작성에 따르는 부담을 덜어 주도록 구성하였습니다.

셋, 작품 알고 들어가기, 내용 훑어보기, 작품 분석하기, 등장인물 알기를 통해 작품을 분석하는 힘을 기를 수 있도록 하였습니다.

넷, 작가 들여다보기, 시대와 연관 짓기, 작품 토론하기 등을 통해 작가의 일생을 알고 시대의 흐름을 파악하여 상상력과 창의력을 키워 주도록 하였습니다.

다섯, 독후감 예시하기와 독후감 제대로 쓰기에서는 책을 읽는 방법과 독후감 모범답안 실례를 제시함으로써 문장력을 길러 주는 한편 독후감 쓰기의 충실한 길라잡이가 되도록 했습니다.

아무쪼록 이 책들이 중학생들의 학습 능력 향상에 큰 도움이 되길 빌어 마지 않습니다.

엮은이 성 낙 수

차 례

작품 알고 들어가기 ▪▪▪▪▪▪▪▪▪▪▪▪

여러분, 혹시 의를 위해 고사리만 뜯어 먹다 굶어 죽은 백이와 숙제 이야기를 들어보셨나요? 아니면 '관포지교(管鮑之交)'라는 사자성어나 '배수진(背水陣)' 혹은 '손자병법(孫子兵法)'은요? 이것들은 모두 《사기 열전》에서 최초로 등장한 사자성어랍니다.

《사기 열전》은 2000년도 전에 중국에서 일어났던 흥미진진한 이야기들, 귀감이 될 만한 이야기들을 모아 놓은 인물들의 이야기입니다. 2000년 전 중국 사람들의 이야기인데 우리와 무슨 상관이냐고요? 딱딱한 역사책일 것 같다고요? 여러분, 혹시 《탈무드》나 《이솝우화》를 읽어보셨나요? 그것과 같이 《사기 열전》은 많은 에피소드를 통해 '오늘날 우리가 어떻게 살아가야 하는가?'에 대해서 교훈을 제시합니다. 너무 어렵게 생각할 필요는 없어요. '옛날이나 지금이나 사람 사는 건 다 똑같다'라는 어른들의 말을 들어본 적 있죠? 이것은 옛날과 지금의 생활방식이나 사고와 완전히 일치하진 않아도 유사한 점이 많다는 걸 뜻해요.

그리고 '역사는 돌고 돈다'는 말은 당연히 알고 계시겠죠? 과거 다른 인물들의 경험은 우리가 삶의 문제에 대한 보석 같은 해결책을 찾을 수 있도록 도와줄 거예요! 여기 나온 사람들의 대립과 갈등, 충성과 배신, 이득과 손실, 도덕과 파행, 탐욕과 선의 등을 보면 아마 앞의 말들에 공감하게 될 거랍니다.

또한, 《사기 열전》은 다른 역사책과는 달리 특별한 배경을 가지고 있는데요. 슬슬 이 책을 누가 왜 어떻게 짓게 되었는지 궁금해지지 않나요? 같이 알아봅시다!

사기 열전 1

♠ 일러두기

1. 본서는 《사기 열전》 전 70편을 완역한 것으로 그중 25편은 1권에, 25편은 2권에, 20편은 3권에 나누어 수록했다.

2. 각 편은 저본(底本)의 배열을 따랐고, 표제 다음에 《태사공자서》의 논찬을 실어 대의를 밝혔으며, 표제명 역시 저본을 따랐다.

3. 역문은 평이한 현대문 서술을 원칙으로 삼았고, 인지명·관작명·국명 등의 고유 명칭 및 난해한 용어는 저본의 표기를 따르되 괄호 속에 음훈을 달았다.

4. 저본으로는 중국 상해 상무인서관간(商務印書館刊)의 《사기》를 썼고, 《사기회주고증(史記會注考證)》 및 《교보(校補)》를 참조했다.

백이 열전(伯夷列傳)

말세에 사람들은 모두 이득을 다투었으나 오직 백이(伯夷)와 숙제 (叔齊)만은 의를 지켰다. 나라를 사양하고 굶주려 죽으니 천하가 모두 칭송했다. 그래서 〈백이 열전 제1〉을 지었다.

학문을 하는 데 참고할 서적은 매우 많지만, 믿을 만한 것으로는 육경 (六經 : 시경·서경·예기·악기·역경·춘추)을 들 수 있다. 그중 《시경》과 《서 경》은 소실된 부분이 있어서 완전하지는 못하지만, 이것을 바탕으로 우 (虞)나라 순(舜)임금과 하(夏)나라 우(禹)임금 시대의 일을 알 수 있다.

요(堯)는 나이 연만하자 임금의 자리를 순에게 물려주었다. 순은 또 우에게 물려주었다. 이때 악목(岳牧)[1]들이 모두 우를 추천했다. 그

---

1 사악(四岳) 십이목(十二牧), 뒤의 공경제후(公卿諸侯).

리하여 우에게 관직을 주고 그 인품과 능력을 수십 년간 시험한 결과, 공을 세우고 실적을 올렸던 까닭에 우에게 임금의 자리를 물려주었다. 이렇게 까다로운 절차를 밟는 것은 한마디로 말해서 천하는 막중한 것이며, 임금은 대통으로 만기를 보살펴야 하는 책임이 있기 때문에 천하를 계승하는 일이 얼마나 어려운 것인가를 말해 주는 것이다.

한편 이런 이야기도 있다.

"요는 천하를 허유(許由)에게 물려주려고 하였으나, 허유는 이를 받지 않고 그런 말을 귀로 들은 것까지 부끄럽다 하여 도망쳐 숨어 버렸다. 하나라 시대에는 변수(卞隨)와 무광(務光)이란 사람이 있었는데, 그들도 또한 허유와 같은 행동을 했다."

이 이야기는 대체 어떤 근거에서 나온 것일까?

태사공(太史公, 사마천)은 말한다.

내가 기산(箕山)에 올랐을 적에, 그곳 산 위에 허유의 무덤이 있다는 말을 들었다. 공자는 옛 성현들을 순서대로 열거하며 오태백(吳太伯)과 백이 같은 사람들의 사적을 자세히 밝혀 놓았다. 그런데 내가 들은 바로는 허유와 무광의 고결한 절개에 대해서는 《시경》과 《서경》에서도 아무런 언급이 없다. 이것은 무슨 까닭인지 모르겠다.

공자는 이렇게 말했다.

"백이와 숙제는 사람의 잘못을 생각지 않았으며, 그런 까닭에 사람을 원망하는 일이 없었다. 저들은 인(仁)을 구하여 그것을 얻었다. 그러니 또 무엇을 원망할 것인가."

그러나 나는 백이의 뜻을 애통해한다. 더구나 그의 시 〈채미가〉를 보면 공자의 말과 다른 점이 있다.

그의 전기에 의하면 백이와 숙제는 고죽국(孤竹國)의 왕자로서, 아버지는 숙제에게 뒤를 잇게 할 생각이었는데, 아버지가 죽은 뒤에 숙제는 형인 백이에게 양보했다. 백이는 아버지의 명령을 따라야 한다고 거절하고 도망가 숨어 버렸다. 숙제도 또한 자기 뜻을 고집하다가 도망가 숨어 버렸다.

이렇게 되자 이 나라의 백성들은 가운데 아들을 임금으로 세웠다.

그리하여 백이와 숙제는 주나라 제후 서백창(西伯昌)이 노인들을 잘 돌본다는 말을 듣고서, 주나라에 가서 살기로 작정했다. 그런데 주나라에 가서 보니 서백창은 이미 죽고 없었다. 그리고 뒤를 이은 무왕(武王)은 서백창을 문왕(文王)이라 일컬으며 그의 위패를 수레에 싣고 동쪽 끝에 있는 은(殷)나라 주왕(紂王)을 치려고 하는 상황이었다.

백이와 숙제는 왕이 탄 말의 고삐를 잡아 멈춰 세우고 충고했다.

"부왕이 돌아가시고 아직 장례도 끝나기 전에 무기를 손에 잡았으니, 효라고 할 수 있겠소? 또한 신하로서 임금을 죽이려고 하니, 인이라 할 수 있겠소?"

왕의 좌우에 있던 사람들이 두 사람을 죽이려고 하자, 태공(太公, 강태공)이 '이들은 의로운 사람이다.'라며, 그들을 부축해 보냈다.

그 뒤 무왕이 은나라를 평정하여 천하는 주나라를 종주국으로 삼게 되었는데, 백이와 숙제 형제만은 이를 부끄러운 일이라 하여 신의를 지켜서 주나라의 곡식을 먹지 않고 수양산에 숨어 고사리를 캐어 먹으며 연명했다. 그리하여 그들은 굶어서 죽을 지경에 이르러 〈채미가〉를 지었는데, 그 내용은 다음과 같다.

지금 나는 서산에 올라 고사리를 캐노라.

무왕은 폭력으로 폭력을 바꾸었으나,

그 그릇됨을 모르는구나.

신농(神農)·우(虞)·하(夏)나라는

어느 사이엔가 이미 사라져 버렸으니,

나는 어디로 돌아가야 하나.

아! 떠나리라, 목숨도 이미 지쳤거니.

이 노래에서와 같이 백이와 숙제는 수양산에서 굶어 죽었다. 이 노래를 두고서 생각해 본다면, 과연 백이와 숙제는 사람을 원망하는 뜻이 전혀 없었다고 하겠는가?

"하늘의 도리〔天道〕는 사(私)가 없으며 언제나 착한 사람의 편이 된다."

그렇다고 하면, 백이와 숙제 같은 이는 정말 착한 사람이라고 할 수 있지 않겠는가? 이처럼 어진 덕을 쌓고 품행을 바르게 했어도 결국 굶어 죽었으니 말이다.

이런 예는 또 있다. 공자의 문하에 있던 70여 명 제자 중에 중니(仲尼, 공자의 자)는 유독 안회(顏回)를 가리켜 학문을 즐기는 사람이라 칭찬했는데, 그러한 안회는 자주 끼니를 잇지 못할 만큼 몹시 궁핍하여 지게미와 쌀겨로조차 배를 채우기가 어려워 일찍 세상을 떠났다. 하늘이 착한 사람에게 베풀어 준 것은 이런 것인가?

도척(盜跖)은 날마다 무고한 인명을 죽이고, 사람의 간을 먹고, 포악 방종한 수천 명의 도당을 모아 천하를 횡행했지만, 끝내 아무 천벌도 없이 제 목숨을 온전히 누리고 살았다. 이런 것은 대체 무슨 덕을 따라서 그렇게 되었는가? 이런 것은 가장 두드러지게 드러나는 예들이다.

그 밖에 근세에도 그 하는 짓이 방종하고, 남에게 못할 짓을 서슴지 않고, 하고도 종신토록 호강하며 살고 부귀가 자손에게까지 이어지는 예도 적지 않다.

이런 일에 비해 걸음 한 번을 내딛는데도 땅을 가려서 밟고, 말 한마디를 하는데도 적당한 때를 당해서만 말하고, 길을 가는데도 지름길을 가지 않고, 공정한 일이 아니면 나서지 않았음에도 불구하고 오히려 재앙을 만나는 일이 헤아릴 수 없이 많다. 이런 일은 나를 아주 당혹케 한다. 이른바 하늘의 도리라고 하는 것은 과연 옳은 것인가(是), 그른 것인가(非)?

공자는 이렇게 말했다.

"사람은 실천하는 길이 같지 않으면 함께 일을 도모하지 않는다."

이것은 각기 자기 의사를 좇아서 행동해야 함을 말하는 것이다. 그렇기 때문에 공자는 또 이렇게도 말했다.

"부귀를 뜻대로 얻을 수 있다면, 천한 직업인 경마잡이 하인일지라도 나는 그것이 되기를 사양하지 않을 것이다. 그러나 얻을 수 없다면, 내가 하고 싶은 일을 좇을 것이다."

또 이렇게도 말했다.

"추운 겨울이 되고 나서야 비로소 송백(松柏, 소나무와 잣나무)이 다른 나무처럼 변하지 않는 것을 안다."

세상이 다 혼탁해야만 청렴한 사람이 더욱 돋보이는 법이다. 어찌하여 속인들은 부귀를 더 중히 여기고, 의를 중히 여기는 청렴한 사람들을 하찮게 여기는 것일까?

공자가 말하듯, 군자는 죽은 뒤의 이름을 더럽히지 않으려고 조심한다.

가의(賈誼)는 이렇게 말했다.

"탐욕하는 자는 재물 때문에 죽고, 열사는 이름을 위해 죽고, 권세욕이 강한 자는 권세 때문에 죽고, 평범한 서민은 오로지 생활에만 매달리게 된다."

"같은 광명은 서로 비추어 주고, 같은 무리는 서로 어울리며, 마치 구름이 용을 따르고 바람이 범을 따르는 것과 같이 성인이 이 세상에 나타나고서야 만물도 빛을 얻게 되는 것이다."

백이와 숙제는 현인이지만 공자의 붓을 통해서 비로소 그 이름이 드러났고, 안회는 학문에 충실하였지만 공자의 기미(驥尾)[2]에 붙음으로써 그 품행이 더욱더 돋보인 것이다. 함께 동굴에 숨어 사는 선비

---

2 파리가 천리마의 꼬리에 붙어서 간다는 고사를 인용하여, 안회가 공자의 후광을 받은 경우를 비유하였음.

16

라도 나아가고 들어갈 때를 가려서 처신하는데, 허유와 무광과 같은 분의 이름이 높이 나지 않는 것은 슬픈 일이라고 하겠다. 촌구석에 살면서 품행을 닦고 이름을 세우고자 하는 사람이라도 덕 있는 명사를 만나지 못한다면 어떻게 이름을 후세에 전할 수가 있겠는가?

사
기
열
전
1

관안 열전(管晏列傳)

안자(晏子)는 검소했고 이오(夷吾)는 사치했다. 제(齊)나라 환공(桓公)은 이오를 써서 패자(霸者)가 되고, 경공(景公)은 안자를 써서 치세를 이루었다. 그래서 〈관안 열전 제2〉를 지었다.

관중의 이름은 이오로, 젊은 시절 포숙아(鮑叔牙)와 사귀었다. 포숙아는 일찍이 관중의 현명함을 알아보았다. 가난했던 관중은 늘 포숙아를 속였다. 그러나 포숙아는 이에 상관하지 않고 항상 그를 잘 대해 주었으며, 자신을 속인 일에 대해서 아무 말도 하지 않았다.

후에 포숙아는 제(齊)나라 공자(公子) 소백(小白)을 섬겼고, 관중은 소백의 형 규(糾)를 섬겼다. 소백이 자립해서 환공이 되자 경쟁자였던 규는 싸움에 져서 죽고, 관중은 붙잡혀 갇힌 몸이 되었다. 그러나 포숙아는 환공에게 관중을 천거(薦擧, 어떤 일을 맡아 할 수 있는 사람을 추천함)했고, 그 덕에 관중은 제(齊)나라 국정을 맡아 보게 되었다.

환공은 관중을 임용함으로써 패자(覇者)의 지위를 확보하게 되었고, 제후와 9회에 걸쳐 회맹함으로써 천하를 바꿀 수 있었다. 이는 실로 관중이 지모에 의한 일이었다.

관중이 말했다.

"일찍이 내가 곤궁할 때 포숙아와 함께 장사를 했는데, 이익을 나눌 때마다 내가 몫을 더 많이 가지곤 했으나 포숙아는 나를 욕심 많은 사람이라고 말하지 않았다. 내가 가난한 줄을 알고 있었기 때문이다. 일찍이 나는 포숙아를 위해 사업을 경영하다가 실패해 다시 곤궁한 지경에 이르렀는데, 포숙아는 나를 우매하다고 하지 않았다. 시운에 따라 이로울 때와 그렇지 못한 때가 있는 줄을 알기 때문이다. 일찍이 나는 세 번 벼슬길에 나갔다가 세 번 다 임금에게 쫓겨났지만, 포숙아는 나를 무능하다고 하지 않았다. 내가 시운을 만나지 못한 줄 알기 때문이다. 일찍이 나는 세 번 싸워 세 번 다 패하고 달아났지만, 포숙아는 나를 겁쟁이라고 하지 않았다. 나에게 늙으신 어머니가 있는 줄을 알기 때문이다. 공자 규가 패했을 때, 동료이던 소홀(召忽)은 싸움에서 죽고 나는 잡혀 욕된 몸이 되었지만, 포숙아는 나를 부끄러움을 모르는 자라고 하지 않았다. 내가 작은 일보다는 공명을 천하에 날리지 못하는 것을 부끄러워하는 줄을 알기 때문이다. 나를 낳은 이는 부모지만, 나를 알아준 이는 포숙아이다."

포숙아는 관중을 천거한 후에 그 자신은 관중의 아랫자리에 들어가서 경의를 표했다. 포숙아의 자손은 대대로 제나라의 녹을 받고 봉읍을 10여 대나 이어 갔고, 항상 명망 있는 대부로서 세상에 알려졌다.

세상 사람들은 관중의 현명함을 칭찬하기보다 오히려 포숙아의 사람을 알아보는 눈이 밝은 것을 더 칭찬했다.

관중이 제나라 재상이 되어 국정을 맡게 되자, 변변치 못한 제나라였지만 바닷가에 자리 잡은 이로움을 살려 해산물을 팔아서 재물을 쌓고 나라를 부하게 하여 군비를 튼튼히 하면서 민중과 고락을 같이했다.

그가 저술한 책 《관자(管子)》에도 이런 말이 있다.

"백성은 창고가 차야만 예절을 알며, 의식이 풍족해야만 영욕을 안다. 위에 있는 자가 절도를 지키면 육친(六親)³이 굳게 결합되고, 예의염치(禮義廉恥)가 펼쳐지지 못하면 나라가 망한다. 위에서 내린 영이 낮은 곳으로 흐르는 물과 같으면 민심에 잘 순응된다."

그래서 나라에서 의논한 정책은 백성이 쉽게 행할 수 있었다. 백성이 바라는 것을 잘 들어주었고, 싫어하는 것은 제거하여 불편을 덜어주었다.

대외적으로는 설령 화가 될 수 있는 일이라도 그것을 잘 이용하여 복이 되게 하고, 실패를 돌이켜서 성공으로 이끌고, 대체로 일의 경중을 잘 달아서 균형을 잡는 데 신중했다.

예를 들면, 환공이 소희(少姬)의 일⁴로 격노한 나머지 남쪽의 채(蔡)

---

3 ① 외조부모, ② 부모, ③ 자매, ④ 처 형제의 子, ⑤ 종모의 子, ⑥ 女의 子 혹은 부모형제처자.
4 뱃놀이에서 환공을 놀라게 한 죄로 모국 채나라로 쫓겨 간 소희를 채나라에서 다시 시집을 보냈다. 이에 격분한 환공은 채나라를 멸망시켰다.

나라를 쳤을 때 관중은 그 이웃 나라인 초(楚)나라를 함께 쳤다. 왜냐하면 초나라가 주나라 왕실에 공물인 포모(包茅, 억새의 일종으로 제사에 쓰는 술을 거를 때 썼음)를 바치지 않았기 때문이다(패자의 출병 명분을 세우기 위해서임).

또 환공이 북쪽 산융(山戎)을 칠 때 관중은 그 기회에 연(燕)나라를 눌러 그들의 조상인 소공(召公)의 선정(善政)을 부활시키게 했다.

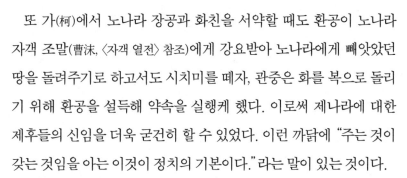

또 가(柯)에서 노나라 장공과 화친을 서약할 때도 환공이 노나라 자객 조말(曹沫, 〈자객 열전〉 참조)에게 강요받아 노나라에게 빼앗았던 땅을 돌려주기로 하고서도 시치미를 떼자, 관중은 화를 복으로 돌리기 위해 환공을 설득해 약속을 실행케 했다. 이로써 제나라에 대한 제후들의 신임을 더욱 굳건히 할 수 있었다. 이런 까닭에 "주는 것이 갖는 것임을 아는 이것이 정치의 기본이다."라는 말이 있는 것이다.

관중의 재산은 제나라 왕실 재산에 못지않고 삼귀(三歸)⁵와 반점(反坫)⁶이 다 갖추어져 있었으나, 제나라 사람들은 이것을 분에 넘치는 사치라고 생각하지 않았다.

관중이 죽은 후에도 제나라는 관중의 정책을 받들어 항상 제후 중에서 굳건한 세력을 보전했다. 그 뒤 백여 년이 지나서 제나라에 다시 안영(晏嬰)이라는 사람이 나타났다.

안평중(晏平仲) 영(嬰)은 내(萊)나라 이유(夷維) 사람으로 안자(晏子)라고도 불리며, 제나라 영공(靈公)·장공(莊公)·경공(景公)을 받들

---

5 성(姓)이 다른 여인 셋을 거느려 그들과 각각 살림을 차린 저택(邸宅).
6 제후가 회견할 때, 술을 올리는 헌수(獻酬)의 예가 끝나면 술잔을 엎어 놓는 대반(臺盤).

어 절약과 검소를 온몸으로 실천했다.

제나라 재상이 된 뒤에도 두 가지 이상의 고기반찬을 올리지 못하게 하였고, 아내에게는 비단옷을 입히지 않았으며, 조정에 들어가서는 임금이 물으면 바른말로 대답하고, 묻지 않으면 품행을 지켜 스스로 조심했다.

나라에서 정책을 펼 때는 임금의 명령에 순종하고, 그러지 않을 때는 일을 잘 가누어서 틀림이 없도록 실행했다.

그 때문에 3대에 걸쳐 제나라는 제후들 사이에서 이름을 날릴 수가 있었다.

월석보(越石父)라는 현인이 어쩌다가 죄를 범하여 죄수들 속에 섞여 있었다. 안자는 외출하는 도중에 우연히 죄수가 된 월석보를 만나자 자기 마차의 말을 풀어 속죄금으로 주고 그를 수레에 태워서 집으로 돌아왔다. 그런데 안자가 아무런 인사도 없이 그대로 내실로 들어가 버렸으므로 잠시 뒤에 월석보는 절교하기를 청했다.

안자는 깜짝 놀라 의관을 바로 입고 월석보에게 사과했다.

"영이 비록 어질지는 못하나 선생을 구해 드렸는데, 어째서 선생은 이렇게도 성급히 절교를 하려는 것이오?"

월석보가 말했다.

"그런 것이 아니오. 내가 들은 바로는, 군자는 자기를 모르는 자에게는 굴복하나 자기를 아는 자에게는 자기 뜻을 편다고 했소. 내가 죄수가 되어 있는 동안 나를 죄 준 사람은 나를 모르는 사람이었소. 하지만 공이 나를 풀어 준 것은 나를 알아주었기 때문이오. 그러니

공은 나의 지기(知己)인 셈입니다. 그러나 그런 지기가 이렇게 예로 써 나를 대해 주지 않는다면 저는 그대로 죄수로 있는 것만 못하오. 그런 뜻에서 절교를 청한 것이오."

안자는 이에 느낀 바 있어 월석보를 불러들여서 상객으로 대우했다.

안자가 제나라 재상으로 있던 어느 날에 외출을 하려는데, 마부의 아내가 문틈으로 자기 남편을 엿보았다.

남편은 재상의 마부이므로 큰 일산을 받쳐 들고 네 필의 말에 채찍질을 하면서 의기양양하여 매우 흐뭇한 얼굴이었다.

얼마 뒤에 남편이 돌아오자 그 아내는 헤어지기를 청했다. 남편이 까닭을 묻자 아내는 이렇게 말했다.

"안자는 키가 6척도 안 되는데, 제나라 재상으로 그 이름을 제후들 사이에서 날립니다. 또 아까 내가 외출하는 것을 보니, 매우 찬찬해 보이고 언제나 남에게 겸손한 태도로 대했습니다. 그런데 당신은 키가 8척인데도 남의 마부가 된 것이 장한 듯이 만족한 빛이었습니다. 제가 이별하기를 바라는 것은 이러한 이유 때문입니다."

그 뒤 남편은 스스로 마음을 눌러 남 앞에서 겸손했다. 안자가 이상히 생각하여 물어 보자, 마부는 사실대로 대답했다.

이에 안자는 느낀 바가 있어 마부를 천거하여 대부로 삼았다.

태사공은 말한다.

나는 관중이 쓴 《관자》라는 책의 〈목민(牧民)〉, 〈산고(山高)〉, 〈승마(乘馬)〉, 〈경중(輕重)〉, 〈구부(九府)〉의 각 편과 《안자춘추(晏子春秋)》

를 읽었는데, 내용이 매우 자세했다.

이미 그들의 저서는 세상에 많이 알려져 있으므로 여기에서는 빠져 있는 부분만을 기록했다.

관중은 세상에서 흔히 말하는 현신이었다. 그러나 공자는 그를 소인이라고 했다.

그것은 관중이 주나라 왕실의 쇠미함을 보고 현군인 환공을 도와 그 도리를 행하도록 아니하고 다만 패자의 이름에만 머물게 했다고 생각했기 때문이 아닐까?

옛말에 이런 말이 있다.

"좋은 점은 더욱 길러 주고 결점은 고쳐 주는 것이야말로 상하가 서로 친숙해지는 것이다."

이 말은 관중을 두고 한 말인지도 모른다.

안자는 제나라 장공이 신하에게 죽임을 당했을 때 그 시체 앞에 엎드려 곡을 하고 예를 갖춘 다음 그대로 가 버렸다. 그는 이른바 의를 보고도 행하지 않은 비겁자였던가?

그러나 임금에게 충간할 적에는 조금도 임금의 얼굴빛에 구애되지 않았던 것을 보면, '나아가서는 충성을 다할 것을 생각하고, 물러 나와서는 허물을 보충할 것을 생각한다.'는 것으로 알아야 하지 않겠는가?

가령 안자가 오늘날에 있다고 하면, 나는 그를 위해 채찍을 손에 잡은 마부가 되는 것도 사양치 않을 만큼 그를 흠모한다.

노장·신한 열전(老莊申韓列傳)

이이(李耳)는 무위(無爲)로써 자화(自化)하고 청정(淸淨)으로써 자정 (自正)했다. 한비(韓非)는 사정을 헤아려 세리(勢理)에 따랐다. 그래서 〈노장·신한 열전 제3〉을 지었다.

노자는 초나라 고현(苦縣) 여향 곡인리 사람으로 성은 이(李), 이름 은 이(耳), 자(字, 본이름 외에 부르는 이름)는 백양(伯陽), 시호[諡]는 담 (聃)이다. 그는 주나라의 장서를 관리하는 사관이었다.

공자가 주나라에 갔을 때 예(禮)를 노자에게 물으려고 하자, 노자 는 이렇게 말했다.

"그대가 말하는 옛날의 성인도 그 육신과 뼈가 이미 다 썩어 지금 에는 다만 그 말한 것만 남았을 뿐이오. 군자는 때를 얻으면 수레를 타는 귀한 몸이 되지만, 그렇지 못할 때는 떠돌이 신세가 되고 마는 것이오. 훌륭한 장사치는 물건을 깊이 간직하여 밖에서 보기에는 아무것도 없는 것같이 보이지만 속이 실하고, 군자는 풍성한 덕을 몸에 깊이 갖추어 우선 보기에는 어리석은 것같이 보이지만 사람됨이 충실하다고 들었소. 그대는 몸에 지니고 있는 그 교만함과 욕심, 오만함과 산만한 생각 따위를 다 버려야 하오. 그런 것은 그대를 위해 아무런 득도 없는 것이오. 내가 그대에게 말하고자 하는 것은 다만 이것뿐이오."

공자는 돌아가서 제자에게 말했다.

"새는 날고, 고기는 헤엄치고, 짐승은 달리는 것이라는 것을 나도 잘 알고 있다. 달리는 것은 그물을 쳐서 잡고, 헤엄치는 것은 낚시를 드리워서 낚고, 나는 것은 화살을 쏘아서 떨어뜨릴 수 있다. 그러나 용(龍)은 바람과 구름을 타고 하늘에 오른다고 하니 나로서는 실체를 알 수가 없다. 나는 오늘 노자를 만났는데, 그는 용과 같은 존재여서 전혀 잡힐 것이 없더라."

노자는 도와 덕을 닦아서, 그 학문과 스스로의 재능을 숨겨 이름이 드러나지 않도록 힘썼다. 그는 주나라에 오래 있었는데, 주나라가 쇠약해지자 마침내 주나라를 떠나 함곡관(函谷關)에 이르렀다. 관령(關令) 윤희(尹喜)가 노자에게 청했다.

"선생은 이제 은퇴를 하실 모양이니 이 사람을 위해 가르침을 남겨주십시오."

노자는 상하 두 편으로 나누어 도덕의 의미를 말한 5천여 글자를 써서 남기고 관을 떠났는데, 그 후로 노자의 최후를 본 사람은 아무도 없었다.

어떤 사람이 말했다.

"노래자(老萊子)는 초나라 사람으로 열다섯 편의 저서가 있고 도가의 깊은 뜻을 밝혔는데, 공자와 같은 시대 사람이었다."

노자의 향년(享年, 한평생 살아 누린 나이)은 160여 세라고 하며, 혹은 200세라고도 한다. 그토록 장수한 것은 도덕을 닦아 수양한 보람일 것이다.

공자가 세상을 떠난 지 129년 후의 역사 기록을 보면, 주나라 태사 담(儋)이 진(秦)나라 헌공(獻公)을 뵙고 이렇게 말했다.

"진나라는 처음에 주나라와 합쳤다가, 합친 지 5백 년 만에 갈라지고, 갈라진 지 70년이 지나면 패왕이 될 자가 나타날 것입니다."

어떤 사람은 이 담이란 자를 노자라고 말하고, 또 어떤 사람은 이를 부정하니, 무엇이 참이고 거짓인지를 알 수가 없다.

노자의 아들은 이름이 종(宗)이며, 위나라 장군이 되어 단우(段于) 땅에 봉해졌다. 종의 아들은 주(注), 주의 아들은 궁(宮), 궁의 현손은 가(假)인데, 가는 한나라 효문제(孝文帝)를 섬겼다. 가의 아들 해(解)는 교서왕(膠西王) 앙(卬)의 태부(太傅)가 되어 그 이래로 대대로 제나라에 살았다.

세간에서는 노자를 배우는 자는 유학을 배척하고, 유학의 무리는 노자의 학문을 배척한다. '길이 같지 않으면 서로 뜻을 도모하지 않는다.'는 것은 아마도 이런 일을 두고 한 말일 것이다.

장자는 몽(蒙) 지역의 사람으로, 이름은 주(周)이다. 일찍이 그는 몽의 칠원(漆園)이라는 곳의 관리가 되었다. 양(梁)나라 혜왕(惠王), 제(齊)나라 선왕(宣王)과 같은 시대 사람이었다. 장자는 매우 박학해서 모든 서적에 막히는 것이 없었는데, 학문의 근본은 노자에 기초를 두고 있었다. 그의 저서는 10여만 자에 달하는 웅대한 것이었는데, 대개가 노자의 학문에 설명을 더한 우화로 되어 있다.

그는 〈어부(漁父)〉, 〈도척(盜跖)〉, 〈거협(胠篋)〉의 3편을 지어 공자의 무리를 비판함으로써 노자의 학설을 밝혔다. 외루허(畏累虛, 산 이름)와 항상자(亢桑子, 사람 이름) 같은 이야기는 사실이 아닌 가공의 이야기다.

그러나 뛰어난 문장으로 세상일을 지시하고 인정을 살피고, 이로써 유가(儒家)와 묵자(墨子)의 학설을 공격하였으므로 당시의 석학이라고 하는 사람도 공격의 화살을 피하기 어려웠다. 그의 말은 바다와 같아서 끝이 없고, 걸림이 없이 분방했다.

그런 까닭에 왕공 대인들은 그를 훌륭한 인물로 대접하지 않았지만, 초(楚)나라 위왕(威王)은 장자가 어질다는 말을 듣고 사자를 보내 예물로써 후히 대우하며 재상으로 삼고 싶다고 말했다. 이에 장자는 웃으며 초나라 사자에게 이렇게 말했다.

"천 금이라면 돈으로서는 큰돈이며, 재상이라면 높은 벼슬입니다. 그대는 교제(郊祭, 하늘과 땅에 제사를 지냄)에 제물로 바치는 희생의 소를 모르지는 않겠지요. 몇 년을 걸려 먹이고 무늬옷을 입히지만, 결국은 태묘에 바치는 제물로 희생이 되죠. 그때를 당해 하찮은 돼지를 부러워한들 소용이 없는 일이지요. 그대는 이제 그만 돌아가시오. 더이상 나를 욕되게 하지 마시오. 나는 차라리 더러운 시궁창에서 마음대로 노닐며 즐거움을 맛볼 것을 택하지, 왕에게 구속되고 싶지는 않소이다. 평생 벼슬길에 나가지 않고 내 뜻대로 유쾌하게 지내고 싶을 뿐이오."

신불해(申不害)는 경(景, 하남성)의 사람으로 본래 정(鄭)나라 천신(賤臣)이었으나, 법가의 학술을 배워 한(韓)나라 소후(昭侯)에게 쓰이기를 바랐는데, 마침내 소후에게 기용되어 재상이 되었다. 15년 동안 그는 안으로는 정치와 교육을 다스리고, 밖으로는 제후들과 접촉했다. 이로 인해서 신불해가 죽을 때까지 한나라는 잘 다스려졌으며, 병력도 강해 한나라를 침범하는 자가 없었다.

신불해의 학문은 황제(黃帝)와 노자에게 기초를 두고 형명학(刑名學)을 주축으로 했다. 저서 두 편을 저술하여 《신자(申子)》라고 제목을 붙였다.

한비(韓非)는 한나라의 공자 가운데 한 명으로 형명학과 법술학(法術學)을 좋아했는데, 그것은 황제와 노자(도교)의 사상에 바탕을 두고 있었다. 한비는 태어날 때부터 말더듬이로서 유세에는 약했으나 저술에는 뛰어났다.

한비는 이사(李斯)와 함께 순자(荀子)를 스승으로 섬겼는데, 이사는 자신의 재주가 한비에게 미칠 수 없다고 자인했다고 한다.

한나라가 국토를 잃고 점점 힘이 약해지는 것을 보고 한비는 한나라 왕에게 여러 차례 편지로 충고했으나, 한나라 왕 안(安)은 이를 받아들이지 않았다. 이런 일로 해서 한비는 왕이 나라를 올바로 다스리려면 법제를 밝히고, 권력으로 신하를 부리고, 나라를 부강하게 하고, 병력을 튼튼히 하고, 널리 인재를 구해 어진 사람을 써야 하는데, 도리어 실속 없는 나무 벌레 같은 소인을 쓰면서, 그러고도 그들을 공로가 있는 자의 위에다가 앉히는 것을 매우 통탄했다. 그리고 그는 이렇게 생각했다.

'유자(儒者)는 문학으로 국법을 문란케 하고, 협객의 무리는 무력으로 나라의 법을 어긴다. 태평 무사한 때는 이름 있는 문인을 귀하게 여기며, 나라가 위급할 때에는 갑옷 입은 무인을 뽑아 쓴다. 지금 나라가 녹을 주어 기르는 사람은 위급한 때에 유용한 인재가 아니며, 유용한 사람은 나라에서 쓰지를 않는다.'

그리하여 한비는 청렴 강직한 인물이 사악한 권신 때문에 쓰이지 못하고 있는 것을 슬퍼하여, 옛날 왕들의 성패와 득실을 살펴 〈고분(孤憤)〉, 〈오두(五蠹)〉, 〈내외저설(內外儲設)〉, 〈세림(說林)〉, 〈세난(說難)〉 편 등 10여만 자의 글을 써서 엮어 냈다.

그런데 한비가 유세의 곤란함을 알고 쓴 〈세난〉 편은 매우 완비한 것이었음에도 불구하고 그 자신은 마침내 유세의 공이 없이 진나라에서 죽었다.

〈세난〉 편에는 다음과 같이 씌어 있다.

유세의 어려움은 나의 지식으로 상대편을 설득하기 어렵다는 것이 아니다. 또 나의 변설로써 상대편에게 내 의사를 뚜렷하게 밝히기 어렵다는 것도 아니다. 내가 말하고 싶은 것을 종횡무진으로 다 말하기가 어렵다는 것도 아니다. 유세의 어려움이란, 상대편의 심정을 통찰하고 상대편의 심정에 내가 말하고자 한 것을 잘 맞추어 끼우는 데 있다.

상대편이 명예욕에 마음이 쏠려 있을 때 재물의 이익을 가지고 얘기하면 속물이라고 하여 깔보이고 경원당한다. 상대편이 재물의 이익을 바라고 있을 때 명예를 가지고 얘기하면 몰상식하고 세상 물정에 어둡다고 하여 소용없는 것으로 받아들여질 것이다. 상대편이 내심으로는 이익을 바라면서 겉으로 명예를 바랄 때, 이런 자리에서 명예를 얘기하면 겉으로는 받아들이는 척하여도 내심으로는 은근히 꺼려하게 된다. 만약 이런 자에게 이익에 대해 얘기하면 내심으로는 은근히 그것을 받아들이면서도 겉으로는 그것을 경원하는 체할 것이다. 그러므로 그러한 기미를 잘 파악하지 않으면 안 되는 것이다.

일반적으로 말해서, 일은 비밀을 지키는 것으로 해서 성취하고, 말이 새는 데서 실패한다. 그렇지만 유세를 하는 자는 어쨌든 군주가 숨기는 일에 대해 말을 하는 경우가 있는데, 그런 자는 목숨이 위험하다. 또 유세하는 자가 군주에게 과실의 단서를 찾아내어 다시 명정한 논설을 세워서 그 허점을 밝힌다면 역시 목숨이 위험하다.

유세하는 자가 아직 군주의 두터운 은혜도 입지 않았는데 언설에 함축이 있는 지혜를 번득거리는 것은 그 언설이 효과를 거두고 공을 이룰지라도 별로 덕이 되는 것이 아니며, 효과를 거두지 못하고 실패한다면 엉뚱한 일까지 의심을 받는다. 그러한 자의 목숨도 역시 위태롭다. 대체로 군주가 남에게서 계교를 얻어 자기의 공을 세우려고 할 때 유세하는 자의 목숨은 위험하다.

군주가 겉으로는 이 일을 하는 것처럼 가장하고 뒤로는 비열한 일을 하려고 생각할 때, 유세하는 자가 그것을 아는 체하면 목숨이 위험하다. 임금에 대해 도저히 손이 미치지 않는 일을 강요한다거나 도저히 중지할 수 없는 일을 그치도록 하여도 목숨이 위험하다.

그렇기 때문에 군주와 함께 명군이나 현군의 얘기를 하면 속으로 군주를 비방하는 것이라 의심을 받고, 미천한 자를 얘기하면 임금의 권세를 팔려는 줄 알고, 군주가 총애하는 자를 얘기하면 그를 이용하려는 줄로 알고, 군주가 미워하는 자를 얘기하면 이로써 군주의 마음을 시험하려는 줄로 알고, 말을 꾸미지 않고 간결하게 표현하면 무식한 자라고 업신여기고, 여러 학설을 끌어다가 해박하게 하면 말이 많다고 한다.

사실에 근거하여 솔직하게 의견을 말하면 겁쟁이로서 말을 다 못하는 사람이라 하고, 일의 앞뒤를 재어 이러쿵저러쿵 따져서 말하면 방자하고 본데없다고 한다.

이런 것이 유세의 어려움이니 유념해 두어야 할 일이다.

유세의 요령은 상대편 군주의 긍지를 만족케 하고, 그의 단점을 드러내지 않는 데 있다. 상대편이 자기의 계교를 자신하거든 그 결점을 추궁하지 말며, 자기의 결단을 용감한 줄로 알고 있거든 항거하여 노하게 하지 말며, 또 자기의 능력을 자부하거든 그 어려움을 들어서 용기를 꺾어서는 안 된다. 유세자는 군주가 계획한 일과 같은 계획을 가진 자가 있으면 그 사람을 칭찬하여 주고, 군주가 하는 일과 같은 일을 하는 자가 있으면 그 사람이 하는 일을 다치게 하지 말며, 군주와 같은 실패를 하는 자가 있으면 그것을 실패가 아니라고 두둔해 주어야 한다.

큰 충성이란 순수하고 다른 뜻이 없는 것이므로 군주에게 거스름이 없어야 하며, 군주에게 느끼어 깨닫게 해야 하니 배격함이 없어야 하며, 그런 범위 안에서 자기의 변재(辯才, 말을 잘하는 능력)와 지력을 발휘하는 것이다. 이것이 군주에게 신임을 받고 의심을 사지 않는 것이 되며, 자기의 변설을 다하는 것이 된다.

오랜 시일이 지나서 임금의 온정이 두터워진 뒤라면 깊이 들어가서 계획을 실천해도 의심을 받지 않을 것이며, 임금과 논쟁하고 간하더라도 죄를 입지 않을 것이며, 분명히 이해를 타산하여 나의 공을 세우고 옳고 그름을 바로 말하면 나의 몸에 비단을 장식할 수 있을 것이다. 이것이야말로 성공한 유세인 것이다.

은나라 탕왕(湯王)의 재상 이윤(伊尹)이 일찍이 요리사였고, 진(秦)나라 목공(穆公)의 재상 백리해(百里奚)가 포로였던 것도 다 이를 수단으로 하여 군주에게 등용의 길을 구한 것이었다. 이 두 사람은 성인이면서도 세상을 겪는 데 그렇게도 몸을 수고롭게 하고 천한 일을 견디어 냈던 것이다. 그런 것으로 보면 재능이 있는 인사라도 그런 수고로운 일을 부끄러워할 것이 없는 것이다.

송나라에 한 부자가 있었다. 비가 와서 토담이 무너졌을 때 그의 아들이 말했다.

"다시 고쳐 쌓지 않으면 얼마 지나지 않아 도난이 있을까 걱정됩니다."

이웃집 주인도 역시 같은 말로 충고했다. 결국 밤이 되어 도난을 당해서 크게 재물을 잃었는데, 그 집에서는 그 아들을 참으로 현명하다 생각하고, 이웃집 주인에게는 의심을 품었다.

옛날에 정(鄭)나라 무공(武公)이 호(胡)나라를 치려고 자기 딸을 호나라의 임금에게 시집보냈다. 그런 다음에 여러 신하에게 물었다.

"나는 출병코자 하는데, 누구를 치면 좋겠는가?"

관기사(關其思)라는 자가 대답했다.

"호를 쳐야 합니다."

무공은 관기사를 주살했다. 그때 무공은 이렇게 말했다.

"호나라는 형제의 의가 있는 나라다. 그대가 호나라를 치라는 것은 어찌 된 말인가?"

호나라 군주는 이 말을 전해 듣고서, 정나라를 친한 나라로 판단하고 달리 조심하지 않았다.

그러나 정나라 군대는 호나라를 습격하여 그 나라를 빼앗았다.

송나라 부자의 이웃집 사람과 관기사, 두 사람이 말한 것은 지혜로 보아서는 어느 쪽이나 다 옳았다. 그러나 하나는 주살을 당하고, 또 하나는 의심을 받았다. 이런 일은 지혜를 내는 일이 곤란한 것이 아니라 지혜를 쓰는 방법이 어려운 것이다.

옛날에 미자하(彌子瑕)란 자는 위나라 임금에게 총애를 받았다. 위나라 법률에는 몰래 임금의 수레를 타는 자는 월형(刖刑, 다리를 베는 형벌)에 처해졌다. 어느 날 미자하의 어머니가 병이 났다며, 어떤 사람이 밤에 미자하에게로 가서 이 사실을 알렸다. 미자하는 몰래 임금의 수레를 타고서 대궐 문을 나왔다.

위나라 임금은 이 말을 듣고 그를 현명하다며 말했다.

"얼마나 효도가 극진한가! 아무리 어머니 병환이라고 하지만, 월형도 대수로이 생각지를 않았으니."

또, 미자하가 임금과 함께 과수원에 행차했다. 미자하가 복숭아를 한 번 베어 먹어 보니 맛이 매우 달아서 먹던 것을 임금에게 올렸다.

위나라 임금이 말했다.

"얼마나 임금을 생각하는 정이 깊은가! 자기가 입을 대었던 것조차 잊어버리고 나에게 바치다니."

그 뒤 미자하가 늙고 임금의 총애도 식었을 때 미자하는 무슨 일로 꾸지람을 듣게 되었다. 이때 위나라 임금은 이렇게 말했다.

"미자하는 일찍이 나를 속이고 내 수레를 탔으며, 또 자기가 먹던 복숭아를 내게 먹였다. 괘씸한 놈이다."

미자하의 행위는 처음이나 나중이나 변함이 없었는데, 전에는 현명하다고 했고, 후에는 죄를 지었다고 했다. 이는 미자하에 대한 임금의 애증이 변했기 때문이다. 그런 까닭에 군주에게 사랑을 받고 있을 때는 지혜가 임금의 마음에 들어서 더욱더 친밀하게 되고, 반대로 미움을 받고 있을 때는 죄를 범하는 짓을 한다고 하여 더욱더 멀어지는 것이다. 그 때문에 임금에게 간하고 유세하는 자는 임금의 사랑하고 미워하는 정도를 꿰뚫어 본 다음에 말을 꺼내야 하는 것이다.

용이라는 짐승은 길을 잘 들이면 그 등에도 탈 수가 있다. 하지만 목줄기에 지름 한 자가량의 거꾸로 난 비늘[逆鱗]이 있는데, 그것을 건드리는 사람은 반드시 죽인다고 한다. 임금에게도 이러한 비늘이 있다. 유세자가 임금의 비늘을 건드리지 않는다면 우선은 성공이라고 하겠다.

한비가 저술한 책을 가지고 진나라에 온 자가 있었다. 진나라 왕은 〈고분〉, 〈오두〉의 여러 편(篇)을 보고 말했다.

"아! 나는 이 저자를 만나 교유할 수만 있다면 죽어도 여한이 없겠다."

이사가 대답했다.

"이것은 한비가 저술한 책입니다."

진나라 왕은 한비를 만나려고 급히 한나라를 공격했다. 한나라 왕은 처음에는 한비를 등용하지 않았으나 위급한 지경에 이르자 진나라에 한비를 사자로 보냈다. 진나라 왕은 한비를 만나 마음에 들었으나 아직 그를 신용하여 등용하기까지에는 이르지 않았다. 이사와 요가(姚賈)는 한비가 등용되면 자기들에게 불리할 것을 생각하고 그를 비방했다.

"한비는 한나라 공자 중 한 사람입니다. 임금께서 제후를 쳐서 아우르고자 하는 큰 소망을 가지신 이때에 한비를 쓰시게 되면 결국 그는 한나라를 위해 일하고 우리 진나라에게는 도움되는 일을 하지 않을 것입니다. 그것이 인정인 것입니다. 또한 임금께서 한비를 쓰지도 않고 오랫동안 머물러 있게 하다가 그냥 돌려보낸다면 뒷날 화를 입게 될 것입니다. 가혹한 죄를 씌워 주살하는 것이 제일 상책입니다."

진나라 왕은 듣고 보니 그 말이 그럴듯하여 한비를 관리의 손에 맡겨 처치하도록 했다. 이사는 사자를 시켜 한비에게 독약을 보내 자살하라고 강요했다. 한비는 직접 임금에게 진언하기를 청원했으나 알현할 수가 없었다. 결국 한비는 살 길이 없었다. 후에 진나라 왕은 이를 후회하고 사자를 보내어 놓아주려고 하였으나 이미 한비는 죽은 뒤였다.

신불해와 한비는 책을 저술하여 후세에 전했으므로 이를 배우는 사람들이 많았다.

나는 한비가 〈세난〉 한 편을 지어내고도 그 자신은 화를 면치 못했던 것을 슬프게 생각한다.

태사공은 말한다.

노자가 귀하게 여긴 도(道)라는 것은 허무하여 실체가 없고, 자연의 변화를 따르며 무위한 중에 천변만화함을 중심 사상으로 한다. 그 때문에 그의 저서는 문장이 미묘하여 이해하기 어렵다고 한다.

장자는 노자의 도덕을 더 넓혀서 자유롭게 논설을 펼쳤는데, 이 또한 도덕을 자연의 도리에 귀결케 함이 중심이었다.

신불해의 학문은 낮고도 가까운 것으로 도덕을 형명·법술에 비추어 시행했다.

한비는 먹줄을 그어 놓은 것처럼 세상일을 법률로 재단하여 옳고 그름이 명확하나, 그 결과는 너무도 가혹하여 인간미가 적다.

이상의 학설은 어느 것이나 다 도덕을 근본으로 하는 것이지만, 그 중 심원한 것은 노자의 사상이라고 하겠다.

사마 양저 열전(司馬穰苴列傳)

옛날 왕자 때부터 사마 병법이 있었다. 양저(穰苴)는 그것을 부연하여 더욱 병법을 뚜렷이 밝혔다. 그래서 〈사마 양저 열전 제4〉를 지었다.

사마 양저는 전완(田完)의 먼 후손이다. 제(齊)나라 경공(景公) 때, 진(晉)나라가 아읍(阿邑)과 견읍(甄邑)을 공격해 오고 연나라가 하상(河上)을 침범했다. 제나라군이 패배하자 경공은 자못 근심했다. 이에 안영은 전양저를 경공에게 추천했다.

"양저는 전씨의 첩의 몸에서 났으나, 글은 뭇 사람의 마음에 감동을 주고, 무(武)는 적을 놀라게 할 만한 인물입니다. 바라옵건대 임금께서 직접 시험해 보십시오."

경공은 양저를 불러서 군사에 관한 것을 이야기했는데, 흡족하여 장군으로 등용했다. 그리고 군사를 이끌고 가서 연나라와 진나라의 군사를 막으라고 했다. 그러자 양저가 말했다.

"신은 근본이 비천한 출신입니다. 임금께서 이런 저를 병졸들 중에서 뽑아내어 대부의 위에 서게 했습니다. 그러나 저는 아직 병졸들은 물론 서민들에게도 신임을 얻지 못했습니다. 그러므로 인물에 무게가 없고 권위도 빈약합니다. 바라옵건대 임금께서 총애하시는 신하 중 백성들한테도 존경을 받는 사람을 시켜 군사를 감독케 하여 주십시오."

경공은 이런 청을 허락하고 장가(莊賈)라는 자를 동행토록 했다. 양저는 경공에게 인사를 드리고, 장가와는 약속을 정했다.

"내일 정오에 군영에서 만나세."

이튿날, 양저는 먼저 군영으로 달려가서 해시계를 세우고 물시계를 걸어 놓은 다음 장가를 기다렸다. 장가는 평소에 교만했는데, 이때도 장군이 군영에 있는 이상 감찰 격인 자기는 그리 급하게 서두를 것이 없다고 생각해 친척과 친구들의 송별을 받으며 술을 마시고 있었다.

정오가 되어도 장가가 오지 않으므로, 양저는 해시계를 엎어 버리고 물시계를 치운 뒤에 군영을 순시하고 군사를 정돈하여 군령을 시달했다. 이런 일도 다 끝이 나고 저녁 나절이 되어서야 비로소 장가가 왔다. 양저가 물었다.

"어째서 늦었소?"

이에 장가가 대답했다.

"대부와 친척들이 송별연을 해 주어서 늦었습니다."

양저가 다시 말했다.

"장군이란 자는 출진의 명령을 받은 그날부터 집을 잊어버리고 군무에 종사하여, 군령을 내면 육친을 잊어버리고, 채를 들어 군고(軍鼓)를 치는 것이 급하면 몸을 잊어버려야 하는 것입니다. 지금 적이 깊이 침입하여 국내가 소란하고 사병들은 국경을 지키며 몸을 비바람에 내던지고 있습니다. 임금은 자리에 누워서도 편한 잠을 못 자고, 음식을 먹어도 맛을 느끼지 못합니다. 백성들의 목숨은 모두 임금의 한 몸에 매여 있소. 이러한 때에 송별연이 다 무엇이오!"

곧 군정(軍正, 군의 법무관)을 불러 물었다.

"군법에 기한을 어겼을 때의 죄는 무엇인가?"

"참하는 것입니다."

겁을 먹은 장가는 종자에게 명해서 말을 달리게 하여 경공에게 알리고 도움을 청했다. 양저는 종자가 돌아오기 전에 장가를 베고, 이 사실을 널리 3군에 게시하여 경계로 삼으니 군사들은 모두 떨었다.

얼마 뒤에, 경공은 사자를 보내어 장가를 용서하라고 했다.

사자가 말을 달려 군영 안으로 들이닥치니 양저가 사자에게 말했다.

"장수가 된 자는 진중에 있는 한, 임금의 명령이라도 듣지 않을 수 있다."

다시 군정을 향해 물었다.

"군영 안으로 말을 달려 들어오는 것은 허락되지 않은 일이다. 지금 사자는 영중으로 말을 달려 들어왔다. 그 죄는 어떤 것인가?"

군정이 대답했다.

"참하는 것입니다."

그 말을 듣자 사자는 몹시 겁을 내었다. 그러나 양저가 말했다.

"임금의 사자는 죽일 수 없다."

양저는 그 사자를 태워 온 수레의 말몰이 하인과 수레의 왼편 부목과 왼편의 곁마를 베어 3군에 시위했다. 한편, 경공에게는 사자를 보내 이 사실을 보고케 하고 비로소 싸움터로 출동했다.

양저는 군사들의 숙사, 우물, 아궁이, 음식 등을 비롯하여 병의 위문과 의약에 이르기까지 모두 몸소 마음을 쓰고, 장군에게 주어지는 급비는 모두 군사들에게 베풀어 주고, 자신은 군사들과 양식을 같이하면서 그런 중에도 가장 허약한 군사와 같은 양으로 했다. 이렇게 한 덕으로 3일 만에 군사를 정비하고, 병자까지도 출동을 같이하기를 원하여 앞을 다투어 분발해서 싸움터로 나아갔다.

진나라 군대는 이 사실을 전해 듣고 싸움을 그만두고 물러가고, 연나라 군대도 이를 듣고 황하를 건너 해산했다. 이에 양저는 이들을 추격해 앞서 잃었던 땅을 다시 찾고 군사를 인솔하여 돌아왔다. 그리고 도성에 닿기 전에 대오를 풀고 군령을 거두어 임금에 대한 충성을 맹세한 다음 도성(都城)으로 들어왔다.

경공은 대부들과 함께 교외로 마중 나가 출정의 수고를 위로하고, 개선의 예를 행했다. 이어 정전(正殿)으로 돌아와 양저를 대사마로 임명했다.

그리하여 전씨는 제나라에서 날로 존경받는 사람이 되었는데, 얼마 후에 대부의 포(鮑)씨, 고(高)씨, 국(國)씨의 무리들이 양저를 미워

하여 경공에게 모함했다. 이 때문에 경공은 양저를 물리쳤고, 양저는
병이 나서 죽었다. 양저의 일족 전걸(田乞)과 전표(田豹) 등은 이런 일
로 해서 고씨와 국씨의 일족을 원망했다.

그 뒤, 전상(田常)이 제나라 간공(簡公)을 죽일 적에 고씨, 국씨의 일
족을 죄다 멸망시켰다. 전상의 증손 전화(田和)에 이르러 자립의 토대
가 굳어지고, 그 손자 전인(田因)은 제나라 위왕(威王)이 되었는데 군
사를 움직이고 위력을 보이는 일에는 양저의 방법을 많이 본떴다.

그리하여 제후들은 모두 제나라에 조공을 바쳤다. 위왕은 대부에
게 명해 옛날의 《사마 병법》을 연구케 하고, 게다가 양저의 병법을 더
하여 책을 모아 제목을 붙이기를 《사마 양저 병법(司馬穰苴兵法)》이라
했다.

태사공은 말한다.

나는 《사마 병법》을 읽었는데, 그 내용은 범위가 넓고 크며 사상이
헤아리기 어려울 만큼 깊어, 하·은·주 3대의 성왕들이 전쟁에 나선
다 해도 그 내용을 다 발휘하지 못할 것이다. 그러나 문장은 좀 과장
된 바도 없지 않다.

양저가 하찮은 소국 제나라를 위해 군사를 움직이는데, 어느 겨를
에 《사마 병법》에서 말하는 겸양의 예절을 적용할 수 있었겠는가? 세
상에서 이미 《사마 병법》을 많이 알고 있으니, 여기서는 말하지 않기
로 하고 양저의 열전만을 기록한다.

손자·오기 열전(孫子·吳起列傳)

　　신(信)·염(廉)·인(仁)·용(勇)의 선비가 아니면, 병법을 전하고 칼을
논할 수 없다. 병법은 도덕과 부합하여 안으로는 일신을 다스리고, 밖
으로는 변(變)에 대응한다. 그러기에 군자는 병법을 도덕에 비유하고
있다. 그래서 〈손자·오기 열전 제5〉를 지었다.

　　손자, 즉 손무(孫武)는 제나라 사람이다. 병법에 뛰어났으므로 오
나라 왕 합려(闔廬)의 초빙을 받았다. 그때 합려가 말했다.

　　"그대가 지은 13편의 병서는 다 읽어 보았소. 어디 한번 실제로 훈
련시켜 보일 수 있겠소?"

　　"좋습니다."

　　"여자라도 상관이 없을지……?"

　　"상관없습니다."

그래서 합려는 궁중의 미녀 180명을 불러 냈다. 손자는 그들을 두 편으로 나누고 오나라 왕의 총희(寵姬, 특별한 귀염과 사랑을 받는 여자) 두 사람을 각각 대장으로 삼았다. 그리고 모두에게 창을 들게 한 다음 명령을 하달했다.

"너희들은 자기의 가슴과 좌우의 손과 등을 알고 있는가?"

"예!"

"그럼 '앞쪽!'이라고 명령을 하면 가슴을, '왼쪽!'이라고 명령하면 왼손을, '오른쪽!'이라고 명령하면 오른손을, '뒤로!'라고 명령하면 등을 보아야 한다."

"예!"

이렇게 구령을 정한 다음, 손자는 부월(斧鉞, 통솔권의 상징으로 임금이 손수 주던 작은 도끼와 큰 도끼)을 갖추어 두고, 몇 번씩 되풀이해 가며 군령을 설명했다. 그런데 막상 북을 치며, "오른쪽!" 하고 호령하자 여자들은 웃어 대기만 할 뿐 움직이지 않았다. 손자가 말했다.

"군령이 분명하지가 못하고, 명령 전달이 충분치 못한 것은 장수된 사람의 죄다."

손자는 다시 세 번 군령을 들려주고 다섯 번이나 더 설명을 한 다음, 큰북을 울리고 호령했다.

"오른쪽!"

그러나 여자들은 여전히 웃어 대기만 했다. 그러자 손자가 말했다.

"군령이 분명치 못하고 전달이 불충분한 것은 장수의 죄이지만, 이미 군령이 분명히 전달되어 있는데도 병졸들이 규정대로 움직이지 않는 것은 곧 대장 된 자의 죄다."

그러고는 군령대로 두 대장을 참수(斬首, 목을 벰)하려 했다. 누대 위에서 지켜보고 있던 오나라 왕은 자신의 총희 두 사람을 손자가 참수하려는 것을 보고 놀란 나머지 황급히 전령을 보내어 제지했다.

"과인은 이미 장군의 용병이 뛰어난 것인 줄 잘 알았소. 과인에게 그 두 여자가 없다면 밥을 먹어도 맛을 알 수 없을 정도이니 부디 용서해 주기를 바라겠소."

그러나 손자는 이렇게 말했다.

"신은 이미 임금의 명을 받아 장수가 되었습니다. 장수가 군에 있을 때에는 임금의 명령을 받들지 않을 수도 있습니다."

마침내는 두 대장의 목을 베고 임금이 그다음으로 사랑하는 여자를 뽑아 새로 대장으로 세웠다. 그러고는 다시 북을 울리고 호령을 내렸다. 그러자 여자들은 왼쪽이라고 하면 왼쪽으로, 오른쪽이라고 하면 오른쪽으로, 앞으로 하면 앞으로, 뒤로 하면 뒤로, 꿇어앉는 것도 일어나는 것도 모두 구령대로 따랐다. 웃기는커녕 소리마저 내지 않았다. 손자는 비로소 오나라 왕에게 전령을 보내어 보고했다.

"부대는 이미 갖춰져 있습니다. 내려오셔서 시험해 보십시오. 왕의 명령만 계시면, 군사들은 물과 불 속이라도 가리지 않고 뛰어들 것입니다."

그러나 왕은 이렇게 말했다.

"장군은 훈련을 끝내고 숙사에서 쉬도록 하오. 과인은 내려가 보기를 원치 않소."

이때 손자는 이렇게 탄식했다.

"왕은 다만 병법에 대한 의논만을 좋아할 뿐, 병법을 실제로 사용하지는 못하겠습니다."

그리하여 합려는 손자가 용병에 뛰어난 것을 인정했고, 마침내는 그를 장군으로 등용했다. 그 뒤 오나라가 서쪽으로 초나라를 무찔러 도읍인 영(郢)을 점령하고, 북쪽으로는 제나라와 진나라를 위협하여 그 이름을 천하에 알리게 된 데는 손자의 힘이 컸다.

손무가 죽고 백 년쯤 지나 손빈(孫臏)이 나타났다. 손빈은 아읍(阿邑)과 견읍(甄邑), 두 고을 근처에서 태어났다. 손무의 후손으로서 일찍이 방연(龐涓)과 함께 병법을 배웠다.

방연은 공부를 마친 뒤 재빨리 위(魏)나라에서 벼슬하여 혜왕의 장군이 되었다. 그러나 스스로 손빈을 당할 수는 없다고 생각하고 있었으므로, 은밀히 사람을 보내 손빈을 불러들였다. 그가 찾아오자 방연은 그의 재능이 자기보다 훨씬 뛰어나다는 것을 더욱 실감한 나머지 없는 죄를 뒤집어씌워 그 벌로 두 다리를 자르고, 이마에 죄명을 새기는 묵형에 처했다. 그러면 손빈은 부끄러워서라도 숨어 살리라 생각한 것이다.

그 뒤 제나라 사신이 위나라 수도 대량(大梁)을 방문하게 되었다. 그때 손빈은 창피를 무릅쓰고서 비밀리에 사신을 만나 이야기를 나누었다. 제나라 사신은 이내 손빈의 재능을 알아차리고 몰래 자기의 수레에 숨겨 제나라로 데리고 갔다.

제나라에 간 손빈은 곧 장군 전기(田忌)로부터 인정을 받아 그의 빈객(賓客)으로 머물게 되었다. 그 무렵 전기는 도박에 빠져 공자들과 기사(騎射, 말이나 마차를 타고 달리면서 활을 쏨)를 즐겼다. 어느 날 손빈은 그 내기를 구경하다가 기사의 허점을 알아차리게 되었다.

당시의 기사는 네 마리의 말이 끄는 마차를 한 조로 해서 세 조가 각 한 번씩 차례로 세 번 경기를 벌였다. 손빈은 그 세 조의 말을 각기 비교한 끝에 속력 역시 3등급으로 나누어지는 것을 깨달았다. 손빈은 전기를 부추겼다.

"내기를 다시 해 보십시오. 제가 장군을 이기게 해 드리겠습니다."

전기는 손빈을 믿고 왕과 공자들에게 천 금을 걸고 내기를 하자고 제안했다. 그리하여 경기가 시작되려고 하자, 손빈은 전기에게 승리할 수 있는 비방을 일러 주었다.

"장군의 제일 느린 하등 마차를 상대방의 가장 빠른 상등 마차와 달리게 하고, 장군의 중등 마차는 상대방의 하등 마차와 달리게 하십시오."

경기가 끝나자 전기는 2승 1패의 전적을 거두었으므로 결국 내기에 이겨 천 금을 얻었다.

이 일로 손빈의 재능을 더욱 신임하게 된 전기는 마침내 위왕(威王)에게 그를 천거했다. 위왕 역시 손빈과 병법에 관한 문답을 가진 뒤로는 그를 스승으로 받들었다.

그 뒤 위나라가 조(趙)나라를 공격하자, 조나라는 제나라에 구원을 청했다. 위왕은 손빈을 장군으로 삼아 조나라를 구원하려 했으나, 손빈은 스스로 '죄인의 몸'임을 이유로 사양했다.

그래서 위왕은 전기를 장군으로 삼되, 손빈은 군사(軍師)로서 치차(輜車) 속에 들어앉아 작전 지휘를 하도록 했다. 이윽고 전기가 군대를 이끌고 출정하려 하자, 손빈이 나아가 계책을 올렸다.

"실이 엉킨 것을 풀려면 잡아당기거나 두들겨서는 안 됩니다. 싸움을 도울 때도 덮어놓고 주먹만 휘두른다고 되는 것이 아닙니다. 상대방이 노리는 점을 가로막을 것이 아니라 상대방의 무방비 상태에 있는 허점을 칠 때 싸움의 형세는 자연 풀리게 됩니다. 지금 위나라와 조나라가 싸우고 있기 때문에, 위나라에 남아 있는 자들은 노약자에 불과합니다. 이제 장군께선 군사를 이끌고 위나라 도읍인 대량을 신속히 점령해야 합니다. 이것이 바로 적의 허점입니다. 따라서 위나라 군사는 자신들의 도성을 구하기 위해 조나라에 대한 공격을 포기할 것입니다. 이야말로 한 번 움직여 조나라의 포위를 풀고 동시에 위나라를 피폐하게 만드는 일입니다."

전기가 손빈의 계책을 따르자, 과연 위나라 군사는 조나라 수도 한단(邯鄲)을 떠나 급히 귀국했다. 제나라 군대는 위나라 군대를 계릉(桂陵)에서 맞아 싸워 대승을 거두었다.

그로부터 13년 뒤, 위나라는 조나라와 더불어 한(韓)나라를 공격했다. 한나라는 위급한 사정을 제나라에 알려 도움을 청했다.

제나라는 전기를 대장으로 임명해 구원하게 했다. 전기는 또다시 곧장 대량을 향해 쳐들어갔다. 위나라 대장 방연은 이 소식을 듣자마자 즉시 한나라를 버려두고 후퇴했으나, 이미 국경을 넘어선 제나라 군사는 계속 진격해 왔다. 이때 손빈이 전기에게 말했다.

"저들 삼진(三晉)[7]의 군사는 원래가 사납고 용맹스러울 뿐 아니라 제나라를 경멸하고 있습니다. 심지어는 제나라 군사를 가리켜 겁쟁이라고 부르는 실정입니다. 전쟁에 능한 사람은 주어진 형세를 잘 이용하여 자기에게 유리하도록 이끌어 나갑니다. 병법에는 '승리에 취해 백 리를 급히 달리는 군사는 그 장수를 잃게 되고, 50리를 급히 달리는 군사는 반밖에 목적지에 도착하지 못한다.'고 했습니다. 적은 우리를 겁쟁이로 생각하고 있는 만큼 그들에게 더욱 약한 모습을 보이면, 적은 우리 꾀에 넘어가 서둘러 추격을 할 것입니다. 그러니 우리 군대가 위나라 땅을 넘어서는 오늘부터 숙영지를 움직일 때마다 아궁이 수를 줄이도록 하십시오. 오늘은 10만 개, 내일은 5만 개, 모레는 3만 개, 이렇게 줄여 나가는 겁니다."

전기는 그대로 실행했다. 한나라에서 되돌아온 방연은 제나라 군대를 추격한 지 사흘째 되는 날 탄성을 지르며 말했다.

"나는 처음부터 제나라 군사가 겁쟁이란 것을 알고 있었지만, 내 생각과 다름없구나. 우리 땅을 침범한 지 사흘 만에 벌써 도망병이 반을 훨씬 넘다니!"

그리고 곧 보병은 남겨 둔 채 기병 등 정예 부대만을 이끌고 이틀 길을 하루로 단축시켜 급히 제나라 군대를 추격했다. 손빈이 위나라

---

7 중국 춘추 시대(주나라가 동쪽으로 도읍을 옮긴 기원전 770년부터 기원전 403년까지 약 360년간의 전란 시대) 말기에 진(晉)나라를 받든 세 재상인 위사(魏斯), 조적(趙籍), 한건(韓虔)이 각각 세운 위(魏)나라, 조(趙)나라, 한(韓)나라를 이르는 말.

군사의 속도를 계산해 본 결과, 저녁 무렵이면 마릉(馬陵)에 도착할
것 같았다. 마릉은 길이 좁고 양쪽에는 험한 산이 많아 복병을 숨겨
두기에 알맞은 곳이었다. 손빈은 길 옆에 있는 큰 나무를 골라 껍질
을 벗겨 낸 다음 그 흰 부분에다 이렇게 써 두었다.

"방연은 이 나무 밑에서 죽으리라!"

그리고 제나라 군사들 가운데서 활 잘 쏘는 사람을 뽑아 쇠뇌〔弩〕
를 가지고 길 양쪽에 숨어 있도록 한 뒤 명령을 내렸다.

"날이 저물어 이곳에 불이 밝혀지는 것을 보는 즉시 일제히 쏘도록
하라!"

방연은 과연 날이 저문 뒤에야 그 나무 밑에 이르게 되었고, 씌어진
글씨를 보기 위해 불을 밝히게 했다. 방연이 그것을 미처 다 읽기도
전에 제나라 복병의 수많은 화살이 일제히 쏟아져 내렸다. 위나라 군
사는 갈팡질팡하며 앞뒤를 분간하지 못했다.

방연은 자신의 지혜가 부족하여 싸움에 졌다는 것을 알고는 스스
로 목을 베어 죽으면서 이렇게 말했다.

"결국에는 그 녀석(손빈)의 이름을 떨치게 만들었구나!"

제나라 군사는 승세를 몰아 위나라 군사를 전멸시키고, 위나라 태
자 신(申)을 포로로 잡아 돌아왔다. 손빈은 이 승리로 인해 이름이 천
하에 알려졌고, 세상에 그의 병법이 전해졌다.

오기(吳起)는 위(衛)나라 사람으로 용병에 능했다. 일찍이 증자(曾
子, 손자의 제자 증삼)에게 배우고 노나라 임금을 섬긴 일이 있다. 그때

51

제나라가 노나라를 공격해 왔다. 노나라에서는 오기를 대장으로 기용하려 했으나, 그의 아내가 제나라 여자였으므로 혹시나 하는 의심을 품고 주저했다.

그러자 오기는 공명심에 불탄 나머지 자기 아내를 죽여, 자기와 제나라와의 관계를 분명히 밝혔다. 그 결과 노나라는 오기를 장군에 임명했고, 오기는 장군이 되어 제나라와 싸워 대승을 거두었다. 그러나 노나라 사람들은 오히려 이렇게 오기를 비난할 뿐이었다.

"오기는 시기심이 강하고 잔인하다. 젊었을 때만 해도 천 금의 재산이 있었지만 벼슬을 하기 위해 가산을 탕진했을 뿐 아니라, 그것을 조롱한 마을 사람을 30여 명이나 죽이고 위나라에서 도망쳤었다. 그때 오기는 어머니 앞에서 자기 팔을 물어뜯으며, '대신이나 재상이 되기 전에는 다시 고향에 돌아오지 않겠습니다.' 하고 맹세했다. 그 후 증자를 섬기던 중에 어머니가 돌아가셨는데 맹세대로 돌아가지 않았다. 그 때문에 오기는 증자에게 '박정한 놈'이라는 소리를 듣고 쫓겨났다. 그 후 노나라에서 병법을 배우고 노나라 임금을 섬겼다. 그런데 임금이 자신을 의심하자 제 아내를 죽여 가면서까지 벼슬길에 오르려 했다. 그러나 노나라는 작은 나라일 뿐이다. 오기 덕분에 조그만 싸움에 이겼다 하지만, 오히려 그 때문에 제후들의 표적이 되기 십상이다. 더군다나 노나라와 위나라는 형제의 나라[8]다. 위나라에서 도망쳐 온 오기를 계속 중용하는 것은 곧 위나라와의 친교를 해

---

8 노나라 시조 주공 단(旦)은 위나라 시조 강숙(康叔)의 형이므로 형제의 나라라고 한다.

치는 것이 된다."

오기에 대한 이러한 비난을 전해 들은 노나라 임금 역시 심중에 의혹이 생기게 되었고, 마침내는 오기를 멀리했다.

오기는 찾아갈 곳을 궁리하다가 당시에 현군이라고 칭송받던 위(魏)나라의 문후(文侯)를 택했다. 문후는 중신인 이극(李克)에게 오기의 사람됨을 물었다.

"오기는 어떤 사람이오?"

"오기는 재물을 탐내고 여자를 좋아하기는 하나, 용병에 있어서는 사마양저(司馬穰苴)와 겨룰 수 있을 정도입니다."

이리하여 문후는 오기를 장군에 임명했다. 과연 오기는 진나라를 쳐서 다섯 개의 성을 함락시켰다.

오기는 장군으로서 군대를 거느릴 때에는 언제나 하급 병졸들과 의식(衣食)을 똑같이 했고, 잘 때도 자리를 까는 법이 없었으며, 행군할 때도 수레에 타지 않았다. 또한 자기가 먹을 양식은 자기가 가지고 다니는 등 병졸들과 고락을 같이했다.

한번은 병졸들 가운데 종기를 앓는 사람이 있었는데 오기는 그 고름을 자신의 입으로 빨아내었다. 그러자 그 병졸의 어머니는 그 소문을 듣고 소리 내어 울었다. 누군가가 물었다.

"당신 아들은 졸병에 지나지 않는데 장군께서 친절하게도 종기를 빨아 주었소. 그런데 왜 우는 거요?"

그 병사의 어머니는 이렇게 말했다.

"그런 게 아닙니다. 지난해에도 오기 장군께서 그 애 아버지의 종기를 빨아 주었습니다. 제 남편은 감격한 나머지 끝까지 도망치지 않고 싸우다가 죽고 말았습니다. 장군께서 지금 또 자식의 종기를 빨아 주셨으니, 그 자식도 필경은 어디선가 싸우다가 죽을 것이 아닙니까? 그래서 우는 겁니다."

문후는 오기가 용병술에 뛰어날 뿐 아니라 청렴하고 공평하여 유능한 자라면 누구라도 기용해서 병사들의 마음을 얻고 있는 것을 알아차리고, 그를 서하(西河) 태수로 임명하여 진나라와 한나라 군사를 막게 했다.

문후가 죽은 뒤, 오기는 계속해서 문후의 아들 무후(武侯)를 섬겼다. 어느 날 무후가 배를 타고 서하까지 따라 내려가다가, 중간 지점에 이르러 뒤를 돌아보며 오기에게 말했다.

"참으로 아름답구나. 이 산과 물의 험난함이야말로 우리 위나라의 보배로다."

이에 오기가 공손히 대답했다.

"나라가 보배로 삼아야 할 것은 임금의 덕이지 지형의 험난함에 있는 것이 아니옵니다. 옛날 삼묘씨(三苗氏)의 나라는 동정호(洞庭湖)를 왼쪽에 끼고 있고, 팽려호(彭蠡湖)를 오른쪽에 끼고 있었으나, 임금이 덕을 쌓지 않았기 때문에 하나라 우임금에게 멸망당하고 말았습니다. 하나라 걸왕(桀王)이 도읍으로 정한 곳은 황하와 제수(濟水)가 왼쪽에 있고, 태산과 화산이 오른쪽에 있으며, 이궐이 남쪽에 있고, 양장이 그 북쪽에 있는 곳이었으나, 정사가 어질지 못했기 때문에 은나라 탕왕에게 쫓겨나고 말았습니다. 은나라 주왕은 맹문산(孟門山)을 왼쪽에 두고, 태행산(太行山)을 오른쪽에, 상산(常山)을 그 북쪽에, 황하가 그 남쪽으로 흐르고 있었으나, 주왕이 덕으로써 정치를 하지 않았기 때문에 주나라 무왕이 그를 죽였습니다. 이것으로 미루어 볼 때, 문제는 임금의 덕에 있지 지형의 험난함에 있는 것은 아니옵니다. 만일 임금께서 덕을 닦지 않으시면 이 배 안의 사람들도 모두 적으로 변하게 될 것입니다."

무후가 말했다.

"과연 옳은 말이다."

무후는 오기에게 계속 서하 태수[9]를 맡겼다. 이때부터 오기의 명성은 날로 높아졌다.

그 무렵이었다. 위나라에서는 새로 재상의 직을 설치해 전문(田文)을 임명했다. 이에 오기는 자신의 자리라고 생각했는데 전문이 오르자 못마땅하게 여겨 전문에게 말했다.

"당신과 공로를 비교해 보고 싶은데 어떻소?"

"좋소."

"삼군의 장군이 되어 병졸들로 하여금 기꺼이 나라를 위해 죽도록 하며, 또 적국이 감히 우리 위나라를 넘볼 수 없게 한 점에 있어서 당신과 나와 어느 쪽이 더 낫다고 생각하시오?"

"당신을 어찌 미칠 수 있겠소."

---

9 문후 때 이미 오기는 서하 태수에 임명되었다. 따라서 무후 때의 임명이 그동안에 오기가 사퇴했었음을 뜻하는지, 아니면 처음의 임명이 관직이고 뒤의 임명은 봉령(封領)까지 내린 것으로 해석해야 할지는 명확하게 알 수가 없다.

"백관을 다스리고, 백성들의 신뢰를 받으며, 나라의 재정을 튼튼히 하는 점에서는 누가 낫겠소?"

"당신을 따를 수 없소."

"서하를 지켜, 진나라 군사가 감히 동쪽으로 향해 우리 위나라를 칠 생각을 못하게 하고, 한나라와 조나라를 함께 복종하게 만드는 점에 있어서는 누가 낫겠소?"

"당신을 따를 수 없소."

"이 세 가지 점에서 당신은 모두 나만 못한데, 지위는 나보다 높으니 무슨 까닭이오?"

"지금은 임금님께서 아직 나이가 어려서 온 나라가 불안에 싸여 있소. 대신들은 아직 왕에게 심복하고 있지 않으며, 백성들도 왕을 신뢰하지 못하오. 이런 시기에 있어 우리 중의 어느 쪽이 재상으로 적합하겠소?"

오기는 잠자코 말이 없다가 얼마 뒤에야 입을 열었다.

"당신에게 맡기겠지요."

전문이 말했다.

"이것이 내가 당신보다 윗자리에 앉게 된 까닭이오."

그제야 오기는 자신이 전문만 못하다는 것을 인정하게 되었다.

그 뒤 전문이 죽자, 공숙(公叔)이 재상이 되었다. 공숙은 또한 위나라의 부마였으므로 위세를 떨쳤다. 그는 오기가 방해되었으므로 늘 벼르고 있었다. 때마침 부하 하나가 이렇게 진언해 왔다.

"오기를 내쫓기란 쉽습니다."

"어떻게 말이냐?"

"오기란 사람은 절조가 굳세고 청렴하지만 명성을 떨치는 것을 좋아합니다. 그러니까 상공께서 먼저 임금과 말씀하실 기회를 만들어 '오기는 현인입니다. 임금께선 아직 나이 젊으시고, 또 위나라는 강한 진나라와 국경을 맞대고 있습니다. 신은 오기가 우리 나라에 머물러 있을 생각이 없어질까 봐 걱정이옵니다.'라고 하십시오. 임금께서는 '어떻게 하면 머무르게 할 수 있겠는가?' 하고 물으실 것입니다. 그러시면 상공께선 임금님께 '시험 삼아 공주를 그에게 시집보내도록 해 보시면 어떻겠습니까? 오기가 머물러 있을 생각이 있으면 반드시 받아들일 것이고, 머무를 생각이 없으면 반드시 사양할 것이니 이것으로 점쳐 보십시오.' 그렇게 말씀해 두시고, 오기를 댁으로 초대하십시오. 그리고 미리 공주에게 상공을 푸대접하라고 일러두십시오. 오기는 공주가 상공을 푸대접하는 것을 보면, 공주에게 장가들 생각이 없어져 임금의 청을 거절할 것입니다."

이리하여, 오기는 무후에게 부마되기를 사양했다. 이를 계기로 무후는 오기를 의심하여 그를 신임하지 않게 되었고, 오기는 죄를 입게 될까 두려워 초나라로 건너갔다.

초(楚)나라 도왕(悼王)은 일찍부터 오기가 현인이라는 소리를 들었으므로, 오기가 초나라에 오자 반겨 하며 재상에 임명했다. 오기는 법령을 자세히 밝히고, 필요치 않은 벼슬들을 없애 버리며, 또 왕족들 중에서도 이미 멀어진 사람들의 봉록을 폐지시켜 그 비용을 싸움에 종사하는 군인들에게로 돌렸다.

그는 강병책을 적극 추진해 합종(合從)이니 연횡(連衡/連橫)[10]이니 하는 유세객의 논리를 무시해 버렸다. 이리하여 남쪽으로는 백월(百越)을 평정하고, 북쪽으로는 진(陣)나라와 채(蔡)나라를 병합하고, 삼진(三晉)을 물리치고, 서쪽으로 진나라를 쳤다.

한편 오기로 인해 벼슬자리에서 물러나게 된 초나라 왕족들은 모두 오기를 미워하며 죽일 기회를 엿보고 있었다. 그러다가 마침내 도왕의 죽음을 계기로 폭발하고 말았다. 대신들이 반란을 일으켜 일제히 오기를 공격했다. 오기는 마침내 쫓기다가 도왕의 영구를 둔 방으로 가서 시신 뒤에 엎드려 있었다. 그러나 오기를 쫓던 자들은 전혀 개의치 않고 오기에게 화살을 퍼부었다. 오기도 죽었지만 화살은 도왕의 시신까지 꿰뚫었다.

도왕의 장례식이 끝나고 태자가 임금으로 앉자 재상 영윤(令尹)에게 명해서, 오기를 잡느라고 왕의 시신에까지 화살을 쏜 자들을 모조리 잡아 죽이도록 했다. 이로 인해 멸족의 화를 입은 집이 70여 세대나 되었다.

태사공은 말한다.

세상에서 군사를 논하는 사람은 누구나 《손자》 13편과 오기의 병법에 관해 거론한다. 이는 이미 세상에 많이 유포되어 있으므로 여기

---

10 합종은 중국 전국 시대(춘추 시대 다음의 기원전 403년부터 진나라가 중국을 통일한 기원전 221년까지 약 200년간의 과도기)에 소진이 주장한 외교 정책으로, 서쪽의 강국 진(秦)나라에 대항하기 위하여 남북으로 위치한 한(韓)·위(魏)·조(趙)·초(楚)·연(燕)·제(齊)의 여섯 나라가 종적으로 동맹을 맺을 것을 주장했다. 연횡은 장의가 주장한 외교 정책으로, 진나라가 위의 여섯 나라와 횡적으로 각각 동맹을 맺어 화친할 것을 주장했다.

서는 내용을 생략하고, 다만 그들의 사적과 시책에 대해서만 논했다.

옛말에 '실천을 잘하는 사람이 반드시 말을 잘하는 것은 아니며, 말을 잘하는 사람이 반드시 실천을 잘하는 것은 아니다.'라고 했다.

손빈은 방연을 치는 데에는 그렇게 밝았지만, 그에 앞서 자신에게 닥친 형벌을 방지하지는 못했었다.

오기는 무후에게는 형세보다 덕이 중요하다는 것을 설명해 주면서도, 자신은 초나라에서 각박하고 몰인정하게 행동하여 목숨을 잃었으니 이 얼마나 슬픈 일인가?

오자서 열전(伍子胥列傳)

건(建)이 참소를 만나니 그 화(禍)는 오사(伍奢)에게 미쳤다. 오사의 큰아들 상(尙)은 아버지를 구하려 하고, 상의 아우인 운(員)은 오나라로 도망쳤다. 그래서 〈오자서 열전 제6〉을 지었다.

오자서는 초나라 사람이며, 이름은 운(員)이다. 운의 아버지는 오사, 형은 오상이며, 조상 중에 오거(伍擧)가 있었다. 오거는 초나라 장왕을 섬기며 바른말을 잘하는 인물로 세상에 알려져 있었다. 오거 이후로 오씨 집안은 초나라의 명문가로 꼽히게 되었다.

당시는 초나라 평왕 때로, 왕에게는 건이라는 태자(太子)가 있었다. 평왕은 오사를 건의 태부(太傅)로, 비무기(費無忌)를 소부(少傅)로 임명했는데, 비무기는 태자 건을 정성껏 모시지 않았다.

어느 날, 평왕은 태자의 비(妃)를 진나라에서 맞아 오기 위해 비무기를 보냈다. 그런데 진나라 공주가 미인인 것을 본 비무기는 말을 달려 돌아와서 평왕에게 이렇게 보고했다.

"진나라 공주는 절세미인입니다. 왕께서 그녀를 직접 맞이하시고, 태자에게는 다른 여인을 비로 맞이하도록 하는 것이 좋겠습니다."

결국 평왕은 진나라 공주를 자신의 아내로 삼고, 그녀를 더없이 사랑하여 아들 진(軫)을 낳았다. 그리고 태자에게는 다른 여자를 비로 맞게 했다.

태자를 보필하던 비무기는 진나라 공주의 일로 인해 평왕을 모시게 되었다. 그러나 평왕의 사후가 걱정이었다. 태자 건이 임금이 되면 자기 목숨이 위험할 것이므로 겁이 난 나머지, 태자 건을 중상하기 시작했다.

건의 어머니는 채나라 출신이었다. 게다가 평왕이 총애하지도 않았다.

비무기의 뜻대로 평왕은 차츰 건을 멀리하였고, 끝내는 변경인 성보(城父) 태수로 임명하여 국경을 지키도록 했다. 얼마 뒤에, 비무기는 또다시 밤낮으로 태자의 결점을 왕에게 참소(讒訴, 남을 헐뜯어서 고하여 바침)하기 시작했다.

"태자는 진나라 공주의 일로 분명히 원한을 품고 있을 것입니다. 왕께서는 태자를 경계하셔야 됩니다. 태자는 성보에서 군대를 거느리고 있으며, 제후들과 교제를 맺고 있습니다. 때가 되면 도성으로 쳐들어와 반란을 일으킬 것입니다."

그래서 평왕은 태자의 태부 오사를 불러들여 사실을 캐물었다. 오사는 비무기가 태자를 왕에게 참소한 것을 알고 있었으므로 왕에게 간했다.

"왕께서는 어찌하여 참소로써 사람을 해치려는 소인배의 말을 믿으시고 친자식을 멀리하려 하십니까?"

그러나 비무기도 필사적이었다.

"왕께서 지금 당장 태자를 누르지 않으시면 그들의 바람대로 결국은 포로가 되실 것입니다."

이 말에 평왕은 이성을 잃었다. 곧 오사를 옥에 가두고, 성보의 사마(司馬, 군정관) 분양(奮揚)에게 태자를 죽이라고 명령했다. 그러나 분양은 떠나기는 했으나 도중에 태자에게 사람을 미리 보냈다.

"급히 떠나십시오. 그러지 못하면 잡혀 죽게 되옵니다."

그래서 태자 건은 송(宋)나라로 도망쳤다.

태자를 내쫓은 비무기는 다음 차례로 오사 일가를 지목했다.

"오사에게는 두 아들이 있는데 모두 현명합니다. 지금 죽이지 않으면 초나라의 화가 될 것입니다. 그들의 아비를 인질로 잡아 불러들이십시오. 그렇지 않으면 장차 초나라의 화가 될 것입니다."

왕은 옥중의 오사에게 이런 말을 전했다.

"너의 두 아들을 불러들이면 너는 살아남을 수 있지만, 불러들이지 못하면 죽게 될 것이다."

오사는 이렇게 대답했다.

"상은 속이 깊으니까 부르면 반드시 올 것입니다. 그러나 운은 마음이 굳세어 남의 말에 귀를 기울이려 하지 않고, 욕을 참고 견디는 성격이라 큰일을 이룩하게 될 것입니다. 그는 오기만 하면 아비와 함께 잡히게 된다는 것을 내다보고 있을 것이므로, 부른다고 해도 올 리가 없습니다."

그러나 왕은 그의 말을 듣지 않고, 사람을 보내 두 아들을 불러들이게 했다.

"너희들이 오면 아버지를 살려 줄 것이고, 오지 않으면 곧 죽일 것이다."

오상이 가려 하자 오운이 말렸다.

"초나라에서 우리 형제를 부르는 것은 아버지를 살려 주기 위한 것이 아닙니다. 우리 형제가 도망쳐 후환이 될까 두려워, 아버지를 인질로 속여 우리 둘을 불러들이려는 것입니다. 우리가 가면 부자가 함께 죽고 말 뿐입니다. 그렇게 되면 아버지에게 아무런 도움이 되지 못합니다. 뿐만 아니라 아버지의 원수마저 갚지 못하게 됩니다. 다른 나라로 달아나 그 힘을 빌려, 아버지의 원수를 갚는 것만 못합니다. 부자가 함께 죽는 것은 아무 의미가 없습니다."

이에 오상은 아우에게 이렇게 말했다.

"나도, 내가 가서 아버지의 목숨을 건지지 못한다는 것을 알고 있다. 그러나 아버지가 우리들을 불러 도움을 얻으려 하시는데도 가지 않고, 그렇다고 뒷날 원수도 갚을 수 없게 되면, 결국은 세상의 웃음거리가 되고 마는 것이니 그것이 싫어서 그런다."

그리고 다시 운에게 말했다.

"너는 달아나라. 그리하여 아버지를 죽인 원수를 갚아 다오. 나는

63

가서 죽겠다."

이렇게 해서 오상이 자진해 갔힜다. 운을 잡기 위해 사자가 왔다. 그러나 오운은, 즉 오자서는 사자에게 화살을 겨누고 있었으므로 사자는 감히 달려들지 못했다. 마침내 오자서는 도망을 쳐서 태자 건이 송나라에 있다는 말을 듣고 그리로 가서 그를 섬겼다. 옥중의 오사는 자기 아들이 도망쳤다는 말을 듣고 이렇게 말했다.

"초나라 임금과 신하들은 머지않아 전쟁으로 고통을 겪게 될 것이다."

오상이 도읍으로 호송되자, 평왕은 오사와 오상을 함께 처형해 버렸다.

오자서가 송나라에 당도하였으나, 송나라에서는 때마침 '화씨의 난'[11]이 일어났으므로 오자서는 태자 건과 함께 다시 정(鄭)나라로 달아났다. 정나라 사람들은 대단한 대우를 해 주었으나, 태자는 정나라가 작은 나라이기 때문에 자신에게 힘이 되지 못할 거라고 생각하여 다시 진(晉)나라로 떠나갔다.

그러자 진나라 경공이 태자 건에게 한 가지 일을 상의해 왔다.

"태자는 정나라와 친분이 두텁고, 정나라에서도 태자를 신뢰하고 있소. 태자가 우리 진나라를 위해 내응해 주고, 우리가 밖에서 공격을 하면 정나라를 멸망시킬 수 있을 거요. 정나라를 없앤 다음, 태자를 그곳에다 봉하면 어떻겠소?"

---

11 송나라 원공(元公) 때 화(華)씨와 향(向)씨가 원공에 대해 일으킨 반란.

그리하여 태자는 욕심을 품고 정나라로 되돌아왔다. 그러나 좋은 기회가 채 오기도 전에, 태자가 사사로운 일로 시종을 죽이려 했다. 그러자 태자의 음모를 알고 있던 시종이 정나라에 그 일을 고발해 버렸다. 정나라 정공(定公)은 재상인 자산(子産)에게 명해 태자 건을 죽였다.

오자서는 건의 아들 승(勝)을 데리고 허둥지둥 오나라로 달아났다. 그러나 국경인 소관(昭關)에 이르러 관문을 지키는 관리에게 쫓기게 되자, 오자서는 하는 수 없이 승과 헤어져 혼자 도망쳤다. 추격자에게 쫓기던 오자서는 가까스로 양자강에 이르러 때마침 배를 띄우고 있던 한 어부의 도움을 받아 겨우 위급을 면할 수 있었다. 오자서는 강을 건너자마자 차고 있던 칼을 어부에게 주며 사례하려 했다.

"이 칼은 백 금의 값어치를 가지고 있으니 이것을 당신에게 사례로 드리겠소."

그러나 어부는 받지 않으며 말했다.

"초나라에는 이런 방이 나붙었소. 오자서를 잡는 사람에게는 좁쌀 6만 섬과 집규(執珪)[12]의 벼슬을 준다고 말이오. 만일 내게 욕심이 있었다면 그런 백 금의 칼이 문제겠소?"

오자서는 오나라에 들어섰으나 도성으로 가는 도중에 병에 시달리고 걸식을 하는 등 심한 고생을 겪었다.

당시의 오나라 왕은 요(僚)였고, 공자 광(光)이 장군으로 있었다.

---

12 초나라 최고의 작위. 규(珪)는 서옥(瑞玉, 상서로운 구슬)으로서 그것을 들고 조정에 참석한다.

오자서는 공자 광에게 왕을 알현하게 해 달라고 부탁했다.

그로부터 얼마 후, 오나라와 초나라 사이에 분쟁이 일어났다. 초나라 국경에 있는 종리(鍾離)라는 고을과 오나라 국경에 있는 비량지(卑梁氏)란 고을은 함께 누에를 쳤는데, 양쪽 여자들이 뽕잎 때문에 시비를 하게 된 것이 원인이 되어 고을과 고을끼리 서로 싸우게 되었다. 그로 인해 초나라 평왕의 분노는 극에 달했고, 마침내는 두 나라가 군사를 일으켜 큰 싸움으로 이어졌다. 오나라는 공자 광을 시켜 초나라를 치게 했다. 공자 광은 초나라의 종리와 거소(居巢)를 함락시킨 다음 돌아왔다. 이 무렵 오자서가 오나라 왕 요에게 권유했다.

"초나라와 싸워 이길 수 있으니 다시 공자 광을 보내도록 하십시오."

그러자 공자 광이 그 의견에 반대하고 나섰다.

"오자서의 아버지와 형은 초나라에서 주살당했습니다. 그가 왕께 초나라를 치라고 권하는 것은 자기 원수를 갚기 위해서입니다. 초나라를 치더라도 아직 이긴다고는 볼 수 없습니다."

오자서는 그 말을 듣고 비로소 공자 광의 속셈을 알아차렸다. 광이 왕을 죽이고 스스로 왕이 되고 싶어 하기 때문에, 지금은 외부 문제를 말해 보아야 소용이 없다는 것을 깨달았다. 그래서 전제(專諸)라는 인물을 공자 광에게 천거해 두고, 그 자신은 물러나 태자 건의 아들인 승과 함께 들판에서 농사를 지으며 때가 오기를 기다렸다.

그로부터 5년 뒤, 오나라 왕 요 12년에 초나라 평왕이 죽었다. 그리고 앞서 태자 건의 비가 되려다 평왕의 비가 된 진나라 공주의 아들 진이 그 뒤를 이으니, 그가 곧 소왕(昭王)이다.

오나라 왕 요는 초나라의 국상을 틈타 두 공자, 즉 개여(蓋餘)와 촉용(燭庸)을 시켜 초나라를 기습 공격하게 했다. 그러나 초나라는 즉각 응전해 올 뿐 아니라 오히려 오나라 군대의 퇴로를 차단했다.

한편 오나라의 국내가 텅 비다시피 되자 공자 광은 전제를 시켜 오나라 왕 요를 죽이고, 스스로 왕위에 올랐다. 이 사람이 바로 오나라 왕 합려(闔廬)이다.

합려는 왕이 되자 바로 오자서를 불러들여 외교 고문 자리인 행인(行人)에 임명하고 함께 나랏일을 꾀했다. 때마침 초나라에서는 대신 극완과 백주리(伯州犁)가 주살되고, 백주리의 손자인 백비(伯嚭)가 오나라로 망명해 왔으므로 합려는 그를 대부에 임명했다.

앞서 오나라 왕 요의 명령에 의해 초나라로 쳐들어갔다가 퇴로가 끊기어 돌아올 수 없었던 두 공자는 그 뒤, 합려가 요를 죽이고 임금이 되었다는 말을 듣자 군사를 거느린 채 초나라에 항복했고, 초나라는 그들을 서(舒)란 곳에 봉했다.

합려는 즉위한 지 3년 만에 군사를 일으켜 오자서, 백비와 함께 초나라를 쳐서 서를 함락시키고 초나라에 투항했던 두 공자를 사로잡았다. 나아가 그 여세로 초나라 도읍 영에까지 쳐들어가려 했으나 장군 손무가 제지했다.

"백성들의 고달픔이 너무도 커서 아직은 그 시기가 아닙니다. 좀 더 기다리십시오."

이에 합려는 진격을 포기하고 되돌아왔다. 합려 4년에 오나라는 초나라를 쳐서 육(六)과 첨(灊)을 빼앗았고, 5년에는 월나라를 쳐서 승리를 거두었다. 6년에는 초나라에서 소왕의 명을 받은 공자 낭와(囊瓦)가 군사를 거느리고 오나라를 침공해 왔으므로, 합려는 오자서에게 이를 맞아 싸우게 했다.

오자서는 초나라 군사를 예장(豫章)에서 크게 이기고, 나아가 초나라 거소를 점령했다.

합려 9년, 왕은 오자서와 손무를 불러 상의했다.

"앞서 경들은 초나라 도읍을 쳐들어갈 시기가 아니라고 했는데 지금은 어떻소?"

"초나라 장군 낭와는 탐욕스러워서 초의 속국인 당과 채, 두 나라의 원한을 사고 있습니다. 왕께서 대규모로 초나라를 치실 생각이시면, 먼저 당나라와 채나라를 우리 편으로 끌어들이십시오. 그러면 성공할 수 있습니다."

그 말을 받아들인 합려는 국내의 모든 군사를 동원하여 당과 채와 협력해서 초나라로 쳐들어가, 초나라 군사와 한수(漢水)를 사이에 두고 진을 쳤다. 이때 오나라 왕의 동생 부개(夫槪)가 선봉을 서려 했으나, 왕이 허락하지 않았다.

그런데도 부개는 자기가 거느린 군사 5천 명을 이끌고 초나라 장수 자상(子常)을 공격했다. 자상은 패하여 정나라로 도망쳤다. 이리하여 오나라는 승세를 몰아 진격을 시작, 다섯 번 싸운 끝에 마침내 영을 공격했다.

그리고 기묘일(己卯日)에 초나라 소왕은 도망을 치고, 그 이튿날인 경진일(庚辰日)에 오나라 왕이 영에 입성했다.

소왕은 영을 탈출하여 운몽(雲夢)으로 갔는데, 밤에 도둑의 습격을 받아 운(鄖)이란 소국으로 달아났다. 이때 운공(鄖公)의 동생 회(懷)가 말했다.

"초나라 평왕이 우리 아버지를 죽였으니, 내가 그 아들을 죽여도 괜찮지 않겠습니까?"

운공은 자기 아우가 소왕을 죽일까 겁이 나서, 소왕과 함께 수(隨)라는 소국으로 달아났다. 그러자 소왕을 추격하던 오나라 군사는 수를 포위한 다음 수나라 사람에게 일렀다.

"한천(漢川)에 있던 주나라 자손들은 모조리 초나라가 멸망시켰다."

그래서 수나라 사람들이 소왕을 죽이려 들자, 왕자 기(綦)는 소왕을 숨겨 둔 채 대신 죽으려 했다. 하지만 때마침 수나라 사람들이 소왕을 오나라로 넘겨주는 문제에 대해 점을 쳐 본 결과, 점괘가 불길하게 나왔기 때문에 오나라의 청을 거절하고 소왕을 넘겨주지 않았다.

오자서는 전에 초나라 대부 신포서(申包胥)와 친했었다.

그래서 오자서는 일찍이 망명길에 오를 때 신포서에게 자기 결심을 말했었다.

"나는 기어코 초나라를 뒤엎고 말 테다."

그러자 신포서는 이렇게 대답했었다.

"나는 반드시 초나라를 지키고 말겠다."

그런데 오나라 군사가 영을 공격했을 때, 오자서는 소왕을 잡으려 했으나 뜻을 이루지 못했으므로, 대신 평왕의 무덤을 파헤쳤다. 그리고 시체에 3백 번이나 매질을 한 뒤에야 그쳤다. 이때 산중으로 피난을 가 있던 신포서는 오자서에게 사람을 보내 이렇게 말했다.

"당신의 복수는 너무 지나치지 않은가. 나는 '사람이 수가 많으면 한때는 하늘을 이길 수 있지만, 하늘이 한번 결정을 내리면 또 능히 사람을 깨뜨리게 된다.'는 말을 들었소. 당신은 원래 평왕의 신하였소. 그런데 지금 그 평왕의 시체를 욕보이게 하니, 이보다 더 천리에 어긋난 일이 또 어디에 있겠소!"

오자서는 그 사자에게 이렇게 일렀다.

"부디 신포서에게 잘 전해라. 해는 지고 갈 길은 멀기 때문에 갈팡질팡 걸어가며 앞뒤를 분간할 겨를이 없었다고."

신포서는 진나라로 달려가 초나라의 위급함을 말하고 구원을 청했으나, 진나라에서는 들으려 하지 않았다. 그러자 신포서는 진나라 대궐 앞 뜰에서 밤낮을 쉬지 않고 울었다.

7일 밤낮으로 울음소리가 끊이지 않자 진나라 애공(哀公)은 그를 딱하게 여겨 말했다.

"초나라가 무도하기는 하지만, 이런 신하가 있으니 망하게 할 수야 있겠는가."

그리고 진나라 애공은 전차 5백 승(乘, 전차나 수레 따위를 세는 단위)을 보내, 초나라를 도와 오나라를 쳤다. 6월, 진나라 군사는 오나라 군사와 직(稷)에서 싸워 이겼다.

한편 오나라 왕 합려는 오랫동안 초나라에 머물러 있으면서 소왕을 찾고 있었는데, 그동안에 아우 부개가 싸움터에서 먼저 도망쳐 귀국하더니 스스로 왕이 되었다.

합려는 그 소식을 듣자, 즉시 초나라를 버리고 귀국해 부개를 쳤다. 부개는 싸움에 패하고 쫓겨나 초나라로 달아났다.

오나라에 내란이 일어난 것을 알고 초나라 소왕은 그 틈을 타서 다시 영으로 돌아왔다. 그리고 부개를 당계(堂谿)에 봉하고 당계씨라 불렀다. 초나라는 다시 오나라와 싸워 이겼다. 오나라 왕은 곧 자기 나라로 돌아오고 말았다.

그로부터 2년 뒤(〈오태백세가〉에는 합려 2년), 합려는 태자 부차(夫差)에게 초나라를 치게 하여 파(番)를 점령했다. 초나라는 오나라가 다시 크게 쳐들어올까 겁이 나서 도읍을 영에서 약(鄀)으로 옮겼다.

당시 오나라는 오자서와 손무의 계책에 의해 서쪽으로는 강한 초나라를 깨뜨리고, 북쪽으로는 제나라와 진(晉)나라를 위협하고, 남쪽으로는 월나라를 굴복시켰다.

그로부터 4년 뒤에 공자(孔子)가 노(魯)나라의 재상이 되었다.

합려 19년, 오나라는 월나라를 쳤다. 월나라 왕 구천(句踐)은 오나라 군사를 맞아 싸워 고소(姑蘇)에서 승리를 거두고 합려의 손가락에 상처를 입혔다.

즉각 오나라 군사는 퇴각했고, 그 뒤 합려는 손가락 상처가 원인이 되어 죽고 말았다.

그는 태자 부차에게 이런 유언을 내렸다.

"너는 구천이 아비를 죽인 것을 잊을 수 있겠느냐?"

부차가 공손히 대답했다.

"감히 잊지 못하옵니다."

그날 저녁에 합려는 죽었다.

부차는 왕이 되자 백비를 태재(太宰)로 임명하여 군사들을 훈련시키고, 그로부터 2년 뒤에 월나라를 쳐서 부초산(夫湫山)에서 승리를 거두었다. 월나라 왕 구천은 패잔병 5천 명을 거느리고 회계산(會稽山) 꼭대기에 머물러 있으면서, 대부 문종(文種)을 시켜 오나라 태재 백비에게 후한 선물을 보내 주며 강화를 청했다. 이때 월나라는 나라를 바치는 동시에 오나라의 신첩(臣妾)이 되겠다고 하였으므로, 오나라 왕이 이를 허락하려 했으나 오자서가 제지했다.

"월나라 왕은 고통을 잘 견디는 사람입니다. 지금 왕께서 그를 없애 버리지 않으시면 뒷날 반드시 후회하시게 되옵니다."

그러나 오나라 왕은 그 의견을 받아들이지 않고, 태재 백비의 계책에 따라 월나라와 강화했다.

그로부터 5년 뒤 오나라 왕은, 제나라 경공이 죽고 새 임금은 아직 나이가 어린 데다 대신들이 세력 다툼을 한다는 말을 듣자, 군사를 일으켜 북쪽으로 제나라를 치려 했다.

이때 오자서가 또다시 간했다.

"구천은 맛있는 음식을 먹지 않으며, 백성들 중 죽은 사람을 조문하고 병든 자를 위문하여, 뒷날 그들을 쓸 생각을 하고 있습니다. 구천이 살아 있는 한 반드시 오나라의 후환이 되고 말 것입니다. 지금 오나라에 월나라가 있다는 것은, 흡사 사람의 배 속에 병이 들어 있는 것과 같습니다. 그런데 왕께선 월나라를 먼저 처치하지 않으시고 제나라에 힘을 기울이려 하시니 어찌 잘못이 아니겠습니까!"

그러나 오나라 왕은 아랑곳하지 않은 채 제나라를 쳤다. 왕은 제나라 군사를 애릉(艾陵)에서 대파한 다음 여세를 몰아 추(鄒)나라와 노나라 임금을 위협하고 돌아왔다. 왕은 그 뒤로 점점 더 오자서를 멀리하면서 그의 계책을 들으려 하지 않았다.

그로부터 4년 뒤, 오나라 왕은 또 북쪽에 있는 제나라를 치려 했다. 이때 월나라 왕 구천은 자공(子貢, 공자의 제자)의 꾀를 써서 군사를 거느리고 오나라를 돕는 한편, 귀중한 보물을 태재 백비에게 바쳐 환심을 샀다. 백비는 벌써부터 자주 월나라의 뇌물을 받고 있었으므로 다시없이 월나라를 좋아하고 신임하여, 밤낮으로 오나라 왕에게 월나라를 두둔했다. 그래서 오나라 왕은 백비의 계책을 믿게끔 되었다.

이에 오자서가 간했다.

"월나라는 오나라에 있어서 배 속에 들어 있는 병과 같습니다. 지금 월나라의 아부에 찬 거짓말을 믿고 제나라를 탐내고 있으나, 제나라를 쳐서 그 땅을 빼앗는다 해도 그것은 자갈밭과 같은 것이어서 아무런 이용 가치도 없습니다. 또 《서경》의 〈반경(盤庚)〉편 고(誥)에서 말하기를 '옳고 그른 것을 따지지 않고 조심하지 않는 사람에게는 가볍게는 코를 베는 형을 주고, 무겁게는 그를 죽여 살아남지 못하게 하여 이 땅에 번식하지 못하도록 하라.'고 했는데, 이것이 바로 상(商)나라가 일어나게 된 까닭입니다. 바라옵건대 왕께서는 제나라를 버려두고, 먼저 월나라를 처치하도록 하십시오. 그러지 않으면 뒷날 후회를 하게 될 것입니다."

그러나 오나라 왕은 역시 받아들이지 않았다. 뿐만 아니라 이번에는 오자서를 제나라에 사신으로 보냈다. 오자서는 떠나기에 앞서 아들에게 일렀다.

"나는 자주 왕에게 간해 보았으나 왕은 내 말을 듣지 않았다. 나는 머지않아 오나라가 망하는 것을 보게 되겠지만, 너까지 오나라와 함께 죽는 것은 쓸데없는 일이다."

그리하여 오자서는 아들을 데리고 가서 제나라 포목(鮑牧)에게 맡겨 두고, 오나라로 돌아와 왕에게 정세를 보고했다.

오나라 태재 백비는 일찍부터 오자서와 사이가 나빴으므로 이렇게 중상했다.

"오자서는 사납고 인정이 없으며, 사람을 의심하여 해치려는 마음을 가지고 있습니다. 그는 왕께 대해서도 원망을 품고 있으니 장차 큰 화근이 될 것으로 생각되옵니다. 앞서 왕께서 제나라를 치려 하셨을 때 오자서는 이를 반대했었습니다. 그러나 결국은 제나라를 쳐서 큰 공을 세웠습니다. 이때 오자서는 마땅히 기뻐해야 했음에도 불구하고 오히려 자기의 주장이 받아들여지지 않은 것을 부끄러워하며 도리어 원망을 품었습니다. 지금 왕께서 다시금 제나라를 치려 하시는데, 오자서는 강력히 반대 입장을 취하여 출병을 막으려 하고 있습니다. 그것은 단순히 오나라가 패해서 자신의 주장이 옳았다는 것이 증명되기를 바라는 마음에서입니다. 이제 왕께서 몸소 출정을 하시고, 국내의 모든 병력을 총동원하여 제나라를 칠 경우, 오자서는 자기의 의견이 받아들여지지 않은 데 대한 불만으로 함께 따라가기를

꺼리며 병을 핑계로 가지 않으려 할 것입니다. 왕께서 이에 대한 대
비책을 강구하지 않으면 안 될 줄로 아옵니다. 이러한 상황에서는 그
가 화를 일으키는 것도 그리 어려운 일은 아닙니다. 그리고 제가 사
람을 시켜 알아본 결과, 오자서는 제나라에 사신으로 갔을 때 아들을
제나라 포씨에게 맡기고 왔다 하옵니다. 이것으로 보아, 오자서는 신
하 된 몸으로서 안으로 뜻을 얻지 못하자 밖으로 제후들에게 의지하
려 하고 있으며, 자신은 선왕의 모신(謀臣)이었는데도 지금은 버림을
당하고 있다 하여 앙심을 품고 있는 형편입니다. 왕께서는 일찌감치
대책을 강구하셔야 되옵니다."

그러자 오나라 왕도 맞장구를 쳤다.

"경이 말하지 않아도 나 역시 의심을 하고 있었소."

그리하여 오자서에게 사람을 보내 촉루(屬鏤)라는 칼을 내리고 명
했다.

"그대는 이 칼로 죽으라!"

오자서는 하늘을 우러러보며 탄식해 마지않았다.

"슬프다! 참신(讒臣, 참소를 잘하는 신하)인 백비가 나라를 어지럽히
려 하고 있는데, 왕은 도리어 충신인 나를 죽이려 하다니. 나는 왕의
아버지를 패자(覇者)로 만들었고, 또 왕이 아직 태자가 되기 전, 여러
왕자들이 태자가 되려고 경쟁하고 있을 때 죽음을 각오하고 그를 왕
으로 정하게 했다. 그러지 않았다면 그는 태자도, 지금 왕도 될 수 없
었다. 또 태자가 되어 왕위에 올라 오나라를 내게 나누어 주려 했어
도 나는 그것을 원하지 않았었다. 그런데 지금 아첨하는 신하의 말만

듣고 장자(長者, 덕망이 뛰어나고 경험이 많아 세상일에 익숙한 어른)를 죽이려는 것이냐!"

그리고 오자서는 사인(舍人, 가신(家臣))들에게 명했다.

"반드시 내 무덤 위에 가래나무를 심어서 그릇을 만들 수 있게끔 해라(그릇은 오나라 왕의 관을 암시한다). 그리고 내 눈알을 뽑아내어 오나라 도읍 동문(東門) 위에 걸어 두어라. 월군이 쳐들어와서 오나라를 없애 버리는 것을 보리라."

그러고는 스스로 목을 베어 죽었다.

오나라 왕은 이 말을 듣고 크게 노하여, 오자서의 시체를 끌어내다가 말가죽으로 만든 자루에 넣어 강물에 던져 버렸다. 오나라 사람들은 그를 동정하여 강수 기슭에 오자서를 위하는 사당을 세우고, 그 산 이름을 서산(胥山)이라 불렀다(오자서가 죽기 이전부터 서산이라 불렀다는 설도 있음).

오나라 왕은 오자서를 죽이고 난 다음, 마침내 제나라를 쳤다. 그 때 제나라에선 포씨가 임금인 도공(悼公)을 죽이고 양생(陽生)을 임금으로 세우고 있었다. 오나라 왕은 역적을 무찌른다는 명분을 세우긴 했으나 이기지 못했다.

2년 후에 오나라 왕은 노나라 애공(哀公)과 위(衛)나라 출공(出公)을 불러 탁고에서 맹약을 맺었다. 이듬해에는 북쪽의 황지에서 제후들을 불러 모아 주나라 왕실의 명령을 따르도록 했다.

그 기회를 틈타서 월나라 왕 구천이 오나라를 공격해 태자를 죽이고, 오나라 군사를 쳐부수었다. 오나라 왕은 그 소식을 듣고 돌아와 사신을 시켜 후한 선물을 보내고 월나라와 화친했다. 그로부터 9년 뒤에 월나라 왕 구천은 마침내 오나라를 공격하여 부차와 태재 백비를 죽이고 오나라를 멸망시켰다. 백비가 그 임금에게 충성하지 않고, 다른 나라로부터 많은 뇌물을 받으며 내통하고 있었기 때문이다.

오자서가 전날 함께 도망했던 초나라 태자 건의 아들인 승(勝)은 오나라에 살고 있었다. 오나라 왕 부차 때 초나라 혜왕이 승을 초나라로 불러들이려 하자 섭공(葉公)이 이를 말렸다.

"승은 용맹을 좋아하여 남몰래 결사대를 모집하고 있습니다. 무슨 음모를 꾸미고 있는 것이 틀림없습니다."

그러나 혜왕은 듣지 않고 승을 불러들여 초나라 변경인 언(鄢)에 머물러 살게 하고, 백공(白公)이라 불렀다.

백공이 초나라로 돌아온 지 3년째 되던 해에 오나라가 오자서를 죽였다.

백공은 초나라로 돌아온 뒤부터는, 정나라가 아버지를 죽인 것에 원한을 품고 결사대를 기르며 정나라에 원수 갚을 계획을 짜고 있었다. 그러다 초나라로 돌아온 지 5년이 되던 해에 백공이 정나라를 칠 것을 청하자 초나라 영윤 자서(子西)가 그것을 허락했다.

그런데 아직 출병도 하기 전에 진(晉)나라가 정나라를 쳤으므로, 정나라는 초나라에 구원을 청해 왔다. 초나라는 자서에게 명령하여 정나라를 구원하도록 했다.

그리하여 자서가 정나라를 도와 진나라와 화평을 맺고 돌아왔으므로 백공 승이 성을 내며 말했다.

"이젠 정나라가 원수가 아니라 자서가 원수이다."

그런데 누군가가 물었다.

"어떻게 하시려는 겁니까?"

승은 별 생각 없이 답했다.

"자서를 죽일 작정이다."

이 말을 전해 들은 자서가 웃으며 말했다.

"승은 아직 알(卵)일 뿐이다. 뭘 어찌 하겠다는 건가!"

그로부터 4년 뒤 백공 승은 석걸(石乞)을 데리고 조정에 나가 영윤 자서와 사마 자기(子綦)를 습격해 죽였다. 그때 석걸이 말했다.

"왕도 죽여 버려야만 됩니다."

그리하여 혜왕마저 죽이려 했으나, 혜왕은 재빨리 고부(高府, 도성 안에 있는 창고 이름)로 피신을 했다. 그리고 다시 시종 굴고(屈固)에게 업혀 소부인(昭夫人, 소왕의 부인으로 혜왕의 어머니)의 궁으로 달아났다. 한편 백공의 반란 소식을 들은 섭공이 군사를 이끌고 백공을 공격했다. 백공의 무리들이 패하자 백공은 산속으로 달아나 자결하고 말았다. 섭공은 석걸을 잡아 백공의 시체가 있는 곳을 물었으나 끝내 말하지 않았다. 섭공은 기름 가마에 삶아 죽이겠다고 석걸을 위협했다.

그런데도 석걸은 이렇게 말하며 끝끝내 백공의 시체가 있는 곳을 알려 주지 않았다.

"일이 성공하면 벼슬길에 오르고, 실패하면 죽는 것이 떳떳한 길이다."

섭공은 드디어 석걸을 삶아 죽이고, 혜왕을 찾아내어 다시 왕으로 세웠다.

태사공은 말한다.

원한의 해독이 사람에게 주는 영향은 참으로 처참하지 않은가. 임금이라도 그 신하에게 원한을 품게 하는 행동을 해서는 안 되거늘, 하물며 동열(同列)의 사람들끼리야 어떠하겠는가? 처음 오자서가 아버지 오사를 따라 함께 죽고 말았다면 땅강아지나 개미와 다를 것이 무엇이 있겠는가. 인질로 잡힌 아버지의 부름을 거절하여 작은 의를 버리고, 그로 인해 부형의 원수를 갚아 큰 치욕을 씻음으로써 그 이름을 후세에 남기게 된 것이다. 참으로 비장한 일이다. 오자서가 초나라에 쫓기는 몸이 되어 강수 기슭에서 오도 가도 못하게 되었을 때는 거지 노릇까지 했었지만, 그의 생각이야 잠시인들 초나라 도읍을 잊을 수 있었겠는가. 그러므로 참고 견디며 공명을 이룰 수 있었던 것이다. 열렬한 장부가 아니고서야 누가 능히 이런 일을 해낼 수 있었겠는가.

백공도 그 자신이 임금이 되려고만 하지 않았더라면, 그의 성공이나 계책 등에 볼만한 것들이 많았을 터인데…….

중니 제자 열전(仲尼弟子列傳)

공자는 문(文)을 서술하고 제자들은 학문에 힘을 써서 모두 제후들의 스승이 되었으며, 인(仁)을 숭앙하고 의(義)를 장려했다. 그래서 〈중니 제자 열전 제7〉을 지었다.

공자가 말했다.

"내 제자로서 학업에 힘써 육예(六藝, 고대 중국 교육의 여섯 가지 과목. 예(禮), 악(樂), 사(射), 어(御), 서(書), 수(數)를 이름)에 통달한 사람은 77명이 있다. 모두가 뛰어난 재능을 지닌 사람들이지만, 그중에서도 덕행에는 안연(顔淵), 민자건(閔子騫), 염백우(冉伯牛), 중궁(仲弓), 정치에서는 염유(冉有), 계로(季路), 변설에서는 재아(宰我), 자공(子貢), 문학에서는 자유(子遊), 자하(子夏)가 특히 뛰어났다. 그러나 다 각기 결점도 있어서 전손사(顓孫師)는 잘난 체하는 데가 있고, 증삼(曾參)은 둔

한 편이며, 고시(高柴)는 우직하고, 중유(仲由)는 거친 데가 있다. 도를 즐기는 안회(顏回, 안연)는 자주 끼니가 떨어지는 형편이다. 또한 단목사(端木賜, 자공)는 내 가르침을 따르지 않고 돈벌이에만 힘을 기울이고 있는데, 그래도 그의 판단은 비교적 정확하다."

공자가 존경하는 인물로는 주나라의 노자와 위나라의 거백옥(蘧伯玉), 제나라의 안평중(晏平仲), 초나라의 노래자(老萊子), 정나라의 자산(子産), 노나라의 맹공작(孟公綽) 등이 있고, 또 가끔 장문중(臧文仲), 유하혜(柳下惠), 동제 백화(銅鞮伯華, 진나라 대부의 양설적), 개산 자연(介山子然, 개자추) 등을 칭찬했으나 이들은 모두 공자보다 이전 사람들이어서 세상을 함께하지는 않았다.

안회는 노나라 사람이다. 자는 자연(子淵)이고, 공자보다 30세 손아래다.

언젠가 안연이 인에 대해 묻자, 공자는 이렇게 대답했다.

"자신의 욕심을 이겨 내어 예로 돌아가게 되면, 온 천하가 그의 인덕을 그리워하게 될 것이다."

공자는 안회에 관해 이렇게 말한 적이 있다.

"어질다, 회여! 그대는 밥 한 그릇에 국 한 사발, 이런 식사를 하며 뒷골목에 살고 있다. 보통 사람들은 어쩌다 불평도 하련만 회는 오히려 즐거움으로 삼는다. 나와 이야기할 때에는 바보처럼 듣고만 있는데, 물러가서 그 행동하는 것을 보면 내게서 들은 바를 그대로 옮기고 있으니 어리석은 것이 아니다. 벼슬에 나가게 되면 도를 행하고 물러나면 조용히 도를 즐길 수 있는 사람은 오직 나와 그 밖에 없을 것이다."

안회는 29세에 머리카락이 하얗게 세더니 젊어서 세상을 떠났는데 (〈가어(家語)〉에는 32세에 죽음), 이때 공자는 소리 내어 울면서 이렇게 탄식했다.

"내가 안회를 제자로 둔 뒤부터 다른 제자들이 나와 더욱 다정하게 지냈는데……."

그 뒤, 노나라 애공이 제자들 중에 누가 학문을 좋아하느냐고 물었을 때, 공자는 이렇게 대답했다.

"안회죠. 그는 학문을 좋아했으며, 자기 감정에 치우쳐 남에게 불쾌감을 주지 않고, 같은 잘못을 두 번 다시 되풀이하지 않았습니다. 그러나 불행히 명이 짧아 지금은 죽고 없습니다."

민손(閔損)은 자를 자건(子騫)이라 했고, 공자보다 15세 손아래다.

그에 대해 공자는 이렇게 말했다.

"효성스럽도다, 자건이여. 사람들은 그가 진정한 효자임을 알고 있기 때문에 그의 부모 형제들이 그를 자랑해도 조금도 틀리다고 생각지를 않는다."

한때 노나라 대부 계(季)씨가 자건을 불러 벼슬을 주려고 했으나, 자건은 권력을 자랑하는 그의 녹을 받는 것이 싫어서 거절하며 말했다.

"만일 또다시 나를 부르는 일이 있으면, 나는 노나라를 떠나 문수(汶水, 제나라)로 가서 살게 될 거요."

염경(冉耕)은 자를 백우(伯牛)라 했다. 공자에게서 덕행이 뛰어나다는 말을 들었다.

백우가 몹쓸 병(문둥병)에 걸리자 공자는 그의 집에 문병을 가서 창

너머로 그의 손을 잡고 말했다.

"천명이야. 이런 훌륭한 사람이 이런 병을 가지고 있다는 것은 천명이랄 수밖에."

염옹(冉雍)은 자를 중궁(仲弓)이라 했고, 공자보다 29세 아래다. 언젠가 중궁이 정치에 대해 묻자, 공자가 말했다.

"내 집을 나가 세상과 교제를 할 때에는 귀중한 손님을 접대하듯 해야 한다. 벼슬에 올라 백성을 부릴 경우에는 결코 가볍게 대해선 안 된다. 큰 제사를 지낼 때처럼 정중하게 대해야 한다. 제후국에서 벼슬을 하거나 대신들 집에서 일을 보거나 간에 남에게 원한을 사는 일이 없도록 명심해라."

하지만 공자는 중궁의 덕행이 뛰어나다는 것을 이런 말을 함으로써 인정했다.

"옹은 임금 자리에도 앉을 수 있다."

또 중궁의 아버지는 지체가 천한 사람이었는데, 공자는 그에 관해 이렇게 말했다.

"빛깔이 붉고 좋은 뿔을 가지고 있어도 보기 싫은 얼룩소 새끼를 제사에 쓰려고 하지 않을 것이다. 그러나 제사를 받는 산천 신령들은 그것을 마다할 리가 없을 것이다."

염구(冉求)는 자를 자유(子有)라 했고, 공자보다 29세 손아래다. 노나라 대부 계씨의 재(宰)로 있었는데, 언젠가 계강자(季康子)가 그에 관해 공자에게 물어보았다.

"염구는 어집니까?"

"천 호의 고을과 백 승의 나라[13]라면 구는 훌륭히 그 고을을 다스려 나갈 수 있겠지만, 그가 어진지는 나도 알 수 없소."

계강자가 다시 물었다.

"자로는 어집니까?"

공자는 이렇게 대답했다.

"염구와 같소."

언젠가 염구가 공자에게 물었다.

"정당한 일을 들었을 때에는 그대로 행해야 합니까?"

그러자 공자가 대답했다.

"그대로 행해야 한다."

그런데 다시 자로가 같은 것을 묻자 공자는 이렇게 대답했다.

"부형이 계신데 어떻게 상의도 없이 그대로 행할 수 있겠느냐."

이에 자화(子華, 공서적)가 이상한 생각이 들어 물어보았다.

"감히 묻습니다만, 묻는 것은 똑같았는데 어떻게 대답은 서로 다릅니까?"

그러자 공자가 대답했다.

"염구는 사람이 소극적이기 때문에 용기를 불어넣어 준 것이다. 하지만 중유는 덤비는 성질이라서 눌러둔 것뿐이다."

중유(仲由)는 자를 자로(子路)라 한다. 노나라 변(卞)에서 태어났고, 공자보다 9세 손아래다.

---

13 전차 백 대를 낼 수 있는 재력과 영토를 가진 나라를 가리킴.

자로는 천성이 거칠고 용맹을 좋아했으며 자존심이 강했다. 수탉의 꼬리로 관(冠)을 만들어 쓰고, 수퇘지의 가죽으로 주머니를 만들어 허리에 차고서 공자를 업신여기며 폭행하려고도 했었다. 그러나 공자가 항상 예로써 대하며 차츰 바른길로 이끌어 주자 감화를 받은 나머지 얼마 후엔 유자(儒者)의 옷을 입고 예물을 올린 다음, 문인들을 통해 공자의 제자로 들어오게 되었다.

자로가 정치의 요점에 대해 묻자, 공자는 이렇게 말했다.

"먼저 몸소 앞장서서 백성들을 인도하고, 백성들을 위해 수고를 아끼지 말아야 한다."

이 대답이 너무 간단했기 때문에 더 가르쳐 줄 것을 청했으나, 공자는 역시 간단하게 잘라 말할 뿐이었다.

"지금 말한 것을 게을리하지 말고 행하면 된다."

자로가 또 물었다.

"군자에게도 용기는 필요하겠지요?"

공자가 대답했다.

"군자는 의를 가장 소중히 여겨야 한다. 군자가 용기만을 좋아하고 의리를 모르면 세상이 어지럽게 되고, 소인이 용기만을 좋아하고 의리를 모르면 도둑질을 하게 된다."

자로는 좋은 말을 들으면 그것을 곧 실천에 옮기는 성격이었으므로, 좋은 것을 듣고도 채 실행할 수 없을 경우에는 아무리 좋은 말일지라도 더 듣지 않으려 했다.

언젠가 공자는 자로에 대해 이렇게 말했다.

"자로라면 단 한마디 말로써 송사의 판결을 내릴 수 있을 것이다. 용기 또한 나보다 앞섰지만, 사물에 대한 판단력이 부족한 것이 흠이다. 자로와 같은 사람은 제 명에 죽기가 어려울 것이다. 자로는 또 떨어진 솜두루마기를 입은 채 여우나 담비 옷을 입은 사람과 같이 있더라도 조금도 부끄러워하지 않을 것이다. 그러나 학문은 대청에까지 올라와 있지만 아직 방 안에까지는 들어오지 못하고 있다."

언젠가 계강자가 물었다.

"중유는 어집니까?"

공자가 대답했다.

"천 승의 나라 정도는 잘 다스릴 수 있겠지만, 그가 어진지는 잘 모르겠소."

자로는 공자가 여러 나라를 방랑할 때 기꺼이 수행하며 장저(長沮), 걸닉(桀溺), 하조장인(荷蓧丈人)[14] 등을 만났다.

자로가 노나라 계씨의 재가 되었을 때, 계손자가 공자에게 물어보았다.

"자로는 대신의 자격을 가졌다고 말할 수 있습니까?"

"보통 신하라고 말할 수 있겠지요."

자로가 위나라 포(蒲)라는 지방의 대부로 초빙받아 공자에게 하직 인사를 하자, 공자는 이렇게 말했다.

"포 지방은 장사(壯士)들이 많아서 다스리기가 힘든 곳이다. 그러

---

14 이 이름들은 각각 각자의 모습을 묘사한 것으로 마침내는 '이름'이 되고 말았다. 하조장인의 경우는 '삼태기를 짊어진 노인'이라는 뜻이다.

므로 내 말을 잘 들어 둬라. 네가 언제나 몸을 겸손히 하면 그들 장사를 거느릴 수 있을 것이다. 너그럽고 올바르면 백성들이 너를 따르게 될 것이다. 조심하여 바른 정치를 행함으로써 온 고을이 편안히 지내게 되면 그것이 곧 나라에 보답이 되는 것이다."

이보다 앞서, 위나라 영공에게는 사랑하는 부인이 있었는데, 남자(南子)라 불렀다. 영공의 태자 괴외(蒯聵)가 남자에게 죄를 짓고 처벌이 두려워 나라 밖으로 달아났다. 영공이 죽자, 남자는 공자 영(郢)을 왕으로 세우려고 했으나 영이 듣지 않았다.

"달아난 태자의 아들 첩(輒)이 있습니다."

그래서 위나라에서는 첩을 임금으로 세웠다. 이 사람이 출공(出公)이다. 출공이 즉위한 지 12년이 지나도록 그의 아버지 괴외는 여전히 위나라로 돌아오지 못하고 있었다. 이 무렵, 자로는 위나라 대부 공회(孔悝)의 읍재(邑宰)로 있었다.

괴외는 공회를 자기편으로 끌어들여 반란을 일으킬 생각으로 몰래 공회의 집으로 숨어 들어가, 마침내 그 무리들과 함께 출공을 습격했다. 출공은 노나라로 달아나고 괴외가 그 임금 자리에 오르니, 이 사람이 장공(莊公)이다.

공회가 난을 일으켰을 때 자로는 밖에 나가 있었는데, 소문을 듣고 달려오다가 위나라 성문을 나오는 자고(子羔, 위나라 대부로 공자의 제자)와 마주쳤다. 자고가 자로를 말렸다.

"출공은 벌써 떠났고 성문은 이미 닫혔으니 그냥 돌아가는 편이 좋겠소. 공연한 화를 입을 필요는 없으니까."

그러나 자로는 굽히지 않았다.

"녹을 먹고 있는 자로서 어찌 주군의 어려움을 저버리겠소!"

자고는 그대로 떠나 버렸다. 마침 성안으로 들어가는 사자가 있어 성문이 열렸다. 자로는 사자의 뒤를 따라 안으로 들어가서 괴외가 있는 곳으로 갔다. 괴외는 공회와 함께 대(臺)에 올라가 있었으므로 자로는 그들을 향해 소리쳤다.

"임금께선 공회가 필요치 않을 것입니다. 그를 내려보내 죽이도록 해 주십시오."

그러나 괴외가 듣지 않았으므로 자로는 대를 불태우려 했다. 괴외는 겁이 나서 석걸과 호염(壺黶)을 내려보내 자로를 칼로 치라고 했다. 그들의 칼이 자로의 관 끈을 끊었다. 그러자 자로가 외쳤다.

"보아라, 군자는 죽어도 관을 벗지 않는다."

그러고는 끈을 다시 맨 다음 숨졌다. 공자는 위나라에 난이 있었다는 말을 듣자 통탄했다.

"슬프다, 자로는 죽고 말리라!"

그 뒤 과연 자로가 죽었다는 소식이 전해졌다. 공자는 자로를 추억해 이렇게 말했다.

"내가 자로를 제자로 둔 뒤부터 세상 사람들의 비난을 듣지 않게 되었는데……."

재여(宰予)는 자를 자아(子我)라 불렀고, 변설에 능했다. 공자에게 가르침을 받게 된 뒤 이런 것을 물어본 적이 있었다.

"부모의 상(喪)을 3년이나 치르는 것은 너무 긴 것 같습니다. 군자는 하루도 예(禮)와 악(樂)을 떠나서는 살 수 없는데, 3년 동안이나 예를 닦지 않으면 예는 무너지고 말 것입니다. 또 3년 동안이나 악을 버려둔다면 악 또한 무너지고 말 것입니다. 1년이 지나면 지난해 거둬들인 묵은 곡식은 다 먹고, 햇곡식이 익습니다. 또한 나무를 비벼 얻던 불씨도 한 해에 한 번씩 바꾸니, 부모의 3년 상을 1년으로 바꾸는 것이 좋을 줄 압니다."

공자가 반문했다.

"그렇게 하면 네 마음이 편안하겠느냐?"

"편안합니다."

"네 마음이 편안하거든 그렇게 하거라. 군자가 부모의 상을 입는 동안은 맛있는 음식도 그 맛을 모르고, 음악을 들어도 즐거운 줄을 모른다. 그래서 그런 것을 하지 않는 것이다."

자아가 물러가자 공자가 말했다.

"재여는 참으로 마음이 어질지 못하구나. 자식이 태어나면 3년이 지난 뒤라야 부모의 품을 벗어나게 된다. 그러므로 부모에 대한 3년 상은 귀천을 가릴 것 없이 온 천하의 공통된 도리이다."

언젠가 자아가 학문을 게을리하고 낮잠을 잤을 때, 공자는 이렇게 꾸짖었다.

"썩은 나무에는 조각을 할 수 없고, 썩은 흙담은 흙손으로 고쳐 바를 수가 없다."

또 자아가 오제(五帝)의 덕에 대해 묻자, 공자는 이렇게 잘라 말했다.

"너는 그런 것을 물을 자격이 없다."

그 뒤 자아는 제(齊)나라 임치(臨菑)의 대부가 되었는데, 전상(田常)과 함께 반란을 일으켰다가 멸족의 화를 당했고, 공자는 그 일을 부끄러워했다.

단목사(端木賜)는 위나라 사람으로 자를 자공(子貢)이라 했고, 공자보다 31세 손아래였다. 자공은 변설에 뛰어났으나, 공자는 항상 그의 변설을 억눌렀다.

언젠가 공자가 자공에게 물었다.

"너와 안회를 비교했을 때 누가 낫다고 생각하느냐?"

"제가 어떻게 안회를 따를 수 있겠습니까? 안회는 하나를 들으면 열을 아는데, 저는 하나를 들으면 겨우 둘을 알 뿐입니다."

자공은 공자의 가르침을 받은 뒤에 공자에게 물었다.

"저는 어떤 사람이겠습니까?"

"너는 그릇이다."

"어떤 그릇입니까?"

"호련(瑚璉, 종묘의 제사에 쓰이는 유기)이지."

어느 날 진자금(陳子禽)이 자공에게 물었다.

"공자께서는 누구에게 배우셨습니까?"

"주나라 문왕과 무왕의 도는 아직 완전히 없어진 것이 아니고 사람들에게 전해 내려오고 있소. 어진 사람은 그중에서 큰 것들을 알고 있고, 어질지 못한 사람은 그중에서 작은 것들을 알고 있소. 어느 것 하나 문왕과 무왕의 도가 아닌 것이 없으므로, 선생님은 어디서나 그것을 배우셨소. 그러므로 일정한 스승이 있을 리가 없소."

진자금이 또 물었다.

"공자께선 어느 나라에 계시든 반드시 정치에 관여하게 되는데, 공자께서 요청해서 그렇게 되는 것입니까, 아니면 그 나라의 군주가 요청한 것입니까?"

"선생님은 온(溫)·량(良)·공(恭)·검(儉)·양(讓)의 덕을 몸에 갖추고 계시므로 자연 그렇게 되는 것이오. 선생님은 세상을 건지기 위해 각국을 돌고 계시므로 선생님 쪽에서 요청하셨다고도 볼 수 있지만, 그것은 벼슬을 찾아다니는 다른 사람들과는 다르오."

언젠가 자공이 공자에게 물었다.

"집이 부유해도 거만해지는 일이 없고, 가난해도 비굴해지는 일이 없으면 어떻습니까?"

"그건 훌륭한 일이다. 그러나 아직도 가난이니 부니 하는 것에 마음이 사로잡혀 있는 것이다. 빈부 같은 것을 초월해서, 가난해도 도를 즐기고 부유해도 예를 좋아하는 사람을 이겨 낼 수는 없다."

제나라 대부 전상이 난을 일으키려 했으나, 제나라의 명문 집안인 고씨(高氏), 국씨(國氏), 포씨(鮑氏), 안씨(晏氏)의 세력이 두려웠다. 그래서 계획을 바꿔 그들의 군사를 합쳐 노나라를 치기로 했다. 공자는 그런 사실을 알게 되자 제자들에게 말했다.

"노나라는 우리 조상의 무덤이 있는 곳으로 부모의 나라다. 그 나라가 이처럼 위기에 놓여 있다. 너희들 중에 이 난국을 타개할 방법을 가진 사람이 있느냐?"

자로가 나서 보겠다고 청했으나 공자는 말렸다. 잇달아 자장(子張)

과 자석(子石)이 나가 보겠다고 하자, 공자는 역시 허락하지 않았다. 자공이 나가겠다고 하자 공자는 비로소 승낙했다. 자공은 곧 제나라로 가서 전상을 달랬다.

"상공께서 노나라를 치려고 하는 것은 잘못입니다. 노나라는 치기 힘든 나라입니다. 그 이유는 이렇습니다. 노나라의 성벽은 얇고 낮으며, 그 못은 좁고 얕으며, 임금은 어리석고 어질지 못하며, 신하들은 거짓되고 쓸모없으며, 병사와 백성들은 전쟁을 싫어하기 때문에 싸울 상대가 되지 못합니다. 그보다는 오나라를 치는 쪽이 유리합니다. 오나라로 말하면 성벽은 높고 두꺼우며, 못은 넓고 깊으며, 무기는 튼튼하고 새것이며, 군사들은 정예병(精銳兵, 썩 날래고 용맹스러운 병사)들뿐이고 식량도 충분하며, 중무기가 모두 그 성안에 있습니다. 또 훌륭한 장수들이 그곳을 지키고 있으니, 이런 나라야말로 치기가 쉬운 것입니다."

전상은 벌컥 성을 내며 상기한 채 말했다.

"선생이 어렵다고 말하는 것은 세상 사람들이 쉽다고 하는 것이며, 선생이 쉽다고 하는 것은 세상 사람들이 어렵다고 하는 것인데, 그처럼 상식과 반대되는 말을 이 사람에게 들려주는 것은 무슨 까닭이오?"

"나는 걱정이 안에 있는 사람은 강한 나라를 치고, 걱정이 밖에 있는 사람은 약한 나라를 친다고 들었습니다. 들건대, 제나라 임금께서는 상공을 세 번이나 군(君)에 봉하려 했으나 세 번 다 실패하고 말았다고 합니다. 그것은 곧 제나라 대신들 가운데 반대하는 사람들이 있기 때문입니다. 그러한 형편에서는 상공이 노나라를 쳐서 이겨 제나라의 영토를 넓혀 보아야 승리로 임금의 마음을 더욱 교만하게 할 뿐이며, 노나라를 쓰러뜨린 것으로 대신들의 위세만을 더하게 할 뿐입니다. 상공의 공로는 인정을 받지 못하고 임금과의 거리만 멀어질 것입니다. 결국 상공께선 위로는 임금의 마음을 교만하게 만들고, 아래로는 뭇 신하들의 세력만을 키워 주는 결과가 됨으로써 상공께서 바라고 있는 큰일을 이룩하기가 더욱 어렵게 될 뿐입니다. 임금이 교만하면 방자한 일을 하게 되고, 신하가 교만해지면 권력을 다투게 됩니다. 그렇게 되면 상공은 위로는 임금과 사이가 벌어지고, 아래로는 대신과 맞서게 되어 제나라에서 발판을 닦기가 위태롭게 됩니다. 그래서 오나라를 치는 것이 유리하다고 말씀드린 것입니다. 오나라를 쳐서 이기지 못할 경우에는 백성들은 밖에서 싸워 죽게 되고, 대신들은 안에서 발판을 잃게 됩니다. 결국 상공으로선 위로는 강한 적이 없어지게 되고, 아래로는 백성들의 비난을 받지 않게 되며, 임금을 고립시켜 제나라를 마음대로 할 수 있는 것은 오직 상공만이 남게 됩니다."

"과연 그렇겠소. 그러나 우리 군사는 벌써 노나라로 향하고 있소. 이제 다시 노나라에서 물러나 오나라로 향하라고 하면 대신들은 나를 의심하게 될 테니 어떻게 하면 좋겠소?"

"상공께선 군사를 눌러둔 채, 노나라를 공격하지 마십시오. 그동안에 제가 오나라 왕에게로 가서, 오나라가 노나라를 도와 제나라를 치도록 하겠습니다. 그렇게 되었을 때 상공께선 군사를 이끌고 오나라를 맞아 싸우면 됩니다."

전상은 이를 허락하고, 자공을 남쪽으로 보내 오나라 왕을 만나도록 했다. 자공은 오나라 왕을 이렇게 달랬다.

"신은, 왕자는 다른 나라의 뒤를 끊는 일이 없고 패자는 적국을 강하게 만들지 않는다고 들었습니다. 한편, 천 근의 무거운 것도 겨우 1수(銖)나 1량(兩)의 무게를 더함으로써 저울 눈이 옮겨지게 되는 것입니다. 지금 제나라는 만 승의 대국으로서 다시 천 승의 노나라를 자기 것으로 만들어 오나라와 세력을 겨루려 하고 있습니다. 이 점, 왕을 위해 걱정하지 않을 수 없습니다. 그리고 또 오나라로서는 노나라를 구원하는 것이 명분을 살리는 것이 되며, 제나라를 친다는 것은 큰 이익이 되는 것입니다. 사수(泗水) 주위의 제후들을 내 편으로 끌어들여 포악한 제나라를 무찌르고, 강한 진나라를 굴복시킨다면 이보다 더 큰 이익이 또 어디에 있겠습니까? 명분은 망해 가는 노나라를 보전시키는 데 있고, 실상은 강대한 제나라를 꺾어 누르게 되는 만큼, 지혜 있는 사람이면 지체 없이 이를 실행할 것입니다."

"과연 그렇겠소. 그러나 과인은 일찍이 월나라와 싸워 월나라 왕을 회계에 몰아넣은 일이 있었소. 그런 뒤로 월나라 왕은 군사를 기르며 장차 우리 오나라에 원수를 갚으려 하고 있소. 과인이 월나라를 칠 때까지 기다려 주오. 그러고 나서 내 선생의 의견을 따르겠소."

"월나라의 힘이란, 약소국인 노나라보다도 더 나을 것이 없습니다. 왕께서 제나라를 내버려 둔 채 월나라를 치시게 되면, 그동안에 제나라는 노나라를 완전히 평정하고 말 것입니다. 또 왕께선 이제 장차 패자로서 망하려는 것을 붙들어 주고, 끊어지려는 것을 이어 주는 것으로써 명분을 삼고 계십니다. 그런데 약한 월나라를 치고, 강한 제나라를 두려워하는 것은 용기라 말할 수 없습니다. 대체로 용기 있는 사람은 어려운 것을 피하지 않고, 어진 사람은 괴로운 사람을 궁지로 몰아넣지 않으며, 지혜 있는 사람은 때를 놓치지 않고, 왕자는 다른 나라의 뒤를 끊지 않음으로써 그 의를 살리게 되는 것입니다. 지금 월나라를 그대로 둔다면 제후들에게 어질다는 것을 보여 주게 되고, 노나라를 구원하여 제나라를 쳐서 그 위력을 진나라에 더하게 되면, 제후들은 반드시 서로 앞을 다투어 오나라로 찾아들 것이니 패업을 이룩하게 될 것입니다. 또 왕께서 굳이 월나라를 염려하고 계시다면, 신이 동쪽으로 가서 월나라 왕을 만나 월나라로 하여금 군사를 보내게 하여, 오나라가 제나라 치는 것을 돕도록 하겠습니다. 그렇게 되면 실제로는 월나라 안에 군사가 텅 비게 만드는 것이 되며, 명분상으로는 제후를 거느리고 제나라를 치는 것이 되옵니다."

오나라 왕은 크게 기뻐하여 자공을 월나라로 가도록 했다.

자공이 온다는 소식을 들은 월나라 왕은 길을 깨끗이 쓸고, 교외에까지 마중을 나와 몸소 자공의 수레를 몰아 숙사를 정하게 한 다음, 자공의 임무를 물었다.

"이 오랑캐 나라에 대부께서는 어찌 이런 귀한 걸음을 하셨습니까?"

자공이 대답했다.

"이번에 제가 오나라 왕을 보고, 노나라를 도와 제나라를 치라고 권했습니다. 오나라 왕은 그것을 바라고는 있으나, 다만 월나라가 걱정이 되어 '월나라를 쳐서 없앨 때까지 기다려 주면 그렇게 하마.'라고 했습니다. 지금 형편에서는 오나라가 월나라를 깨뜨리고 말 것이 분명합니다. 그리고 또, 남에게 보복할 뜻도 없으면서 상대방으로부터 의심을 갖도록 하는 것은 서투른 일입니다. 남에게 보복할 뜻을 가졌다 하더라도, 상대방으로 하여금 그것을 알아차리게 만드는 것은 불안한 일입니다. 일이 실천에 옮겨지기도 전에 계획이 새어 나가는 것은 위험한 일입니다. 이 세 가지는 일을 하는 데 있어 커다란 방해가 되는 것입니다."

월나라 왕 구천은 머리를 땅바닥에 조아리며 두 번 절하고 말했다.

"저는 일찍이 제 힘도 헤아리지 못하고 오나라와 싸워 패함으로써 회계에서 욕을 당하고 말았는데, 그때의 통분함이 뼛속까지 사무쳐 있습니다. 그로부터 오늘날까지 밤낮으로 입술과 혀가 타들어 가도록 생각하고 또 생각하며, 그저 오나라 왕을 죽이고 나도 함께 죽었으면 하고 있었습니다."

그러고 나서, 월나라 왕은 자신이 취해야 할 방법이 무엇인가를 물었다.

자공이 말했다.

"오나라 왕은 그의 사람됨이 용맹스럽고 포악해서, 뭇 신하들은 견뎌 내기가 어려울 지경입니다. 나라는 거듭되는 전쟁으로 인해 극도로 피폐되어 있고, 군사들은 더 이상 참을 수 없는 심정에 놓여 있습니다. 일반 백성들은 윗사람을 원망하고 있고, 대신들은 임금에 대한 충성심을 갖고 있지 않습니다. 오자서는 간하다가 죽었고, 태재 백비는 말로는 정치를 하고 있으나 임금의 잘못을 그대로 따를 뿐 자신의 사욕만을 채우려 하고 있으니 참으로 나라를 망치는 정치라고밖에 할 수 없습니다. 만일 왕께서 응원군을 보내어 오나라 왕의 뜻을 받들고, 귀중한 보물을 바쳐 환심을 사며 정중히 예를 갖추면 오나라 왕은 마음 놓고 제나라를 칠 것입니다. 그리하여 만일 오나라 왕이 제나라와의 싸움에서 이기지 못한다면 그것은 왕에게 다행한 일이며, 그리고 이길 경우에는 틀림없이 군사를 이끌고 진나라로 향할 것입니다. 그렇게 되면 저는 북쪽으로 올라가 진나라 왕을 만나 함께 오나라를 치도록 설득시키겠습니다. 그러면 반드시 오나라를 약하게 만들 수 있을 것입니다. 오나라의 정예 부대는 제나라와의 싸움에서 다 꺾이게 되고, 중장비를 갖춘 군사는 진나라에서 고통을 겪게 될 것이니 이렇게 지쳐 빠진 오나라를 왕께서 누르신다면, 오나라는 반드시 멸망하고 말 것입니다."

월나라 왕은 크게 기뻐하며 이를 승낙하고, 자공에게 황금 백 일(鎰, 1일=24냥=240돈)과 칼 한 자루, 좋은 창 두 개를 선사했다. 그러나 자공은 그것들을 받지 않았으며, 돌아와 오나라 왕에게 보고했다.

"신은 삼가 왕의 말씀을 월나라 왕에게 전했습니다. 월나라 왕은 크게 송구스러워하며 '저는 불행하게도 어릴 때 아버지를 잃고 분수도 생각하지 못한 채 오나라에 대해 죄를 범했습니다. 그러나 싸움에 패해 몸은 욕을 당하고 회계에 숨어 살게 된 까닭으로 인해, 나라는 빈터가 되어 잡초만이 무성할 지경에 이르렀습니다. 그러나 다행히도 대왕의 은혜를 입어 다시 조상의 제사를 받들게 되었습니다. 죽어도 이 은혜는 잊을 수 없습니다. 그런데 어떻게 오나라에 대해 음모를 꾸밀 수 있겠습니까?' 하고 말했습니다."

　그로부터 닷새 뒤에 월나라는 대부 문종(文種)을 사신으로 오나라에 보내 머리를 조아려 절하며, 오나라 왕에게 다음과 같이 말하게 했다.

　"동해의 역신, 구천의 사자, 신 문종은 사자로서의 예를 대왕의 하리(下吏)에게 갖추고, 측근의 신하를 통해 대왕께 문안을 드리옵니다. 삼가 듣자옵건대, 대왕께옵서 이번에 대의의 군사를 일으켜 강국을 무찌르고 약소국을 구원하기 위해 포악한 제나라를 징계하여 주나라 왕실을 편안히 하려 하신다 하므로, 우리 월나라는 나라 안에 있는 군사 3천 명을 모조리 동원시키고, 월나라 왕 구천이 스스로 갑옷을 두르고 무기를 들고 앞장서서 적의 화살과 돌을 받고자 하옵니다. 그리하여 월나라 천신 문종은 선대에서 물려받은 갑옷 스무 벌과 도끼, 굴로(屈盧)의 창과 보광(步光)의 칼을 받들어 군사로서나마 축하를 올립니다."

　오나라 왕은 크게 기뻐하며 자공에게 물었다.

　"월나라 왕은 몸소 과인을 따라 제나라를 칠 것을 바라고 있는데 이를 허락해도 좋겠소?"

　"그건 안 됩니다. 남의 나라를 텅 비게 만들고, 그 군사를 있는 대로 다 동원시키고 나서, 또 그 임금마저 데리고 나간다는 것은 옳지 못하옵니다. 대왕께서는 월나라의 예물을 거두시고, 그 군사만을 허락하신 다음, 그 임금만은 사양하십시오."

　오나라 왕은 자공의 의견을 좇아 월나라 왕의 종군을 거절했다. 이리하여 오나라 왕은 마침내 아홉 고을의 군대를 동원시켜 제나라를 치게 되었다.

자공은 오나라를 떠나 진나라로 가서 왕에게 말했다.

"신은 '생각이 미리 정해져 있지 않으면 급한 일에 대처할 수가 없고, 군사가 먼저 정비되어 있지 않으면 적을 이기지 못한다.'라고 들었습니다. 지금 제나라와 오나라는 서로 싸움이 붙었습니다. 오나라가 싸워 이기지 못할 경우에는 월나라가 오나라를 어지럽게 만들 것이 틀림없지만, 만일 오나라가 싸워 이기게 되면 반드시 그 군사를 몰고 진나라로 쳐들어올 것입니다."

진나라 왕은 크게 겁을 내어 물었다.

"어떻게 하면 좋겠소?"

자공이 말했다.

"군비를 갖추어 병사들을 편히 쉬게 하고 기다리십시오."

진나라 왕은 그렇게 하겠노라고 말했다. 자공은 진나라를 떠나 노나라로 향했다.

오나라 왕은 예정대로 제나라와 애릉(艾陵)에서 싸워 제나라 군사를 대파하고 장군 7명이 이끄는 군사를 포로로 잡았으나 돌아가지 않고, 군대를 이끌고 진나라로 향했다. 그리하여 진나라 군사와 황지(黃池)에서 맞붙어 서로 자웅을 겨루었으나 진나라 군사의 공격에 오히려 오나라가 대패하고 말았다.

월나라 왕은 이 소식을 듣자 곧바로 양자강을 건너 오나라를 습격해 들어가, 오나라 도성에서 일곱 리 떨어진 곳에 진을 쳤다. 오나라 왕은 이 소식을 듣고 진나라를 버리고 돌아와 월나라와 오호(五湖)에서 싸웠으나, 세 번 다 불리했다. 결국은 성문을 지켜 내지 못했고, 마침내 월나라 군사가 오나라 왕궁을 포위하여 오나라 왕 부차를 죽이고 재상 백비(伯嚭)를 사형에 처했다.

월나라 왕은 오나라에게 승리를 거둔 지 3년 뒤에 동방 제후들 사이에서 패자의 이름을 듣게 되었다.

이와 같이 자공이 한 번 움직임으로써 노나라를 구하고 제나라를 뒤흔들었으며, 오나라를 격파하고 진나라를 강대하게 만들었으며, 또 월나라를 패자로 만들었다. 즉 자공이 뛰어다님으로써 각국의 형세가 뒤바뀌어 10년 동안 5개국에 각각 커다란 변화가 일어난 것이다.

자공은 평소에 물건을 사서 보관해 두었다가 시세가 오르면 내다 팔아서 재산을 모았다. 또 남의 좋은 점을 드러내기를 좋아했지만, 남의 잘못을 감춰 주지는 못했다. 일찍이 노나라와 위나라의 재상이 되어 집에 천 금을 쌓아 두기도 했는데, 마지막엔 제나라에서 세상을 마쳤다.

언언(言偃)은 오나라 사람으로 자를 자유(子遊)라 했고, 공자보다 45세 손아래였다.

자유는 공자의 가르침을 받은 뒤로 노나라 무성(武城) 고을의 우두머리가 되었다. 언젠가 공자가 무성을 지나가다 거리의 이곳저곳에서 음악 소리가 들려오는 것을 듣자 크게 기뻐하며 미소를 지으며 말했다.

"닭을 잡는 데 소 잡는 칼을 쓸 거야 없지."[15]

그러자 자유는 이렇게 대답했다.

"전날, 저는 선생님으로부터 '군자가 도를 배우면 사람을 사랑하게 되고, 소인이 도를 배우면 마음이 착해져서 사람을 부리기가 쉽다.'고 들었습니다."

이에 공자는 옆에 있는 다른 제자들을 돌아보며 해명했다.

"지금 언언이 한 말이 옳다. 아까 내가 한 말은 농담이었다."

공자는 자유가 문학에 능통하다는 것을 인정하고 있었다.

복상(卜商)은 자를 자하(子夏)라 불렀고, 공자보다 44세 손아래였다.

자하가 공자에게 물었다.

"예쁘게 웃는 입언저리의 아름다움이여,

아름다운 눈의 맑게 갠 움직임이여,

흰 것으로써 그 아름다움을 이루었음이여.

《시경》에 있는 이 시는 무슨 뜻입니까?"

"그림으로 말한다면, 먼저 색채를 입힌 다음 흰 분가루로 다듬는 것과 같은 것이다."

"충신이 바탕이 되고, 예로써 다듬게 된다는 말씀이옵니까?"

공자가 말했다.

"그렇다. 이젠 너와 시를 말할 수 있겠구나."

언젠가 자공이 공자에게 이런 것을 물었다.

"사(師)와 상(商) 중 누가 더 낫습니까?"

---

15 공자는 무성(武城)을 닭에다 비유하고, 자유 같은 인물이 작은 고을을 다스리는 게 안타까워 한 말인데, 이 말을 들은 자유는 소 잡는 칼을 예악(禮樂)에 비유한 것으로 이해했다.

"사는 지나친 데가 있고, 상은 좀 미치지 못하는 데가 있다."

"그럼 사 쪽이 낫다는 말씀입니까?"

"아니다. 지나친 거나 미치지 못하는 거나 마찬가지다."

공자는 또 자하에게 말했다.

"너는 도를 아는 군자의 선비가 되고, 이름만을 위한 소인의 선비가 되지 마라."

공자가 죽은 뒤에, 자하는 서하에 살면서 사람들에게 학문을 가르치고 있었는데, 위나라 문후도 그를 스승으로 모셨다. 이후 자하는 아들을 잃고 너무도 애통해한 나머지 눈이 멀었다.

전손사(顓孫師)는 진(陳)나라 사람으로 자를 자장(子張)이라 했고, 공자보다 48세 손아래였다.

자장이 벼슬자리를 얻는 방법에 대해 묻자, 공자는 이렇게 대답했다.

"우선 많이 들어라. 그리고 의심나는 점은 빼 버린 다음, 그 나머지만을 조심해서 말한다면 말에 실수가 적을 것이다. 또 많이 보아라. 그리고 위태로운 것을 뺀 다음, 그 나머지를 조심해서 행한다면 행동에 뉘우침이 적을 것이다. 말에 실수가 적고 행동에 뉘우침이 적으면 벼슬은 구하지 않아도 저절로 얻어지게 마련이다."

뒷날, 공자 일행이 진나라와 채나라 사이에서 곤욕을 겪고 있을 때, 자장은 자신이 믿고 있는 것이 세상에 잘 행해질 수 있도록 하는 방법이 무엇이냐고 공자에게 물어보았다. 이때 공자는 이렇게 말했다.

"말이 참되고, 행동이 착실하고 조심스러우면 비록 야만국에 가 있어도 행해질 수 있을 것이다. 말이 참되지 못하고, 행동이 착실하지 못하고 조심스럽지 못하면 비록 자기 마을에 있더라도 행해질 수 없을 것이다. 이 교훈을 서 있을 때면 눈앞에 어른거리게 하고, 수레에 올라타서는 가로대에 기대고 있는 것처럼 항상 몸에 지니고 있어야만 비로소 자기가 생각하는 바를 행할 수 있을 것이다."

자장은 이 말을 잊어버리지 않으려고 그의 허리띠에다 적어 두었다.

자장은 또 공자에게 이렇게도 물어보았다.

"선비는 어떻게 해야만 이루었다고 할 수 있습니까?"

"대관절 네가 말하는 그 이룸〔達〕이란 어떤 것이냐?"

"나라에 있어서나 집에 있어서나 좋은 평판을 듣는 것입니다."

"그것은 평판이지 이룸은 아니다. 이룸이란 것은 질실(質實, 꾸밈이 없고 진실함)하고 정직하여 의를 좋아하며, 남의 말을 알아듣고 얼굴빛을 알아보아 항상 주의하여 남에게 겸손하면, 나라에 있어서나 집에 있어서나 반드시 통하게 된다. 하지만 평판이란 것은 겉으로만 어진 척하며 행동은 도리에 벗어나게 하고, 그러고도 그것이 잘하는 일인 양 의심하지 않으면, 나라에 있어서나 집에 있어서나 평판이 좋아지게 된다."

증삼(曾參)은 노나라 남무성(南武城) 사람으로 자를 자여(子輿)라고 하며, 공자보다 46세 손아래다.

공자는 증삼이 효도에 능통한 것을 인정하여 그에게 더욱 가르침을 주어《효경》을 짓게 했다. 그 뒤 증삼은 노나라에서 죽었다.

담대멸명(澹臺滅明)은 무성 사람으로, 자를 자우(子羽)라 했다. 공자보다 29세 손아래다.

얼굴이 하도 못생겼기 때문에 공자에게 처음 가르침을 받으러 왔을 때, 공자는 그가 모자라는 사람인 줄로만 알았었다. 그러나 가르침을 받은 뒤로 물러 나와 깊이 행실을 닦으며, 길을 갈 때에도 지름길을 가는 일이 없고, 공적인 일이 아니면 경대부(卿大夫, 높은 관직에 있는 벼슬아치)를 만나는 일이 없었다.

남쪽으로 내려가 양자강 근처에 살고 있을 때는 그를 좇는 제자가 3백 명에 이르렀는데, 물건을 주고받는 것과 벼슬자리에 나아가고 그만두고 하는 것을 의리에 맞게 하라고 가르쳐, 그의 이름이 제후들에게 널리 알려졌다.

공자는 그러한 그의 평판을 듣자 이렇게 술회했다.

"나는 말 잘하는 것으로 사람을 판단했다가 재여에게 실수를 했고, 얼굴로서 사람을 판단했다가 자우에게 실수를 했다."

복부제(宓不齊)는 자를 자천(子賤)이라 했고, 공자보다는 49세 손아래였다.

공자는 자천에 대해서 이렇게 평했다.

"자천은 군자다. 그러나 만일 노나라에 군자가 없었던들 그가 그런 군자다운 것을 어디서 체득할 수 있었겠는가."

자천이 선보(單父)의 재(宰)로 있을 때였다.

그는 공자에게 이렇게 보고했다.

"이 나라에는 저보다 훌륭한 인물이 다섯 사람이 있습니다. 그들이 저에게 정치에 관한 것을 가르쳐 주고 있습니다."

그러자 공자가 탄식했다.

"아까운 일이다. 복부제가 다스리는 곳은 너무 작다. 만일 그가 다스리는 곳이 컸더라면 이상적인 정치를 할 수 있었을 텐데."

원헌(原憲)은 자를 자사(子思)라 했고, 공자보다 36세 손아래다.

언젠가 자사가 수치에 대해 묻자 공자는 이렇게 대답했다.

"나라가 도를 지킬 때에도 녹을 먹고, 나라가 도를 지키지 않아도 녹을 먹는다면 그것은 부끄러운 일이다."

자사는 다시 공자에게 물었다.

"남에게 이기기를 좋아하는 것, 스스로의 공을 자랑하는 것, 남을 원망하는 것, 탐욕스러운 것, 이 네 가지를 행하지 않으면 인이라 말할 수 있겠습니까?"

"그렇게 하기는 어려운 일이겠지만, 그것만으로 인이라고 할 수 있을지 모르겠다."

공자가 죽은 뒤, 자사는 풀이 우거진 늪지대에 숨어 살고 있었다. 자공이 위나라 재상으로 있으면서, 사두마차를 타고 기마 호위병과 함께 자사를 찾아와 인사했다. 자사는 다 떨어진 관과 옷을 입고 그를 맞이했다. 자공은 그의 초라한 모습을 보고 안타까워하며 말했다.

"병색이 엿보이는군요."

"나는 '재물이 없는 사람을 가난하다 하고, 도를 배우고도 실행하지 못하는 사람을 병들었다 한다.'고 들었소. 내 비록 가난하기는 하나 병들지는 않았소."

자공은 몹시 부끄러워하며 마음 아파했다. 그리고 자사와 헤어져 돌아간 뒤에도 평생토록 이때의 실언을 수치로 여겼다.

공야장(公冶長)은 제나라 사람으로, 자를 자장(子張)이라 했다.

공자는 이렇게 말하며, 그를 사위로 삼았다.

"자장은 사위를 삼을 만하다. 일찍이 감옥에 갇힌 일이 있었지만, 그것은 그의 죄가 아니었다."

남궁괄(南宮括)은 자를 자용(子容)이라 했다.

언젠가 자용이 공자에게 물어보았다.

"예(羿)는 활을 잘 쏘고, 오(奡)는 땅에서도 배를 움직일 수 있었지만 둘 다 제 수명대로 살지 못했고, 하나라 우임금과 주나라 후직(后稷)은 몸소 밭갈이를 하며 고생했어도 천하를 보존할 수가 있었습니다. 그것은 무슨 까닭입니까?"

공자는 대답하지 않았다. 그러나 자용이 물러간 뒤에 말했다.

"군자로구나, 자용은. 덕을 소중히 하는구나, 자용은. 도가 지켜지는 나라에서는 크게 쓰일 것이고, 도가 지켜지지 않는 나라에서도 형벌은 면할 수 있을 것이다."

자용은 《시경》을 읽다가 '흰 구슬의 흠은 갈아 없앨 수 있지만, 말〔言〕의 흠은 어찌 할 도리가 없다.'는 구절에 이르자, 세 번이나 이를 되풀이해 읽으며 말을 조심하는 데 마음을 썼다. 공자는 자기 형의 딸을 그에게로 시집보냈다.

공석애(公晳哀)는 자를 계차(季次)라 했다.

공자는 계차에 대해 이렇게 평했다.

"천하 사람들은 도를 행하지 않고 대부분이 대부집 가신(家臣, 벼슬아치의 집에 딸려 있으면서 그를 받드는 사람)이 되어 도성에서 벼슬을 하며 지내건만, 오직 계차만은 지조를 지키며 벼슬하지 않고 있다."

증점(曾蔵, 증삼의 아버지)은 자를 석(晳)이라 했다. 언젠가 공자와 함께 있다가 공자가 그에게 말했다.

"너의 뜻을 말해 보아라."

증점은 이렇게 답했다.

"새로 만든 봄옷을 입고, 젊은이 오륙 명과 아이들 육칠 명을 데리고 기수(沂水)로 가서 목욕을 하고, 무우(舞雩)의 대 밑에서 바람을 쐰 다음 시를 읊으며 돌아오고 싶습니다."

그러자 공자가 감탄하여 말했다.

"나도 너와 함께하고 싶구나."

안무요(顔無繇)는 자를 로(路)라고 했다.

안회의 아버지인데, 두 부자는 각각 다른 시기에 공자에게 배웠다. 안회가 죽었을 때, 가난한 안로는 공자의 수레를 팔아 그것으로 곽(槨, 바깥널)을 만들게 해 달라고 청했다. 그러자 공자는 이렇게 거절했다.

"잘났든 못났든, 누구나 자기 자식에 관해 말하게 된다. 리(鯉, 공자의 아들)가 죽었을 때에도 관만 있고 곽은 없었다. 나는 수레를 팔아서까지 곽을 만들어 주지는 않았다. 그것은 내가 대부의 말석을 차지하여 걸어다닐 수 없었기 때문이다."

상구(商瞿)는 노나라 사람으로 자를 자목(子木)이라 했다. 공자보다 29세 손아래다.

공자는 《주역》을 상구에게 전해 주었고, 상구는 그것을 초나라 사람 한비자홍(舅臂子弘)에게 전했다. 한비자홍은 다시 강동 사람 교자용자(矯子庸疵)에게 전하고, 교자용자는 연나라 사람 주자가수(周子家豎)에게 전했다. 주자가수는 순우 사람 광자승우(光子乘羽)에게 전하고, 광자승우는 제나라 사람 전자장하(田子莊何)에게 전했다. 전자장하는 동무(東武) 사람 왕자중동(王子中同)에게 전했다. 왕자중동은 또 치천(菑川) 사람 양하(楊何)에게 전했는데, 양하는 원삭(元朔, 한 무제 시대) 연간에 《주역》에 능통하다는 이유로 한나라 중대부(中大夫)가 되었다.

고시(高柴)는 자를 자고(子羔)라 했고, 공자보다 30세 손아래다.

자고는 키가 5척이 못 되었다. 공자에게 가르침을 받았을 때, 공자는 그를 우직하다고 평했다.

자로가 자고를 후(郈)라는 고을의 재로 천거했을 때, 공자는 이렇게 말했다.

"아직 학문이 넉넉지 못한 사람에게 정치를 하게 하는 것은 그를 해치는 짓이다."

그러자 자로가 반문했다.

"다스려야 할 백성도 있고 바로잡아야 할 나라도 있는데, 어떻게 꼭 글을 읽는 것만을 학문이라 할 수 있겠습니까?"

이때 공자는 이렇게 꾸짖었다.

"그러기에 말만 잘하는 사람을 미워하는 것이다."

칠조개(漆雕開)는 자가 자개(子開)이고, 공자보다 11세 연하이다.

공자는 자개의 학문과 재능을 인정하여 그에게 벼슬길에 나서라고 권했다. 그러자 자개가 대답했다.

"저는 아직 공부가 부족해서 벼슬을 할 만한 자신이 없습니다."

공자는 그가 도에 뜻이 깊은 것을 알고 기뻐했다.

공백료(公佰僚)는 자를 자주(子周)라 했다.

언젠가 자주가 계손에게 자로를 참소하자, 자복경백(子服景伯)이 분개하여 그 사실을 공자에게 이르고 이렇게 말했다.

"계손은 공백료의 말에 속아 넘어가 자로를 노엽게 여기고 있습니다. 제가 비록 무력하지만 공백료 따위는 사형에 처하여 시체를 저잣거리에 매달 수 있습니다."

그러자 공자가 말했다.

"도가 행해지는 것도 천명이고, 행해지지 않는 것도 천명이다. 공백료 따위가 천명을 어떻게 할 것인가. 내버려 두게나."

사마경(司馬耕)은 자를 자우(子牛)라고 했다.

자우는 말이 많고 성질이 조급한 사람이었다. 언젠가 공자에게 인(仁)을 물었을 때 공자는 이렇게 대답했다.

"인자는 말을 할 때, 말을 잘 못하는 사람처럼 어렵게 한다."

"말만 잘 못하는 것처럼 어렵게 하면 그것만으로 인이 된다는 말씀입니까?

"인을 실천하는 것이 어려우니 말인들 어찌 어렵지 않겠느냐?"

또 군자에 대해 묻자, 공자는 이렇게 말했다.

"군자는 걱정도 하지 않고 두려워하지도 않는다."

"걱정하지 않고 두려워하지 않으면, 그것만으로 군자라 할 수 있습니까?"

"마음에 돌이켜 보아 잘못된 점이 없으면, 무엇을 걱정하고 무엇을 두려워할 것이 있겠느냐?"

번수(樊須)는 자를 자지(子遲)라고 했다. 공자보다 36세 손아래다.

언젠가 자지가 농사짓는 법을 배우고 싶다고 청하자 공자가 말했다.

"나는 익숙한 농부만 못하다."

자지가 다시 채소 가꾸는 법을 배우고 싶다고 청하자 공자는 이렇게 말했다.

"나는 익숙하게 채소를 가꾸는 사람만 못하다."

자지가 물러가자 공자가 탄식했다.

"자지는 소인이구나. 위에 있는 사람이 예(禮)를 좋아하면 백성들은 자연 그를 존경하지 않을 수 없고, 위에 있는 사람이 의(義)를 좋아하면 백성들은 자연 그를 복종하게 되고, 위에 있는 사람이 신(信)을 좋아하면 백성들은 자연 참된 마음을 쓰지 않을 수 없게 된다. 위에 있는 사람이 이같이 하면, 사방의 백성들은 그 자식들을 등에 업고 찾아올 것이다. 어떻게 몸소 농사를 짓고 채소를 가꿀 수 있겠는가?"

자지가 인(仁)이란 어떤 것인가를 묻자 공자가 답했다.

"사람을 사랑하는 것이다."

또 지(智)란 어떤 것인가를 묻자 공자는 이렇게 말했다.

"사람을 아는 것이다."

유약(有若)은 자를 자유(子有)라 했고, 공자보다 13세(《가어》에는

33세) 손아래였다.

유약이 말했다.

"예를 운용하는 데는 화(和)가 가장 중요하다. 옛날 성왕들의 도는 화가 있어서 아름다웠다. 그러나 큰일이고 작은 일이고 간에 화만 가지고는 잘 되지 않는 경우도 있다. 화가 소중하다는 것만 알고 예로써 이를 절도 있게 하지 않으면 일이 원만히 진행될 수 없다."

그는 또 이렇게도 말했다.

"신(信)이란 말한 것도 반드시 실행하는 것이지만, 그 신도 말의 내용이 도의에 가까운 것이라야만 비로소 행할 수 있는 것이다. 공손한 것이 좋은 것이긴 하지만, 그것도 예절에 맞게 해야만 치욕을 당하지 않게 된다. 사람들과 사귀는 것은 중요한 일이지만, 그것도 친할 만한 사람과 사귀어야만 끝까지 잘 사귀게 되는 것이다."

공자가 죽은 뒤에도 제자들은 공자를 사모했다. 우연하게도 유약의 얼굴이 공자를 많이 닮았으므로, 제자들은 서로 상의한 끝에 그를 스승으로 추대하고 마치 공자를 모시듯이 그를 위했다.

그 뒤 어느 날, 한 사람이 나아가 유약에게 물었다.

"전에, 돌아가신 선생님께서는 외출하실 때 제게 우산을 준비시킨 적이 있었습니다. 그런데 정말로 도중에 비가 내렸습니다. 제가 '선생님, 어떻게 비가 올 것을 미리 아셨습니까?' 하고 물었더니, 선생님께서는 《시경》에 달이 필(畢, 별 이름)에 걸리면 비가 내린다고 하지 않았느냐. 간밤에 달이 필에 걸려 있었느니라.'라고 하셨습니다. 그래서 그 뒤부터 주의해 보았는데, 달이 필에 머물러 있어도 비가 오지 않는 경우가 있었습니다. 또 상구는 나이 많도록 자식이 없었으므로 그의 어머니가 새로 장가를 들이려 했습니다. 마침 선생님께서 상구를 제나라로 심부름을 보내려고 하셨으므로, 상구의 어머니는 그런 사정을 말하고 연기해 줄 것을 청했습니다. 그러자 선생님께선 '걱정할 것 없소. 상구는 마흔이 넘으면 다섯 아들을 두게 될 거요.'라고 하셨습니다. 그 뒤 과연 그대로였습니다. 선생님께선 어떻게 그런 것들을 알 수 있었을까요?"

유약은 대답할 수가 없어서 잠자코 있었다. 그러자 제자들이 일제히 일어나 그에게 말했다.

"자유여, 그 자리를 사양해 주시오. 그곳은 당신이 앉아 있을 자리가 아닙니다."

공서적(公西赤)은 자를 자화(子華)라고 했다. 공자보다 42세 손아래다.

자화가 제나라로 심부름을 가게 되었을 때, 염유가 자화의 어머니를 돕고자 그가 없는 동안 먹을 양식을 청구하자, 공자가 말했다.

"1부(釜, 6말 4되)를 주어라."

그러자 염유가 더 주었으면 좋겠다고 청했으므로 공자가 또 말했다.

"1유(庾, 16말)를 주어라."

그런데도 염유는 5병(秉, 8백 말)을 자화의 어머니에게 주었다. 그러자 공자는 이렇게 말했다.

"자화는 제나라로 떠날 때 살찐 말을 타고 가벼운 가죽옷을 입고 있었다. 결코 가난하지는 않다. 나는 '군자는 사람의 어려움을 돕기는 해도, 부자에게 더 보태는 일은 없다.'고 들었다."

무마시(巫馬施)는 자를 자기(子旗)라고 했다. 공자보다 30세 손아
래였다.

진나라 사패(司敗, 법무 장관)가 공자에게 물었다.

"노나라 소공은 예를 압니까?"

공자가 대답했다.

"압니다."

사패는 물러 나온 다음 무마시와 마주 앉아 이렇게 말했다.

"군자는 편드는 일이 없다고 들었는데, 공자와 같은 군자도 역시 편
을 드는군요. 노나라 왕(소공)은 오나라 왕의 딸을 부인으로 맞은 뒤,
맹자(孟子)라고 불렀소. 그것은 맹자의 원래 성이 희(姬)였으므로 동성
인 것을 꺼리어 바꿔 부른 것이 아니겠소? 그런 임금이 만일 예를 알
고 있었다고 한다면, 세상에 예를 모르는 사람이 어디 있겠소?"

무마시가 이 말을 공자에게 전하자 공자는 이렇게 말했다.

"나는 행복한 사람이다. 내가 잘못을 저지르면, 남이 반드시 그것
을 알고 가르쳐 준다. 그러나 신하는 임금의 나쁜 점을 말해서는 안
된다. 그것을 숨기고 말하지 않는 것이 예이다."

양전(梁鱣)은 자를 숙어(叔魚)라 했다. 공자보다 29세 손아래다.

안행(顏幸)은 자를 자유(子柳)라 했다. 공자보다 46세 손아래다.

염유(冉孺)는 자를 자로(子魯)라 했다. 공자보다 50세 손아래다.

조휼(曹恤)은 자를 자순(子循)이라 했다. 공자보다 50세 손아래다.

백건(伯虔)은 자를 자석(子析)이라 했다. 공자보다 50세 손아래다.

공손용(公孫龍)은 자를 자석(子石)이라 했다. 공자보다 53세 손아래다.

이상 자석까지의 35명은 나이와 성명이 분명하고, 공자에게 가르침을 받고 또 문답한 것도 글로 전해지고 있다.

그러나 그 밖의 42명은 나이도 분명하지 않고, 글로 전해진 것도 볼 수가 없다. 그 이름만 기록해 둔다.

염계(冉季), 자는 자산(子産).

공조구자(公祖句兹), 자는 자지(子之).

진조(秦祖), 자는 자남(子南).

칠조차(漆雕哆), 자는 자감(子斂).

안고(顔高), 자는 자교(子驕).

칠조도보(漆雕徒父).

양사적(壤駟赤), 자는 자도(子徒).

상택(商澤),《가어》에서의 자는 자계(子季).

석작촉(石作蜀), 자는 자명(子明).

임부제(任不齊), 자는 선(選).

송량유(公良孺), 자는 자정(子正,《세가》에서는 35명 중 한 명).

후처(后處), 자는 자리(子里).

진염(秦冉), 자는 개(開).

공하수(公夏首), 자는 승(乘).

해용점(奚容箴), 자는 자석(子晳).

공견정(公堅定), 자는 자중(子中).

안조(顏祖), 자는 양(襄).

교선(鄔單), 자는 자가(子家).

구정강(句井疆).

한보흑(罕父黑), 자는 자색(子索).

진상(秦商), 자는 자비(子丕).

신당(申黨), 자는 주(周).

안지복(顏之僕), 자는 숙(叔).

영기(榮旂), 자는 자기(子祈).

현성(縣成), 자는 자기(子祺).

좌인영(左人郢), 자는 행(行).

연급(燕伋), 자는 사(思).

정국(鄭國, 설방(薛邦)이 맞음), 자는 자도(子徒).

진비(秦非), 자는 자지(子之).

시지상(施之常), 자는 자항(子恒).

안쾌(顏噲), 자는 자성(子聲).

보숙승(步叔乘), 자는 자거(子車).

원항적(原亢籍).

악해(樂欬), 자는 자성(子聲).

염결(廉絜), 자는 용(庸).

숙중회(叔仲會), 자는 자기(子期).

안하(顔何), 자는 염(冉).

적흑(狄黑), 자는 석(晳).

방손(邦巽), 자는 자렴(子斂).

공충(孔忠, 공자의 조카).

공서여여(公西輿如), 자는 자상(子上).

공서점(公西蒧), 자는 자상(子上).

태사공은 말한다.

세상의 학자들 중에는 공자의 70여 명 제자에 대해 말하는 사람이 많으나, 칭찬하는 사람들 가운데에는 실제보다 과장된 사람도 있고, 비방하는 사람들 가운데에는 사실보다 더 나쁘게 평가한 사람도 있다. 그 어느 쪽이나 모두 참된 내용을 똑똑히 알지 못한 채 말하는 것이다. 제자들의 명부는 공씨의 벽 속에서 나온 고체문학(古體文學)의 기록에 의한 것이므로 대체로 정확한 것이리라. 나는 제자들의 성과 이름과 말 같은 것을 모두《논어》에 있는 공자와 그 제자의 문답에서 추려다가 함께 엮어 이 편을 만들었는데, 의심나는 것은 여기 싣지 않았다.

상군 열전(商君列傳)

상앙은 위(衛)나라를 버리고 진(秦)나라로 가서 능히 그의 법술(法術)을 밝게 펴 효공(孝公)을 패자로 만들었다. 진나라는 후세에도 그의 법을 따랐다. 그래서 〈상군 열전 제8〉을 지었다.

상군은 위(衛)나라 왕의 서공자(庶公子)들 중의 한 사람으로 이름은 앙(鞅), 성은 공손(公孫)씨, 그 조상은 성이 희(姬)씨였다.

공손앙은 젊어서 형명학(刑名學)을 즐겼고, 위나라 재상 공숙좌(公叔座)를 섬겨 중서자(中庶子, 대부 가문의 벼슬 이름)가 되었다.

공숙좌는 공손앙의 현명함을 알고 있었으나 왕에게 천거할 기회가 없었다. 공숙좌가 병이 났을 때 위나라 혜왕(魏惠)은 친히 병상에 찾아와 문병하고 공숙좌에게 말했다.

"공숙의 병이 차도가 보이지 않으면 나라를 누구에게 맡기는 것이 좋겠소?"

공숙좌가 대답했다.

"제 중서자 공손앙은 나이는 비록 어리지만 재능이 뛰어납니다. 임금께서는 국정 전반을 그 사람에게 묻는 것이 좋을 것입니다."

혜왕이 잠자코 있다가 마침내 돌아가려고 하자, 공숙좌가 사람들을 물러나게 하고 말했다.

"임금께서 공손앙을 쓰기를 꺼리신다면 반드시 그를 죽이십시오. 그를 나라 밖으로 내보내서는 아니 되옵니다."

왕이 수긍하고 돌아가자 공숙좌는 공손앙을 불러 사과했다.

"조금 전에 임금이 누가 가히 재상이 될 만한 사람이냐고 묻기에 나는 그대를 천거했는데 임금의 얼굴빛은 내 말을 받아들이는 것 같지 않았네. 나는 임금을 첫째로 생각하고 내 밑의 신하는 다음으로 생각하기에, 이어 임금께 아뢰기를 '만약에 공손앙을 쓰지 않으실 거라면 그를 죽이십시오.'라고 했더니, 임금께서도 수긍을 하셨네. 그대는 빨리 달아나게. 머지않아 감금이 될는지도 모르니."

공손앙이 말했다.

"임금께서 저를 쓰라고 한 상공의 말씀을 받아들이지 않는다면, 또 어찌하여 저를 죽이라는 상공의 말씀을 받아들이겠습니까?"

공손앙은 도망가지 않았다.

혜왕은 공숙좌의 집을 나와 좌우 신하들에게 말했다.

"슬프게도 공숙의 병이 매우 위중한 모양이오. 국가의 정사를 공손앙에게 물으라고 나에게 권하다니, 이 어찌 망령된 소리가 아니겠소?"

공숙좌가 죽은 후에 공손앙은 진(秦)나라 효공이 나라 안에 영을 내려 현자를 구하고, 선조 목공(繆公)의 업을 일으켜 동쪽의 잃은 땅을 회복하려 한다는 말을 듣고 서쪽 진나라로 들어가 효공이 아끼는 신하인 경감(景監)의 인도로 효공을 알현했다.

효공은 위앙(공손앙)을 만나 오랫동안 대화를 나누었다.

그러나 효공은 이따금씩 졸면서 위앙의 말을 잘 듣지를 않았다. 위앙은 벌떡 일어나 나와 버렸다. 효공은 노하여 경감에게 말했다.

"그대의 빈객은 망령된 사람인가 보다. 그 따위를 무엇에 쓸 데가 있단 말인가?"

경감이 그 뜻을 위앙에게 알리니, 위앙은 이렇게 말했다.

"저는 왕께 제도(帝道)를 설명하였는데, 그 뜻을 깨닫지 못하는가 봅니다. 한 5일 뒤에 다시 왕께 알현을 청해 주십시오."

위앙은 다시 효공을 뵙고 거듭 설명을 했는데, 이번에도 왕의 마음을 얻지 못했다. 위앙이 물러 나오자 효공은 다시 경감을 꾸짖었고, 경감 또한 위앙을 나무랐다. 위앙이 다시 말했다.

"저는 왕께 왕도(王道)를 설명했는데, 아직도 왕의 마음에 들지 않은 모양입니다. 한 번 더 왕을 뵙게 해 주십시오."

위앙이 또다시 효공을 알현했다. 효공은 그제야 위앙을 마음에 들어 했다. 그러나 아직 쓰지는 않았다. 위앙이 물러가자 효공이 경감에게 말했다.

"그대의 빈객은 사람이 되었다. 더불어 얘기할 만한 인물이다."

효공의 말을 전해 들은 위앙이 경감에게 말했다.

"제가 왕께 패도를 설명했더니, 비로소 왕의 뜻이 움직였습니다. 모쪼록 한 번만 더 왕을 만나게 해 주시오. 나는 왕의 뜻이 어디에 있는지를 이제는 알겠소."

위앙은 다시 또 효공을 알현했는데, 이번에는 왕이 얘기에 열중하여 부지중에 무릎이 의자 밖으로 나오는 것도 몰랐다. 효공은 위앙과 여러 날 말을 하여도 싫은 빛이 없었다. 경감이 물었다.

"그대는 어떻게 하여 우리 임금의 마음을 얻었는가? 임금의 기쁨이 대단하네."

위앙이 대답했다.

"저는 왕께 제왕의 도리를 설명하고, 삼대(하·은·주)의 치세와 어깨를 겨룰 만한 이상 정치의 실현을 말했습니다. 그랬더니 왕은 '그것은 먼 훗날의 일이다. 나는 그때까지 기다릴 수가 없다. 현군은 당대에 이름을 천하에 드러내는 것이다. 어찌하여 유유히 수십 년, 수백 년 뒤에 제왕의 도리를 성취하기를 기다리고 있겠는가.'라고 하셨습니다. 그래서 저는 왕에게 부국책을 설명했지요. 그것을 듣고 왕은 크게 기뻐했습니다. 그러나 왕으로서의 덕은 은나라와 주나라의 성왕에는 미치지 못합니다."

효공은 마침내 위앙을 등용했지만, 위앙이 나라의 법을 고치려고 하자 천하 사람들이 자기를 비방할까 봐 두려웠다. 위앙이 말했다.

"확신이 없는 행동은 해도 공명이 따르지 않고, 의심스러운 일은 해도 성공할 수 없습니다. 게다가 또 높은 식견이 있는 사람의 행동은 세상에서 비난을 받기가 일쑤요, 탁견이 있는 자는 반드시 백성들에게 비방을 듣기가 일쑤인 것입니다. 어리석은 자는 사리도 분별하지 못하나, 지혜로운 자는 아직 싹수도 보기 전에 알아 버립니다. 그러므로 백성은 일의 시초에 의견을 물을 것이 못 되며, 성공한 연후에 즐거움을 함께하는 것이 옳습니다. 지극한 덕을 말하는 자는 속된 말에 대답하지 않고, 큰 공을 이루는 자는 뭇 사람들과 꾀를 같이하지 않습니다. 그런 까닭에 성왕은 나라를 튼튼히 할 수 있으면 구태여 옛것을 따르지 않으며, 백성을 이롭게 할 수 있으면 구태여 옛날의 예악(禮樂) 제도를 좇지 않습니다."

효공은 옳다고 말했다. 그러나 신하 감룡(甘龍)은 이렇게 말했다.

"그렇지 않습니다. 성인은 민속(民俗)을 바꾸지 않은 채 교화시키며, 지혜로운 자는 법을 고치지 않고 다스립니다. 그 민속으로 가르치면 수고하지 않고도 공을 이룰 수 있으며, 그 법으로 다스리면 관리도 익숙하고 백성도 편안할 것입니다."

위앙이 말했다.

"감룡이 말하는 바는 세속의 속된 말입니다. 보통 사람은 습관에 안도하고, 학자는 자기가 들은 바에 빠집니다. 이런 자들에게는 관의 법을 지키게 하는 것은 옳은 일입니다. 하지만 그들과 함께 법 밖의 일을 의논하는 것은 옳지 않습니다. 삼대(하·은·주)는 예를 같이하지 않고도 임금 노릇을 하였고, 오백(五伯, 춘추오패)은 법을 같이하지 않고도 패자가 되었습니다. 지혜로운 자는 법을 만들고, 어리석은 자는 법의 제재를 받으며, 현명한 자는 예를 고치고, 못난 자는 예에 얽매입니다."

이에 두지(杜摯)가 말했다.

"이점(利點)이 백 가지가 되지 못하면 법을 고쳐서는 안 되며, 공이 열 가지가 못 되면 그릇을 바꿔서는 안 됩니다. 옛것을 본받으면 잘못이 없고, 예를 좇아 하면 허물이 없습니다."

위앙이 말했다.

"나라를 다스리는 데는 하나의 도리만 있는 것이 아니며, 나라를 편안히 하려면 옛 법을 좇지 말아야 합니다. 그러므로 탕왕과 무왕은 옛 법을 따르지 않고도 임금 노릇을 했으며, 하나라와 은나라는 예를 바꾸지 않았어도 망했습니다. 예를 반대하는 자라고 그르다고 할 수 없으며, 예를 따르는 자라고 반드시 칭찬할 수는 없는 것입니다."

효공은 위앙의 말이 옳다고 했다. 위앙은 좌서장(左庶長)에 임용되어 마침내 법을 바꿔 법령을 정했다.

민가는 다섯 집이나 열 집씩 한 조로 만들고, 서로 감시하여 연좌(連坐, 남이 저지른 범죄에 연관됨)의 책임을 지도록 하고, 법을 어긴 일을 신고하지 않는 자는 허리를 베는 형벌에 처하고, 신고한 자에게는 적의 머리를 벤 것과 동일한 상을 주고, 숨기는 자는 적에게 항복한 것과 동일한 죄로 다스리도록 했다. 한집에 남자가 두 사람 이상이 있어 분가하지 않는 경우에는 부역과 세납을 배로 하고, 군공(軍功)이 있는 자는 각각 정도에 따라 상등의 작위를 주고, 사사로이 싸움을 일삼는 자는 각각 경중에 따라 처벌토록 했다. 어른이나 아이나 힘을 합하여 밭 갈고 베 짜는 일을 본업으로 하고, 곡식과 베를 많이 바치는 자는 신역(身役)을 면제하고, 상공업에 종사하는 자와 게을러서 가난한 자는 모두 찾아내어 종을 삼도록 했다. 종실의 일족이라도 군공이 없으면 조사를 하여 공족(公族)에서 제적하고, 존비의 녹에 등급을 분명히 하여 각각 차등을 두었다. 일가(一家)가 차지한 전택(田宅, 토지와 집)의 넓이와 신첩과 노비의 수, 의복의 제도도 작위 등급에 따라 차별이 있도록 했다. 공로가 있는 자는 영화로운 생활을 하고, 공로가 없는 자는 부유하더라도 화려한 생활이 허락되지 않게 했다.

이와 같이 새 법령이 제정되었으나 아직 공포는 하지 않았다. 백성이 신임을 하지 않을까 염려해서였다.

그리하여 높이가 세 길이나 되는 나무를 도성 저잣거리 남문에 세우고 글을 써서 백성들을 모아 놓고 알렸다.

"이 나무를 북문에다 옮겨 놓는 자에게는 10금(金)을 준다."

그러나 모두들 이상하게만 여기고 옮기려는 자가 없었으므로 다시 광고했다.

"이 나무를 북문에다 옮기는 자에게는 50금을 준다."

어떤 자가 이것을 옮겼으므로 얼른 50금을 주었다. 그리하여 백성을 속이지 않는다는 것을 밝혀 알린 다음에, 마침내 법령을 공포했다. 그러나 이 법령이 시행되자 1년 동안에 도성으로 올라와 새 법령이 불편한 것을 고하는 백성이 수천 명이나 되었다. 그런 중에 태자가 법을 범했다. 위앙이 말했다.

"법이 잘 시행되지 않는 것은 위에 있는 자부터 법을 범하기 때문이다."

위앙은 태자를 처벌하려고 했다. 그러나 태자는 임금의 뒤를 이을 사람이므로 형벌에 처하기는 난처한 일이라 하여 그 부(傅, 태자의 보좌관)인 공자 건(虔)을 처형하고, 스승인 공손가(公孫賈)를 경형(黥刑, 죄인의 얼굴에 먹줄로 죄명을 써넣는 형벌)에 처했다.

다음 날부터 진나라 백성들은 모두 법을 지켰다. 법을 시행한 지 10년이 지나자 진나라 백성들은 크게 기뻐하며 길바닥에 떨어진 물건도 줍는 사람이 없었다. 산중에도 도둑이 없어졌고, 집집마다 다 넉넉하고 사람마다 다 만족하였으며, 백성은 전쟁에는 용감했지만 개인의 싸움에는 힘을 쓰지 않았으며, 국내의 행정은 잘 다스려졌다. 일찍이 새 법령의 불편을 말하던 자가 이번에는 법령의 편리함을 말하러 왔다.

위앙이 말했다.

"이런 자 역시 교화를 어지럽히는 백성이다."

위앙은 그를 변방의 성으로 쫓아 버렸다. 그렇게 하자 그 뒤로는 감히 법령에 대해 이러니저러니 말하는 자가 없었다.

이러한 공에 의해 위앙은 대량조(大良造)에 올랐다. 그런 뒤에 위앙은 군대를 이끌고 위나라 안읍으로 쳐들어가 항복을 받았다. 3년 뒤에 함양에 누문과 궁전, 정원을 이룩하고 진나라는 옹(雍)에서 함양으로 도읍을 옮겼다. 백성들에게 영을 내려 부자간이나 형제가 한집에 사는 것을 금하고, 또 소읍과 취락을 모아 서른한 개의 현(縣)을 만들고, 현을 다스리는 관리로 령(令)과 승(丞)을 두었다. 농지의 경계를 개방하여 경작을 자유로이 하고, 부역과 세납을 공평히 했으며, 도량형을 통일했다.

그로부터 4년 뒤에 공자 건이 또 법을 범했으므로 코를 베는 형벌을 내렸다. 그 뒤 5년이 지나자 진나라가 부강해졌다. 이에 주나라 천자가 효공에게 조육(胙肉, 조상의 제사에 쓴 고기)을 하사하니, 제후들이 모두 축하해 주었다.

다음 해에 제나라는 위나라 군사를 마릉에서 물리치고, 위나라 태자 신을 사로잡고 장군 방연(龐涓)을 죽였다. 이듬해에 위앙은 효공에게 이렇게 아뢰었다.

"진나라와 위나라의 관계는 마치 사람의 배 속에 질병이 있는 것과 같아서, 위나라가 진나라를 삼키지 않으면 진나라가 위나라를 삼켜야 합니다. 왜냐하면 위나라는 험준한 산맥 서쪽에 있으면서 안읍을 도읍으로 정하고, 진나라와는 황하를 사이에 두고 산동의 이익을 독점하고 있습니다. 유리하다고 생각되는 때는 서쪽으로 진나라를 침략하고, 피폐하면 동쪽의 땅을 침략하기 때문입니다. 지금 우리 나라는 임금의 현덕으로 번영하고 있으나, 위나라는 몇 해 전에 제나라에게 크게 패했고, 제후들도 위나라를 배반하고 있습니다. 지금이야말로 위나라를 치기에 좋은 기회인 것입니다. 위나라는 진나라의 공격을 막지 못하면 반드시 동쪽으로 옮길 것입니다. 동쪽으로 옮기면 진나라는 산하 자연의 요새지에 웅거하여 동쪽의 제후를 제압할 수 있을 것입니다. 이는 제왕의 대업을 이루는 길입니다."

효공은 이치에 맞는 말이라 생각하고 위앙(鞅)을 장수로 하여 위나라를 치게 했다. 위나라도 공자 앙(卬)을 장수로 내세워 진나라와 맞서 싸우게 했다. 양쪽 군사가 대치하고 있을 때, 위앙(鞅)은 위나라 공자 앙(卬)에게 '나는 본디 공자와 절친한 사이였습니다. 그런데 이제 우리는 서로 적국의 장수가 되었습니다. 그렇다고는 하나 서로 공격을 일삼는 것은 참으로 마음 아픈 일입니다. 공자와 직접 만나 휴전을 맹세하고 즐거이 술을 마시며 진나라와 위나라의 평화를 의논하고 싶습니다.'라는 편지를 보냈다. 공자 앙(卬)도 이 의견에 찬성하여 회담에 응하고 만나서 함께 술을 마셨다.

그런데 위앙(鞅)은 무장한 복병을 시켜 공자 앙(卬)을 사로잡았으며, 승세를 몰아 위나라군을 공격하여 모조리 물리치고 돌아왔다.

위나라 혜왕은 자기 나라 군사가 계속해서 제나라와 진나라에 패하여 나라 안의 재력과 병력이 줄어들고 국토가 하루하루 깎여 가자, 두려운 마음에 진나라에 사자를 보내어 황하 서쪽의 땅을 바치고 화친을 꾀했다. 그리하여 위나라는 도읍인 안읍을 버리고 대량으로 도읍을 옮겼다.

위나라 혜왕은 그 심정을 이렇게 술회했다.

"나는 이제야 공숙좌의 진언을 듣지 않았던 것을 후회한다."

위앙이 위나라를 치고 돌아오자 진나라는 그를 상오(商於)의 15개 읍(邑)에 봉하고, 호를 내려 상군(商君)이라 했다.

상군이 진나라 재상의 자리에 있기를 10년, 그동안에 진나라의 종족과 외척들 중에는 그를 원망하는 자가 많아졌다. 조량(趙良)이 상군을 만났을 때 상군이 말했다.

"나는 당신을 맹란고(孟蘭皐)의 소개로 알게 되었습니다. 나는 앞으로도 당신과 교제하기를 원하는데 어떻소?"

조량이 대답했다.

"저는 굳이 그러고 싶지 않습니다. 공구(孔丘, 공자의 본명)는 '어진 이를 추천하여 주인으로 받드는 자는 번영하고, 어질지 못한 자를 모아 왕 노릇을 하는 자는 몰락한다.'라고 말씀하셨습니다. 저는 어질지 못하기 때문에 감히 당신의 명령을 따를 수 없습니다. 저는 '자격이 없는 자가 그 지위에 있는 것을 탐위(貪位)라 하고, 자기가 누릴 명성이 아닌데 그 명성을 누리는 것을 탐명(貪名)이라 한다.'라는 말을 들은 일이 있는데, 만약에 당신의 명을 따른다면 탐위와 탐명을 한 비난을 받을 것입니다. 그러므로 당신의 명을 따를 수 없습니다."

"그대는 진나라를 다스리는 내 방식을 좋지 않게 여기는 게요?"

"남의 말을 듣고 반성하고 경청하는 것을 총(聰)이라 하고, 사물을 보되 마음의 눈으로 보는 것을 명(明)이라 하며, 자기를 이기는 것을 강(强)이라고 합니다. 우나라 순임금의 말씀에 '스스로 겸손하면 존경을 받게 된다.'고 하였는데, 우나라 순임금의 도를 논하지 않을 거라면 저에게 물을 것도 없을 겁니다."

"진나라에는 예로부터 융적(戎翟, 북쪽 오랑캐)의 풍습이 있어 부자간에 구별 없이 한방에서 살았는데, 내가 그런 풍습을 고쳐서 남녀의 구별을 두고, 또 궁문을 크게 세워 노(魯)나라와 위(衛)나라만큼 훌륭한 문화를 이룩했소. 그대는 내가 진나라를 다스리는 것을 볼 때, 오고대부(五羖大夫, 백리해)와 비교해 누가 더 현명하다고 생각하오?"

"천 마리의 양가죽이 있어도 한 마리 여우의 겨드랑이 가죽을 따르지 못합니다. 천 사람의 순수한 복종도 한 선비의 올곧은 직언에는 미치지 못합니다. 주나라 무왕은 신하들의 올곧은 직언을 받아들여 번영했고, 은나라 주왕은 신하들의 입을 막아 망했습니다. 상군께서 만약 무왕을 비난하지 않는다면, 내가 종일 직언해도 불손함을 죄로 돌리지 않기를 바랍니다."

"옛말에도 '겉치레의 말은 화려하고, 지극한 말은 진실하며, 듣기 괴로운 말은 약이요, 달콤한 말은 병이다.'라고 하였소. 만일 그대가 종일 직언을 해 준다면, 그것은 나에게는 약인 것이오. 나는 그대의 제자가 되려고 하는데, 그대는 어찌하여 사양을 하시려는 것이오?"

"오고대부는 초(楚)나라의 미천한 출신입니다. 그는 진나라 목공이 현명하다는 말을 듣고 만나 보고 싶었으나, 가려고 해도 노자가 없었습니다. 그는 하는 수 없이 자기 몸을 진나라 여행자에게 팔아 볼품없는 옷을 입고 소를 치며 따라갔습니다. 1년 뒤에 목공은 그가 현명하다는 것을 알고 하찮은 소치기에서 일약 재상으로 올려 세웠는데, 진나라에서는 아무도 그것을 허물하지 않았습니다. 진나라 재상을 지낸 지 6, 7년이 지나 동쪽에 있는 정나라를 치고, 세 번이나 진나라의 임금을 세우고, 한 번 초나라의 화(禍)를 구하고, 교령(敎令)을 반포하여 백성들을 감화시켰습니다. 그러자 사천 읍(邑) 사람도 공물을 바치고, 은덕을 제후들에게 베풀어 여덟 곳의 오랑캐까지도 복종하게 했습니다. 서융의 사람 유여(由余)도 명성을 듣고 관문을 두드려 회견을 청했습니다. 오고대부는 재상이 된 뒤에도 아무리 피곤해도 수레에 걸터앉지 않았고, 더워도 수레에 일산을 덮지 않았고, 나라 안을 순시할 때는 행차의 수레를 따르게 하지 않았고, 무장한 호위를 거느리지 않았습니다. 그의 공적은 기록되어 조정의 서고에 보존되고, 덕행은 후세에 널리 전해졌습니다. 그가 죽었을 때에는 진나라 모든 백성들이 눈물을 흘렸고, 어린이들도 노랫소리를 내지 않았으며, 방아를 찧는 사람들까지도 방아 노래를 부르지 않았습니다. 이는 오고대부의 덕에 의한 것입니다.

그런데 상군께서 진나라 왕을 뵈올 적에는 임금이 아끼는 신하인 경감의 인도에 의한 것이니, 이는 명예롭다고 할 수 없습니다. 진나라의 재상이 되어서는 백성의 이익을 우선으로 삼지 않고 야단스레 궁문을 건축한 것은 공적이라고 할 수 없습니다. 태자의 스승을 경형에 처하고, 가혹한 형벌로써 백성을 징벌한 것은 원한과 화를 쌓은 일입니다. 솔선수범하여 백성을 감화하는 것은 명령으로 하는 것보다 깊고, 백성이 위에서 하는 일을 보아서 익히는 것도 명령으로 하는 것보다는 효과가 빠릅니다. 상군께서 세운 제도는 도리에 등진 것이며, 변경한 국법은 도리에 어긋난 것이니, 이것을 백성을 이끄는 가르침으로 삼을 수 없습니다. 또 상군께서는 봉읍 상오(商於)에 군림하여 임금과 똑같이 '과인(寡人)'이라 일컬으며 날마다 진나라 공자들의 죄를 규탄하고 있습니다. 《시경》에 '쥐 낯바닥에도 체통이 있거니, 사람으로서 예가 없을 것인가. 사람으로서 예가 없다면 어찌 빨리 죽지 않을 것인가?'라고 했는데, 이 시구로 보더라도 상군의 행동은 천수를 온전히 누릴 수가 없는 것입니다. 공자 건은 코를 잃은 것을 부끄러워하여 문을 닫고 밖으로 나오지 않은 지 8년입니다. 상군은 또 축환(祝懽)을 죽이고 공손가를 경형에 처했습니다. 《시경》

에 '인심을 얻는 자는 흥하고, 인심을 잃는 자는 망한다.'고 하였는데, 상군이 범한 갖가지 일들은 도저히 인심을 얻을 수 없는 것들입니다. 상군은 외출할 때에 무장한 병사들이 탄 수레 수십 대를 뒤따르게 하고 힘센 장사를 옆에 태웠습니다. 그리고 창을 가진 병사들을 수레 옆에서 함께 달리게 했습니다. 이 중에서 하나라도 부족하면 당신은 절대로 외출하지 않았습니다.《시경》에 '덕을 믿는 자는 번영하고, 힘을 믿는 자는 망한다.'라고 했는데, 당신의 목숨은 참으로 아침 이슬과도 같이 위험한 것입니다. 천수를 다하고자 한다면 무엇보다도 상오의 15읍을 반환하고, 은퇴하여 시골로 내려가 전원에 물을 대는 생활을 하십시오. 진나라 왕에게 권하여 암혈(巖穴, 동굴)에 숨은 현자를 나타나게 하고, 늙은이를 부양하고, 고아를 돌보고, 부형을 공경하고, 공 있는 자를 관직에 앉히고, 덕 있는 자를 존경하도록 하면 조금은 편안할 것입니다. 만일 앞으로도 계속 상오의 부를 탐하고 진나라의 정치를 마음대로 주무르는 것을 영예로 알며 백성들의 원망을 쌓는다면, 진나라 왕이 하루아침에 당신을 남겨 놓고 돌아가셨을 경우, 진나라가 당신을 잡으려고 할 것은 너무도 당연한 일입니다. 당신의 파멸은 한 발을 들고 넘어지기를 기다리는 것만큼이나 잠깐 사이일 것입니다."

그러나 상군은 이 말을 따르지 않았다.

그 뒤 다섯 달이 지나 진나라 효공이 죽고 태자가 왕위에 올랐다. 공자 건 일당이 상군이 모반을 꾀한다고 밀고했다. 왕은 관리를 보내어 상군을 잡으려고 했다. 상군은 달아나 관소(關所) 근방에까지 와

서 객사에 들려고 했다. 객사의 주인은 그가 상군임을 알지 못하고
말했다.

"상군의 법률에는 여행증이 없는 손님을 재우면 그 손님과 연좌로
죄를 받게 됩니다."

상군이 탄식하여 말했다.

"아, 신법(新法)의 폐단은 마침내 내 몸에까지 미쳤는가!"

상군은 진나라를 떠나 위나라로 갔다. 위나라 사람들은 상군이 공
자 앙(卬)을 속이고 위나라군을 깨뜨린 것을 원망하여 그를 받아들이
지 않았다. 상군이 다른 나라로 가려고 하자 위나라 사람이 말했다.

"상군은 진나라의 국적(國賊)이다. 진나라는 강국이다. 그 나라의
적이 위나라에 들어왔으니 반드시 진나라로 돌려보내야만 된다."

결국 위나라는 상군을 진나라로 돌려보냈다.

상군은 다시 진나라로 들어가 상읍으로 가서 도당과 함께 봉읍의
군사를 동원하여 북쪽 정나라를 쳤다. 진나라는 군대를 보내 상군을
치고, 정나라의 면지(黽池)에서 그를 죽였다.

진나라 혜왕은 그 시체를 거열형(車裂刑, 사람의 사지를 마차에 묶어 갈
래 내어 죽이는 형벌)에 처해 백성들에게 돌려 보이며 말했다.

"상앙과 같은 모반자가 되지 말라!"

그리고 상군의 일족을 멸했다.

태사공은 말한다.

상군은 천성이 잔인하고 덕이 없는 사람이다. 그가 효공에게 쓰이

기 위해 제왕의 도리를 설명한 자취를 찾아보건대, 마음에도 없는 헛소리를 지껄였던 것이지, 그 본성에서 나온 것이 아니었다. 더욱이 그를 인도한 것은 효공의 총애를 받던 경감(景監)이었는데, 상군은 등용이 되자 공자 건을 처형하고 위나라 공자 앙(卬)을 속였으며, 조량의 충언을 받아들이지 않았다. 이 또한 상군의 덕이 부족함을 증명하는 것이라 하겠다. 나는 일찍이 상군의 저서 〈개색(開塞)〉, 〈경전(耕戰)〉 등 여러 편을 읽었는데, 그 사상은 그 사람의 행위와 완전히 일치해 있었다. 진나라에서 악명이 높았던 것도 이유가 있는 일이라고 하겠다.

소진 열전(蘇秦列傳)

천하는 연횡(連衡)을 걱정하고, 진나라는 침략을 그칠 줄 몰랐다. 이에 소진은 제후들을 붙들어 두고 합종(合從)을 맹약함으로써 강자로 군림하는 진나라를 눌렀다. 그래서 〈소진 열전 제9〉를 지었다.

소진은 동주(東周)의 낙양(洛陽) 사람으로, 자(字)는 계자(季子)이다. 스승을 찾아 동쪽 제나라에 가서 귀곡(鬼谷) 선생에게 학문을 배웠다. 그 후 여러 해 동안 방랑하다가 곤궁을 견디지 못하고 향리로 돌아왔는데 형제, 형수, 누이, 처첩 등이 모두 비웃으며 말했다.

"주나라 관습으로는 전지(田地, 논밭)를 경작하거나 상업에 힘써 2할 이익을 보려고 하는 것이 사람의 의무입니다. 그런데 당신은 그 본업을 버리고 다만 혀끝의 말에만 힘쓰고 있으니 가난하고 궁핍한 것이 당연하지 않습니까?"

소진은 이 소리를 듣고 부끄러운 나머지 방에 혼자 틀어박혀 생각에 잠겼다.

'대관절 사내로서 머리를 숙여 학문을 하면서 부귀영화를 얻지 못한다면, 독서를 한들 무슨 소용이 닿으랴.'

그리하여 자기의 장서를 꺼내어 두루 훑어보고는 그중에서 《주서(周書)》의 〈음부(陰符)〉를 찾아 책상에 엎드려 열심히 읽었다. 1년쯤 돼서 '췌마술(揣摩術)'[16]을 터득하고 이렇게 말했다.

"이것만 있으면 당대의 군주를 설득할 수 있으리라."

먼저 그는 주나라 현왕(顯王)을 설득하려고 했는데, 현왕의 측근에 있는 자가 본디 소진을 잘 알고 있었으므로 업신여겨 상대하려 들지 않았다. 그리하여 소진은 서쪽 진나라로 갔다. 진나라 효공이 죽고 뒤를 이어 새로 임금이 된 혜왕을 만나 말했다.

"진나라는 사방이 요새지로서 산과 위수(渭水)에 싸여 있습니다. 동쪽으로는 함곡관(函谷關)과 황하가 있고, 서쪽으로는 한중(韓中)이 있고, 남쪽으로는 파(巴)와 촉(蜀)이 있고, 북쪽으로는 대군(代郡)과 마읍(馬邑)이 있어 하늘이 내린 땅이라고 할 수 있습니다. 진나라의 선비들과 백성들에게 병법을 가르친다면 천하를 병합하고 제호(帝號, 제왕의 칭호)라 일컬으며 천하를 다스릴 수 있을 것입니다."

진나라 왕이 대답하여 말했다.

"새도 깃털이 나서 자랄 때까지는 높이 날지 못하오. 우리 진나라

---

16 임금의 속마음을 잘 짐작하고 그 뜻을 뒤바꾸어 자기의 뜻으로 바꾸는 술책.

는 아직 정치와 교육이 정돈되지 못했으니 다른 나라를 병합할 생각은 차마 못 할 일이오."

이 무렵 진나라는 상앙을 죽인 뒤라 유세자들을 미워하고 있던 참이므로 소진을 등용하지 않았다.

소진은 다시 동쪽에 위치한 조(趙)나라로 갔다.

조나라 숙후(肅侯)는 아우 성(成)을 재상으로 삼아 그를 봉양군(奉陽君)에 봉했는데, 봉양군은 소진을 환영하지 않았다.

소진은 조나라를 떠나 이번에는 연(燕)나라로 갔다. 거기서 유세하고 1년이 넘어서야 겨우 알현이 허락되어 소진은 연나라 문후(文侯)에게 아뢰었다.

"연나라는 동쪽으로는 조선(朝鮮)과 요동(遼東)이 있고, 북쪽으로는 임호(林胡)와 누번(樓煩)이 있으며, 서쪽으로는 운중(雲中)과 구원(九原)이 있고, 남쪽으로는 호타(滹沱, 강 이름)와 역수(易水)가 있습니다. 땅은 사방 2천여 리이고, 무장 병력은 수십만, 전차는 6백 승, 군마는 6천 필이 있고, 군량은 몇 년을 지탱할 수 있을 만큼 많습니다. 남쪽에는 갈석(碣石)과 안문(鴈門) 같은 물자가 풍부한 곳이 있고, 북쪽에는 대추와 밤의 수확이 있어서 백성들이 밭을 갈지 않아도 자급이 되니 하늘이 내려 준 보고(寶庫)라고 하겠습니다. 안락 무사하여 전화(戰禍, 전쟁으로 인한 피해)를 입지 않기로는 연나라보다 위에 가는 나라가 없습니다. 왜 무사한가는 대왕도 잘 아시겠지요. 연나라가 외적의 침범을 받지 않고 전화를 입지 않는 것은 조나라가 연나라의 장벽이 되어 남쪽에 있기 때문입니다.

진나라와 조나라는 다섯 번 싸웠는데, 진나라는 2승, 조나라는 3승을 거두었습니다. 이 때문에 두 나라는 서로 피폐해지게 되었으므로 임금께서는 아무 상처도 입지 않고 독자적으로 그 후방을 제압할 수 있었습니다. 이것이 연나라에 외적의 침범이 없었던 까닭입니다.

대체로 진나라가 연나라를 치기 위해서는 운중과 구원을 넘어 대(代)와 상곡(上谷)을 통과해야 하는데, 그 길은 몇천 리나 됩니다. 진나라는 설령 연나라의 성을 얻더라도 그 어떤 계책으로도 지킬 수 없습니다. 그러므로 진나라는 연나라를 침범하지 못할 것입니다.

그러나 조나라가 연나라를 친다고 하면, 호령을 내린 지 열흘도 안 되어 몇만의 군사가 동원(東垣)에 진을 치고, 호타강을 건너 역수를 넘어 4, 5일도 못 되어 연나라 도읍에 다다를 것입니다.

이런 점으로 볼 때, 진나라는 연나라를 치려면 천 리 밖에서 싸우고, 조나라는 연나라를 치기 위해서는 백 리 밖에서 싸운다고 할 수 있습니다. 연나라가 백 리 밖의 적을 걱정하지 않고, 천 리 밖의 적을 두려워한다니 이처럼 그릇된 계책이 어디 있겠습니까? 대왕께서 조나라와 합종하시어 천하 제후와 하나가 된다면 연나라에는 절대 우환이 없을 것입니다."

문후가 말했다.

"그대의 말이 옳소. 그러나 과인의 나라는 작은 데다가 서쪽에서는 조나라가 압박하고, 남쪽은 제나라 땅과 가깝소. 제나라와 조나라는 모두 강국이므로 우리 나라와의 화친은 어려운 일이오. 그대가 반드시 합종하여 연나라를 편안히 하고자 한다면 과인은 온 나라를 들어 그대의 말에 따르리다."

그리하여 문후는 소진에게 수레와 말과 금과 비단을 주어 조나라로 보냈다.

그때 조나라에는 봉양군이 이미 죽고 없었으므로 소진은 직접 숙후에게 아뢰었다.

"천하의 대신, 재상, 군신에서부터 벼슬 없는 선비에 이르기까지 모두 임금이 하시는 일을 높고 어질다 하며, 모두가 임금의 가르침을 받들어 충언을 올릴 수 있기를 원한 지가 오래입니다. 그러나 봉양군이 시기하여 임금께선 임금으로서의 일을 할 수가 없었으므로 빈객이나 유세객들이 감히 스스로 앞에 나아가서 자신들의 의견을 말할 수가 없었습니다. 하지만 이제 봉양군이 세상을 떠났으니 왕께서는 처음대로 백성과 친할 수가 있게 되었습니다. 그래서 신은 왕께 어리석은 소견을 말씀드리고자 합니다.

곰곰이 생각해 보건대, 왕을 위한 계책으로는 백성을 편안히 하고 무사하게 하는 것이 최선이며, 백성을 수고롭게 하지 않는 것입니다. 백성을 편안히 하는 근본은 국교(國交, 나라와 나라 사이의 외교)를 잘 가려서 하는 데 있으며, 국교를 가려서 제대로 잘하면 백성은 편할 수 있습니다. 그러나 제대로 되지 않을 때는 백성은 평생토록 안락하지 못할 것입니다.

청컨대 외환(外患, 외적의 침범에 대한 걱정)에 대해서 좀 말씀을 올리도록 해 주십시오. 제나라와 진나라가 다 같이 적이 되면 백성은 편안할 수 없을 것이며, 그렇다고 진나라에 의지하여 제나라를 치는 것도 백성으로서는 편안하지 못합니다. 또 제나라에 의지하여 진나라를 치는 경우에도 마찬가지입니다. 그러므로 다른 나라의 군주를 꾀어 남의 나라를 치는 것을 생각해야 하겠는데, 그런 경우에 조심할 것은 비밀이 새지 않도록 하는 일입니다. 비밀이 새어 나가면 국교가 끊어지기 때문입니다. 임금께선 입을 삼가십시오. 그리고 제 말에서 이해가 전혀 상반되는 두 개의 정책을 구별해 주십시오. 일은 음과 양 둘이 있을 뿐, 즉 합종이냐 연횡이냐, 그 둘 중의 하나가 있을 뿐입니다.

임금께서 진실로 저의 의견을 듣는다면 연나라는 모직 옷이나 개와 말이 나는 산지를, 제나라는 고기와 소금이 나는 해변을, 초나라는 귤과 유자가 생산되는 땅을 바칠 것이며, 한·위·중산은 휴양에 필요한 탕목(湯沐)의 땅[山林]을 헌납물로 바칠 것이니, 임금의 일가족은 다 봉읍을 받아 제후가 될 것입니다.

대체로 남의 나라 땅을 뺏고 이익을 취하는 일은 오백(五伯)이 적군을 무찌르고 적장을 포로로 사로잡아 구하던 방법입니다. 임금의 일가족을 제후로 하는 것은 은나라 탕왕과 주나라 무왕이 그 땅의 임금을 내쫓거나 죽이는 방법으로 얻었던 것입니다. 이제 임금께서 팔짱을 낀 채 이 두 가지를 얻도록 하려는 것이, 제가 임금께 권하고자 하는 것입니다.

지금 임금께서 진나라와 손잡으면 진나라는 반드시 한나라와 위나라를 누를 것이며, 제나라와 손잡으면 제나라는 반드시 초나라를 누를 것입니다. 위나라가 약해지면 하외(河外)의 땅은 진나라에게 먹힐 것이며, 한나라가 약해지면 의양(宜陽)을 진나라에 주게 될 것입니다. 의양을 뺏기면 상군으로 가는 길이 끊어질 것이며, 하외가 먹히면 상군으로 통하는 길이 막힐 것입니다. 초나라가 약해지면 조나라는 고립되어 응원을 받을 수가 없을 것입니다. 이 세 방책은 깊이 생각하지 않으면 안 될 것입니다.

만약에 진나라가 지도(軹道)로 내려오면 남양이 위험하게 되고, 한나라를 위협하고 주나라 왕실을 둘러싸면 조나라는 스스로 무기를 잡지 않을 수 없을 것입니다. 진나라가 위(衛)나라를 근거지로 권(卷)을 취하면 제나라는 반드시 진나라에 머리 숙여 신하가 될 것입니다. 진나라가 산동을 손에 넣고자 하면 반드시 군사를 일으켜 조나라로 향할 것입니다. 진나라군이 황하를 건너고 장수(漳水)를 넘어서 파오(番吾)에 진을 치면, 조나라 군대와 진나라 군대는 반드시 조나라의 수도 한단 성 아래에서 싸울 것입니다. 제가 우려하는 것은 이 점이옵니다.

오늘날 산동에 있는 나라 중에서 조나라보다 더 강대한 나라는 없습니다. 조나라의 땅은 사방 2천여 리이고, 무장 병력은 수십만, 전차 천 승, 군마 만 필, 군량은 수년을 지탱할 수 있습니다. 서쪽으로는 상산(常山), 남쪽으로는 황하와 장수가 있고, 동쪽으로는 청하(淸河)가 있고, 북쪽으로는 연나라가 있습니다. 그러나 본디 연나라는 약소국으로서 두려워할 것이 못 됩니다.

진나라는 천하의 적으로 조나라를 첫손에 꼽습니다. 그런데 진나라가 군사를 일으켜 조나라를 치지 않는 것은 무엇 때문일까요? 한

(韓)나라와 위(魏)나라가 그 배후를 칠 경우를 두려워하기 때문입니다. 그러고 보면 한나라와 위나라는 조나라에게는 남쪽의 장벽입니다. 진나라가 한나라와 위나라를 치는 데는 고산(高山)과 대천(大川)의 장애가 없어 점차로 먹어 들어가 수도에까지 이르게 될 것입니다. 한나라와 위나라가 진나라를 막아 내지 못하면 반드시 진나라에 머리 숙이고 신하로서 굽혀야 할 것입니다. 진나라가 한나라와 위나라를 견제하지 않으면 화는 반드시 조나라에 집중될 것입니다. 이것이야말로 제가 임금을 위해 걱정하는 바입니다.

제가 듣건대, 요임금은 세 사람 몫의 땅도 없었고, 순임금은 손바닥만 한 땅조차 없었지만 천하를 차지했으며, 우임금도 백 명이 모여 사는 마을도 없었지만 제후들의 임금이 되었습니다. 또한 은나라 탕왕과 주나라 무왕은 군졸 8천 명에 전차가 3백 승에 불과했는데도 천자가 되었으니, 이들은 진실로 천하를 얻는 이치를 안 것입니다. 그런 까닭에 명군은 밖으로는 적의 강함과 약함을 헤아리고, 안으로는 군졸의 현명함과 현명치 못함을 헤아려, 양군의 충돌을 기다리지 않고도 승패와 존망의 기틀이 가슴속에 떠오르는 것입니다. 어찌하여 자신의 총명을 여러 사람의 말로 덮어 가리고, 캄캄하고 어두운 가운데서 일을 결정하겠습니까?

가만히 천하의 지도를 놓고 보건대, 제후들의 영토는 진나라보다 5배나 크며, 제후들의 병사를 헤아려 보니 진나라보다 10배나 많습니다. 여섯 나라가 하나가 되어 힘을 합쳐 서쪽의 진나라를 친다면 반드시 진나라를 깨뜨릴 수 있습니다. 그 반대로 만약 서쪽으로 진나라를 섬긴다면 진나라의 신하가 되는 것입니다. 대체로 남을 깨뜨리는 것과 남에게 깨지는 것, 또 남을 신하로 삼는 것과 남에게 신하 노릇하는 것을 어떻게 같이 얘기할 수 있겠습니까?

연횡론자들은 모두 제후들의 땅을 쪼개어 진나라에 바치라고 합니다. 진나라가 목적을 달성하면 저들은 지붕 처마를 높이고, 궁전을 화려하게 꾸미고, 피리와 거문고의 아름다운 소리를 들으며, 앞에는 누대(樓臺)와 수레를, 뒤에는 아리따운 미녀를 둘 것입니다. 그러면서도 자기네 나라가 진나라에게 화를 입을지라도 그 근심을 나누려 하지 않을 것입니다. 그런 까닭에 연횡론자들은 밤낮으로 진나라의 권력에 기대어 제후들을 위협하여 땅을 나누어 바치라고 요구하는 것입니다. 그렇기 때문에 왕께서는 이 일을 깊이 생각하여 주십시오.

신이 듣건대 '명군은 의심을 끊고, 거짓 모함하는 것을 버리고, 떠도는 말의 길을 제거하고, 붕당(朋黨)의 문을 막는다.'고 합니다. 그런 말을 들었기에 주군을 존중하고 토지를 넓히고 병력을 굳세게 하는 계교에 대한 충언을 이렇듯 임금 앞에 올리는 것입니다.

가만히 왕을 위해 생각해 보건대, 한나라·위나라·제나라·초나라·연나라·조나라가 합종의 방법으로 친선하여 진나라에 대항하는 그 이상의 방책은 없을 것입니다. 즉 천하 제후의 장군과 재상들을 연수(洹水) 부근에 모아서 인질을 교환하고 백마를 죽여 그 피로써 굳게 약속하여 이렇게 하는 것이 좋을 것입니다.

'진나라가 초나라를 치면 제나라와 위나라는 각각 정예군을 보내어 초나라를 돕고, 한나라는 진나라의 식량 수송로를 막고, 조나라는

141

황하와 장수를 건너고, 연나라는 상산의 북쪽을 지킨다. 진나라가 만약 한나라와 위나라를 친다면 초나라는 진나라 군사의 배후를 끊고, 제나라는 정예군을 보내어 한나라와 위나라를 돕고, 조나라는 황하와 장수를 건너고, 연나라는 운중을 지킨다. 진나라가 만약 제나라를 치면 초나라는 진나라의 배후를 끊고, 한나라는 성고를 지키고, 위나라는 하내로 가는 길을 막고, 조나라는 황하와 박관(博關)을 건너고, 연나라는 정예군을 보내어 제나라를 돕는다. 진나라가 만약 연나라를 치면 조나라는 상산을 지키고, 초나라는 무관에 진을 치고, 제나라는 발해를 건너고, 한나라와 위나라는 정예군을 보내어 연나라를 돕는다. 또 만약 진나라가 조나라를 친다면 한나라는 의양에, 초나라는 무관에, 위나라는 황하 남서쪽에 진을 치고, 제나라는 청하를 건너고, 연나라는 정예군을 보내어 조나라를 돕는다. 제후 중에 이 약속을 이행치 않는 자가 있다면, 다섯 나라의 군사는 공동으로 그 나라를 치리라.'

여섯 나라가 합종으로 친교를 맺으면 진나라는 필경 함곡관을 나와 산동을 침범하는 일이 없을 것입니다. 이렇게 하면 패왕의 위업을 성취할 것입니다."

조나라 왕이 말했다.

"과인은 나이가 젊고 임금의 자리에 오른 지 얼마 안 되므로 지금까지 국가 안보와 관련된 장기 계획에 관해 들을 수가 없었소. 그대에게는 천하를 유지하고 제후들을 안도케 하려는 뜻이 있소. 그러니 과인은 삼가 나라를 들어 그대의 말을 따르리다."

그리하여 수레 백 대, 황금 천 일(鎰), 백옥 백 쌍, 비단 천 필을 제후에게 보내는 선물로 주고 합종을 맹약했다. 이 무렵 주나라 천자는 선조 문왕과 무왕의 제사에 쓴 고기를 진나라 혜왕에게 내려 주고, 진나라를 특별히 대우했다.

혜왕은 서수(犀首)에게 명하여 위나라를 쳐서 적장 용가(龍賈)를 사로잡고, 위나라의 조음(雕陰) 땅을 빼앗고, 군사를 동쪽으로 진군시키려고 했다. 소진은 진나라 군사가 조나라에 침입하여 합종의 방책이 깨어질 것을 두려워한 나머지, 장의(張儀)를 격노시켜(〈장의 열전〉참조) 진나라로 보냈다. 그리고 나서 소진은 한나라 선혜왕(宣惠王, 선왕 소후의 아들)에게 말씀을 올렸다.

"한나라는 북쪽으로는 공(鞏)과 성고 같은 요새가 있고, 서쪽으로는 의양과 상판(商阪) 같은 험한 땅이 있고, 동쪽으로는 완(宛)과 양(穰)과 유수(洧水)가 있고, 남쪽으로는 형산(陘山)이 있습니다. 땅은 사방 9백여 리이고, 무장 병력은 수십만, 천하의 강한 활과 쇠뇌는 다 한나라에서 만들어지고, 계자(谿子) 땅의 돌활, 소부(少府, 무기 제조소)의 시력(時力)과 거래(距來)—둘 다 활 이름—는 6백 보의 원거리를 쏠 수가 있습니다. 한나라 군사들이 발로 밟고 있던 쇠뇌를 발을 들어 쏘면 백발백중이며, 원거리에서 맞은 것도 화살 끝이 살에 파묻히도록 가슴을 꿰뚫고, 가까운 것은 화살 끝이 심장의 위를 덮습니다. 한나라 군사의 칼과 창은 모두 명산(冥山)에서 만들어지고, 당계(棠谿) · 묵양(墨陽) · 합부(合賻) · 등사(鄧師) · 용연(龍淵) · 태아(太阿)—모두 칼 이름—는 어느 것이나 육지 위에서는 소나 말을, 물 가운데서는 따오기나 기러기를 베고, 적을 만나서는 견고한 갑옷과 쇠 방패를 끊을 수 있습니다. 또 활집, 방패 끈 등에 이르기까지 구비하지 않은 것이 없습니다. 용감한 한나라 군사들이 투구를 쓰고, 갑옷을 입고, 굳센 쇠뇌를 밟고, 날카로운 칼을 차면 한 사람이 적 백 사람을 감당하는 것은 문제도 없는 일입니다. 한나라가 이와 같은 강한 세력과 현명한 왕을 가지고 있으면서, 서쪽으로 진나라를 섬겨 두 손을 맞잡아 절을 하며 복종하는 것은 국가의 수치며, 또 천하의 웃음거리가 되기에 이 이상 가는 것이 없을 것입니다.

그러므로 왕께서는 깊이 생각하시기를 원하는 바입니다. 왕께서 만일 진나라를 섬긴다면 진나라는 반드시 의양과 성고의 땅을 요구할 것입니다. 금년에 이것을 바치면 내년에는 반드시 또 다른 땅을 요구할 것입니다. 여기에 계속 응하면 나중에는 주려고 해도 줄 땅이 없을 것이며, 주지 않으면 지금까지 바친 공을 무시당한 채 오히려 뒷날 침략의 우환을 얻게 될 것입니다. 왕의 땅은 점점 줄어들기만 할 것이며, 진나라의 요구는 끝이 없을 것입니다. 한정된 땅을 가지고 끝이 없는 요구에 응하게 되는 이것이야말로 이른바 '원한을 사고 우환을 불러 온다.'는 것으로, 싸우지도 않고 땅은 적의 손에 들어가게 되는 것입니다.

속담에 '설령 닭의 부리가 될지언정, 소의 꼬리는 되지 말라.'고 하였는데, 이제 서쪽을 향하여 두 손을 맞잡고 진나라를 신하의 예로써 섬기는 것은 소의 꼬리와 다를 것이 무엇이겠습니까? 왕께서 총명하고 강한 군사를 가지고 있으면서 소의 꼬리의 오명을 뒤집어쓰는 것은 왕을 위하는 저에게는 부끄러운 일입니다."

이 말에 한나라 왕은 안색이 변하더니 팔을 걷어 눈을 부라리고 칼을 만지며 하늘을 우러러 탄식했다.

"과인은 불초(不肖, 못나고 어리석음)한 자이나 단연코 진나라에는 머리 숙이지 않겠소. 이제 그대로부터 조나라 왕의 충고를 미리 들었으니 삼가 나라를 들어서 그대의 의견에 따르리다."

소진은 또 위(魏)나라 양왕(襄王)에게 말씀을 올렸다.

"왕의 땅은 남쪽으로는 홍구(鴻溝)·진(陳)·여남(汝南)·허(許)·언(鄢)·곤양(昆陽)·소릉(召陵)·무양(舞陽)·신도(新都)·신처(新郪)가 있고, 동쪽으로는 회수(淮水)·영수(潁水)·자조(煮棗)·무서(無胥), 서쪽으로는 장성(長城)을 경계로 하고, 북쪽으로는 하외(河外)·권(卷)·연(衍)·산조(酸棗)가 있습니다. 땅은 사방 천 리에 이르고, 소국이라고는 하나 마을이 밀집해 있어서 목축을 할 만한 땅이 일찍부터 없고, 백성도 많고 거마(車馬, 수레와 말)도 많아 밤낮으로 왕래가 끊임이 없고, 그 울리는 소리는 마치 삼군의 대군이 행군하는 것과 같습니다.

제가 곰곰이 생각해 보건대, 왕의 나라는 결코 초나라에 뒤지지 않습니다. 그런데도 연횡론자들은 왕께 진나라에 대한 공포심을 부채질하고, 호랑이와 같은 진나라와 교제케 하며, 진나라 제후 세력의 침략을 조장하여 진나라가 쳐들어오는 화를 부르게 되는 것도 고려하지 않고 있습니다. 그들이 굳센 진나라의 세력을 믿고서 자기 나라의 임금을 위협하는 것만큼 큰 죄는 없습니다. 위나라는 천하의 강국이며, 임금은 천하의 현군입니다. 이제 서쪽을 향해 진나라를 섬기고, 스스로 동번(東藩, 동쪽의 속국)이라 일컬어 진나라 왕의 순찰을 위해 궁전을 짓고, 진나라 의관과 속대(束帶, 허리띠)를 받아서 진나라 종묘의 봄가을 제사에 봉사코자 하는 생각을 가지는 것은 제가 왕을 위해 부끄럽게 생각하는 바입니다.

월나라 왕 구천은 여러 해 훈련한 군사 3천 명으로 오나라 왕 부차를 간수(干遂)에서 사로잡고, 주나라 무왕은 군사 3천 명, 전차 3백 승으로 은나라 주왕을 목야(牧野)에서 정복했다고 들었는데, 이는 군사가 많아서 이긴 것일까요? 아닙니다. 그들은 자신들의 위력을 발휘했기 때문입니다.

제가 들은 바로는, 왕의 군사는 무사(무장병) 20만, 파란 두건을 쓴 보병이 20만, 정예 공격수가 20만, 잡역부가 10만, 전차 6백 승, 기마 5천 필로, 이 숫자는 월나라 왕 구천이나 무왕의 군사를 훨씬 능가하는 것입니다. 그런데 지금 뭇 신하의 말을 듣고 진나라를 신하의 예로써 섬길 생각을 하고 있습니다. 진나라를 섬기면 반드시 땅을 쪼개 바쳐서 성의를 표시해야 할 것입니다. 이는 무력을 쓰기도 전에 벌써 국토가 이지러지게 되는 것입니다. 무릇 신하로서, 진나라를 섬기도록 하려는 자는 모두가 간사한 자들입니다. 결코 충신은 아닙니다. 대관절 신하 된 자가 임금의 땅을 바쳐 외교를 청하고, 한때의 공을 도적질하여 뒤를 돌보지 않고, 공가(公家)의 파멸로 자가(自家)의 성공을 이룩하고, 밖으로 진나라의 세력을 믿고 안으로 임금을 위협하여 땅을 바치기를 요구하는 것은 어찌 된 일입니까? 왕께서는 이 점을 깊이 생각해 보시기를 바라는 바입니다.

146

《주서(周書)》에 '조그마할 때 싹을 자르지 않으면 커져서는 어찌할 것인가? 털끝만 한 적을 베지 않으면 장차는 도끼를 써야 한다. 이리 생각하여 잘 처신하지 않으면 후에는 큰 우환이 있으리라. 장차 이를 어찌하랴?'라고 하였습니다. 만약에 왕께서 진실로 제 말을 받아들여 여섯 나라가 합종으로 친교를 맺어 힘을 합하고 뜻을 하나로 한다면 반드시 진나라의 화를 면할 것입니다. 그러므로 우리 조나라 왕은 저를 사신으로 명하여 이 뜻을 아뢰고 흔들림 없는 맹약을 맺기를 원하게 된 것입니다. 왕의 의사를 듣고자 합니다."

위나라 왕이 말했다.

"과인은 불초한 자로서 여태까지 밝은 가르침을 들을 기회가 없었소. 이제 그대에게서 조나라 왕의 말씀을 들었으니 삼가 나라를 들어 그대의 말에 따르고 싶소."

다음으로 소진은 제(齊)나라 선왕(宣王)에게 말씀을 올렸다.

"제나라는 남쪽으로는 태산이 있고, 동쪽으로는 낭야가 있고, 서쪽으로는 청하가 있고, 북쪽으로는 발해가 있습니다. 이것이야말로 사면이 다 요새지로 막힌 나라입니다. 제나라 땅은 사방 2천여 리이고, 무장 병력이 수십만 명이며, 양곡은 산더미 같고, 삼군의 정예 부대와 오가(五家, 다섯 명이 한 조가 되는 민병대의 일종)의 병사들은 빠르기가 화살 같고, 싸움을 할 때는 우레와 같고, 물러날 때는 바람처럼 재빨리 흩어집니다. 군역의 징발이 있어도 일찍이 태산의 배후와 청하를 건너고 발해를 넘어서까지 징병한 일은 없습니다. 제나라 도읍인 임치에는 7만 호가 있습니다. 짐작해 보건대, 한 집에 평균적으로 남자가 세 사람이 있을 것입니다. 그렇다고 하면 7만 호에 남자가 21만 명이 있다는 것입니다. 임치의 군사만 동원해도 21만 명이라는 얘기입니다. 임치는 매우 부유하고 기름진 땅이며, 주민들은 피리를 불고 거문고를 울리며 축(筑, 대나무로 만든 타악기의 일종)을 두드리고, 닭싸움과 개 경주를 즐기거나 윷놀이와 공차기 등으로 즐거움을 누리고 있습니다. 임치의 도로는 수레바퀴가 서로 부딪치고 사람의 어깨와 어깨가 서로 닿을 정도로 번잡합니다. 옷깃이 이어지면 마치 장막을 친 것 같고, 치마가 날리면 마치 천막 같고, 사람들이 땀을 뿌리면 비가 오는 것 같습니다. 집집이 번창하고, 사람마다 풍족하고 기개가 높습니다.

왕의 현명함과 제나라의 굳센 힘은 천하에 대항할 자가 없습니다. 그런데 지금 서쪽을 향하여 진나라를 섬기려 하는 것은, 왕을 위해서 신이 부끄러워하는 바입니다.

대체로 한나라와 위나라가 진나라를 겁내는 것은 진나라와 국경을 접하고 있기 때문인데, 출병하여 맞서 싸우게 되면 열흘 안에 승패 존망의 기틀이 결정될 것입니다. 한나라와 위나라가 진나라와 싸워 설령 이긴다고 해도 병력의 반을 소모하게 될 것이므로 나라 사면의 경계는 지켜지지 않습니다. 만약에 싸워서 이기지 못한다면 나라는 위태로워질 것이며, 마침내 멸망하게 되는 것은 정한 이치입니다. 그렇기 때문에 한나라와 위나라는 진나라와 싸우는 것을 경계하고 진나라를 신하의 예로써 섬기려고 하는 것입니다.

이제 진나라가 제나라를 치는 것은 한나라와 위나라의 경우와는 다릅니다. 진나라는 한나라와 위나라를 배후에 돌려놓고, 위(衛)나라 양진(陽晉)의 험한 길을 통과하고, 항보(亢父)의 험한 땅을 가로지르지 않으면 안 됩니다. 게다가 수레는 두 대를 나란히 몰고 갈 수가 없으며, 말도 두 필이 나란히 갈 수가 없으므로 백 사람이 험한 땅을 이용하여 지키면 천 명의 군사로서도 돌파할 수가 없습니다.

진나라는 깊이 침입하고 싶어도 자꾸만 뒤를 돌아보게 되고, 한나라와 위나라가 배후에서 공격하지 않을까 염려를 하게 됩니다. 그러므로 진나라는 다만 겁내고 의심하여 허세로만 위협하고 교만하게 거들먹거릴 뿐으로 감히 나아가려고는 하지 않습니다. 그러고 보면 진나라가 제나라를 해하지 못할 것은 명백한 일입니다. 이와 같이 진나라가 제나라를 어떻게도 할 수 없다는 것을 깊이 생각해 보지도 않고, 다만 서쪽을 향하여 진나라를 섬기려고 하는 것은 뭇 신하들의 생각이 그릇된 것입니다. 그러므로 이제 제 계책을 좇으시면, 진나라에 굽실거리는 오명 없이 나라를 튼튼히 할 수 있는 참된 이익이 있습니다. 저는 대왕께서 이런 점에 유의하시어 이해를 따져 보시기를 바라는 것입니다."

제나라 왕이 말했다.

"과인은 어리석은 사람인 데다가 제나라는 멀리 외진 바닷가에 있고 동쪽의 변두리 땅에 있어서, 여태까지 이렇게 훌륭한 말씀을 들을 수가 없었소. 이제 그대로부터 조나라 왕의 충고를 들었으니 삼가 나라를 들어 그 의견에 따르리다."

소진은 다시 서남쪽 초나라 위왕에게 말씀을 올렸다.

"초나라는 천하의 강국이며, 임금은 천하의 현군이십니다. 초나라 서쪽에는 검중(黔中)과 무군(巫郡)이 있고, 동쪽에는 하주(夏州)와 해양(海陽)이 있고, 남쪽에는 동정(洞庭)과 창오(蒼梧)가 있고, 북쪽에는 형산(陘山)과 순양(郇陽)이 있습니다. 땅은 사방 5천여 리이고, 무장 병력 백만 명, 전차 천 승, 기마 만 필에 곡식은 10년을 지탱할 수가 있습니다. 이것은 패왕이 되기에 충분한 조건입니다. 초나라는 강대함과 더불어 현명한 임금이 계시기 때문에 천하에서 초나라에 대항할 자가 없을 것입니다.

그런데 지금 왕께서 서쪽을 향하여 진나라를 섬긴다고 하면, 제후들도 서쪽을 향해 진나라 함양의 장대궁(章臺宮)에 절하지 않는 자가 없을 것입니다.

진나라는 초나라를 최고의 방해물로 꼽고 있습니다. 초나라가 강해지면 진나라는 약해지고 진나라가 강해지면 초나라는 약해지는 것이니, 그 세력은 양립할 수가 없습니다. 그러므로 대왕을 위해 제가 방법을 생각해 보건대, 여섯 나라가 서로 화친하여 진나라를 고립시키는 것보다 더 좋은 수가 없습니다.

대왕께서 화친하지 않으시면 진나라는 반드시 수륙의 군사를 일으켜 한쪽 군사는 무관으로 가게 하고, 다른 쪽 군사는 검중으로 내려가게 할 것입니다. 그러면 언과 영은 동요할 것입니다. '모든 일은 혼란스러워지기 전에 다스리고, 해로운 일은 일어나기 전에 수습한다.'라는 말이 있는데, 화를 만나서 걱정한다는 것은 손쓰기에는 이미 늦었다고밖에 할 수 없습니다. 그러므로 대왕께서는 이 일을 심사숙고해

150

주시기를 바랍니다. 만약에 대왕께서 진실로 제 말을 따르신다면, 저는 산동의 제후로 하여금 사철로 공물을 바쳐 대왕의 밝으신 가르침을 받들게 할 것입니다. 또 국가를 위탁하고, 종묘에 봉사하며, 병정을 훈련·격려하기를 대왕의 뜻대로 되게 할 것입니다. 대왕께서 진실로 제 계책을 쓰신다면, 한·위(魏)·제·연·조·위(衛)나라의 묘한 음악과 미인은 임금의 후궁에 가득차고, 연(燕)과 대(代)에서 생산되는 낙타와 양마(良馬, 좋은 말)는 반드시 대궐 밖의 마구간에 가득 넘칠 것입니다.

합종이 성공하면 초나라가 천하의 패자가 되고, 연횡이 성공하면 진나라가 천하의 황제가 되는 것입니다. 그런데 임금께서 패업을 버리고 남의 신하가 되는 오명을 뒤집어쓰는 계책을 취하려고 하시니 저는 대왕을 위해서 그렇게 하도록 권할 수는 없습니다.

진나라는 호랑이의 나라로서 천하를 병합할 야심을 품고 있습니다. 진나라는 천하의 원수입니다.

연횡론자들은 모두 제후의 땅을 쪼개서 진나라에 바치려고 하나, 이것은 이른바 '원수를 길러 원수에게 봉사한다.'는 것입니다.

신하 된 자가 임금의 땅을 떼어 호랑이인 외국 진나라와 교제하고, 나아가서는 천하를 침략케 하여 마침내 진나라의 화를 불러들이고도 그것을 돌보지 않습니다. 밖으로는 진나라의 세력을 등에 업고, 안으로 임금을 위협하여 땅을 떼어 주라니 이보다 더한 불충은 없을 것입니다. 그러므로 합종이 성립되면 제후는 토지를 바쳐 초나라를 섬기고, 연횡이 성립되면 초나라는 토지를 바쳐 진나라를 섬길 것입니다.

이 두 가지 방책의 차이는 아주 대단한 것입니다. 이 두 가지 중에 과연 대왕께서는 어느 것을 취하려고 하십니까? 그리하여 우리 조나라 왕은 사신에게 계교를 일러 주어 대왕과 명확한 약정을 맺으려고 하는 것이니, 대왕의 생각을 듣고자 합니다."

초나라 왕이 말했다.

"과인의 나라는 서쪽으로 진나라와 경계를 접하고 있소. 진나라는 파와 촉을 취하고 한중을 병합하려는 야심이 있는 호랑이의 나라이므로 친해질 수 없소. 한나라와 위나라는 진나라의 화에 직면해 있으므로 깊은 의논을 할 수도 없소. 의논을 한다 할지라도 한쪽을 배신하고 진나라에 가서 붙을 염려가 있소. 그러므로 계교를 내기 전에 나라는 이미 위험에 처한 것이오.

과인 스스로 생각하건대 초나라만으로 진나라에 대항해서 이길 수는 없소. 안으로 여러 신하의 계교가 있다 하더라도 믿을 만한 것이 못 되오. 이런 것을 생각하여 과인은 자리에 누워도 마음이 편하지 못하고, 음식을 먹어도 맛을 알지 못하고, 마음이 동요하여 안절부절 못하기가 바람에 나부끼는 깃발과 같아서 도저히 안정할 수가 없었소. 이제 그대가 세상 여론을 통일하여 제후를 모아 우리 나라를 구하고자 한다면, 과인은 삼가 나라를 들어서 그대 의견을 따르리다."

그리하여 여섯 나라는 남북으로 합종하여 협력하게 되었다.

소진은 합종 동맹의 우두머리가 되고, 동시에 6개국의 재상이 되었다. 그래서 북쪽 조나라 왕에게 복명(復命, 명령을 받고 일을 처리한 사람이 그 결과를 보고함)하기 위해 도중에 낙양을 통과하는데, 그 거마와

짐은 제후들이 사자를 시켜 보내온 물건으로 가득 차서 임금의 행차인가 하고 의심할 정도였다. 주나라 현왕은 이 말을 듣고 두려워하며 길가에 모인 사람들을 해산시키고, 사자를 교외로 보내어 마중하게 하고 위로했다. 소진의 형제와 처족들은 그를 마주 보지도 못한 채 엎드려 기어서 식사 심부름을 했다. 소진이 웃으며 형수에게 말했다.

"전에는 그렇게 위세를 부리더니 어째서 이제는 이토록 공손하십니까?"

형수는 몸을 떨며 엎드려서 얼굴을 땅에 대고 사과했다.

"계자(季子)님의 지위가 높고 재물이 많으신 것을 보았기 때문입니다."

이에 소진이 탄식하며 말했다.

"똑같은 사람일지라도 부귀하면 친척도 우러러보고 가난하면 업신여긴다. 하물며 남이야 더 말할 것이 있겠는가. 만약 나에게 낙양성 근처에 밭 두어 뙈기만 있었던들, 오늘 어떻게 여섯 나라 재상의 인수(印綬)[17]를 찰 수 있었겠는가!"

그리하여 천 금을 풀어 일족과 친구들에게 나누어 주었다. 일찍이 소진은 연나라에 갈 적에 남에게서 백 전을 빌려 노자로 썼는데, 부귀한 몸이 된 지금에는 백 금으로써 보상하고, 또 일찍이 은혜를 입었던 모든 사람에게도 보상을 했다. 그의 하인 중 아직 공로의 보상을 받지 못한 한 사람이 있었는데, 그가 앞에 나와 그 사실을 말하자 소진

---

17 인(印)은 관리의 관직이나 작위를 나타내는 도장이고, 수(綬)는 그 도장의 고리에 맨 끈으로, '인수를 찬다'는 말은 '임관한다'는 뜻이다.

은 이렇게 말했다.

"네 일을 잊어버린 것은 아니다. 함께 연나라에 갔을 적에, 너는 역수 근방에서 여러 번 나를 버리고 떠나려고 했다. 그때 나는 곤란하여 너를 깊이 원망했다. 그런 까닭으로 너를 뒤로 미루어 놓았던 것이다. 자, 이제는 너에게도 공로의 보상을 주리라."

소진은 여섯 나라와 약정하여 합종을 맺고 조나라로 돌아왔다. 조나라 숙후(肅侯)는 소진에게 봉읍을 주어 무안군(武安君)으로 봉하고, 합종의 약정을 진나라에 통고했다. 이 때문에 진나라 군사는 15년 동안 함곡관에 있으면서 중원을 넘보지 않았다.

그 뒤에 진나라는 서수(犀首)에게 명하여 제나라와 위나라를 속여 함께 조나라를 쳐서 합종의 약정을 깨뜨리려고 했다.

제나라와 위나라가 조나라를 치자 조나라 왕은 소진을 꾸짖었다. 소진은 겁을 내어 연나라에 가서 기필코 제나라에 보복할 것을 청했다. 이렇게 하여 소진이 조나라를 떠나게 되니, 합종의 약정은 자연모두 깨져 버리고 말았다.

진나라 혜왕은 딸을 연나라 태자와 결혼시켰다. 그해 연나라 문후가 죽고 태자가 즉위했다. 그가 연나라 역왕(易王)이다. 역왕이 즉위하자마자 제나라 선왕은 상중(喪中)인 틈을 타서 연나라를 치고, 10개 성을 빼앗았다. 역왕이 소진에게 말했다.

"전날 선생이 연나라에 왔을 때, 선왕 문후는 선생에게 여비를 주어서 조나라 왕을 만나게 하고, 그 결과 마침내 여섯 나라가 합종을 약속했소. 그랬는데 이제 제나라는 먼저 조나라를 치고 다음으로 연나라를 치니, 선생 때문에 연나라는 천하의 웃음거리가 되었소. 선생은 연나라가 잃은 땅을 되찾아 주실 수 있겠소?"

소진은 매우 부끄러워하며 말했다.

"임금을 위해 되찾아 오겠습니다."

소진은 제나라 왕을 만나 두 번 절하고 엎드려 경하의 말씀을 올림과 동시에 우러러 조의의 말씀을 드렸다.

제나라 왕이 말했다.

"어찌하여 경하의 말과 조의의 말을 연달아 하는 것이오?"

"오랫동안 굶주린 자도 오훼(烏喙)라는 독초를 먹지 않는 것은 설령 배가 차더라도 굶어 죽는 것과 같은 결과가 되기 때문이라는 속담이 있습니다. 지금 연나라는 약소국이라고는 하지만 진나라의 사위의 나라입니다. 대왕은 연나라에서 10개 성을 빼앗았으나, 그 대신 장차 오랫동안 진나라의 원수가 될 것입니다. 이제 약한 연나라가 선봉에 서고 진나라가 그 뒤를 지원해 천하의 정병(精兵, 우수하고 강한 군사)을 부르게 되면, 이것은 굶주린 자가 오훼를 먹는 것과 같은 것이 됩니다."

제나라 왕은 슬픈 빛으로 근심을 띠고 물었다.

"그러면 어떻게 하는 것이 좋겠소?"

소진이 말했다.

"저는 일찍이 '예로부터 일을 잘 처리하는 자는 화를 돌려 복이 되게 하고, 실패로 말미암아 성공을 가져온다.'라는 말을 들었습니다. 대왕께서 만약 진실로 저의 계교를 들어주신다면 곧 연나라의 10개 성을 돌려주십시오. 별다른 이유를 붙이지 않고 돌려주시면 연나라는 반드시 기뻐할 것이며, 제나라가 10개 성을 연나라에 돌려준 것을 알면 진나라 왕도 반드시 기뻐할 것입니다. 이것은 이른바 원수를 버리고 굳은 친교를 얻는다고 하는 것입니다. 연나라와 진나라가 함께 제나라를 섬기면 대왕의 호령에 따르지 않을 자는 하늘 아래 없을 것입니다. 이것은 공허한 외교 변설로 진나라를 따르게 하고 성 10개로 천하를 취하게 되는 것이니, 이것이 곧 패왕의 사업인 것입니다."

제나라 왕은 흔쾌히 연나라의 10개 성을 반환했다.

소진을 비방하는 자들은 이렇게 말했다.

"여기저기서 나라를 팔고 다니며 겉과 속이 다른 사람이다. 장차 반란을 일으킬 것이다."

소진은 누명을 쓰게 될 것이 두려워 제나라에서 연나라로 돌아왔는데, 연나라 왕은 그를 지난날의 벼슬로 복직시키지 않았다. 소진은 연나라 왕을 뵙고 말했다.

"신은 동주의 천한 출신입니다. 일찍이 조그마한 공로도 없었는데 선왕께서는 친히 종묘에 절하고, 신을 관직에 올려 조정에서 대우하였습니다. 그리고 이제는 임금을 위해 제나라 군사를 물리치고 10개 성을 회수하는 데 성공했습니다. 그런 까닭으로 더욱 친애하여야 마땅하거늘, 지금 돌아와 보니 임금은 신을 본 직책에 돌아가도록 아니하십니다. 이것은 누군가 임금에게 저를 모함한 자가 있다는 증거입니다. 그러나 신의 이른바 불신이라고 하는 것은 실은 임금에게는 행복인 것입니다. '충성스럽고 신의가 있는 사람은 자기를 위해서 행동하고, 적극적으로 나아가 일을 이루는 사람은 남을 위해서 행동한다.'라는 말이 있습니다. 제가 제나라 왕을 설복시킨 것은 제나라 왕을 속인 것은 아닙니다. 신이 늙으신 어머니를 고향인 동주에 버려둔 것은 자신을 위해 행동하기를 버리고 남을 위해 나아가 이루기 위해서였습니다. 이제 효도하기를 증삼과 같이 하고, 청렴하기를 백이와 같이 하고, 성실하기를 미생과 같이 하는 자가 있다고 하여, 이 세 사람이 대왕의 밑에서 일한다면 어떻겠습니까?"

임금이 대답했다.

"만족하겠소."

소진이 말했다.

"효행하기를 증삼과 같이 하는 자는 어떠한 일이 있어도 어버이를 떠나서 비록 하룻밤일지라도 외박하지 않을 것입니다. 그러면 임금은 어떻게 하여 그를 천 리 밖의 먼 곳으로 보내어 약소국인 연나라의 임금을 섬기게 할 수가 있겠습니까?

청렴한 백이는 어떠한 일이 있어도 고죽국의 후사(後嗣, 대를 잇는 자식)가 되지 않고, 무왕의 신하가 되는 것을 즐겨 하지 않고, 봉읍을 받아 제후가 되는 것을 옳은 일이라고 하지 않고 수양산 밑에서 굶어 죽었습니다. 청렴하기를 이와 같이 하는 자가 있다면 임금은 어떻게 하여 그를 천 리 밖 먼 곳으로 보내어 제나라에 대하여 진취적으로 행하게 할 수 있겠습니까?

성실한 미생은 여자와 다리 밑에서 만나기로 약속했는데 밀물이 들어 물이 불어도 그 자리를 떠나지 않고 여자를 기다리다가 끝내는

157

교각을 끌어안고 죽었습니다. 성실하기가 그와 같은 자가 있다면 임금은 어떻게 하여 그를 천 리 밖 먼 곳으로 보내어 제나라의 강한 군사를 물리치게 할 수 있겠습니까? 말하자면 신은 충신인 까닭에 임금에게 죄를 입은 것입니다."

"그대가 충신이 아니기 때문이오. 세상에 어찌 충신인 자가 죄를 짓는단 말이오?"

"그렇지 않습니다. 신은 이런 이야기를 들은 적이 있습니다. 어떤 사람이 관리가 되어 먼 곳에 있을 때, 아내가 다른 사람과 사통(私通, 부부가 아닌 남녀가 몰래 서로 정을 통함)하였더랍니다. 얼마 뒤에 남편이 돌아온다는 말을 듣고 그 남자가 걱정을 하니, 여자가 말하기를 '걱정하지 마시오. 나는 벌써 독약 넣은 술을 준비하여 기다리고 있습니다.'라고 하였답니다. 아내는 첩에게 술잔을 들려 남편에게 권하라고 했습니다. 첩은 술에 독이 들어 있는 것을 알리면 주부에게 쫓겨날 것이며, 알리지 않으면 주인이 죽을 것을 두려워했습니다. 그리하여 일부러 거짓으로 넘어져서 술잔을 쏟아 버렸습니다. 한 번 거짓으로 넘어져서 술을 쏟은 첩의 계교가 주인을 보호하고 주부도 보호한 것입니다. 그러면서도 매 맞는 일은 면하지를 못했습니다. 충신이면 죄를 얻을 리가 없다고 어떻게 말할 수 있습니까? 신의 허물이라고 하는 것도 말하자면 불행하게도 이와 같은 것이라고 하겠습니다."

연나라 왕이 말했다.

"선생은 다시 전과 같이 관직에 취임하시오."

그 뒤로 연나라 왕은 더욱더 그를 대우하였다.

역왕의 어머니는 문후의 부인인데 소진과 사통하고 있었다. 연나라 왕은 이것을 알면서도 더욱 두텁게 그를 대우하였으나 소진은 죽임을 당할 것을 겁내어 연나라 왕에게 말했다.

"신이 연나라에 있으면 연나라를 천하에 무게 있는 나라로 만들 수가 없으나, 제나라에 가 있으면 연나라는 반드시 무게를 더하게 될 것입니다."

연나라 왕이 말했다.

"그대의 마음대로 하시오."

소진은 연나라에서 죄를 범했다고 거짓말하여 제나라에 망명했다. 제나라 선왕은 그를 객경(客卿, 다른 나라에서 와서 높은 지위에 있는 사람)으로 대우했다. 제나라 선왕이 죽고 민왕(湣王)이 즉위하니, 소진은 민왕에게 말하여 장례를 정중히 하여 효도를 분명히 하고 객사를 높이 하고 정원을 넓게 하여 왕자의 풍도를 나타내게 했다. 하지만 이것은 연나라를 위해 제나라를 재정적으로 황폐하게 만들려는 계책이었다.

연나라 역왕이 죽고 쾌(噲)가 임금이 되었다. 그 뒤에 제나라의 대부 중에는 임금의 총애를 소진과 다투는 자가 많아서 자객을 시켜 소진을 찌르게 했는데, 목숨은 끊어지지 않고 자객은 도망을 가 버렸다. 제나라 왕은 자객을 찾으라고 분부했으나 잡히지 않았다. 소진은 거의 죽게 되어 제나라 왕에게 말했다.

"만일 신이 죽거든 신을 거열형에 처하여 장터에서 여러 사람에게 구경을 시키시되 '소진은 연나라를 위해 제나라를 모반하였다.'라

고 말씀하십시오. 그렇게 하면 신을 찌른 도둑은 반드시 잡힐 것입
니다."

　그가 말한 대로 했더니 과연 소진을 죽인 자가 자수해 왔으므로 제
나라 왕은 그자를 죽였다. 연나라에서는 이 말을 전해 듣고, '제나라
가 소진을 위해 원수를 갚아 주는 방법이 지나치구나.' 하고 말했다.
소진이 죽은 뒤, 그가 제나라의 재정을 황폐하게 만들려고 했던 일이
세상에 드러났다. 제나라는 나중에 이것을 알고 연나라를 원망하면
서 크게 노했다. 그 뒤부터 연나라는 제나라를 매우 두려워했다.

　소진의 아우는 소대(蘇代)라고 하며, 소대의 아우는 소려(蘇厲)라고
했다. 형의 성공을 보고 모두가 또 유세술을 배웠다. 소진이 죽자, 소
대는 연나라 왕을 뵙고 형의 유업을 잇고 싶다며 말했다.

　"저는 동주에서 태어난 천한 자이오나, 대왕의 덕행이 매우 높은
것을 듣고 아무 재주도 없으면서 괭이를 버리고 관직을 구하고자 온
것입니다. 처음에 조나라의 수도 한단에 갔으나, 거기서 보고 들은
것은 동주에서 들은 것보다 못하여 마음속에 품고 있는 뜻과 다른 것
을 깨달았습니다. 거기에 비하여 연나라 조정에 와서 임금의 뭇 신하
와 하급 관리들을 보니 임금께선 천하의 명왕(明王)이십니다."

　연나라 왕이 물었다.

　"그대가 말하는 이른바 명왕이란 어떤 것이오?"

　소대가 대답했다.

　"명왕은 허물을 듣기를 힘쓰고 선하다는 말을 듣기를 좋아하지 않
는다고 들었는데, 아무쪼록 저에게 임금의 허물을 말씀케 하여 주십

시오. 대체로 제나라와 조나라는 연나라의 적국이며, 초나라와 위나라는 연나라의 우호국입니다. 이제 임금께서 적국을 받들어 우호국을 치는 것은 연나라를 이롭게 하는 행위가 아닙니다. 임금 스스로 잘 살펴 주십시오. 이는 임금의 계략으로서는 그릇된 것이므로, 이를 임금께 말씀 올리는 자가 없는 것은 충신이 없기 때문입니다."

임금이 말했다.

"제나라는 본디 과인의 원수로서 치고 싶은 마음은 가득하나, 다만 국력이 황폐하고 부족한 것이 걱정이오. 만일 그대가 연나라 병력으로 제나라를 칠 수 있다고 하면, 과인은 나라를 들어서 그대에게 위임하리다."

소대가 대답했다.

"무릇 천하에는 무장한 나라가 7개국이 있는데, 그중에 연나라는 약소국 축에 드니 단독으로 싸워서는 승산이 없습니다. 그러나 어느 나라에든지 기댈 나라가 있으면 그 비중이 무거워집니다.

남쪽의 초나라에 붙으면 초나라가 무거워지고, 서쪽의 진나라에 붙으면 진나라가 무거워지고, 중앙의 한나라와 위나라에 붙으면 한나라와 위나라가 무거워질 것입니다. 붙는 그쪽의 나라가 무거워지면 거기에 따라서 임금의 지위도 반드시 높아지게 되는 것입니다.

이즈음에 제나라는 나이 많은 군주가 있어서 스스로 계교를 쓰고 있었는데, 남쪽 초나라 치기를 5년, 이 때문에 나라의 곳간이 비고, 서쪽으로 진나라에 시달리기를 3년, 이 때문에 군사들의 피로가 극에 달했는데, 그래도 북쪽 연나라 사람과 싸워서 연나라의 삼군을 뒤집어엎고, 장군 두 사람을 사로잡았습니다. 그러고도 남은 힘을 가지고 남쪽으로 향하여 5천 승의 전차를 가진 대국 송나라를 깨뜨리고 12제후를 병합했습니다. 그리하여 군주의 욕망은 채워졌으나 백성들의 힘은 쇠약해졌습니다. 이것은 결코 취할 만한 방책이 아닙니다. '자주 싸우면 백성이 피곤하고, 오래 싸우면 병사들이 지친다.'는 말이 있습니다."

연나라 왕이 물었다.

"듣건대 '제나라는 맑은 제수(濟水, 청수)와 탁수(濁河, 황하)가 있어 나라의 방패로 이용할 수가 있고, 장성(長城)과 거방(鉅防, 큰 토벽)이 있어 요새지로 믿기에 족하다.'고 하니 정말 그대로요?"

소대가 대답했다.

"천시(天時)가 제나라에 응하지 않으면 비록 맑은 제수와 탁수가 있다 한들 어찌 나라를 견고히 할 수 있겠습니까? 백성의 힘이 없어지면 비록 장성과 거방을 어찌 요새지로 믿을 수 있겠습니까? 그 위에 일찍이 제나라가 제서(濟西)에서 군사를 모집하지 않은 것은 조나라에 대한 대비였으며, 하북(河北)에서 모집하지 않은 것은 연나라에 대한 대비였던 것입니다. 그런데 이제 제서와 하북은 모두 군역을 징발하여 온 나라가 다 황폐해 있습니다. 대체로 교만한 군주는 반드시 이익을 좋아하고, 멸망하는 나라의 신하는 반드시 재물을 탐한다고 합니다. 임금께서 진실로 아끼는 아들과 조카를 제나라 인질로 보내고, 보주(寶珠, 보배로운 구슬)와 옥백(玉帛, 옥과 비단)을 선물로 하여 제나라 왕의 측근을 받들게 하는 것이 부끄럽지 않다면, 제나라는 연나라가 자기편임을 덕으로 알고 송나라를 멸망시키려고 할 것입니다. 그리하여 제나라의 국력이 점점 황폐해지면 그때는 치기만 하면 곧 멸망시킬 수 있습니다."

연나라 왕이 말했다.

"나는 마침내 그대의 힘으로 패왕이 될 천명을 받았구려."

그리하여 연나라 왕은 아들을 제나라에 볼모로 보냈다.

소대의 아우 소려는 연나라에서 보낸 볼모를 인도해 제나라 왕에게 뵙기를 청했다. 제나라 왕은 소진을 원망하여 소려를 가두려고 했는데, 연나라에서 볼모로 온 왕자가 소려를 위해 빌고, 소려 또한 예물을 바쳐서 제나라의 신하가 되었다.

그 후 연나라 재상 자지(子之)는 소대와 통혼하고, 연나라에서 권력을 굳히기 위해 소대를 제나라에 볼모로 간 왕자의 시종으로 보냈는데, 제나라는 다시 소대를 보내어 연나라에 보고하게 했다. 연나라 왕 쾌가 소대에게 물었다.

"제나라 왕은 패왕이 될 수 있겠소?"

"될 수 없습니다."

"어째서요?"

"신하를 믿지 않기 때문입니다."

연나라 왕은 나라의 정사를 오로지 자지에게 맡기고, 얼마 안 있어서 왕위까지 사양하였으므로 연나라는 크게 어지러워졌다. 제나라는 연나라를 치고 쾌와 자지를 죽였다. 연나라에서는 국왕으로 소왕 (昭王)을 세웠다. 소대와 소려는 감히 연나라에 들어갈 수가 없어 마침내 제나라로 망명했다. 이에 제나라는 그들을 잘 대우했다.

　소대가 위나라를 지날 때, 위나라는 연나라를 위해서 소대를 붙잡아 두었다. 그 때문에 송나라는 사람을 보내어 위나라 왕에게 이렇게 말하게 했다.

　"제나라가 송나라 땅을 경양군(涇陽君)의 영지로 제공하겠다고 나오더라도 진나라는 반드시 받지 않을 것입니다. 왜냐하면 진나라는 송나라의 땅을 손에 넣는 것을 이익으로 생각하지 않는 것이 아니라, 제나라 왕과 소대를 신용하지 않기 때문입니다. 이제 제나라와 위나라의 불화가 이렇게까지 심해지면 제나라는 진나라를 속이지 않을 것입니다. 그러면 진나라는 제나라를 믿을 것입니다. 제나라와 진나라가 합류하여 경양군이 송나라의 땅을 차지하게 되는 것은 위나라에게는 이익이 아닐 것입니다. 그런 까닭으로 임금은 소대를 석방하여 동쪽으로 보내는 것보다 나은 일이 없을 것입니다. 그렇게 하면 진나라는 반드시 제나라를 의심하고 소대를 믿지 않을 것입니다. 제나라와 진나라가 합류하지 않으면 천하는 진나라의 침략이 없이, 위나라가 제나라를 칠 수 있는 형세가 갖추어질 것입니다."

　위나라에서 석방된 소대는 송나라로 가서 후대를 받았다.

　그 뒤 제나라가 송나라를 쳐서 송나라는 위급에 처하게 되었다. 소대는 연나라 소왕에게 편지를 보냈다.

　다 같이 버젓한 대국의 위치에 있으면서, 볼모를 제나라에 보낸 것은 위신을 떨어뜨리고 손상시킨 일입니다. 제나라를 도와 송나라를 치면 백성은 피로하고 재물은 낭비됩니다. 송나라를 깨뜨리고 초나라의 회북을 침범하여 제나라를 살찌우는 것은 적을 강하게 만드는 것이고, 자기 나라에 해를 입히는 것입니다.

이 세 가지는 어느 것이나 연나라 국책으로서는 크게 실패한 것입니다. 그런데도 임금이 이 일을 수행하고자 함은 이로써 제나라의 신용을 얻고자 하기 때문입니다. 그러나 제나라는 점점 임금을 믿지 않고 연나라를 싫어하는 마음이 더욱 심해질 것입니다. 이것은 임금의 계교가 그릇되었기 때문입니다. 송나라가 회북의 땅을 더하면 버젓이 대국의 뒤를 따라갈 수 있으나, 만약에 이것을 제나라에 합병케 하면 또 하나의 제나라를 더한 것만큼이나 비대해질 것입니다. 북방 이(夷)의 땅은 사방 7백 리인데, 여기에 노나라와 위나라를 더하면 그 굳세기는 버젓한 나라에 따라가고, 만약 이것을 제나라에 합병할 때는 두 개의 제나라를 더 보태는 것과 같아집니다. 제나라 하나만으로도 연나라는 마음을 놓지 못하고 견제하기 어려운데, 이제 세 개의 제나라가 연나라를 압박하게 된다면 그 우환이야말로 이루 셀 수도 없을 것입니다.

그러나 비록 상황이 그럴지라도 지혜로운 자는 화를 복으로 만들고, 실패를 바꾸어 성공이 되도록 합니다. 제나라의 자주색 비단은 재료가 패소(敗素, 품질 나쁜 흰 비단)인데, 그것을 자주색으로 물만 들이면 값이 열 배가 됩니다. 월나라 왕 구천은 회계산에 살고 있었는데, 강국 오나라를 멸망케 하여 다시 천하에 군림했습니다. 이런 것은 다 화를 복으로 만들고, 실패를 바꾸어 성공이 되게 한 것입니다.

임금께서 이제라도 만일 화를 복으로, 실패를 성공으로 돌리시려면 이쪽에서 제나라를 패자로 존경하는 것보다 좋은 방법이 없습니다. 주나라로 사신을 보내어 제나라를 맹주로 떠받들 것을 맹세케 하고, 진나라의 서약서를 불태우며 주나라에게 이렇게 말하는 것이 좋겠습니다.

'가장 좋은 계책은 진나라를 깨는 일이다. 그다음 계책은 영원히 진나라를 배척하는 일이다.'

진나라를 배척해 진나라의 파멸을 기다리면 진나라 왕은 반드시 근심할 것입니다.

진나라는 5대에 걸쳐 제후를 쳤으나, 지금은 제나라 아래에 있습니다. 진나라 왕은 어떻게 해서든지 제나라를 괴롭힐 수만 있다면 국력이 기울어져도 주저하지 않을 것입니다. 상황이 이럴진대 임금은 어찌하여 유세객을 보내어 이러한 논법으로 진나라 왕을 설득하지 않으십니까?

'연나라와 조나라가 송나라를 깨뜨려 제나라를 살찌우고, 제나라를 존경하여 그 아래 위치에 서는 것을 달갑게 생각함은 연나라와 조나라가 이것을 유리한 것으로 여겨서가 아닙니다. 연나라와 조나라가 유리하게 여기지 않는데 이러한 사태를 가져오게 한 것은 진나라 왕에 대한 불신 때문입니다. 그런데 임금은 어째서 심복을 보내어 연나라와 조나라를 자기편으로 만들지 않습니까?

먼저 경양군과 고릉군을 연나라와 조나라에 보내어 진나라가 딴마음을 먹을 경우, 이들을 볼모로 삼으라고 하십시오. 그리하여 연나라와 조나라는 진나라를 신용하고 진나라 왕을 서제(西帝), 연나라 왕을 북제(北帝), 조나라 왕을 중제(中帝)라 하고, 세 제왕을 나란히 세워서 천하를 호령하십시오.

만약 한나라와 위나라가 따르지 않으면 진나라가 그들을 치고, 만약에 제나라가 따르지 않을 때는 연나라와 조나라가 치기로 하면 천하에 누가 감히 따르지 않을 자가 있겠습니까? 천하가 다 복종하면 한나라와 위나라를 시켜 제나라를 치고, 반드시 송나라의 땅을 돌려주고 초나라의 회북을 돌려 달라고 말하십시오. 송의 땅을 돌려주고 초나라의 회북을 돌려주는 것은 연나라와 조나라에게 이익이 되는 것입니다. 세 제왕을 나란히 세우는 것은 연나라와 조나라가 원하는 바입니다. 재물로 토지를 얻고 지위로 제왕의 호칭을 얻으면, 연나라와 조나라는 제나라를 마치 헌신짝 벗어 던지는 것과 같이 버릴 것입니다.

진나라가 먼저 연나라와 조나라를 수습하지 않으면 제나라의 패업은 성공할 것입니다. 제후들이 제나라를 지지하는데 임금께서만 이를 따르지 않으면 제후들에게 공격을 받을 것입니다. 제후가 제나라를 지지하는데 왕이 이에 따라가지 아니하면 명예가 떨어질 것입니다. 이제 연나라와 조나라를 수습하면 나라가 편안하고 이름도 높아지겠지만, 연나라와 조나라를 수습하지 않으면 나라도 위험하고 이름도 낮아질 것입니다. 높아지고 편안한 것을 버리고, 위험하고 낮은 것을 취하는 것은 지혜 있는 자의 도리가 아닙니다.'

진나라 왕이 이 유세를 들으면 반드시 마음이 찔리는 바 있을 것입니다. 그런데 임금은 어째서 유세하는 사람에게 이런 논법으로 진나라 왕을 설득케 하시지 않으십니까? 유세를 하면 진나라는 반드시 이를 취할 것이며, 제나라는 반드시 정벌을 당할 것입니다. 진나라를 끌어들이는 것은 두터운 친교가 되는 것이며, 제나라를 치는 것은 정당한 이득이 되는 것이니, 두터운 친교를 존중하고 정당한 이득을 얻기 위해 힘쓰는 것은 성왕(聖王)의 사업이 되는 것입니다.

연나라 소왕은 편지를 읽고 찬성하여 이렇게 말했다.

"선왕은 일찍이 소진의 합종을 원조하였는데 자지의 내란이 있어서 소씨는 연나라로 가 버렸다. 연나라가 제나라에 복수코자 하는 데는 소씨 이외에 적임자가 없다."

소왕은 소대를 가까이 불러 다시 그를 후대하고 함께 제나라의 토벌(討伐, 무력으로 쳐 없앰)을 꾀했다. 그리하여 마침내 제나라를 깨뜨리자 제나라 민왕은 도망쳐 버렸다.

그 뒤에 오랜만에 진나라가 연나라 왕을 초대했다. 연나라 왕은 거기에 응해 가려고 하였는데 소대가 말렸다.

"초나라는 지현(枳縣)을 얻고 나라가 망하였고, 제나라는 송나라를 얻고 망했습니다. 초나라와 제나라가 지현과 송나라를 차지했으나 진나라를 섬기지 않은 것은 무엇 때문입니까?

공을 세운 나라는 진나라에게는 원한 깊은 원수가 되기 때문입니다. 진나라는 천하를 얻는 데 정의를 따르지 않고 폭력의 힘을 빌렸습니다. 진나라가 폭력을 행사할 때는 버젓이 천하에 경고했습니다.

예컨대 초나라에는 이렇게 경고했습니다.

'촉 땅의 군대가 배를 타고 문수(汶水)에 떠서 하수(夏水)를 타고 강수(江水, 양자강)를 내려가면 닷새 만에 초나라 수도 영에 도착하리라. 한중의 군대가 배를 타고 파수(巴水)에서 나와 하수를 타고 한수를 내려가면 나흘 만에 오저(五渚)에 도착하리라. 과인이 군사를 완(宛)에서 실어 동쪽 수(隨)로 내려가면 어떤 슬기 있는 자도 계략을 쓸 겨를이 없고, 어떤 용사도 성낼 틈이 없다. 이는 과인이 매를 쏘는 것과 같은 것인데, 왕은 천하의 제후가 함곡관을 치고 진나라를 토벌하기를 기다리고 있다. 그것은 아득한 일이 아닌가.'

초나라 왕은 이 때문에 17년간 진나라를 섬겼습니다.

또 진나라는 버젓이 한나라에 경고했습니다.

'우리 군대가 소곡(少曲)에서 출병하면 하루에 태행(太行)의 산길을 차단하리라. 우리 군대가 의양에서 출병하여 한나라의 평양을 찌르면 이틀 안에 한나라는 동요하지 않는 곳이 없으리라. 우리 군대가 양주(동주와 서주)를 통과하여 정나라를 찌르면 닷새 안에 한나라는 멸망하리라.'

한나라는 이것을 수긍하고 진나라를 섬겼습니다.

또 진나라는 버젓이 위나라에 경고했습니다.

'우리 군대가 안읍을 함락하고 여극(女戟)의 길을 막으면, 태원(太原)은 멍석말이가 되리라. 우리 군대가 지도(軹道), 남양(南陽), 봉(封), 기(冀)로 내려가서 한나라를 위협하고, 양주를 포위하여 여름철 강에 가벼운 배를 띄워 전방에 강노(强弩, 한 번에 여러 개의 화살이 나가는 위력

169

이 센 활)를, 후방에 예과(鋭戈, 날카로운 창)를 갖추어 영택(滎澤)의 들머리(들어가는 맨 첫머리)를 깨뜨리면 위나라의 국도 대량을 물길로 칠수 있으리라. 또 백마진(白馬津)의 들머리를 깨뜨리면 외황(外黃)과 제양(濟陽)을, 숙서진(宿胥津)의 들머리를 치면 허(虛)와 돈구(頓丘)를 물길로 칠 수 있으리라. 육지로 공격하면 하내를 치고, 물길로 치면 대량을 쳐 없애리라.'

위나라는 이 말을 옳다고 인정하고 진나라를 섬겼습니다. 진나라는 위나라의 안읍을 치려고 했는데 제나라가 위나라를 도울 것을 염려하여 송나라의 처치를 제나라에 맡기며 다음과 같이 말했습니다.

'송나라 왕은 무도한 짓을 서슴지 않고 행하고 있습니다. 과인의 용모를 본뜬 허수아비를 만들어 그 얼굴을 활로 쏘아 대며 기뻐한다고 합니다. 군사를 출동하려고 해도 송나라는 멀어서 공격할 수가 없습니다. 만약 임금께서 송나라를 깨뜨리고 땅을 뺏어 가지면, 바로 과인이 뺏어 가진 것과 같은 것이 될 것입니다.'

그런데 진나라가 안읍을 얻고 여극을 막아서 목적을 달성하자, 진나라는 송나라를 깨뜨린 것을 제나라의 잘못이라고 했습니다.

또 한나라를 치려고 하는데, 천하의 제후들이 한나라를 구원하러 올 것을 염려하여 제나라의 처치를 제후들에게 맡기며 다음과 같이 말했습니다.

'제나라 왕은 과인과 네 번이나 약속했지만 네 번 다 과인을 배신했으며, 제후들을 이끌고 과인을 치려고 한 적이 세 번이었다. 제나라가 있으면 진나라가 망하고, 진나라가 있으면 제나라는 망할 것이

다. 반드시 제나라를 치고 반드시 제나라를 멸망시키기를 바란다.'

그런데 한나라의 의양과 소곡을 얻고 인(藺)과 석(石)을 공격하여 목적을 달성하자, 진나라는 제나라를 깨뜨린 죄를 제후들에게 덮어씌웠습니다.

다시 또 진나라가 위나라를 치려고 하는데, 초나라를 염려하여 한나라의 옛 땅 남양을 초나라에 맡기며 다음과 같이 말했습니다.

'과인은 본디부터 한나라와 교제를 끊으려고 했다. 만약 초나라가 한나라의 균릉(均陵)을 장악하고 맹(鄳)의 요새지를 막아서 그것이 초나라의 이익이 된다면, 과인 스스로가 가지는 것과 같이 기쁜 일이 될 것이오.'

이 때문에 위나라가 가까운 한나라를 버리고 진나라에 합류하자, 진나라는 맹액의 요새지를 막은 것을 초나라의 잘못으로 돌렸습니다. 진나라의 군사는 위나라를 치다가 임중(林中)에서 고전했는데, 연나라와 월나라가 적에게 붙을까 염려하여 교동(膠東)을 연나라에, 제서(濟西)를 조나라에 맡겼습니다. 그런데 진나라가 위나라와 화친을 맺게 되자 위나라 공자 정(廷)을 볼모로 잡고, 위장(魏將) 서수(犀首)를 진나라의 행군에 합류시켜 그로 하여금 조나라를 공격케 했습니다. 진나라 군사는 조나라의 초석(譙石)에서 깨어지고 양마(陽馬)에서 패했는데, 위나라를 염려하여 섭(葉)과 채(蔡)를 위나라에 맡겼습니다.

그런데 조나라와 화친을 맺자 위나라를 협박하여 섭과 채를 떼어 주지 않았습니다. 싸움에 져서 궁하면 태후의 아우 양후(穰侯)를 보내어 화평을 맺고, 이기면 구(舅, 양후)와 어머니를 함께 속였습니다. 연나라를 꾸짖는 데는 교동을 빼앗은 것을 구실로 삼고, 조나라를 꾸짖는 데는 제서를 빼앗은 것을, 위나라를 꾸짖는 데는 섭과 채를 빼앗은 것을, 초나라를 꾸짖는 데는 맹액의 요새지를 막은 것을, 제나라를 꾸짖는 데는 송나라를 깨뜨린 것을 구실로 삼았습니다. 이와 같이 진나라 왕이 남을 꾸짖는 말은 둥근 고리처럼 돌고 돌게 했으며, 군사를 움직이기를 부초를 베어 자르는 것과 같이 하여 어머니도 이를 제지하지 못하고 양후도 말릴 수가 없었습니다.

위나라 장수 용가(龍賈)와의 싸움, 한나라 안문(岸門)에서의 싸움, 위나라 봉릉(封陵)에서의 싸움, 고상(高商) 싸움, 조나라 조장(趙莊)과의 싸움에서 진나라가 죽인 삼진(한·위·조)의 백성은 수백만 명에 달하고, 지금 살아 있는 자는 모두 진나라의 손에 죽임을 당한 자의 고아들입니다. 서하 밖 상락(上雒)의 땅, 삼천(三天), 진국(晉國) 등은 벌써 진나라의 공격을 받고, 전화(戰禍)를 입은 토지는 삼진의 땅 중에서 반이나 됩니다. 진나라의 화가 이토록 큰데도 진나라로 가는 연나라와 조나라의 유세자는 모두 다투어 임금에게 진나라를 섬길 것을 말합니다. 이것이 신이 크게 근심하는 바입니다."

연나라 소왕은 진나라의 초청에 응하지 않았고, 소대는 다시 연나라에서 중용되었다. 연나라는 제후들에게 소진이 활약하던 때처럼 합종의 약정을 맺도록 권했다. 제후 중의 어떤 자는 합종하고 어떤 자는 합종하지 않았으나, 천하는 이로 인해 소씨의 합종 약정을 중시했다. 소대와 소려는 모두 타고난 수명을 누리며 제후들 사이에 그 이름을 드러냈다.

태사공은 말한다.

소진의 삼형제는 다 제후들에게 유세하여 이름을 드러냈다. 그 술
책은 권모와 변화에 능했는데, 소진이 이간의 혐의로 죽임을 당하자
천하의 사람들은 모두 이를 비웃었으며, 그 술책을 배우기를 꺼려 했
다. 그러면서도 항간에는 소진의 사적에 대해서 이설(異說)이 많다.
생각건대 이것은 다른 시대의 그 비슷한 사건들을 다 소진에게 끌어
다 붙였기 때문일 것이다.

그러나 소진이 평범한 집안에서 몸을 일으켜 6국을 합종하게 만든
것은 그 지혜가 범상한 사람보다 뛰어났음을 알려 준 것이다. 그러므
로 나는 그가 한 일을 시대 순으로 기록하고 전후를 간추려, 유독 그
만이 나쁜 평가를 듣지 않도록 했다.

장의 열전(張儀列傳)

진나라를 제외한 여섯 나라는 이미 합종을 맹약하고 화친했다. 이에 장의는 연횡설로 제후들을 해산시켰다. 그래서 〈장의 열전 제10〉을 지었다.

장의는 위(魏)나라 사람이다. 처음에 소진과 함께 귀곡(鬼谷) 선생에게 종횡술(從衡術, 합종과 연횡)을 배웠다. 소진은 스스로 자신의 재주가 장의에게 미치지 못한다고 여겼다. 장의는 학업을 마치자 제후들에게 유세를 하면서 돌아다녔다. 어느 날 초나라 재상과 술을 마시게 되었는데, 초나라 재상의 벽옥(璧玉)이 없어졌다. 재상의 빈객들은 장의를 의심했다.

"장의는 가난뱅이로 품행이 좋지 못합니다. 재상의 구슬을 훔친 것은 반드시 그자의 소행일 것입니다."

여럿이 장의를 붙들어 몇백 대를 호되게 쳤는데, 아무리 쳐도 자백하지 않으므로 매를 그쳤다.

그의 아내가 탄식하며 말했다.

"아! 당신이 독서, 유세 같은 것을 하지 않았던들 이런 욕은 당하지 않았을 겁니다."

장의가 물었다.

"내 혀가 아직 있는지 보아 주오."

아내가 웃으며 대답했다.

"있습니다."

장의가 말했다.

"그러면 안심이오."

그 무렵 소진은 조나라 왕을 설득하여 합종을 맹약했다. 그러나 근심이 되는 것은, 진나라가 제후를 공격하여 그 때문에 제후들이 약속을 깨뜨려서 결국 자기에게 책임이 돌아오지나 않을까 하는 것이었다. 그리하여 진나라가 제후를 공격하지 않도록 하기 위해 누구든 적당한 사람을 진나라에 등용시킬 생각을 했다. 소진은 장의에게 사람을 보내어 은근히 부추겼다.

"그대는 처음에 소진과 사이가 좋았소. 지금 소진은 이미 성공하여 요직을 맡았는데, 왜 그대는 찾아가서 그대의 희망이 이루어지도록 부탁하지 않으시오?"

장의는 조나라로 가서 소진에게 만나기를 청했다. 소진은 문하 사람에게 분부하여 며칠 동안 들여보내지도, 그렇다고 단념하고 떠나게도 하지 말라고 했다. 그렇게 며칠이 지나 장의는 소진을 만날 수 있었다.

소진은 장의를 당하(堂下, 대청 아래)에 앉혀 놓고 종들이 먹는 음식을 준 뒤 꾸짖어 말했다.

"그대같이 재능을 가진 자가 이렇게까지 곤궁하니 보기가 딱하오. 그대를 추천해서 부귀하게 만들 수는 있지만, 그대는 쓰이기에는 부족한 인물일세."

이렇게 하여 소진은 장의의 청을 거절해서 돌려보냈다. 사실 장의는 옛 친구에게 출세할 길을 부탁하려고 찾아온 것인데, 도리어 거절당하고 모욕을 당하자 화가 치밀어 올랐다. 그는 다른 제후들은 섬길만한 사람이 없고, 진나라 왕을 섬기면 조나라를 괴롭힐 수 있다고 생각했다. 마침내 진나라로 향했다.

한편 소진은 자기 가신에게 말했다.

"장의는 천하의 현사다. 나 같은 사람이 미칠 바가 아니다. 나는 다행히 한 걸음 일찍 등용된 것뿐이다. 진나라의 권력을 마음대로 휘두를 수 있는 자는 장의뿐이다. 다만 그는 가난하여 등용될 기회를 갖지 못했을 뿐이다. 나는 그가 조그마한 성공에 주저앉아 큰 뜻을 이루지 못할까 마음이 쓰였다. 그 때문에 가까이 불러서 모욕을 주어 그의 의지를 격려한 것이다. 너는 내 뜻을 받아 그에게 거마와 금전을 제공해 주어라."

그러고는 조나라 왕에게 말씀을 올려 돈과 비단과 여장을 마련하여 가신을 시켜 가만히 장의의 뒤를 쫓게 했다. 가신은 장의와 같은 객점에 들어 거마와 금전을 비롯하여 필요한 물건 일체를 제공했는데, 누가 시킨 일인지는 전혀 말하지 않았다. 가신의 도움을 받아 장

176

의는 마침내 진나라 혜왕을 알현하게 되었다. 혜왕은 장의를 객경으로 대우했고, 그와 함께 제후 토벌에 대한 일을 계획했다. 얼마 뒤, 소진의 가신이 떠나려고 하자 장의가 말했다.

"그대의 도움으로 세상에 드러나게 되어 저는 이제부터 은혜를 갚을 작정이었는데, 왜 돌아가려 하시오?"

"당신을 아는 사람은 제가 아닙니다. 소진이야말로 당신의 지기입니다. 소진은 진나라가 조나라를 쳐서 합종을 깨뜨리는 것을 두려워하고, 당신이라면 진나라의 권력을 마음대로 할 수 있을 것이라 하여, 당신을 분발케 하고 노하게 하는 한편 저를 시켜서 조용히 밑천을 제공한 것입니다. 모든 것은 소진의 배려입니다. 이제 당신이 등용되었으니 제가 돌아가서 복명을 하도록 해 주시오."

"아아, 이건 내가 배운 술책 중의 한 가지인데, 나는 그것을 깨닫지 못하였소. 나는 확실히 소진에게 미치지 못하오. 이래서는 또 조나라에 등용된 것이나 마찬가지니 어떻게 조나라를 모해할 수가 있겠소. 나를 위해 소진에게 이런 말을 전해 주시오. '소진이 살아 있는 동안에는 내가 무슨 말을 할 것인가? 또 소진이 있는 한 내가 무슨 일을 할 수 있겠는가?' 하더라고."

그 뒤에 장의는 진나라의 재상이 되자, 격문을 써서 초나라 재상에게 알렸다.

"일찍이 그대를 따라 술을 마셨을 때 그대는 내가 구슬을 훔쳤다고 하여 나에게 매를 쳤다. 그대는 그대의 나라를 잘 지키시오. 이번에야말로 나는 정말 그대의 성을 훔치리라."

그 무렵 저(苴)나라와 촉나라가 서로 싸우다가 각기 진나라에 위급을 고하고 도움을 청했다. 진나라 혜왕은 군사를 내어 촉나라를 치려고 했으나, 길이 좁고 험난해서 좀처럼 행군할 수가 없었다. 이때 한나라가 진나라를 침범해 왔다. 혜왕은 한나라를 치고 나서 촉나라를 치자니 불리하게 될 염려가 있어 먼저 촉나라를 치려고 했다. 하지만 이때를 틈타 한나라가 진나라 깊숙이 침공할 염려가 있었으므로 혜왕은 어느 쪽으로도 결정을 내리기가 어려웠다. 사마조(司馬錯)와 장의가 혜왕 앞에서 논쟁을 벌였다. 사마조는 먼저 촉을 쳐야 한다고 말하고, 장의는 먼저 한나라를 쳐야 한다고 주장했다. 혜왕이 장의에게 물었다.

"그 까닭을 말하라."

장의가 대답했다.

"위나라와 초나라와는 친하게 지내십시오. 군사를 한나라의 삼천으로 내려보내 십곡(什谷)의 들머리를 막아서 둔류(屯留)의 길목을 지키게 하십시오. 위나라에게는 남양을 차단시키고, 초나라에게는 남정(南鄭)을 공격하게 하십시오. 우리 진나라는 신성과 의양을 공격하여 이주(二周, 동주와 서주)의 교외에 다다라 주나라 왕의 죄를 묻고, 초나라와 위나라의 땅을 침범해야 합니다. 그러면 주나라는 벌써 구원되지 못할 것을 깨닫고 반드시 나라를 상징하는 국보 구정보기(九鼎寶器)[18]를 바쳐 항복할 것입니다. 그리하여 구정의 권위에 의거하여 도적을 조사하고, 천자를 끼고 천하를 호령하면 천하에 따르지 않는

---

18 하(夏)나라의 우(禹)임금이 구주(九州)의 금을 거두어 만들고, 은나라를 지나 주나라 낙읍(洛邑)에 전했다고 하는 구정(九鼎)으로, 나라에서 대대로 전하는 보배로 치던 물건.

자가 없을 것입니다. 이것이 왕업입니다.

　그런데 저 촉나라는 서쪽으로 멀리 떨어진 나라로서 오랑캐의 무리들입니다. 촉나라를 치는 것은 군사를 지치게 하고 백성을 수고롭게 할 뿐 아무 명예도 되지 않으며, 땅을 얻는다고 해도 이익이 되기에는 족하지 못합니다. '이름을 다투는 자는 조정에서 다투고, 이익을 다투는 자는 저잣거리에서 한다.'고 말하는데, 삼천과 주나라 왕실이야말로 천하의 조정이요, 저잣거리입니다. 임금께서 이것을 상대로 다투지 않고 도리어 오랑캐의 땅을 다투는 것은 왕업과는 거리가 먼 것이라고 말하지 않을 수 없습니다."

　사마조가 말했다.

　"그렇지 않습니다. '나라를 부강하게 하려는 자는 땅을 넓히는 일에 힘쓰고, 군사를 강하게 하려는 자는 백성이 부유하기를 힘쓰고, 임금의 길을 행하려는 자는 덕을 넓히기를 힘쓴다.'는 말이 있습니다. 이 세 가지의 자격이 갖추어지면 왕업은 그것에 따라서 자연히 이루어질 수 있는 것입니다. 지금 임금의 땅은 작고, 임금의 백성은 가난합니다. 그런 까닭에 신은 먼저 쉬운 것부터 착수하시기를 원합니다. 촉나라는 서쪽으로 멀리 떨어진 나라로서 오랑캐 중의 으뜸입니다. 그 임금은 하나라의 걸왕과 은나라의 주왕에 비길 만한 폭군입니다. 진나라의 힘으로 촉나라를 공격하는 것은 마치 호랑이로 하여금 양 떼를 쫓게 하는 것과 같습니다. 땅을 얻으면 나라를 넓힐 수 있고, 재물을 취하면 백성을 부유하게 할 수가 있으며, 군사는 무기를 수선하고, 백성을 상하지 않도록 하면 촉나라는 수월히 복종할 것입니다. 한 나라를 정복했다고 해서 천하가 이것을 난폭하다고 하지 않을 것이며, 서쪽의 이익을 몽땅 취했다고 해서 천하가 이것을 탐욕이라고 하지 않을 것입니다. 그뿐만 아니라, 도리어 난폭한 행동을 그치게 한 명예를 가질 것입니다. 이야말로 일거양득(一擧兩得, 한 가지 일을 하여 두 가지 이익을 얻음)입니다.

그런데 지금 한나라를 쳐서 주나라 천자를 위협하는 것은 나쁜 이름을 남기는 것이 되며 반드시 이익이랄 수는 없습니다. 오히려 의롭지 못한 일을 했다는 비방만 받을 뿐입니다. 천하가 공격하기를 원하지 않는 주나라를 치는 것은 위험한 일입니다. 그 까닭을 말씀드리게 하여 주십시오. 주나라는 천하의 종실입니다. 한나라는 제나라와 우호국입니다. 주나라가 구정(九鼎)을 잃고 한나라가 삼천을 잃은 것을 알면, 두 나라는 힘을 합하고 꾀를 합하여 제나라와 조나라에 달라붙고 초나라와 위나라에 구원을 청할 것입니다. 만약 주나라가 구정을 초나라에 주고, 땅을 위나라에 줄지라도 임금은 이것을 막지 못할 것입니다. 이것이 신이 말하고자 하는 이른바 위험이라는 것입니다. 촉나라를 치는 방책보다 더 나은 것은 없습니다."

혜왕이 말했다.

"옳거니! 과인은 그대를 따르리다."

혜왕은 마침내 군사를 일으켜 촉나라를 치고 10월에 그 땅을 취했다. 그리고 촉나라를 진정시킨 뒤 촉나라 왕의 지위를 낮추고 칭호를 고쳐서 촉후(蜀侯)로 하고, 진장(陳莊)을 촉나라의 재상으로 삼았다. 촉나라가 진나라에 예속하게 되자 진나라는 더욱 부강해져서 제후들을 경만(輕慢, 교만한 마음에서 남을 하찮게 여김)했다.

진나라 혜왕 10년에 왕은 공자 화(華)와 장의에게 명해 위나라 포양(蒲陽)을 포위케 하여 항복받았는데, 장의는 진나라 왕에게 건의하여 포양을 위나라에 돌려주고 진나라 공자 요(繇)를 위나라에 볼모로 보냈다. 이렇게 해 두고 장의는 위나라 왕에게 말했다.

"진나라 왕이 위나라를 대우하는 것이 이렇게도 후합니다. 위나라도 여기에 답례해야 하지 않겠습니까?"

위나라는 상군(上郡)과 소량(少梁)을 진나라에 바쳐 혜왕에게 감사 표시를 했다. 그리하여 장의는 진나라 재상이 된 지 4년 만에 공(公)이라고 일컫던 혜왕을 이때부터 왕이라고 칭했다. 그로부터 1년 뒤에 장의는 진나라의 장군이 되어 위나라의 섬(陝)을 취하고 상군에 요새를 쌓았다. 그로부터 2년 뒤, 장의는 사신이 되어 제나라와 초나라의 재상과 설상(齧桑)의 동쪽에서 회합하고 돌아와서는 진나라 재상을 그만두고, 위나라 재상이 되어서 진나라를 도울 계교를 꾸몄다.

먼저 위나라로 하여금 진나라에 신하의 예를 바치게 하고, 제후들이 이를 본받게 만들려고 했는데, 위나라 왕은 장의의 말을 받아들이려고 하지 않았다. 진나라 왕은 노하여 위나라의 곡옥(曲沃)과 평주(平周)를 공략하고, 또 장의를 더욱더 두텁게 대우하였으므로 장의는 진나라에 돌아가서 보고할 만한 공적이 없는 것을 부끄러워했다. 장의가 위나라에 머무른 지 4년, 위나라 양왕(魏襄王)이 작고하고 애왕(哀王)이 섰다. 장의는 또 애왕을 설득하였는데, 애왕도 받아들이지 않았다. 그래서 장의는 은밀히 진나라에 통보하여 위나라를 치게

사기 열전 1

했다. 진나라는 위나라를 관진(觀津)에서 깨뜨렸다. 진나라는 다시 위나라를 치기 위해 먼저 한나라의 장수 신차(申差)의 군사를 부수고 8만 명의 목을 베었다. 제후들은 겁을 내며 크게 두려워했다. 장의는 또 위나라 왕에게 말했다.

"위나라 영토는 사방 천 리 미만으로 군사는 30만에 불과합니다. 토지는 사방이 평탄해서 제후의 나라와 연결되는 길은 사통(四通)으로 열려 있고, 명산대천(名山大川, 이름난 산과 큰 내)이 경계를 이룬 곳도 없고, 한나라의 정에서 위나라의 대량까지 2백여 리 길은 수레를 몰고 사람이 달려도 힘에 수고로움이 없이 수월하게 도달할 수 있습니다. 남쪽은 초나라와 접경하고, 서쪽은 한나라와 접경하고, 북쪽은 조나라와 접경하고, 동쪽은 제나라와 접경해 있으므로, 사방을 지키는 성채의 군사는 10만 명은 족히 되어야 합니다. 위나라의 지세는 참으로 싸움터가 되기에 알맞습니다. 위나라가 남쪽의 초나라와 결탁하여 제나라와 손잡지 않으면, 제나라는 위나라의 동쪽으로 공격할 것입니다. 만약 동쪽의 제나라와 맺고 조나라와 맺지 않는다면, 조나라는 위나라의 북쪽을 공격할 것입니다. 한나라와 연합하지 않으면 한나라는 위나라의 서쪽을 공격할 것이며, 초나라와 친하게 지내지 않으면 초나라는 위나라의 남쪽을 공격할 것입니다. 이것을 이른바 사분오열(四分五裂)의 형세라고 하는 것입니다.

제후가 합종하려는 그 근본은 그것으로 나라를 편안히 하여 군주를 높이고, 군사를 튼튼히 하고, 이름을 드러내기 위한 것입니다. 지금 합종론자는 천하의 제후를 하나로 하여 형제의 의를 맺어 백마를 베어서 피를 마시고, 원수(洹水)의 근방에서 맹세하여 서로의 결합을 굳게 하려는 것입니다. 그러나 육친의 형제로 부모를 같이한 사이에도 재산을 다투는 일이 있는 것을 생각하면, 사기와 배반을 주축으로 하는 소진의 남은 꾀는 제아무리 자신을 하여도 성공하지 못할 것은 뻔한 일입니다. 대왕께서 맹약대로 진나라를 섬기지 않으면 진나라가 출병하여 하외를 공격하고, 또 권(卷)·연(衍)·산조(酸棗)를 근거지로 삼아 위(衛)나라를 위협하여 양진을 취한다면 조나라는 남쪽의 위(魏)나라와 통할 수 없고, 위(魏)나라는 북쪽의 조나라와 통할 수 없습니다.

조나라가 남쪽으로 통하지 못하고 위나라가 북쪽으로 통하지 못하면 합종의 길은 끊어지고, 합종의 길이 끊어지면 대왕의 나라는 아무리 안전을 원해도 얻을 수 없을 것입니다. 또 진나라가 한나라를 제압하여 위나라를 진나라와 한나라가 공격하고, 한나라가 진나라를 겁내어 연합하면 위나라의 멸망은 대번에 실현될 것입니다. 이것이 대왕을 위해 신이 걱정하는 바입니다.

대왕의 이해를 생각하여 보건대, 진나라를 섬기는 것보다 더 바람직한 일은 없습니다. 진나라를 섬기면 초나라와 한나라는 절대 움직이지 않을 것입니다. 위나라에 초나라와 한나라의 걱정이 없으면 대왕은 베개를 높이 하여 편안히 잘 수 있고, 나라에 우환이 있을 까닭이 없습니다. 어쨌든 진나라가 누르고 싶어 하는 나라는 초나라가 으뜸이며, 초나라를 누를 수 있는 나라는 위나라밖에 없습니다. 초나라는 부강한 나라로 알려져 있지만 실상은 그렇지 않습니다. 군사는 많으나 움직임이 가볍고 도망치기를 빨리하여 굳건히 지속해서 싸울 수가 없습니다. 위나라 군사를 몽땅 일으켜서 남쪽으로 향하여 초나라를 친다면 이기는 것은 정해 놓은 일입니다. 초나라 땅을 쪼개어 위나라에 더하고, 초나라 땅을 떼어서 진나라에 돌려주는 것은 재앙을 초나라에 전가하여 자기 나라를 편안히 하기 위한 것이니, 진실로 좋은 방책이라고 하겠습니다.

대왕께서 만약 신의 건의를 받아들이지 않는다면, 진나라는 군사를 동원하여 동쪽으로 위나라를 칠 것입니다. 이렇게 되면 진나라를 섬기려고 해도 이미 때가 늦습니다.

합종론자들은 누구를 막론하고 큰소리를 치는 자들이어서 믿을 만한 것이 못 됩니다. 제후 한 사람을 설득하면 봉후(封侯)가 되므로, 천하의 유세자는 밤낮으로 팔을 걷고 눈을 부릅뜨고 이를 악문 채 합종의 이로움을 말하며 군주를 설득합니다. 군주가 그 변설에 이끌리게 되면 현혹됨을 면할 수가 없습니다. '쌓아서 겹치면 가벼운 깃털도 배를 가라앉힐 수 있고, 너무 많이 실으면 가벼운 물건도 수레의 축을 부러뜨리고, 뭇 사람의 입에 걸리면 금덩이도 가루가 된다.'고 했습니다. 대왕께서 계략을 신중히 정하시기를 원하며, 장의는 휴가를 받아 얼마 동안 위나라를 떠나 있고자 합니다."

그리하여 애왕은 합종의 맹약을 배반하고 장의를 중간에 세워 진나라에 화목을 청했다. 장의는 진나라로 돌아와서 다시 재상이 되었다. 그러나 3년 뒤에 위나라는 또 배반하고 합종에 참가했다. 진나라는 위나라를 공격하여 곡옥을 취했다. 이듬해에 위나라는 또 진나라를 섬겼다. 진나라가 제나라를 치려고 하자, 제나라와 초(楚)나라가 합종하였으므로 장의는 초나라로 갔다. 초나라 회왕(懷王)은 장의가 온다는 말을 듣고, 일등 숙소를 비워 몸소 안내하며 물었다.

"이 같은 변방 나라에 그대는 무엇을 가르쳐 주려고 오셨소?"

장의가 말했다.

"대왕께서 진실로 신의 말씀을 받아들이고 관문을 닫아서 제나라와 합종의 맹약을 끊으신다면, 신은 상오의 땅 6백 리를 대왕에게 바치고 진나라의 왕녀를 기추(箕箒)의 첩(남의 아내가 된다는 겸칭)으로 바치게 할 계책입니다. 진나라와 초나라가 결혼으로 맺어진다면, 영원히 형제의 나라가 될 것입니다. 이것은 북쪽 제나라를 위축시키고, 서쪽 진나라를 이롭게 하는 것입니다."

초나라 왕은 크게 기뻐하여 이를 승낙하고 신하들도 모두 축하했는데, 진진(陳軫)만이 홀로 잘못됨을 말했다. 초나라 왕은 노하여 진진에게 말했다.

"과인은 군사를 일으키기는커녕 출동도 전혀 하지 않고 6백 리 땅을 얻는 것이오. 뭇 신하가 다 축하했는데 그대만이 홀로 잘못됨을 말함은 무슨 까닭이오?"

"그렇지 않습니다. 제가 보기에는 상오의 땅을 얻기도 전에 제나라와 진나라가 연합할 것입니다. 제나라와 진나라가 연합하면 우리 초나라에 화가 올 것은 정한 이치입니다."

"어째서 그렇게 생각하시오?"

"진나라가 초나라를 중시하는 것은 초나라가 제나라와 사이가 좋기 때문입니다. 이제 관문을 닫아서 제나라와의 맹약을 깨뜨리면 초나라는 고립을 면치 못할 것입니다. 진나라는 이러한 고립된 나라를 자기편으로 하기 위해 상오의 땅 6백 리를 주려고 하지는 않을 것입니다. 장의가 진나라에 돌아가면 반드시 임금과의 약속을 배신할 것입니다.

이것은 북쪽의 제나라와 친교를 끊고 서쪽의 진나라에서 화를 부르는 것이 되므로 제나라와 진나라, 양국의 군사가 반드시 공격해 들어올 것입니다. 최선책은 겉으로는 제나라와 절교하는 척하면서 은밀히 손을 잡고, 사람을 보내어 장의를 수행케 하는 것입니다. 만일 땅을 주지 않을 경우를 생각하여 음으로 제나라와 결탁해 두는 것은 이치에 합당한 방책이라 하겠습니다."

"진자(陳子)여, 입을 닫고 더 말하지 말라. 그리고 과인이 땅을 손에 넣는 것을 기다리고나 있으시오."

그러고 나서 초나라 왕은 장의에게 재상의 인수를 주고 후한 뇌물을 주어서 마침내 관문을 닫아 제나라와의 맹약을 끊고, 장군 한 명을 시켜 장의를 수행케 했다. 장의는 진나라로 돌아가 거짓으로 수레에서 떨어져 석 달 동안 입궁하지 않았다. 초나라 왕은 이 말을 듣고 말했다.

"장의는 과인이 제나라와 절교한 것이 충분하지 않다고 생각하여 약속을 이행하지 않는 것인가?"

초나라 왕은 곧 날랜 군사를 송나라에 보내어 송나라의 부(符, 관문 통행증)를 빌려 제나라에 가서 제나라 왕을 꾸짖게 했다. 제나라 왕은 크게 노하여 맹약의 증표를 꺾어 버리고, 진나라에 무릎을 꿇었다. 그리하여 진나라와 제나라의 국교가 성립되었다.

그러자 장의가 조정에 나와 초나라 사자에게 말했다.

"나에게 봉읍의 땅 6리가 있습니다. 대왕의 좌우에 바쳐 주십시오."

초나라 사자가 말했다.

"제가 임금께 받은 명령에는 상오의 땅 6백 리라고 되어 있습니다. 저는 6리란 말은 들은 적이 없습니다."

사자가 돌아와서 이 사실을 초나라 왕에게 보고하니, 초나라 왕은 크게 노하여 진나라를 공격코자 출병하려고 했다. 진진이 말했다.

"신이 이제 입을 열어 말씀을 올려도 좋겠습니까? 진나라를 치기보다는 그 반대로 땅을 떼어 진나라에 뇌물로 바치고, 진나라와 병력을 합하여 제나라를 치는 편이 좋을 것입니다. 이것은 우리 편에서 진나라에 땅을 떼어 주고, 그 벌충을 제나라로부터 취하는 방책입니다. 이렇게 하면 임금의 나라는 보존할 수 있을 것입니다."

초나라 왕은 이 말을 듣지 않고 마침내 출병하여 장군 굴개(屈匃)에게 진나라를 공격하게 했다. 진나라와 제나라는 함께 초나라를 공격하여 8만 명의 머리를 베고, 굴개를 죽이고, 마침내 단양과 한중의 땅을 빼앗았다. 초나라는 더 많은 군사를 내어서 진나라를 습격하여 남전(藍田)에서 크게 싸웠지만 대패하고 말았다. 이에 두 성을 쪼개어 주고 진나라와 화친을 맺었다.

진나라는 초나라의 검중(黔中) 땅을 얻을 생각으로 무관 밖의 땅[商於]과 교환하자고 초나라에 청했다.

그러자 초나라 왕이 말했다.

"영지의 교환은 바라지 않으나, 만약 장의를 내어 준다면 그 대신 검중 땅을 바치겠소."

진나라 왕은 장의를 주고 싶었으나 차마 입 밖으로 말을 꺼낼 수가 없었다.

그러자 장의가 스스로 가겠다고 청하므로 혜왕이 말했다.

"저 초나라 왕은 그대가 상오의 땅을 바치겠다는 약속을 지키지 않은 것 때문에 노해 있소. 그대를 욕심내는 것은 아마도 그대에게 분풀이를 하기 위해서일 것이오."

장의가 말했다.

"진나라는 강대국이요, 초나라는 약소국입니다. 그런데 신은 근상(靳尙)과 사이가 좋고, 근상은 초나라 왕의 부인 정수(鄭袖)의 마음을 사고 있습니다. 정수의 말이라면 초나라 왕은 무엇이라도 받아들입니다. 그리고 저는 임금의 부절(符節, 신분을 증명하는 물건)을 받아 가지고 초나라에 심부름을 가는 것이니 초나라가 어찌 신을 죽이겠습니까? 설령 신을 죽이더라도 신이 죽어 진나라에 검중 땅이 얻어진다면 그것이야말로 신이 바라는 바입니다."

마침내 장의는 사신으로 초나라에 갔다. 초나라 회왕은 장의가 오자 곧 잡아 죽이려고 했다.

근상은 장의를 위해서 한 가지 꾀를 생각하고 정수에게 말했다.

"진나라 왕은 장의를 매우 총애하고 있으므로 무슨 일이 있더라도 구원해 내려고 할 것이 틀림없습니다. 그 때문에 이제 상용(上庸) 땅 6현을 초나라에 뇌물로 바치고, 미인을 초나라 왕에게 시집가게 하고, 궁중의 가희(歌姬)를 궁녀로 보내려고 할 것입니다. 초나라 왕은 땅을 욕심내어 진나라를 받들 것이며, 반드시 진나라의 여자를 총애하고 부인을 내칠 것입니다. 이런 일을 생각해 왕에게 말씀해서 장의를 석방하도록 하는 것이 좋을 것으로 생각됩니다."

정수는 밤낮없이 회왕에게 말했다.

"신하는 누구라도 임금을 위해 힘을 다하는 것입니다. 약속한 땅을 아직 진나라에 떼어 주지도 않았는데, 진나라가 장의를 보낸 것은 지극히 임금을 존중하기 때문입니다. 임금께서 진나라에 답례하기 전에 장의를 죽이면 진나라는 필연코 격노하여 초나라를 공격할 것입니다. 아무쪼록 우리 모자가 강남(江南)으로 옮겨 가는 것을 허락해 주십시오. 우리들은 진나라의 고기밥이 되고 싶지는 않습니다."

회왕은 뉘우치고 장의를 용서하여 예전처럼 후대했다. 장의는 석방이 되어서도 초나라를 떠나지 않다가 소진이 죽었다는 말을 듣고는 초나라 왕에게 말했다.

"진나라 영토는 천하의 반을 차지하고, 그 군사는 4개국 병력을 합친 것과 같으며, 험한 땅이 에워싸고 있고 황하를 끼고 사방이 닫혀 있으므로 나라가 견고합니다. 또 날랜 군사가 백여만 명, 전차가 천 승, 기마가 4만 필입니다. 게다가 저장한 곡식이 산더미 같고 법령이 밝아서 군사들은 고생을 잘 견디고 죽음을 가볍게 알며, 임금은 총명하고 엄격하며, 장군은 지모가 있어서 무력을 써 출병하지 않더라도 그 기세는 상산(常山)의 험한 땅이라도 명석말이를 할 만하니 반드시 천하의 등골을 꺾을 것입니다. 천하 제후들 중에 늦게 진나라에 복종하는 자가 먼저 멸망할 것입니다. 더욱이 합종에 참가하는 자들은 맹호를 공격하는 양

떼와 다름이 없을 것입니다. 양이 호랑이의 적수가 못 된다는 것은 분명한 일입니다. 지금 임금은 맹호와 손잡지 않고 양 떼와 더불어 있는데, 가만히 생각해 보니 이 같은 대왕의 계책은 잘못된 것입니다.

무릇 천하의 강국은 진나라가 아니면 초나라, 초나라가 아니면 진나라이니, 두 나라가 서로 싸우면 그 세력은 양립되지 못합니다. 대왕께서 만일 진나라와 손잡지 않으면 진나라는 무장한 군사를 남쪽으로 내려보내어 의양을 공격할 것이며, 그러면 한나라 상군(上郡)과는 통로가 끊기게 될 것입니다. 진나라 군사가 황하 동쪽으로 남하하여 성고를 취하면 한나라는 반드시 진나라에 굴복할 것이며, 위나라는 그때그때 바람을 타서 움직일 것입니다. 진나라가 초나라의 서쪽을 공격하고, 한나라와 위나라가 초나라의 북쪽을 공격하면 초나라의 사직은 위태로워질 것입니다.

합종론자들은 약속한 나라를 모두 모아서 지극히 강한 진나라를 공격하되 적의 힘을 생각하지 않고 함부로 싸우고, 나라가 가난한데도 자주 전쟁을 하려고 합니다. 이것은 위험과 멸망의 술책밖에 안 됩니다. 신은 '병력이 미치지 않거든 싸움을 걸지 말고, 식량이 궁색하거든 오래 견딜 생각을 말라.'는 말을 들었는데, 저 합종론자들은 자기들의 말을 아름답게 꾸며 임금이 진나라를 신하로써 섬기지 않는 것을 절조라 하여 높이 받들고, 합종의 이익만을 말할 뿐 손해됨은 조금도 말하지 않습니다. 이 때문에 결국은 진나라의 화를 받고 최초의 계획대로 진행이 되지 않을 것입니다. 그러므로 대왕께서는 이 점을 깊이 생각하시기 바랍니다. 진나라는 서쪽에 파와 촉의 땅을 가지고 있습니다. 큰 배에 군사와 곡식을 싣고 문산을 떠나 강수를 따라 내려가면 초나라까지 3천여 리인데, 배 한 척이 군사 50명과 석 달 양식을 싣고 하루에 3백여 리를 가니까 거리가 멀다고 해도 소와 말의 노력을 들이지 않고 열흘 안에 한관(扞關)에 닿을 수가 있습니다. 한관이 놀라 흔들리면 초나라의 경릉(竟陵) 동쪽은 다 겁을 먹고 성안에 숨을 것입니다. 이렇게 되면 검중과 무군은 임금의 차지가 되지 않을 것이며, 진나라가 전군을 이끌고 무관을 나와 남쪽을 공격하면 북쪽과의 교통은 끊어져 버릴 것입니다.

진나라 군사가 초나라를 공격하면 석 달 안에 위기가 닥칠 텐데, 초나라가 제후들의 구원을 받으려면 반년 이상이 걸립니다. 이래서는 필요한 세력이 제때에 미치지 못하게 됩니다. 약소국의 구원을 믿고 강한 진나라의 화를 잊고 지내는 것이야말로 신이 대왕을 위해 진심으로 근심하는 바입니다. 일찍이 대왕은 오나라 군사와 다섯 번 싸워 세 번을 이겼으나, 싸움에 참가한 군사는 전멸하고 겨우 신성을 지켜 백성에게 고통만 남겼습니다. '공이 크면 위험에 빠지기 쉽고, 백성이 고달프면 윗사람을 원망한다.'고 했습니다. 위험에 빠지기 쉬운 공을 지키기 위해 강한 진나라의 뜻을 거스르는 것은 신의 생각으로는 대왕께 위태로운 일입니다.

진나라가 함곡관에서 출병하여 제나라와 조나라를 15년이나 공격하지 않은 것은, 천하를 병합하려는 야심이 있었기 때문입니다. 일찍이 초나라가 진나라와 자웅을 겨루어 한중에서 싸웠을 때, 초나라 군사가 패하여 열후(列侯) 집규자(執珪者, 벼슬에 오른 사람)만도 70여 명이나 죽고 마침내 한중 땅을 잃었습니다. 초나라 왕은 크게 노하여 군사를 있는 대로 보내어 진나라를 습격하고 남전에서 싸웠습니다. 이는 마치 두 호랑이가 서로 겨루는 것과 같은 것이니, 진나라와 초나라가 함께 피로해질 것입니다. 이때 한나라와 위나라가 온전한 그대로 가만히 있다가 뒤를 제압하면 초나라의 계략이란 아무 소용이 없을 것이며, 이보다 더 위험한 일이 없습니다. 대왕께서는 깊이 생각해 주시기를 바랍니다.

진나라가 출병하여 위(衛)나라의 양진을 치면 천하의 심장인 요지를 막는 것이 되며, 대왕이 전 병력을 보내 송나라를 치면 몇 달 기다리지 않고 송나라를 공략할 수 있을 것입니다. 송나라를 공략하고 동쪽으로 눈을 돌려서 치면 사수 주변의 12제후는 모두 다 임금의 차지가 될 것입니다. 무릇 천하 제후가 약정을 맺고 합종하여 서로 단결을 굳게 한 근본은 소진에게 있었습니다. 소진은 무안군이 되고 연나라 재상이 된 지 얼마 안 되어 연나라 왕과 함께 은근히 제나라를 치고 그 땅의 분할을 꾀했습니다.

이 때문에 소진은 연나라에서 죄를 입었다고 거짓으로 꾸며서 제나라로 달아났는데, 제나라 왕은 그를 받아들여 재상으로 삼았습니다. 하지만 2년 뒤에 음모가 발각되었고, 크게 노한 제나라 왕은 소진을 장터에서 거열형에 처했습니다. 따라서 일개 사기꾼인 소진 따위가 천하를 다스려 제후들을 합종하려 한 것이 성공되지 않은 것은 당연한 일입니다. 진나라와 초나라는 경계를 마주하고 있어, 지형을 말하더라도 두 나라는 근본부터 친하지 않으면 안 됩니다. 대왕께서 진실로 신의 말씀을 받아들인다면 진나라 태자를 볼모로 삼고, 초나라에서도 태자를 진나라에 볼모로 보내십시오. 그리고 진나라 왕녀를 대왕의 첩으로 맞이하시고, 만 호의 도읍을 탕목(湯沐)의 읍으로 받아 길이 형제의 나라가 되어 주십시오. 이렇게 하여 두 나라가 일생에 서로 공격하는 일이 없으면, 이보다 좋은 방책은 없을 것입니다."

장의의 말을 들은 초나라 왕은 이미 장의를 손안에 넣은 만큼, 약속한 검중 땅을 진나라에 주는 것이 아까운 생각이 들어 장의를 용서하고 그의 말을 받아들였다. 이에 굴원(屈原)이 말했다.

"요전에 대왕은 장의에게 속았습니다. 이번에 또 장의가 왔으므로 신은 대왕께서 그를 불에 익혀서 죽이는 줄로 생각했습니다. 이제 설령 그를 죽이지는 않는다 해도 그 요사한 말을 듣는 것은 좋지 않은 일입니다."

그러자 회왕이 말했다.

"장의를 용서하고 검중을 보전하는 것은 큰 이익이다. 한번 장의와 약속한 이상 그것을 어겨서는 안 된다."

마침내 회왕은 장의를 용서하고 진나라와 화친을 맺었다.

장의는 초나라를 떠나 도중에 한나라에 들러서 한나라 왕에게 말했다.

"한나라의 지세는 험준하고 많은 주민들이 산에서 살고 있습니다. 농사짓는 곡식은 콩이 아니면 보리 정도, 백성들의 아침저녁 끼니는 대개가 콩으로 지은 밥이나 콩죽입니다. 1년만 농사를 그르치면 백성들은 겨 가루조차 충분히 먹을 수 없습니다. 땅은 사방 9백 리에 지나지 않고, 2년을 지탱할 식량도 없습니다. 대왕의 군사들을 보건대 모두 다 합해도 30만 명에 지나지 않습니다. 그러고도 그 가운데는 잡역부·짐꾼·취사부가 포함되어 있고, 변경을 지키는 군사와 성을 지키는 군사를 제하면 현역군은 20만 명에 불과합니다. 그런데 진나라는 무장 병력이 백여만 명에 전차가 천 승, 기마가 만 필이며, 맨발로 투구도 쓰지 않은 채 돌격하는 자와 화살이 날아오는 앞에서도 창을 휘두르며 적에게로 달려가는 자 등, 용맹한 군사가 이루 헤아릴 수 없이 많습니다. 그뿐만이 아닙니다. 진나라의 말은 건장한 데다 달릴 때는 앞다리로 앞을 내딛으며 차고, 뒷다리로 뒤를 밟아 한 번 뛰면 굽과 굽 사이의 간격이 세 발이나 되는 날랜 말이 이루 셀 수도 없이 많습니다. 또 산동의 군사는 갑옷을 입고 투구를 쓰고 싸움을 하는데, 진나라 군사는 갑옷을 벗고 적진 한가운데로 뛰어들어 왼쪽으로는 사람의 머리채를 잡아끌고 오른쪽으로는 사로잡아 겨드랑이에 낄 만큼 아주 용감합니다. 진나라 군사와 산동의 군사를 비교하면 마치 맹분(孟賁)과 겁쟁이를 나란히 세워 놓은 것 같으니, 진나라 군사가 산동 군사를 누르는 것은 마치 오획(烏獲)이 어린아이를 상대하는 것과 같습니다. 맹분과 오획 같은 용사에게 약한 나라를 치게 하는 것은 몇천 근 무게를 새알 위에다 싣는 것과 같으니, 요행으로 아무 탈이 없기를 바랄 수는 없는 일입니다. 대개의 제후들은 자기 영토가 작은 것은 생각지 않고 합종론자들의 감언에 혹하여 한패가 되어서 합종론이 좋다고 부르짖으며, '우리의 계략을 들어라. 천하의 강국으로서 승리를 부를 것이다.' 하고 기염(氣焰, 불꽃처럼 대단한 기세)을 토합니다.

국가 영원의 이익을 돌아보지 않고 한때의 경박한 말을 듣는다면 임금을 그르치게 하는 방법 중에 이보다 더 심한 것은 없을 것입니다. 만약 대왕께서 진나라를 신하의 예로 섬기지 않는다면 진나라는 군사를 출동하여 의양을 근거지로 삼고, 한나라 상당(上黨)의 땅을 차단하여 동쪽의 성고와 형양을 취할 것입니다. 그렇게 되면 홍대궁 (鴻臺宮)과 상림원(桑林苑)은 임금의 소유가 될 수 없습니다. 진나라가 성고의 길을 막고 상당의 땅을 끊으면 임금의 나라는 쪼개지고 말 것입니다. 그보다 앞서 진나라를 섬기면 태평하겠습니다만, 그러지 않으면 위험합니다. 스스로 화를 만들어 그 결과를 기다리는 것은 계략으로서는 얕은 것이며, 진나라의 원한만 깊어질 따름입니다. 진나라를 거스르고 초나라를 따른다면 망하지 않으려고 해도 망하지 않을 수가 없습니다. 그런 까닭에 대왕을 위해 생각하건대, 진나라에 가담하는 것만큼 좋은 방책이 없을 줄로 아옵니다. 진나라가 바라는 것은 초나라를 약화시키는 일이 첫째입니다. 초나라를 약화시킬 수 있는 나라로는 한나라만큼 적격인 나라는 없습니다. 이것은 한나라가 초나라보다 강해서가 아니고, 지세가 그런 것입니다. 이제 만약 임금이 서쪽을 향하여 진나라를 섬기고 초나라를 치면 진나라 왕은 반드시 기뻐할 것입니다. 초나라를 쳐서 땅을 뺏고, 화를 굴려서 진나라를 기쁘게 한다면 더 이상 좋은 계책이 없을 것입니다."

한나라 왕이 장의의 계책에 따랐으므로 장의는 진나라로 돌아와 보고했다. 진나라 혜왕은 장의를 5읍의 영주로 봉하고 무신군(武信君)이란 호를 내렸다.

그리고 혜왕은 장의를 동쪽에 있는 제나라에 보내 민왕을 설득하
게 했다.

"천하의 강국 중에 제나라에 미칠 나라는 없습니다. 대신들과 왕족
들은 모두 살림이 번성하고 부귀와 안락을 누리고 있습니다. 그러면
서도 대왕을 위해 계책을 바치는 자는 모두 한때의 의논에 끌려서 백
대(百代, 오랫동안 이어져 내려가는 여러 세대)의 이익을 돌아보지 않습니
다. 합종론을 가지고 대왕께 말씀드리는 자는 반드시 이렇게 말합니
다. '제나라 서쪽에는 강국 조나라가 있고, 남쪽에는 한나라와 위(魏)
나라가 있고, 배후에는 바다가 있습니다. 토지는 넓고 주민은 많으
니, 진나라가 백 개가 있어도 제나라를 어쩌지 못합니다.' 대왕은 이
말을 현명한 것으로 알고, 그 실질을 헤아려 보지 않습니다. 저 합종
론자들은 서로 도당을 만들고 한 동아리가 되어서 합종을 좋지 않다
고 하는 자가 없습니다.

신은 '일찍이 제나라와 노나라가 세 번 싸워, 노나라는 세 번 다 이
기고도 나라가 위태하게 되어 마침내 망했다.'고 들었습니다. 싸움에
이겼다는 이름은 있으면서, 실제로는 망한 것입니다. 이것은 어째서
그럴까요? 제나라는 대국, 노나라는 소국이기 때문입니다.

지금 조나라와 진나라의 경우도 제나라나 노나라의 경우와 다를
것이 없습니다. 진나라와 조나라는 황하와 장하 근방에서 두 번 싸웠
는데, 조나라가 두 번 다 이겼습니다. 파오(番吾)의 성 아래서도 두 번
을 싸웠는데, 두 번 다 조나라가 이겼습니다. 그러나 네 번을 싸운 뒤
에 조나라의 전사자는 수십만 명에 이르고 간신히 도읍인 한단을 지

196

켰을 뿐입니다. 싸움에서 이겼다는 이름은 얻었지만, 나라는 이미 망하고 말았습니다. 이것은 어째서 그럴까요? 오직 진나라가 강하고 조나라가 약했기 때문입니다.

이제 진나라와 초나라는 공주를 시집보내고 며느리를 데려오는 형제의 나라가 되었습니다. 한나라는 진나라에 의양 땅을 바치고, 위나라는 황하의 서쪽 땅을 제공하고, 조나라는 면지에서 진나라의 회견에 응하여 하간(河間)의 땅을 쪼개어 주고 진나라를 받들고 있습니다. 대왕께서 만약 진나라를 받들지 않으면 진나라는 한나라와 위나라를 앞장세워 제나라의 남쪽을 공격하고, 조나라의 병력을 들어서 청하를 건너 박관(博關)을 향해 진격할 것입니다. 그렇게 되면 임치와 즉묵(卽墨)은 임금의 소유가 되지 못합니다. 제나라가 진나라의 공격을 받게 되면 진나라를 섬기고 싶어도 이미 때가 늦습니다. 그러므로 대왕께서는 깊이 생각하시길 바랍니다."

제나라 왕이 말했다.

"제나라는 벽지에 있는 보잘것없는 미개의 나라로서, 과인은 동해 근방에 숨어 있으므로 지금껏 나라의 장래 이익에 대해 들은 일이 없었소."

이렇게 말하며 제나라 왕은 장의의 의견을 받아들였다.

장의는 제나라를 떠나 서쪽으로 가서 조나라 왕에게 말했다.

"진나라 왕이 신을 사자로 보내어 계책을 대왕께 말씀드리라 하였습니다. 대왕은 천하 제후들을 거두어 진나라를 등졌으며, 그 때문에 진나라 군사는 15년 동안이나 함곡관 밖으로 나오지 못했습니다. 대왕의 위력은 산동에 두루 미쳐 있습니다. 우리 진나라는 이를 두려워하여 갑옷을 기워 고치고 무기를 갈아 무예를 연습하고, 농사에 힘써 양식을 저축하고, 국내만을 지키어 나랏일을 걱정하며 감히 다른 일을 일으키려고 하지 않았습니다. 그도 그럴 것이 대왕께서 주의 깊게 진나라를 감시했기 때문입니다.

이제야 대왕의 덕택으로 파와 촉을 공략하여 한중을 병합하고, 양주를 손에 넣어 구정을 돌려주고 백마의 나루터를 지키게 되었습니다. 진나라는 비록 변방에 있는 나라지만, 오랫동안 마음에 분함과 원한을 품고 있었습니다. 진나라의 무장한 군사가 피곤하고 쇠약하다고는 하지만, 면지에 진을 치고 있습니다. 지금 진나라가 바라는 것은 황하를 건너고 장하를 넘어, 파오를 근거지로 삼아 조나라 수도 한단의 성 아래에 모이는 것입니다. 또 바라는 것은 갑자일(주나라 무왕이 주를 토벌하던 날)에 조나라 군대와 싸워 은나라 주왕의 고사처럼 사리의 그릇됨을 바로 잡고자 합니다. 그리하여 사신에게 명하여 이를 좌우 측근에게 말씀드리게 된 것입니다.

대왕께서 합종의 유리함을 믿게 된 것은 소진을 믿었기 때문입니다. 소진은 제후들을 현혹시켜 옳은 것을 그르다고 말하고, 그른 것을 옳다고 하여 제나라를 뒤집어엎으려고 하다가 일이 발각되자 스스로 원하여 장터에서 거열형을 받았습니다. 그렇기 때문에 그자가 낸 계책으로 천하가 연합되지 않을 것은 처음부터 명백한 일이었습니다. 이제야 초나라는 진나라와 형제의 나라가 되고, 한나라와 위나라는 스스로 동번(東藩)의 신하라고 일컬어 진나라를 섬기고, 제나라

198

는 고기와 소금이 나는 땅을 진나라에 바쳤습니다. 이것은 조나라의 오른팔을 끊은 것이나 같습니다. 무릇 오른팔을 잘린 채 남과 싸우고, 자기편을 잃어 고립하고서는 나라의 평안을 바란다 해도 도저히 이루어질 수 없는 것이 뻔한 이치입니다.

이제 진나라가 세 장군을 파견하면 1군은 오도(午道)를 막고 제나라에 통고하여 군사를 내게 한 뒤 청하를 건너서 조나라 한단 동쪽에 진을 치고, 2군은 성고에 진을 치고 한나라와 위나라의 군사를 일으켜서 황하 서쪽에 진을 치고, 3군은 면지에 진을 치고 진·제·한·위의 네 나라가 한몸이 되어 조나라를 공격할 것입니다. 조나라가 패하면 땅은 반드시 네 나라가 나누어 가질 것입니다. 이 일을 굳이 숨기지 않고 미리 좌우에 말씀드리는 것은 신이 곰곰이 대왕을 위해 생각건대, 진나라 왕과 면지에서 회견하고 서로 얼굴을 맞대어 직접 대화로써 친선을 맺는 것보다 더 좋은 일은 없기 때문입니다. 그리하여 진나라의 출병을 억제하고, 진나라에서 먼저 공격하는 일이 없도록 대왕께서 방책을 정하시기를 바라는 바입니다."

조나라 왕이 말했다.

"선대 숙후(肅侯) 때에 아우 봉양군이 권세를 마음대로 휘둘러 숙후를 속이고 정치를 제멋대로 했소. 과인은 궁에 있으면서 스승에게 가르침만을 받았지, 나라의 계책에 참여한 일이 없었소. 선왕이 작고하시자 과인은 어린 나이로 즉위하여 종묘에 제사를 받든 지가 얼마 안 되어, 합종에 대해서는 어떻게 할 것인가 마음속으로 고민하고 있었소. 그 뒤에 합종 때문에 진나라를 섬기지 않는 것은 나라의 장구

한 이익이 되지 않을 것이라 생각되어 종래의 생각을 고치고 땅을 쪼개어 지난날의 잘못을 사과하고 진나라를 섬기기를 원하였소. 그리하여 마침 수레에 말을 매어 진나라 조정으로 떠나려던 참이었는데, 이렇게 현명한 사자의 가르침을 받게 되었소."

조나라 왕이 장의의 말을 받아들이자, 장의는 다시 조나라를 떠나 북쪽에 있는 연나라로 가서 소왕에게 말했다.

"대왕께서 가장 친하게 교제하는 나라는 조나라입니다. 그러나 조나라는 옛날 조양자(趙襄子) 때에 누이를 대(代)나라 왕의 아내로 보낸 적이 있었습니다. 그것은 대나라를 병합하려는 마음에서였습니다. 그리하여 대왕과 구주산(句注山)의 요새에서 만나기로 약속하는 한편, 대장장이에게 명하여 금두(金斗, 구리쇠로 만든 그릇)를 만들게 하고 그 자루를 길게 하여 사람을 칠 수 있도록 하였습니다.

대왕과 술을 마시게 되었을 때, 조양자는 은밀히 요리사에게 일러두었습니다.

'술자리가 한창 흥겨워질 때에, 금두로 뜨거운 음식을 권하고 그것을 거꾸로 쥐어 대왕을 쳐라.'

그리하여 술자리가 한창 무르익었을 때, 요리사는 명령한 대로 금두를 거꾸로 잡아 대왕을 쳐서 죽였습니다. 대왕의 머리는 땅에 떨어졌습니다.

조양자의 누이는 그 말을 듣고 비녀를 날카롭게 갈아서 스스로 찔러 자결했습니다. 그런 까닭에 지금도 마계(摩笄)라는 이름의 산이 있습니다. 대왕의 죽음은 천하에서 모르는 자가 없습니다. 이와 같이 조나라 왕이 포악하고 인정이 없는 것은 대왕도 잘 아실 것입니다. 그러니 누가 조나라 왕과 친할 생각을 가지겠습니까? 일찍이 조나라는 군사를 출동하여 연나라를 공격하고, 다시 연나라 수도를 포위하여 왕을 위협했습니다. 이에 왕은 10개 성을 바치고 사죄했습니다. 그런데 조나라 왕은 지금 면지에서 입조하여 하간 땅을 제공하고 진나라를 섬기고 있습니다. 지금 만약 왕이 진나라를 섬기지 않으면 진나라는 군사를 운중과 구원으로 보내어 조나라를 끌어내서 연나라를 칠 것입니다. 그렇게 되면 역수와 장성은 왕의 소유가 될 수는 없습니다. 오늘날 조나라는 마치 진나라의 고을과 같으니, 조나라가 함부로 군사를 일으켜 진나라를 공격하는 일은 있을 수 없습니다. 이제 임금께서 진나라를 섬기게 되면 진나라 왕은 반드시 기뻐하고 조나라도 함부로 움직이지 못할 것입니다. 이것은 서쪽으로는 강국 진나라의 원조가 있고, 남쪽으로는 제나라와 조나라의 걱정거리가 사라지게 되는 것입니다. 그러므로 대왕께서는 깊이 생각하시기를 바랍니다."

연나라 왕이 말했다.

"과인은 미개한 변방 오랑캐 땅에 있어서, 허우대는 대장과 같으나 지혜는 어린아이와 같아서 과인의 생각 같은 것은 정당한 계책이라고 할 수가 없소. 이제 다행히 선생으로부터 가르침을 얻었소. 바라건대 서쪽을 향하여 진나라를 섬기리다."

연나라 왕은 항산(恒山) 기슭에 있는 5개 성을 진나라에 바치고 장의의 말을 받아들이기로 했다.

장의는 이 일을 보고하기 위해 진나라로 돌아왔는데, 함양에 도착하기 전에 혜왕이 죽고 무왕이 섰다. 무왕은 태자 때부터 장의를 싫어했다. 이런 무왕이 즉위하자 뭇 신하들은 장의를 헐뜯었다.

"그는 믿을 수 없는 사내로서, 여기저기서 나라를 팔고 자기의 출세만을 생각하고 있습니다. 만일 진나라가 굳이 그를 등용한다면 아마도 천하 사람들의 웃음거리가 될 것입니다."

제후들은 장의가 무왕과 사이가 나쁘고 틈이 있다는 것을 듣자, 모두 연횡을 반대하여 다시 합종하기에 이르렀다.

진나라 무왕 원년에 신하들은 밤낮으로 장의를 비방하고 욕하기를 그치지 않았다. 때마침 제나라에서 진나라가 장의를 등용한 것을 꾸짖는 사자가 왔다. 장의는 죽임을 당하는 것을 겁내어 무왕에게 말했다.

"제게 어리석으나마 계책이 하나 있습니다. 아무쪼록 말씀드리게 해 주십시오."

"어떤 계책이오?"

"진나라를 위해 계책을 생각건대, 동쪽에 큰 반란이 있고서야 임금은 제후들의 많은 땅을 거두어들일 수 있습니다. 제가 듣자 하니 제나라 왕은 신을 매우 미워하는 모양입니다. 그러므로 신이 있는 나라라면 반드시 군사를 일으켜 그 나라를 치려고 할 것입니다. 그러므로 불초한 신이 위(魏)나라로 가는 것을 허락하시기 바랍니다. 제가 위나라로 가면 제나라는 반드시 군사를 일으켜 위나라를 칠 것입니다. 그리하여 위나라와 제나라 군사가 성 아래에서 싸우면, 임금은 그 틈을 타서 한나라를 치고 삼천 땅에 들어가서 군사를 함곡관 밖으로 끌어내어 주나라로 나아가시면 천자의 제기(祭器)를 반드시 손에 넣을 수 있을 것입니다. 천자를 끼고 천하의 토지와 호적을 살펴서 제후들을 호령하는 것이야말로 왕자(王者)의 사업입니다."

진나라 왕은 장의의 말이 그럴듯하여, 전차 30승을 갖추어 장의를 위나라에 보내 주었다. 과연 제나라는 군사를 일으켜 위나라를 쳤다. 위나라 애왕이 두려워하자 장의가 말했다.

"임금께서는 걱정하지 마십시오. 제나라 군사를 물리치도록 하겠습니다."

그리하여 장의는 가신인 풍희(馮喜)를 초나라에 보내어 초나라 사자의 명의를 빌려서 제나라에 들여보냈다.

풍희가 제나라 왕에게 말했다.

"임금께서는 장의를 매우 미워하십니다. 그러면서도 어찌 그리도 장의를 두텁게 대하시어 진나라의 신뢰를 얻게 하십니까?"

제나라 왕이 말했다.

"과인은 장의를 미워하오. 장의가 있는 곳은 어디를 막론하고 반드시 군사를 동원하여 그 나라를 칠 각오요. 그런데 어째서 과인이 진나라가 장의를 신뢰토록 한다는 것이오?"

풍희가 말했다.

"바로 그것이 임금께서 진나라가 장의를 믿도록 한 것입니다. 장의가 진나라에서 위나라로 갈 때, 진나라 왕에게 이렇게 말했다고 합니다. '임금을 위해 계교를 생각건대 동쪽에 큰 변란이 있고서야 임금은 제후의 땅을 많이 거둘 수가 있습니다. 제나라 왕은 신을 매우 미워합니다. 신이 머무르는 나라는 그게 어디든지 간에 반드시 군사를 일으켜 그 나라를 칠 것입니다. 그러므로 신이 위나라로 가는 것을 허락해 주시기 바랍니다. 신이 위나라로 가면 반드시 제나라 군사가 위나라를 칠 것이고, 그리하여 제나라와 위나라의 군사가 성 아래에서 싸우게 되면 임금은 그 틈을 타서 한나라를 치고 삼천 땅에 들어가서 군사를 함곡관 밖으로 동원하여 그대로 주나라로 나아가면, 천자의 제기를 반드시 손에 넣게 될 것입니다. 천자를 끼고 천하의 토지와 호적을 살펴서 제후들을 호령하는 것이야말로 왕업이 되는 것입니다.' 진나라 왕은 정녕코 그렇게 되리라 생각하여 전차 30승을 갖추어 장의를 위나라에까지 보내 준 것입니다. 이제 장의는 위나라에 가 있고, 임금은 과연 위나라를 쳤습니다. 그리하여 임금께서 안으로는 국력을 소모하고 밖으로는 동맹한 나라를 쳐서 이웃 나라를 적으로 만들었으니, 우리 편에서 손을 써서 장의를 진나라 왕이 믿도록 한 것입니다. 신은 이것을 임금께서 장의를 진나라가 신뢰하게 했다는 연유로 말씀드립니다."

제나라 왕이 말했다.

"옳은 말이오."

그리고 제나라 왕은 곧 군사를 물렸다.

장의는 위나라 재상이 된 지 1년 만에 위나라에서 죽었다.

진진은 유세자였다. 장의와 함께 진나라 혜왕을 섬기고 함께 중직에 올라 임금의 사랑을 다투었다. 장의가 진진을 진나라 왕에게 모함했다.

"진진이 예물을 정중히 마련하여 진나라와 초나라 사이를 사신으로 다니는 것은 국교에 공헌하려고 하는 일입니다. 그런데 초나라가 진나라와 친교를 하지 않고 오히려 진진과 친한 것은, 진진이 자기 스스로의 일은 두텁게 하고 임금을 위한 일은 박하게 하기 때문입니다. 진진은 진나라를 떠나서 초나라에 가고 싶어 하는데, 임금은 어째서 허락하지를 않으십니까?"

왕이 진진에게 물었다.

"듣건대 그대는 진나라를 떠나서 초나라로 가기를 바란다던데 그것이 사실이오?"

"그렇습니다."

"장의가 말한 것이 사실이었구려."

진진이 말했다.

"장의만이 알고 있는 것이 아닙니다. 길 가는 사람들까지도 다 알고 있습니다. 옛날에 오자서는 임금에게 충성해서 천하 제후들이 서로 다투어 그를 신하로 맞아들이고자 하였고, 증삼은 어버이에게 효도하여 천하 어버이들은 모두 증삼과 같은 아들을 두기를 원하였습니다. 그와 같은 일로서 노비도 그 마을 안에서 팔리면 좋은 노비입니다. 소박맞은 여자가 그 마을 안에서 재혼한다면 그는 어진 여자입니다. 제가 임금에게 충성치 못한다면 초나라에선들 어찌 저를 충성하는 자라고 생각하겠습니까? 충성된 자가 이제는 버림을 받는 지경에 이르렀습니다. 신이 초나라로 가지 않고서 어디에다 몸을 의지하겠습니까?"

임금은 그 말을 듣고 과연 옳은 말이라 하여, 그로부터 후대했다.

진진이 진나라에 있은 지 1년이 되었을 때, 진나라 혜왕은 마침내 장의를 재상으로 삼았다. 그러므로 진진은 초나라로 달아났다. 초나라는 아직 진진을 중히 쓰지는 않았으나, 진나라에 사자로 보냈다. 도중에 위나라를 지나 서수를 만나려고 했는데, 서수는 사절하고 만나 주지 않았다.

진진이 말했다.

"나는 그대에게 말하고 싶은 것이 있어서 일부러 왔는데, 그대는 만나려 하지를 않는군. 이제 내가 여기를 떠나면 두 번 다시 만나지 못할지도 모르오."

이 말을 듣고 서수가 나와서 진진을 만나니, 진진이 말했다.

"그대는 어째서 술 마시기를 좋아하오?"

"할 일이 없기 때문이오."

"그러면 신물이 나도록 그대를 바쁘게 해 주어도 좋겠소?"

"어떻게 하려는 것이오?"

진진이 말했다.

"위나라 재상 전수(田需)는 제후에게 합종을 약속했는데, 초나라 왕은 그를 의심하여 아직 신용하지 않소. 그대는 왕에게 이렇게 말하시오. '신은 연나라와 조나라 왕과 오래전부터 친분이 있는데 그들이 자주 사람을 보내어 말하기를, 일이 없으면 어찌하여 과인에게로 오지 않느냐며 재촉이 심합니다. 신이 연나라와 조나라에 가는 것을 허락해 주십시오.' 하고 말하시오. 왕이 허락을 하여도 수레를 너무 많이 준비해서는 안 되오. 30대 정도면 알맞을 것이오. 그것을 뜰에 늘어세우고 연나라와 조나라에 가는 것을 알리도록 하시오."

서수가 그대로 하니, 위나라에 와 있던 연나라와 조나라의 유세자들이 그 말을 듣고 수레를 달려 본국으로 돌아가 임금에게 보고했다. 이에 연나라와 조나라의 임금은 사자를 보내어 서수를 맞이하게 했다.

초나라 왕이 이 말을 듣고 크게 노하여 말했다.

"전수는 과인과 약속을 했다. 그런데 서수가 연나라와 조나라로 가는 것은 나를 속이는 것이다."

초나라 왕은 분개하여 합종을 거절했다. 제나라는 서수가 북쪽으로 간다는 말을 듣고 사자를 보내어 제나라의 국사(國事)를 위임하려고 했다. 서수가 북으로 가니 제·연·조, 3개국 재상의 정사는 모두 서수에 의해 결정되었다.

진진이 진나라에 당도했을 때는 한나라와 조나라가 서로 싸움을 벌여 1년이 지나도 해결이 나지 않은 때였다. 진나라 혜왕은 이것을 구해 주기 위해 좌우에 있는 신하들에게 방법을 물었다.

어떤 자가 말했다.

"구해 주는 것이 이익입니다."

또 어떤 자는 이렇게 말했다.

"구해 주지 않는 것이 이익입니다."

혜왕이 아직 결정을 못 내리고 있을 때에 진진이 왔다. 혜왕이 진진에게 물었다.

"그대는 과인을 버리고 초나라로 갔는데 지금까지도 과인을 생각하고 있는 것이오?"

"임금께서는 월나라 사람 장석(莊舃)의 일을 알고 계십니까?"

"듣지 못했소."

진진이 말했다.

"월나라 사람인 장석은 초나라를 섬겨 집규로 있었는데, 얼마 후에 병이 났습니다. 초나라 왕이 '장석은 본디 미천한 월나라 사람이었지만 초나라를 섬기어 집규에 올라 부와 명예를 누리게 되었는데, 지금까지도 월나라의 일을 생각하고 있겠는가?' 하고 물으니, 중사(中謝, 벼슬의 이름)가 '무릇 인간이 고향을 생각하는 것은 병들었을 때입니다. 그가 월나라를 생각한다면 월나라 말을 할 것이고, 월나라를 생각하지 않는다면 초나라 말로 얘기할 것입니다.' 하고 대답했습니다. 그리하여 임금이 장석에게 사람을 보내어 시험해 본 결과 역시 월나라 말을 하였답니다. 버림받고 쫓기어서 초나라에 의지했지만, 어찌 월나라 말을 하지 않고 견디리까?"

"옳은 말이오. 그런데 지금 한나라와 위나라가 서로 싸운 지가 1년이 지났는데도 아직 해결이 나지 않고 있소. 어떤 자는 구해 주는 것이 진나라의 이익이라 하고, 또 어떤 자는 구해 주지 않는 편이 이익이 된다 하므로 결정을 못 내리고 있소. 그대는 초나라 왕을 위하여 계책을 내는 것처럼 과인을 위하여 계책을 말해 보시오."

"일찍이 변장자(卞莊子)가 호랑이를 찌른 얘기를 임금께 말씀드린 자가 없었습니까? 변장자가 호랑이를 찔러 죽이려고 했는데, 객줏집의 중노미(허드렛일을 하는 남자)가 말리면서 말하기를 '두 마리의 호랑이가 지금 소를 잡아먹으려 합니다. 먹어서 입에 달면 반드시 다툴 것이며, 다투면 필연코 싸울 것입니다. 싸우면 큰 호랑이는 상처를 입고, 작은 호랑이는 죽을 것입니다. 상처를 입었을 적에 달려들어 찌르면 한 번에 두 마리의 호랑이를 잡았다는 이름을 얻을 것입니다.'라고 했습니다. 변장자는 그 말이 옳다고 생각하여 서서 호랑이를 기다렸습니다. 얼마 안 되어 과연 두 호랑이가 싸움을 했는데, 큰 편은 상처를 입고 작은 편은 죽었습니다. 변장자는 상처 입은 호랑이가 쇠약한 기회를 틈타 찔러 죽이고 한 번에 두 마리의 호랑이를 잡았다는 명성을 얻었다고 합니다. 한나라와 위나라가 서로 싸운 지 1년이 지나도 해결이 나지 않았다면 틀림없이 큰 나라는 상처를 입었을 것이며, 작은 나라는 망할 것입니다. 상처를 입은 기회에 달려들어 치면, 반드시 한꺼번에 둘을 얻는 공이 있을 것입니다. 이것은 마치 변장자가 호랑이를 찌르는 일과 비슷한 것으로, 신이 임금을 위해 바치는 계책과 초나라 왕을 위해 바치는 계책이 어찌 다를 바가 있겠습니까?"

혜왕이 말했다.

"옳은 말이오."

그리하여 혜왕은 두 나라를 구해 주지 않았다. 과연 대국은 상처를 입고 소국은 망했다. 진나라는 출병하여 이를 쳐서 크게 이겼는데, 이것은 진진의 꾀에 의한 것이었다.

서수는 위나라의 음진(陰晉) 사람으로 이름은 연(衍), 성은 공손(公孫)이었는데, 장의와는 사이가 좋지 않았다. 장의가 진나라를 위해 위나라에 가자, 위나라 왕은 장의를 재상으로 삼았다. 서수는 이것을 불리한 일이라 하여 한나라 태자 공숙(公叔)에게 말했다.

"장의는 이미 진나라와 위나라가 동맹을 맺게 했습니다. 그는 '위나라가 한나라의 남양을 치고 진나라가 한나라의 삼천을 치면, 한나라는 반드시 망할 것이다.'라고 말했습니다. 위나라 왕이 장의를 중히 여기는 것은 한나라의 땅을 얻고 싶어서입니다. 한나라의 남양은 이제 곧 침략을 받게 될 것입니다. 그런데 그대는 어찌하여 제게 작은 일이라도 맡겨 한나라에 공을 세우게 하지 않는 것이오? 그렇게 하면 진나라와 위나라의 국교는 끊어질 것이고, 끊어지면 위나라는 반드시 진나라를 도모할 생각으로 장의를 버리고 한나라를 자기편으로 만들어 저를 재상으로 삼을 것입니다."

공숙은 그 말대로 하는 것이 이롭겠다고 생각하여 한나라의 국사를 서수에게 맡겨 그가 공을 세우게 했다. 과연 서수는 위나라의 재상이 되었고, 장의는 위나라를 떠났다.

의거(義渠, 오랑캐 만(蠻)의 나라 이름)의 군주가 위나라에 입조했다. 서수는 장의가 또 진나라의 재상이 되었다는 말을 듣고 불리할 것으로 생각하여 의거의 군주에게 말했다.

"그대의 나라는 멀리 있어, 다시 우리 위나라를 방문하기는 어려울 것입니다. 그래서 어느 정도 비밀 얘기를 말해 두고자 합니다. 중원의 제후가 진나라를 치지 않으면, 진나라는 그대의 나라를 쳐서 집을 불사르고 재물을 빼앗을 것입니다. 하지만 제후가 진나라를 치면 진나라는 사자에게 후한 뇌물을 들려 보내 그대의 나라를 섬길 것입니다."

그 뒤에 5개 제후국이 진나라를 쳤다. 진진이 진나라 왕에게 말했다.

"의거의 군주는 오랑캐 나라의 현군입니다. 뇌물을 보내어 달래 두는 것이 좋을 것입니다."

진나라 왕이 말했다.

"그대의 말이 옳소."

진나라 왕은 비단 천 필, 부녀 백 명을 의거의 군주에게 보냈다. 의거의 군주는 뭇 신하를 불러서 말했다.

"이것이야말로 전에 공손연이 예언했던 바가 아닌가!"

의거의 군주는 군사를 일으켜 진나라를 습격하여 이백의 성 아래에서 진나라 군사를 크게 깨뜨렸다.

장의가 죽은 뒤, 서수는 진나라의 영접을 받아 재상이 되었다. 일찍이 서수는 5개국 재상의 인수를 동시에 차고, 합종의 맹약을 이끈 우두머리였다.

태사공은 말한다.

삼진(한·위·조)에는 권모술수와 임기응변에 능한 인물이 많았다.

합종과 연횡을 부르짖어 진나라를 굳세게 한 자는 대개가 다 삼진 출신이다. 장의가 일을 꾸민 것은 소진보다도 심하였으나 세상 사람들이 장의보다 소진을 미워하는 것은, 소진이 죽은 뒤 장의가 소진의 단점을 들춰 내어 부풀려 말하고 자기의 유세를 유리하게 하여 연횡을 성취했기 때문이다. 요컨대 이 두 사람은 진실로 위험한 인물이다.

저리자·감무 열전(樗里子甘茂列傳)

진나라가 동방의 땅을 차지하고 제후들의 패자가 된 것은 저리자
와 감무의 꾀가 있었기 때문이다. 그래서 〈저리자·감무 열전 제11〉을
지었다.

저리자의 이름은 질(疾)이고, 진나라 혜왕의 이복동생이며, 그의
어머니는 한나라 공주였다. 저리자는 말재주가 놀라웠고 지혜도 풍
부하여 진나라 사람들은 그를 가리켜 '지혜주머니'라 불렀다.

진나라 혜왕 8년, 저리자는 우경(右更, 진의 제14작)에 올라 장군으로
서 위나라 곡옥의 주민들을 모조리 내쫓은 다음, 그 성과 땅을 진나라
영토에 편입시켰다.

진나라 혜왕 25년, 저리자는 다시 장군으로서 조나라를 쳤다. 저리
자는 이 싸움에서 장표(莊豹)를 포로로 잡고 인을 함락시켰다. 그 이

듬해 위장(魏章)을 도와 초나라를 쳐서, 초나라 장군 굴개를 이기고 한중을 점령했다. 그 공적으로 진나라는 저리자를 봉하여 엄군(嚴君)이라 불렀다.

진나라 혜왕이 죽고 태자인 무왕이 자리에 올랐다. 무왕은 장의와 위장을 내쫓고, 저리자와 감무를 좌우 승상에 임명했다. 진나라는 감무를 보내 한나라를 쳐서 의양을 함락시켰고, 또 저리자를 시켜 전차 백 승을 이끌고 주나라로 향하게 했다.

그런데 주나라에서는 군사를 동원하여 이를 맞이하며 다시없는 호의를 보였다. 이 소문을 들은 초나라 왕은 화를 내며 주나라가 진나라를 지나치게 받든다고 나무랐다. 때마침 유등(遊騰)이라는 유세객이 주나라를 위해 초나라 왕을 달랬다.

"옛날 진나라의 지백(知伯)이 구유(仇猶)라는 오랑캐 나라를 칠 때, 길이 험난하여 행군하기가 힘이 들었으므로 먼저 큰 종을 만들어 이것을 폭이 넓은 큰 수레에 실어 보내는 것처럼 하여 그 뒤를 군대가 따라가게 했습니다. 구유는 결국 망하고 말았는데, 방심하고 방비를 하지 않았기 때문입니다. 또 제나라 환공이 채나라를 칠 때도, 처음에는 초나라를 치겠다고 했으나 실제로는 채나라를 쳤습니다. 진나라는 저리자에게 전차 백 승을 주고 주나라로 들여보냈습니다. 지금 주나라는 구유와 채나라의 전례에 비추어 이 일을 바라보는 것입니다. 그래서 긴 창을 든 군사를 앞쪽에 늘어서게 하고 억센 쇠뇌를 뒤쪽에 배치시켜, 말로는 저리자를 호위한다고 했지만 실상은 그를 포로로 만든 것입니다. 사실 주나라로서는 자신들의 나라를 걱정하지 않을 수가 없는 일입니다. 하루아침에 나라를 망하게 만듦으로써 왕에게까지 걱정을 끼쳐 드릴까 염려했던 것입니다."

이 말을 들은 초나라 왕은 기뻐하며 더 이상 주나라를 나무라지 않았다.

진나라 무왕이 죽자, 소왕이 왕위를 계승했다. 저리자는 더욱더 신임을 얻었다. 소왕 원년, 진나라가 저리자를 장군으로 삼아 위나라 포(浦)를 치려 했으므로 포의 태수는 겁을 먹은 나머지 호연(胡衍)에게 도움을 간청했다. 호연은 포를 위해 저리자에게 이렇게 말했다.

"공께서 포를 치는 것은 진나라를 위해서입니까, 아니면 위(魏)나라를 위해서입니까? 위나라를 위해서라면 훌륭한 일이 되겠습니다만, 진나라를 위한 것이라면 이로울 것이 없습니다. 위(衛)나라가 나라 구실을 할 수 있는 것은 포가 있기 때문입니다. 지금 포를 치시면 포는 화를 면하려고 위(魏)나라에 붙을 것입니다. 그렇게 되면 위(衛)나라는 반드시 기세가 꺾이어 위(魏)나라에 복종할 것입니다. 앞서 위(魏)나라가 서하의 바깥쪽 땅을 진나라에 빼앗기고 여태껏 되찾지 못한 것은 군대의 힘이 약하기 때문입니다. 그런데 이제 위(衛)나라가 위(魏)나라와 합치게 되면 위(魏)나라는 반드시 강해질 것이며, 위나라가 강해진다면 서하의 바깥쪽 땅은 자연 위태로울 수밖에 없습니다. 그리고 진나라 왕은 공의 이번 일이 결국은 진나라를 해치고 위나라를 이롭게 만든 것을 알게 될 겁니다. 그러면 진나라 왕이 공에게 죄를 돌릴 것이 뻔합니다."

"그럼 어떻게 하면 좋겠소?"

"공께서는 포를 풀어 주고 공격하지 마십시오. 신은 포로 가서 공의 뜻을 전하고 위(衛)나라 왕으로 하여금 공의 은혜를 느끼게 만들겠습니다."

"좋소."

호연은 포로 가서 태수에게 말했다.

"저리자는 포가 지쳐 있는 것을 알고 '기어코 포를 함락시키고 말겠다.'고 합니다. 그러나 제가 포를 공격하지 않도록 할 수 있습니다."

태수는 겁을 내며 두 번 절하고 말했다.

"그저 처분만 기다리겠습니다."

그러고는 금 3백 근을 꺼내 놓은 다음 말을 계속했다.

"진나라 군사를 참으로 물러가게만 해 주신다면 반드시 그대를 우리 임금께 천거하여 봉읍을 받게끔 해 드리겠습니다."

이리하여 호연은 포에게서는 금을 얻고, 위(衛)에서는 높은 벼슬을 얻었다.

저리자는 마침내 포의 포위망을 풀고 이번에는 위나라의 피지(皮氏)란 곳을 공격했다. 피지가 항복하지 않았으나 그대로 돌아왔다.

소왕 7년에 저리자는 죽었다. 그는 위남(섬서성)의 장대(章臺, 진나라 궁전 이름) 동쪽에 묻혔다. 저리자는 살아 있을 때 이런 말을 했다.

"내가 죽은 뒤 백 년이 지나면 천자의 궁전이 내 무덤을 둘러싸게 될 것이다."

저리자 질의 집은 소왕의 사당 서쪽인 위남의 음향(陰鄕) 저리(樗里)에 있었기 때문에, 세상에서는 그를 저리자라고 불렀다.

215

한나라가 통일을 하게 되자 과연 장락궁(長樂宮)이 저리자의 무덤 동쪽에, 미앙궁(未央宮)이 서쪽에 세워지고, 무기고(武器庫)가 그 정면에 설치되었다.

그래서 진나라 사람들의 속담에 '힘은 임비(任鄙)요, 지혜는 저리자.'라는 말이 있다.

감무(甘茂)는 초나라 하채(下蔡, 안휘성) 사람이다. 감무는 하채의 사거 선생(史擧先生)을 스승으로 모시면서 백가의 학설을 배운 뒤, 장의와 저리자를 통해 진나라 혜왕을 만났다. 혜왕은 감무가 마음에 들었으므로 그를 장군으로 발탁하여, 위장(魏章)을 도와 한중 땅을 공략시켜 이를 평정케 했다.

혜왕이 죽고 무왕이 즉위하게 되자, 장의와 위장은 진나라를 떠나 동쪽의 위나라로 가게 되었다.

이 무렵, 촉후(蜀侯) 휘(煇)와 그의 재상인 진장(陳壯)이 반란을 일으켰으므로 진나라는 감무를 보내 촉을 평정시켰다. 감무가 돌아오자 그를 좌승상에, 저리자를 우승상에 임명했다.

진나라 무왕 3년에 왕은 감무에게 이렇게 말했다.

"과인은 수레가 지나갈 수 있는 길을 삼천까지 내어 주나라 왕실을 엿보고 싶소. 그렇게만 된다면 과인은 죽어도 한이 없겠소."

"알겠습니다. 그럼 위나라로 가서 맹약을 맺은 다음, 한나라를 치겠습니다."

그래서 무왕은 상수(向壽)를 복사로 하여 함께 가게 했다. 감무는 위나라에 도착하여 맹약을 맺고 난 다음 상수에게 일렀다.

"당신은 돌아가서 왕에게 '위나라는 신의 말을 받아들였습니다. 그러나 아직 왕께선 한나라를 치지 마시기를 바랍니다.' 하고 말씀드리시오. 이번 일이 성공했을 경우 모든 것을 당신의 공로로 돌리겠소."

상수는 돌아가 무왕에게 보고했다. 무왕은 감무를 식양(息壤)에서 기다리고 있다가 그가 도착하자, 한나라를 쳐서는 안 된다고 한 이유를 물었다. 감무가 대답했다.

"한나라 의양은 큰 현입니다. 상당과 남양에서 오랫동안 이곳에 많은 재물과 식량을 비축시켜 두고 있습니다. 이름이 현(縣)이지 실상은 군(郡)입니다. 지금 대왕께서 여러 곳의 험지를 넘어 천리길을 가신다 하더라도 이곳만은 치기가 어려울 것입니다. 옛날 공자의 제자 중 효행으로 유명한 증삼이 노나라의 비(費)란 곳에 살고 있을 때, 노나라 사람 중에 증삼과 성과 이름이 똑같은 사람이 있었는데, 그가 사람을 죽이게 되었습니다. 누군가가 증삼의 어머니에게 '증삼이 사람을 죽였다.'고 일러 주었으나, 어머니는 태연하게 베만 짜고 있었습니다. 조금 뒤 또 한 사람이 '증삼이 사람을 죽였다.'고 일러 주었으나, 어머니는 여전히 태연하게 앉아 베만 짜고 있었습니다. 그러다가 조금 뒤 또 다른 사람이 '증삼이 사람을 죽였다.'고 하자, 어머니는 북(베를 짤 때 씨실을 푸는 기구)을 집어던지고 베틀에서 내려와 담을 넘어 달아났다고 합니다. 증삼은 어진 사람이었으며, 어머니 또한 그를 믿었지만 세 사람이나 자식을 의심하자, 어머니는 정말인가 싶어 겁을 먹은 것입니다. 그런데 신의 어짊은 증삼을 따를 수 없습니다. 또

217

한 왕께서 신을 믿으시는 것은 증삼의 어머니가 증삼을 믿는 것에는 미치지 못합니다. 그리고 신을 의심하는 사람은 단지 세 사람만은 아닙니다. 그러므로 신은 왕께서 증삼의 어머니가 북을 던지듯이 신을 의심하시게 될 것을 두려워합니다. 옛날, 장의는 진나라를 위해 서쪽으로 파와 촉의 땅을 병합하고, 북쪽으로 서하 바깥쪽 땅을 손에 넣었으며, 남쪽으로는 상용(上庸)을 얻었는데도 세상 사람들은 장의를 위대하다고는 생각지 않고 선왕의 현명함만 칭찬했습니다. 또 위(魏)나라 문후가 악양(樂羊)을 장군으로 임명하여 중산을 치게 했을 때, 악양은 3년이나 걸려서 중산을 함락시켰습니다. 그런데 악양이 돌아와 그의 공을 표창하려는 순간에, 문후는 악양에게 상자 안에 가득 차 있는 그에 대한 비방의 상소문을 보여 주었습니다. 악양은 머리를 조아려 두 번 절하고 '이번 승리는 신의 공로가 아니오라 임금님의 힘이었습니다.' 하고 감격했다고 합니다. 그런데 신은 다른 나라로부터 들어와 벼슬을 하게 된 몸입니다. 저리자와 공손석(公孫奭)[19] 두 사람이 한나라를 보호할 생각으로 신의 계획을 이러니저러니 헐뜯으면, 왕께서는 반드시 그쪽으로 기울어지실 것입니다. 그렇게 되면 왕께서는 위나라 왕을 속인 것이 되옵고, 신은 공중치(公仲侈, 한나라의 재상)의 원한만을 사게 될 것입니다."

"과인이 그런 헐뜯는 소리를 들을 리가 있겠소? 그 점만은 경에게 약속을 하겠소."

---

19 저리자의 어머니는 한나라 공주였고, 공손석은 한나라 공자였다.

이리하여 무왕은 마침내 승상 감무에게 명하여, 군사를 이끌고 의양을 치게 했다. 그러나 감무가 다섯 달이 지나도록 함락시키지 못하자, 저리자와 공손석이 정말 감무를 비난하기 시작했다. 그러자 무왕은 마음이 흔들려 감무를 불러들여서 전쟁을 중지시키려고 했다. 이때 감무가 말했다.

"식양은 아직도 그곳에 그대로 있습니다. 약속을 잊으셨습니까?"

무왕이 말했다.

"분명히 내가 약속을 했었지."

무왕은 다시 크게 군사를 일으켜 한나라를 치게 했다. 진나라 군사는 6만 명의 적의 머리를 베고, 마침내 의양을 함락시켰다. 한나라 양왕은 공중치를 사신으로 보내 진나라에 사과하고 진나라와 화평을 맺었다.

무왕은 마침내 주나라로 가게 되었으나, 주나라에서 죽고 말았다. 그의 아우가 즉위하여 소왕이 되었다. 소왕의 어머니 선태후(宣太后)는 초나라 공주였다.

초나라 회왕은 앞서 진나라가 초나라를 단양에서 패하게 했을 때, 한나라가 구원하지 않은 것을 분하게 생각하고 있었기 때문에 군사를 일으켜 한나라 옹지(雍氏)를 포위했다.

한나라는 공중치를 사신으로 보내 진나라에 위급함을 알렸다. 진나라 소왕은 즉위한 지 얼마 안 된 데다, 태후는 원래가 초나라 사람이었으므로 구원하는 것을 꺼렸다. 그래서 공중치는 감무에게 매달렸고, 감무는 한나라를 위해 소왕에게 말했다.

"공중치는 진나라가 구원해 줄 것으로 생각하고 있기 때문에 감히 초나라와 맞서고 있는 것입니다. 지금 옹지가 포위되었는데도 진나라 군사가 구원하러 가지 않는다면 공중치는 절망한 나머지 다시는 진나라를 찾지 않을 것입니다. 또한 한나라 공자 공숙은 남쪽으로 초나라와 합칠 것입니다. 초나라와 한나라가 한 덩어리가 되면, 위나라도 여기에 가담할 것입니다. 그렇게 되면 진나라를 공격할 수 있는 형세가 이루어집니다. 앉아서 상대방이 공격해 오기를 기다리는 것과, 이쪽에서 상대방을 치는 것 중 어느 쪽이 낫겠습니까?"

"알겠소."

그리하여 진나라가 군사를 보내 한나라를 구원하자 마침내 초나라는 물러갔다.

진나라는 상수에게 명해서 의양을 평정시키고, 저리자와 감무에게 명하여 위나라 피지를 치게 했다. 상수는 선태후의 외숙으로, 어릴 때부터 소왕과 사이좋게 지내 온 사이였기 때문에 신임해 쓰게 된 것이다.

일찍이 상수가 초나라로 가게 되었을 때, 초나라에서는 진나라가 상수를 소중하게 여긴다는 말을 듣고 그를 후대했었다. 상수는 의양을 공략한 다음, 주둔하면서 장차 한나라를 칠 준비를 했다. 그러자 한나라 공중치는 소대를 보내 상수에게 이렇게 말을 전했다.

"짐승도 궁지에 몰리게 되면 수레를 뒤집어엎습니다. 공은 일찍이 한나라를 깨뜨려 공중치를 욕되게 했습니다. 그러나 그때 공중치는 한나라를 수습해서 진나라를 받들며 자신은 진나라로부터 봉읍을 받을 것으로 생각하고 있었지만 아직도 그것을 받지 못하고 있습니다. 그런데 공은 지금 해구(解口) 땅을 초나라에 주고 초나라 소영윤(小令尹, 벼슬 이름)을 두양(杜陽)에다 봉했습니다. 이렇게 진나라와 초나라가 한 덩어리가 되어 다시금 한나라를 치면, 한나라는 반드시 망하고 말 것입니다. 한나라가 망할 지경이라면, 공중치도 몸소 그의 사병을 이끌고 진나라와 맞설 것입니다. 부디 이 점을 깊이 생각하시기 바랍니다."

상수가 말했다.

"내가 진나라와 초나라를 연합시키려는 것은 한나라를 상대하려는 것이 아니오. 선생은 나를 대신해 '진나라와 한나라 사이에는 화해의 여지가 있다.'고 공중치에게 전해 주시오."

소대가 대답했다.

"저도 공에게 드릴 말씀이 있습니다. 세상 사람들이 말하기를 '자신이 존귀하게 되는 까닭을 소중하게 여기는 사람은 그 존귀함을 잃지 않는다.'고 했습니다. 그런데 진나라 왕이 공을 가까이하는 것이 공손석만 못합니다. 또 공의 재능을 인정하고 있는 것도 감무만은 못합니다. 그런데 공손석과 감무 두 사람은 진나라 국정에 참여를 못하는데, 공만이 왕과 함께 국사를 요리할 수 있는 것은 무엇 때문이겠습니까? 두 사람에게는 그것을 잃게 된 이유가 있을 것입니다. 즉 공손석은 한나라에 가깝고, 감무는 위나라와 가깝기 때문에 왕이 신임하지 않는 것입니다. 지금 진나라와 초나라가 서로 힘을 겨루고 있는 마당에 공은 초나라 편을 들려 하고 있습니다. 이것은 공손석이나 감무와 같은 길을 걷는 것과 무엇이 다르겠습니까? 사람들은 모두 초나라가 교묘하게 약속을 잘 바꾸므로 믿을 수가 없다고 말하는데, 공께서는 그 같은 일이 없다고 주장하고 계십니다. 이것은 공이 스스로 초나라에 대한 책임을 져야 함을 뜻합니다. 공께선 진나라 왕과 함께 초나라의 변덕에 대처할 꾀를 마련하고, 한나라와 가까이하여 초나라에 대비해야 할 것입니다. 그렇게만 하면 아무 염려할 것이 없습니다. 한나라는 처음에는 나라를 통틀어 공손석을 의지했고, 뒤에는 감무에게 나라를 맡겼습니다. 이 두 사람은 공에게 있어 반갑지 않은 존재인 만큼 그들에게 나라를 맡겼던 것만으로도 한나라는 공의 원수라고 할 수 있습니다. 그런데 공께서 한나라와 손을 잡아 초나라에 대비할 것을 말하면 이것은 두 사람을 편드는 것이 되고, 자기 원수라도 쓸 만한 사람이면 추천하기를 꺼리지 않는 공명정대한 태도를 보여 주는 것입니다."

"그렇소. 나는 한나라와 진나라가 연합하는 것을 크게 찬성하는 바요."

"감무는 공중치에게 앞서 진나라가 빼앗은 한나라 무수를 되돌려 줄 것을 약속하고, 의양에서 포로로 데려간 백성들을 돌려보낼 것을 약속했습니다. 지금 공께서 아무것도 안 하고 이것을 그대로 진나라의 것으로 해 버리기는 대단히 어려운 일입니다."

"그러면 어떻게 하면 좋겠소? 무수만은 도저히 버릴 수가 없을 텐데."

"공은 어째서 진나라의 위력을 빌려 영천(潁川)을 한나라에 주도록 초나라에 요구하지 않습니까? 영천은 원래가 한나라 땅이었는데 초나라에 빼앗긴 것입니다. 공이 요구해서 되돌려 주면 진나라의 명령이 초나라에서 행해지는 것이며, 또 땅을 되찾아 준 것이기 때문에 한나라에 덕을 베푸는 것이 됩니다. 하지만 뜻대로 되지 않으면 한나라와 초나라 사이의 원한은 풀어지지 않은 채 서로가 진나라의 비위를 맞추려 들 것입니다. 진나라와 초나라가 서로 힘을 겨루는 마당에, 공이 서서히 초나라의 잘못을 나무라며 한나라를 진나라에 가담하게 만드는 것은 진나라에게는 유리한 일입니다."

"어떻게 말이오?"

"좋은 수가 있습니다. 감무는 위나라를 이용해서 제나라를 누르려 하고 있고, 공손석은 한나라를 끼고 제나라를 휘어잡으려 하고 있습니다. 지금 공께서 의양을 평정하여 공을 세웠으므로 초나라와 한나라를 회유시켜 진나라를 섬기게 만든 뒤 제나라와 위나라의 잘못을 꾸짖으면 감무와 공손석의 계획은 허물어지고, 두 사람은 제나라 국사에 참여할 수 없을 것입니다."

그사이에 감무는 진나라 소왕에게 청하여 무수를 한나라에 돌려주게 했다. 상수와 공손석은 이를 반대하고 나섰으나 뜻을 이루지 못했다. 두 사람은 그 일로 인해 감무를 미워하며 헐뜯기 시작했다. 감무는 화가 두려워 위나라 포판(蒲阪)을 공격하다 중단한 채 진나라에서 도망치고 말았다. 그래서 저리자가 나서서 위나라와 화평을 맺고 군대를 철수시켰다.

감무는 진나라에서 도망쳐 나와 제나라로 가다가 소대를 만났다.

소대는 마침 제나라의 사신으로 진나라로 가려던 참이었다. 감무가 말했다.

"저는 진나라에서 죄를 얻고 처벌이 두려워 도망쳐 나와 몸 둘 곳이 없는 형편입니다. 그런데 이런 이야기를 들은 적이 있습니다. 가난한 집 딸과 부잣집 딸이 같은 곳에서 실을 뽑고 있었는데, 가난한 집 딸이 부잣집 딸에게 '저는 초를 살 형편이 안 됩니다. 당신의 촛불은 다행히 여유가 있으니 쓰고 남는 불빛을 제게 나눠 주시지 않겠습니까? 당신이 누리는 밝기는 줄어들지 않고 그대로이며, 저는 함께 그 덕을 보게 되는 것입니다.' 하고 말했답니다. 지금 저는 궁지에 빠져 있습니다. 당신은 사신으로 진나라에 가는 것이므로 요직에 있다고 할 수 있습니다. 제 처자는 진나라에 있습니다. 당신의 그 남는 빛으로 그들을 구원해 주실 수 없겠습니까?"

소대는 쾌히 승낙했다. 그리고 진나라에 가서 사신으로서의 볼일을 끝낸 다음 진나라 왕을 달랬다.

"감무는 뛰어난 인물입니다. 진나라에 있을 때는 대대로 왕의 신임을 받아 크게 쓰였습니다. 효의 요새에서부터 귀곡(鬼谷)에 이르기까지 마치 손바닥을 보듯이 지형을 파악하고 있습니다. 만일 그가 제나라에 있으면서 한나라와 위나라와 맹약을 맺고 거꾸로 진나라를 공략하려 한다면, 그것은 진나라에 있어서 유리한 것이 못 됩니다."

"그럼 어떻게 하면 좋겠소?"

"대왕께서 많은 선물을 보내 주고 후한 녹을 약속하여 감무를 받아들이는 것보다 더 좋은 방법은 없습니다. 그리고 만일 그가 오거든,

귀곡으로 가 있게 하고 평생 그곳을 떠나지 못하도록 하십시오."

"그게 좋겠군."

이리하여 진나라 소왕은 감무에게 상경의 벼슬을 내리고 재상의 지위를 줄 것을 약속하여 제나라로부터 맞아들이려 했다. 그러나 감무는 가지 않았다. 소대는 이번엔 제나라 민왕에게 말했다.

"감무는 현인입니다. 지금 진나라에서 그에게 상경의 벼슬을 내리고 재상의 지위를 주겠다고 약속하여 그를 맞아들이려 하고 있습니다. 그러나 감무는 대왕의 돌보심을 고맙게 여기며 대왕의 신하가 되고 싶은 생각에서 이를 사양하고 진나라로 가지 않고 있습니다. 그런데 대왕께선 그를 어떻게 대우하고 계십니까?"

이에 제나라 왕이 말했다.

"알겠소."

제나라 민왕은 감무에게 상경의 벼슬을 주어 제나라에 머무르게 했다. 이 말을 듣자 진나라는 감무의 가족들에게 세금과 부역을 면제하는 특혜를 베푸는 등 제나라와 경쟁을 벌였다.

그 뒤 제나라가 감무를 초나라에 사신으로 보냈을 때였다. 초나라 회왕은 새로 진나라와 혼인 관계를 맺은 참이라서 진나라와 사이가 좋았다.

그래서 진나라 소왕은 감무가 초나라에 있다는 말을 듣자, 초나라 왕에게 사신을 보내어 청을 넣었다.

"감무를 진나라로 보내 주시면 고맙겠소."

초나라 왕은 이 일을 범연(范蜎)과 상의했다.

"과인은 재상을 진나라에 두었으면 하는데, 누가 좋겠소?"

"신은 알지 못하옵니다."

"과인은 감무를 진나라 재상으로 했으면 하는데, 어떻겠소?"

"안 됩니다. 감무의 스승인 사거라는 사람은 하채의 문지기로서 큰 일에 있어서는 임금을 섬기지 않았고, 작은 일에 있어서는 집안일도 보살피지 않았으며, 비천한 것을 부끄러워하는 일도 없고, 그렇다고 청렴하고 정직한 것도 아니었다는 평을 들었습니다. 감무는 그 같은 인물을 스승으로 모셨던 사람입니다. 그러기에 감무는 현명한 혜왕과 총명하고 사리에 밝은 무왕과 웅변가인 장의를 받들어 모시며 여러 관직을 맡아 하면서도 죄를 지은 적이 없습니다. 감무는 참으로 현인입니다. 그러나 진나라 재상으로 만드는 것은 옳지 않습니다. 진나라에 현명한 재상이 있다는 것은 초나라에 이로운 일이 아닙니다. 또 왕께서는 앞서 소활(召滑)을 월나라에 쓰이도록 한 적이 있었습니다. 소활은 왕의 은혜에 감사하여, 월나라 사람 장의에게 내란을 일으키게 하여 월나라를 어지럽게 만들었습니다. 이로 인해 초나라는 남쪽으로 여문(厲門)을 막고, 월나라 강동을 우리 군으로 만들 수 있었습니다. 왕께서 이 같은 공적을 거두시게 된 까닭을 생각해 보면, 월나라가 어지러워지고 초나라는 그 시기를 타서 나라 안이 잘 다스려지고 있었기 때문입니다. 그런데 왕께서는 그 같은 수단을 월나라에 쓰실 줄은 아시면서 진나라에 쓰시는 것은 잊고 계십니다. 신은 왕의 처사가 크게 잘못된 것으로 아옵니다. 그래서 만일 대왕께서 진나라에 재상을 두고 싶으시면 상수 같은 사람이 좋습니다. 상수는 진

226

나라 왕과 친한 사람입니다. 진나라 왕은 어릴 때에는 상수와 같은 옷을 입고, 자라서는 같은 수레에 타고 다니며 그의 말을 잘 들어 주었습니다. 대왕께서 상수를 진나라의 재상으로 두시게 되면 초나라에도 이로운 것이 되옵니다."

그래서 초나라 왕은 진나라에 사신을 보내 상수를 진나라의 재상으로 두고 싶다고 청을 했다. 진나라는 마침내 상수를 재상으로 삼았다. 이리하여 감무는 끝내 진나라에는 들어가지 못하고 위나라에서 죽었다.

감무에게는 감라(甘羅)라는 손자가 있었다. 감무가 죽은 뒤 감라는 열두 살의 나이로 진나라 재상인 문신후 여불위를 섬겼다. 진의 시황제는 연나라를 회유하기 위해 강성군(剛成君) 채택(蔡澤)을 연나라로 보냈다. 채택은 맡은 임무를 무사히 마쳤고, 3년이 지나자 연나라 왕 희는 태자 단을 진나라에 볼모로 보내왔다.

진나라는 장당(張唐)을 보내 연나라 재상으로 앉힌 다음, 연나라와 함께 조나라를 쳐서 하간(河間) 땅을 차지할 계획이었다. 그러나 장당은 문신후에게 이렇게 반대하고 나섰다.

"저는 일찍이 소왕을 위해서 조나라를 쳤습니다. 이 일로 조나라는 저를 미워하여 '장당을 잡는 사람에게는 사방 백 리 땅을 준다.'고 공포했습니다. 연나라로 가려면 반드시 조나라를 통과해야만 되므로 저는 도저히 갈 수가 없습니다."

문신후는 불쾌하기도 했지만 강요할 수도 없고 해서 결정을 짓지 못하고 있었다. 그러자 감라가 문신후에게 말했다.

"상공께서 몹시 불쾌하신 얼굴을 하고 계신데 무슨 일이라도 있었습니까?"

"내가 강성군 채택을 3년 동안 연나라에 가 있게 했었는데, 그 결과 연나라 태자 단이 볼모로 진나라에 와 있게 되었다. 그래서 내가 직접 장경(長卿, 경은 장당의 자)에게 연나라로 가서 재상이 되어 주었으면 좋겠다고 부탁을 했는데도 가려 하지 않는다."

"제가 가도록 만들겠습니다."

문신후는 어이없어 하다가 꾸중했다.

"물러가거라. 내가 직접 부탁을 해도 듣지 않는데, 네까짓 것이 어떻게 가게 하겠다는 거냐?"

"항탁(項橐)은 일곱 살에 공자의 스승이 되었다고 합니다. 지금 저는 열두 살이옵니다. 상공께서는 저를 한번 시험해 보지도 않으시고, 어째서 갑자기 야단을 치십니까?"

그리하여 감라는 장경을 만나 말했다.

"상공께선 무안군(白起)과 공로를 비교했을 때 누구의 공로가 더 크다고 생각하십니까?"

"무안군은 남쪽으로 강한 초나라를 꺾고, 북쪽으로는 연나라와 조나라를 위협했으며, 싸우면 이기고 공격하면 빼앗았네. 성을 치고 고을을 함락한 것이 그 수를 헤아릴 수 없는데, 내 공로가 어떻게 그를 따를 수 있겠는가!"

"응후(范雎)가 진나라에서 세도를 잡았을 때와, 문신후가 정권을 독점하고 있는 지금의 상황을 비교할 때 어느 쪽이 더 권세가 크다고 보십니까?"

"응후의 권세가 문신후를 따를 수는 없지."

"상공께선 정말로 그렇게 인정하십니까?"

"물론이지."

"응후가 조나라를 치려고 했을 때, 무안군은 그것을 비난했습니다.
그러자 무안군은 벼슬에서 쫓겨나 함양(진나라의 수도)을 떠나 7리 거
리밖에 안 되는 두우(杜郵)에서 죽고 말았습니다. 지금 문신후는 몸
소 상공에게 연나라 재상이 되어 달라고 부탁을 했는데도 상공은 연
나라로 가지 않으려 했습니다. 저는 상공이 어디서 죽게 될지 알 수
가 없습니다."

장당이 말했다.

"자네 말대로 떠나기로 하겠네."

장당은 즉시 출발할 행장(行裝, 여행할 때 쓰는 물건과 차림)을 갖추게
하고 떠나는 날짜까지 정했다.

떠날 날짜는 아직 남아 있었는데, 감라가 문신후에게 말했다.

"저에게 수레 다섯 대만 빌려 주십시오. 장당을 위해 조나라에 미
리 일러두고 오겠습니다."

문신후는 대궐로 들어가 시황제에게 말했다.

"감무의 손자 감라는 한낱 소년에 지나지 않지만, 이름난 집 자손
이라서 그의 이름이 널리 제후들에게 알려져 있습니다. 장당은 병을
핑계 삼아 연나라로 떠나려 하지 않았는데, 감라가 설득시켜 떠나게
했습니다. 그리고 자신이 직접 장당이 연나라로 떠난다는 것을 조나

라에 이르고 오겠다고 합니다. 보내도록 허락해 주십시오."

시황제는 감라를 불러 만나 본 다음, 사신으로서 조나라에 가게 했다. 조나라 양왕은 감라를 교외에까지 나와 맞았다. 감라는 조나라 왕을 달래며 아뢰었다.

"대왕께선 연나라 태자 단이 진나라에 볼모로 와 있다는 소식을 들으셨습니까?"

"들었소."

"장당이 연나라 재상이 될 거라는 것도 들으셨습니까?"

"들었소."

"연나라 태자 단이 볼모로 진나라에 와 있는 것은, 연나라가 진나라를 속이지 않는다는 표시입니다. 장당이 연나라 재상이 된다는 것은 진나라가 연나라를 속이지 않는다는 표시입니다. 연나라와 진나라가 서로 속이지 않게 되면, 서로 힘을 합쳐 조나라를 칠 것이므로 조나라로서는 위험한 일입니다. 연나라와 진나라가 서로 속이지 않는 이유는 함께 조나라를 쳐서 하간의 땅을 넓히려는 것입니다. 왕께서는 이 기회에 신을 통해 5개 성을 진나라에 주고 하간 땅을 확보하는 것이 가장 좋습니다. 그렇게 되면 저는 연나라 태자를 돌려보내 진나라와 연나라의 국교를 끊은 다음, 진나라가 강한 조나라와 함께 약한 연나라를 치도록 주선하겠습니다."

조나라 왕은 그 자리에서 5개 성을 내어 주고, 하간 땅을 확보하기로 했다. 진나라는 연나라 태자를 돌려보냈고, 조나라는 연나라를 쳐서 상곡 지방의 30개 성을 빼앗아 그중 11개 성을 진나라에 주었다.

감라가 진나라로 돌아와 보고하니, 시황제는 감라를 상경에 봉하고
예전에 감무가 가지고 있던 밭과 집을 주었다.

태사공은 말한다.

저리자는 진나라 왕과 형제간이었으므로 어쩌면 등용된 것이 당연
한 이치일지도 모른다. 하지만 진나라 사람들 역시 그의 지혜가 뛰어
나다 하여 많은 칭찬을 했다.

감무가 하채의 시골 마을에서 몸을 일으켜 그 이름을 제후들 사이
에 나타나게 하자 강한 제나라와 초나라도 그를 소중하게 여겼다.

감라는 나이 어렸으나 한 가지 뛰어난 꾀를 생각해 냄으로써 이름
이 후세에까지 알려지게 되었다.

비록 이들의 행실이 성실한 군자는 아니었지만, 그래도 전국 시대
의 책사(策士)이기는 했다. 진나라가 강성하게 되었을 당시 천하의
사람들은 이렇듯 권모와 술수에 의지하고 있었다.

양후 열전(穰侯列傳)

황하와 화산(華山)을 장악하고 대량(大梁)을 포위하여, 제후들로 하여금 손을 잡고 진나라를 받들게 한 것은 양후(穰侯) 위염(魏冉)의 공적이다. 그래서 〈양후 열전 제12〉를 지었다.

양후 위염은 진나라 소왕의 어머니 선태후의 동생이다. 그의 조상은 초나라 사람으로, 성은 미(羋)씨였다.

진나라 무왕이 죽었으나 아들이 없었으므로 동생을 왕으로 세웠다. 그가 바로 소왕이다. 소왕의 어머니는 원래 미팔자(羋八子, 팔자는 여자의 벼슬 이름)로 불리었고, 소왕이 즉위하기에 이르러 선태후라 부르게 되었다. 무왕의 어머니는 선태후가 아니라 혜문후(惠文后)였는데 무왕보다 먼저 죽었다.

선태후에게는 두 동생이 있었다. 바로 아래 동생은 아버지가 다른 의붓동생으로 양후라 불렀는데, 성은 위(魏)씨이고 이름은 염(冉)이다. 둘째 동생은 아버지가 같은 친동생으로 화양군(華陽君) 미융(羋戎)이다. 또 소왕과 어머니가 같은 동생으로는 고릉군(高陵君)과 경양군(涇陽君)이 있었다. 이들 가운데서 위염이 가장 현명했다.

위염은 혜왕과 무왕 때부터 벼슬에 올라 나랏일에 참여했다. 무왕이 죽자 여러 동생들이 왕위를 다투었지만 위염의 힘에 의해 소왕이 즉위하게 된 것이다. 그래서 소왕은 즉위하자마자 위염을 장군으로 임명하여 수도인 함양을 지키게 했다. 위염은 계군(季君, 공자 장(壯))의 난(亂)을 평정한 뒤 무왕의 후(后)를 내쫓아 위나라로 보내고, 소왕의 여러 형제들 가운데 반란에 관계된 자를 모조리 없애 버림으로써 그의 위세를 진나라에 떨쳤다. 소왕이 아직 나이 어렸으므로 선태후가 섭정(攝政, 왕을 대신하여 나라를 다스림)하면서 위염에게 국정을 맡겼다.

소왕 7년에 저리자(樗里子)가 죽자, 경양군을 제나라에 볼모로 보냈다. 이 무렵 조나라 사람인 누완(樓緩)이 진나라에 와서 재상이 되었는데, 그것을 못마땅하게 여긴 조나라는 구액(仇液)을 진나라로 보내어 위염을 진나라 재상에 앉혀 달라고 청원하려 했다. 그런데 구액이 떠나려고 할 때, 그의 식객 송공(宋公)이 나서서 구액에게 말했다.

"진나라가 당신의 말을 받아들이지 않는다 해도 누완은 틀림없이 당신을 원망할 것입니다. 당신은 먼저 누완에게 '저는 당신을 위해서 진나라 왕에게 서둘러 청원을 하지 않겠소.'라고 말해 두는 편이 좋습니다. 진나라 왕은 위염을 재상으로 삼으면 좋겠다는 조나라의 청원이 그리 급한 것이 아니라는 것을 알게 되면, 거꾸로 위염을 즉시 재상으로 앉힐 것입니다. 당신이 청원하여 그대로 되지 않으면 누완에게 덕을 베푼 것이 되고, 그대로 되면 위염은 말할 것도 없이 당신을 고맙게 생각할 것입니다."

그래서 구액은 그의 의견에 따랐다. 진나라는 과연 누완을 파면시키고, 위염을 재상으로 앉혔다. 그 뒤 위염이 여례(呂禮)를 죽이려 하자, 여례는 제나라로 달아났다.

소왕 14년에 위염은 백기(白起)를 천거하여 향수를 대신해 장군에 임명하고 한나라와 위나라를 이궐(伊闕)에서 대파했다. 이 싸움에서 진나라 군대는 적군의 목을 24만 명이나 베고, 위나라 장군 공손희(公孫喜)를 포로로 잡았다. 이듬해에는 또 초나라의 원과 섭, 두 고을을 빼앗았다.

그 뒤 위염이 병을 핑계로 재상을 그만두자, 객경인 수촉(壽燭)이 재상이 되었다. 그 이듬해에 수촉이 그만두고 위염이 다시 재상이 되었다. 그때 진나라는 위염을 양(穰, 하남성)에 봉하고, 다시 도(陶, 산서성)를 더하여 양후라 불렀다.

위염은 양후로 봉해진 지 4년 뒤에 장군이 되어 위나라를 쳤다. 이때 위나라는 하동의 4백 리 땅을 진나라에 바쳤다. 또 양후는 위나라 하내를 공격하여 크고 작은 60여 개 성을 차지했다. 소왕 19년에 진나라는 서제(西帝)라 칭하고, 제나라는 동제(東帝)라 칭했다. 그로부터 한 달 남짓해서 여례가 다시 귀순해 왔다. 제나라와 진나라는 또한 '제'라는 칭호를 버리고 다시 왕호를 썼다. 위염은 다시 초나라 재상이 되었으나 6년 뒤에 그만두었다가 2년 뒤에 다시 진나라 재상이

되었다. 그로부터 5년 뒤에 백기에게 명하여 초나라의 영을 함락시
키고, 그곳에 남군(南郡)을 새로 두었다. 그리고 백기를 봉하여 무안
군(武安君)이라 했다. 백기는 양후가 추천한 사람으로 둘은 사이가 좋
았다. 이리하여 양후의 재산은 왕실보다 더 많아졌다.

소왕 32년, 양후는 상국(相國)이 되었다. 그리고 군사를 이끌고 위
(魏)나라를 공격하여, 위나라 장군 망묘(芒卯)를 패주시키고 북택(北
宅)으로 쳐들어가 마침내는 도읍인 대량(大梁)을 포위했다. 위나라
대부 수가(須賈)가 양후를 달랬다.

"저는 위나라 고관들이 위나라 왕에게 이렇게 말한 것을 들었습니
다. '옛날 위나라 혜왕은 조나라를 쳐서 삼량에서 이기고 한단을 함
락시켰습니다. 그러나 조나라는 땅을 위나라에 떼어 주지 않았기 때
문에 한단은 다시 조나라로 돌아왔습니다. 또 제나라가 위(衛)나라를
쳐서 고도(故都, 초구)를 함락시키고, 대부 자량(子良)을 죽였습니다.
그러나 위나라는 땅을 제나라에 떼어 주지 않았기 때문에 고도 역시
위나라로 되돌아왔습니다. 조나라와 위나라의 경우 나라의 기강이
바로 서고 막강한 군사력을 유지하며 그 땅이 제후들에게 먹히지 않
을 수 있었던 까닭은, 어려움을 잘 견디고 참으며 땅을 다른 나라에
주는 것을 중하게 여겼기 때문입니다. 그런데 송나라와 중산은 자주
침략을 당하여 그때마다 다른 나라에 땅을 떼어 주었기 때문에 결국
은 망하고 말았습니다. 신들은 조나라와 위나라를 본받아야만 되고,
송나라와 중산을 경계해야 할 것으로 생각합니다. 진나라는 탐욕스
럽고 포악한 나라로서 친하게 지내면 위험해집니다. 진나라는 위(魏)

나라를 잠식(蠶食, 조금씩 침략하여 먹어 들어감)하기 전에 옛 진(晉)나라의 땅을 다 삼키려 하고 있습니다. 앞서 위나라 장군 포연(暴鳶)에게 이겨 여덟 고을을 빼앗아 갔는데도 그 땅이 완전히 진나라의 것이 되기도 전에 다시 군사를 보내오는 형편입니다. 원래 진나라는 만족할 줄을 모릅니다. 지금 또 망묘를 달아나게 하고 북택으로 침입해 왔으나, 이것은 위나라를 공격하는 그 자체가 목적이 아니고 왕을 위협하여 많은 땅을 떼어 가지려 하는 것입니다. 왕께서는 절대로 진나라의 요구를 들어주면 안 됩니다. 지금 왕께서 초나라와 조나라를 저버리고 진나라와 화평을 맺게 되면, 초나라와 조나라는 크게 노하여 왕과 손을 끊고 왕과 다투어 진나라를 섬기려 들 것입니다. 그리고 진나라는 반드시 초나라와 조나라를 받아들일 것입니다. 그러면 진나라는 그 양국의 군사를 거느리고 다시금 위나라를 치게 되며, 위나라는 다만 멸망하지 않기만을 바라는 형편이 됩니다. 바라옵건대 왕께서는 진나라와 화평을 맺지 마십시오. 굳이 화평을 맺어야 될 처지라면 아주 작은 땅을 떼어 주고 진나라로부터 볼모를 받도록 하십시오. 그렇게 하지 않으시면 반드시 속게 될 것입니다.'

이것이 제가 위나라에서 들은 이야기입니다. 장군께선 제가 얘기한 것들을 잘 생각하셔서 일을 계획하십시오. 〈주서〉에 '천명은 일정한 곳에 있는 것이 아니다.'라고 했습니다. 이것은 뜻밖의 행운은 자주 있는 것이 아님을 말한 것입니다. 포연에게 이겨 여덟 고을을 받은 것은 군사가 강해서 그런 것이 아니며, 또 계략이 뛰어나서 그런 것도 아닙니다. 하늘이 주신 행운이 많았기 때문입니다. 지금 또 망

묘를 패주시키고 북택에 침입하여 대량을 공격하고 있는데, 이것은
하늘이 주신 행운이 언제나 자기 쪽에 있다고 생각하기 때문입니다.
그러나 지혜 있는 사람은 그렇게 생각하지 않습니다. 제가 듣기로는,
위나라는 백 개의 고을에서 정예병들만 골라 뽑아 모두 대량을 지키
는 데 투입시켰다고 합니다. 제가 생각해 볼 때, 그 병력은 30만 명은
충분히 될 것입니다. 30만 명의 정예병들이 28척 높이의 성벽을 지키
고 있으니, 은나라 탕왕이나 주나라 무왕이 이 세상에 다시 나타난다

해도 쉽게 함락시키지는 못할 것입니다. 대체로 초나라와 조나라가
등 뒤에서 압박하고 있는데도 신경 쓰지 않고, 28척의 높은 성벽을
기어오르며 30만 명의 군사를 상대로 싸워 성을 함락시켰다는 사례
는 천지개벽 이래로 오늘에 이르기까지 아직 한 번도 없었던 것으로
압니다. 만일 함락시키지 못할 경우에는 진나라 군사는 지칠 대로 지
쳐 장군의 영지인 도(陶)가 거꾸로 공격당할 것입니다. 그렇게 되면
장군이 지금까지 쌓은 공은 모두 헛것이 되고 말 것입니다. 지금 위
나라는 어떻게 하면 좋을 것인가 하고 갈팡질팡하는 중입니다. 그러
므로 약간의 땅을 떼어 주면 사태를 수습할 수 있을 것입니다. 부디
초나라와 조나라 군사가 위나라에 도착하기 전에 빨리 약간의 땅을
떼어 주고 위나라와의 사이를 수습하십시오. 위나라는 지금 마음을
정하지 못하고 있으므로 아무 곳이든 땅을 조금만 떼어 주어도 관계
가 좋아질 것입니다. 초나라와 조나라는 위나라가 자기들이 오기 전
에 진나라와 화친을 맺은 것을 노여워하여 반드시 서로 다투어 진나
라를 섬길 것입니다. 이로 인해 합종은 깨어지고 말 것입니다. 그러

고 나서 장군께선 하고 싶은 일을 하십시오. 또 장군께서 땅을 얻는데 반드시 군사를 필요로 할 거야 뭐 있겠습니까? 만일 옛 진(晉)나라의 땅을 떼어 가지려 하신다면, 진나라 군사가 나서지 않더라도 위나라는 강(絳)과 안(安) 두 고을을 내놓을 것이 분명하며, 또 도(陶)로 통하는 남북의 두 길도 열릴 것입니다. 이리하여 예전 송나라 땅을 거의 손에 넣게 되면 위나라는 틀림없이 선보(單父)를 바칠 것입니다. 진나라 군사를 잃지 않고도 장군께선 무엇이든지 얻을 수 있고, 무슨일이든 해서 안 될 것이 없습니다. 부디 깊이 생각하셔서 대량을 포위하는 것 같은 위험한 일은 하지 마십시오."

양후가 말했다.

"좋은 생각이오."

양후는 곧 포위를 풀었다.

그러나 위기를 넘기려는 미봉책(彌縫策, 눈가림만 하는 일시적인 계책)이었던지, 이듬해 위나라는 진나라와의 약속을 등지고 제나라와 합종을 맺었다. 진나라는 양후에게 명령하여 위나라를 치게 했다. 양후는 위나라 군사 4만 명의 목을 베고, 장군 포연을 패주시켜 세 고을을 손에 넣었다. 이리하여 양후는 봉을 더했다. 그 이듬해 양후는 백기와 객경 호상과 함께 조나라·한나라·위나라 3국을 공격하여 망묘를 화양성 밑에서 깨뜨리고, 10만 적군의 머리를 베었으며, 위나라의 권(卷)·채양(蔡陽)·장사(長社)와 조나라의 관진(觀津)을 차지했다. 그러고는 조나라에게 관진을 되돌려 주는 대신 응원군을 보내어 제나라를 치게 하려 했다. 제나라 양왕은 겁을 먹고 소대를 시켜 비밀리에 다음과 같은 편지를 양후에게 보내게 했다.

　신은 길 가는 사람들이 '진나라는 장차 조나라에 무장한 군사 4만 명을 응원군으로 주어 제나라를 치려고 한다.'라고 말하는 것을 들었습니다. 그래서 신은 조용히 제나라 임금께 '진나라 왕은 현명한 임금으로 계획이 능숙하고, 양후는 지혜 있는 분으로 일처리가 능숙하므로 그런 일은 절대로 없을 것입니다.' 하고 말했습니다. 왜냐하면 대체로 삼진(한·위·조)이 연합하는 것은 진나라에게는 큰 위협이 되기 때문입니다. 삼진은 백 번 진나라를 배반하고 백 번 속였으나, 자신들이 결코 약속을 어겼다든가 의리가 없는 것이라든가 하는 생각을 갖지 않습니다. 지금 제나라를 쳐서 조나라를 살찌게 하는 것은 조나라가 진나라의 깊은 원수인 만큼 진나라에게는 불리한 일입니다. 이것이 이유 중 하나입니다. 진나라의 계략가들은 '삼진과 초나라가 제나라를 치면 제나라는 반드시 패하겠지만, 삼진과 초나라 역시 지치고 말 것입니다. 그러면 진나라는 삼진과 초나라마저 제압할 수가 있을 것입니다.'라고 말할 것입니다. 그런데 제나라는 이미 지쳐 있는 나라입니다. 천하를 가지고 제나라를 치는 것은 마치 천균(매우 무거운 무게를 비유적으로 이르는 말. '균'은 예전에 쓰던 무게의 단위로, 1균은 30근)의 무게를 가진 큰 쇠뇌로 곪아 터지려는 종기를 쏘는 것과 같아서, 제나라는 금방 망하겠지만 삼진과 초나라를 지치게 만들지는 못할 것입니다. 이것이 두 번째 이유입니다. 진나라가 적은 군사를 보내면 삼진과 초나라는 진나라를 믿지 않을 것이며, 많은 군사를 보내면 그들을 압도하고 말아, 결국은 진나라가 제나라를 치는 꼴이 될 것입니다. 그러면 제나라는 겁이 나서 진나라로 달려가는 대신 삼진과 초나라에 의지하려 할 것입니다. 이것이 세 번째 이유입니다. 진나라가 제나라 땅을 떼어 삼진과 초나라에 주면 그들은 군대를 보내 그곳을 지킬 것이므로 진나라는 뜻밖에 적을 만나게 되는 것입니다. 이것이 네 번째 이유입니다. 진나라가 삼진과 초나라를 도와 제나라를 치는 것은 그들로 하여금 진나라를 이용하여 제나라 땅을 가로채고, 제나라를 이용해서 진나라 땅을 가로채는 결과가 됩니다. 이것은 그들이 너무도 슬기롭고 진나라와 제나라가 너무도 어리석은 것이 되므로, 진나라는 그렇게는 하지 않을 것입니다. 이것이 다섯 번째 이유입니다. 그러므로 진나라는 안읍을 차지하고 잘 다스리면 아무런 걱정도 없을 것입니다. 그렇게만 한다면 한나라도 상당을 지켜 나가지 못할 것입니다. 천하의 위장(胃腸)이라고 할 수 있는 상당을 차지하는 것과, 군대를 내보내 놓고 돌아오지 못하게 되지나 않을까 걱정하는 것, 어느 쪽이 진나라의 이익이 되겠습니까? 그러기에 신은 '진나라 왕은 현명한 임금으로 계획이 능숙하고, 양후는 지혜 있는 분으로 일처리가 능숙하기 때문에 조나라에 무장한 군대를 보내어 제나라를 치게 하는 일은 절대로 하지 않을 것입니다.' 하고 말씀드린 것입니다.

이 편지를 읽고, 양후는 제나라로 가는 것을 그만두고 군사를 이끌어 귀국했다.

소왕 36년, 상국 양후는 객경 조(竈)와 상의 끝에 제나라를 쳐서 강과

240

수, 두 고을을 빼앗아 자기의 영지를 넓히려 했다. 때마침 위나라 사람 범수(范雎)가 장록(張祿) 선생이라 칭하며 진나라에 나타나, 양후가 제나라를 치는 데 있어 삼진을 지나가서 치는 것은 옳지 못한 일이라고 비난하며, 이 기회를 타서 자기 주장을 소왕에게 교묘하게 털어놓았다.

이에 소왕은 범수를 즉시 등용했다. 범수는 선태후의 독재와, 양후가 제후들 사이에서 권력을 휘두르고 있는 점과, 경양군과 고릉군의 무리들이 지나친 사치를 하며 왕실보다도 더 부유하다는 점들을 지적해 말했다. 소왕은 깨달은 바가 있어 양후를 상국 자리에서 해임하고, 경양군의 무리들을 모두 함곡관 밖으로 나가 각각 자기 봉읍에서 살도록 만들었다.

양후가 함곡관을 나올 때에 짐을 실은 수레가 천 대가 넘었다.

양후는 도읍에서 죽어 그곳에 묻혔다. 진나라에서는 도읍을 거두어 군(郡)으로 만들었다.

태사공은 말한다.

양후는 소왕의 외삼촌이다. 진나라가 동쪽의 영토를 확장시켜 제후들의 세력을 약하게 만들고, 한때 천하를 상대로 제라 칭하며 천하의 제후들이 서쪽으로 진나라에 머리를 숙이게 된 것은 양후의 공로다. 그러나 양후는 그의 부귀가 극도에 이르러, 한 사람의 말 한마디로 몸이 꺾이고 권세를 잃게 되어 울분 속에 죽고 말았다.

왕족인 그도 그러했거늘, 뜨내기로 들어온 신하들이야 말할 것이 뭐 있겠는가!

백기·왕전 열전(白起王翦列傳)

남쪽으로 초나라의 언과 영을 함락시키고 북쪽으로 조나라의 장평 (長平)을 꺾어 한단을 포위한 것은 무안군 백기의 지휘였고, 형(荊)을 무찔러 조나라를 멸망시킨 것은 왕전의 계략이었다. 그래서 〈백기·왕전 열전 제13〉을 지었다.

백기는 미(郿) 땅 사람이다. 용병에 뛰어나서 진나라 소왕에게 등용되었다.

소왕 13년에 백기는 좌서장(左庶長)이 되어 군사를 이끌고 한나라 신성을 공격했다. 이 해에 진나라에선 양후가 재상이 되어 임비(任鄙)를 한중 태수로 등용했다.

그 이듬해 백기는 좌경(左更)에 올라 한나라와 위나라를 공격하여 이궐(伊闕)에서 양국의 연합군과 싸워 적병 24만 명을 죽이고, 적장 공손희를 포로로 사로잡았으며, 5개 성을 함락시켰다.

이 공로로 백기는 국위(國尉)로 승진했고, 이어 황하를 건너가 한나라 안읍에서부터 동쪽 간하(乾河)에 이르는 땅을 빼앗았다.

이듬해 대량조(大良造)[20]에 오른 백기는 위나라를 공격해 크고 작은 61개 성을 빼앗고, 그다음 해에는 객경 사마조와 함께 원성(垣城)을 쳐 함락시켰다.

그로부터 5년 뒤에는 조나라를 쳐서 광랑성(光狼城)을 함락시켰다. 7년 뒤에는 초나라를 쳐서 언, 등(鄧)의 5개 성을 함락시키고, 이듬해에 다시 도읍인 영을 함락시켜 종묘가 있는 이릉을 불태운 다음, 경릉(竟陵)까지 돌진했다. 이때 초나라 왕은 동쪽으로 달아나다가 진(陳)을 새로운 수도로 정했다.

진나라는 영을 남군(南郡)으로 편성하는 한편 백기를 무안군에 봉했다. 백기는 다시 또 초나라를 공략해 무군(巫郡)과 검중군(黔中郡)을 평정했다.

소왕 34년, 백기는 위나라를 쳐 화양을 함락시키고, 패주한 적장 망묘(芒卯)를 쫓는 길에 삼진의 장수들을 포로로 잡았으며, 적병 3만 명을 베었다. 나아가 조나라 장군 가언(賈偃)과 싸워 그의 군사 2만 명을 황하에 수장시켰다.

소왕 43년, 백기는 한나라 형성(陘城)을 쳐 5개 성을 함락시키고 적군 5만 명을 참수했으며, 44년에는 남양을 쳐 태행산(太行山)의 길을

---

20 다른 나라의 재상(宰相)에 해당되며, 이 무렵에는 진나라 무관(武官)의 최고위직이었다.

끊었고, 45년에는 한나라 야왕(野王)을 공격해 항복시킴으로써 한나라를 남북으로 분단시켰다. 이로써 북쪽의 상당은 완전 고립 상태에 빠지고 말았으므로, 그곳 태수 풍정(馮亭)은 백성들과 상의했다.

"한나라의 수도 정(鄭)으로 가는 길이 끊겼으므로 한나라는 이미 우리를 보호할 수가 없다. 진나라 군사는 하루가 지날수록 가까워 오지만, 한나라로서는 그들을 막을 수 없는 실정이다. 이렇게 된 이상 우리 상당은 조나라에 귀속하는 길밖에 없다. 조나라가 만일 상당을 받아 주면, 진나라는 화가 나서 반드시 조나라를 공격할 것이다. 조나라가 진나라의 공격을 당하면 자연 한나라와 친해질 것이다. 한나라와 조나라가 연합하면 진나라를 당해 낼 수 있을 것이다."

그리하여 사람을 보내 조나라에 그런 의사를 알렸다. 조나라 효성왕(孝成王)은 곧 평양군(平陽君)과 평원군(平原君) 등과 이 일을 놓고 상의했다.

이에 평양군이 말했다.

"받지 않는 편이 좋습니다. 받음으로써 생기는 화가 얻는 것보다 더 클 것입니다."

그러나 평원군은 이렇게 말했다.

"아무 이유 없이 한 군을 그저 얻게 되는 것이니 받는 쪽이 좋습니다."

그리하여 조나라는 상당을 받아들이고, 풍정을 화양군(華陽君)에 봉했다.

소왕 46년, 진나라는 다시 한나라의 구지(緱氏)와 인(藺)을 쳐서 함락시키고, 이어 47년에는 좌서장 왕흘(王齕)을 보내 상당을 점령했

244

다. 이때 상당의 백성들이 조나라로 달아나자 조나라는 군사를 장평에 보내어 그들을 진무(鎭撫, 안정시키고 어루만져 달램)했다.

그해 4월에 왕흘은 조나라를 쳤다. 그러자 조나라에선 염파(廉頗)를 장군으로 임명해 진나라 군대를 맞게 했다. 그러나 진나라 척후병(斥候兵, 적의 형편 따위를 정찰하는 임무를 맡은 병사)을 맞아 싸움을 건 조나라 부장(副將) 가(茄)가 오히려 전사하고 말았다.

6월에 진나라 군대는 조나라 진지를 쳐부수어 2개의 보루를 빼앗고 장교 4명을 포로로 잡았다. 7월에 조나라 군대는 누벽(壘壁)을 쌓아 수비를 강화했지만, 진나라 군대는 그 누벽마저 부수고 장교 2명을 포로로 삼았으며, 그 여세를 몰아 서쪽의 누벽마저 빼앗았다.

이에 염파는 계속 누벽을 쌓아 지킬 뿐 진나라 군대와 싸우려 하지 않았다. 그러자 조나라 왕은 염파의 소극적인 태도를 자주 나무랐다.

초조해진 진나라는 그것을 이용해 응후(應侯)의 지휘 아래 첩자들을 조나라에 잠입시켜, 천 금의 돈을 뿌리면서 이간책을 썼다.

"진나라가 무서워하는 것은 마복군(馬服君) 조사(趙奢)의 아들 조괄(趙括)이 장군이 되는 것이다."

조나라 왕은 앞서부터 염파의 군대에 전사자와 도망병이 많을뿐더러 자주 싸움에 패했는데도 염파가 도리어 누벽만을 튼튼히 할 뿐 전혀 싸우려 들지 않는 것을 노엽게 생각하고 있었다.

그러던 중에 진나라의 이간책을 듣게 되자 마침내 조괄을 장군에 기용하고 공격을 명령했다. 진나라에선 그 소식을 듣고 비밀리에 무안군 백기를 상장군으로, 왕흘을 비장으로 삼은 다음 군중에 영을 내렸다.

"무안군이 장군으로 부임한 사실을 새어 나가게 하는 자는 사형에 처한다."

조괄은 도착하자 즉시 군대를 끌고 나와 진나라 군대를 쳤다. 이에 진나라 군대는 거짓으로 패해 달아나며 두 곳에 복병을 배치시켜 조나라 군대를 위협할 계획을 꾸몄다. 따라서 조나라군은 승세를 몰고 뒤를 쫓아 진나라 누벽에까지 진격할 수 있었으나 더 이상 뚫고 나갈 수가 없었다. 이때 진나라 복병 중 2만 5천 명의 군사가 조나라군의 배후를 끊고, 또 다른 5천 명의 기병이 조나라군과 선발대 사이를 끊어 식량 보급로를 차단시켰다. 그러고 나서 진나라 군사가 경무장의 군사를 몰아 맹공을 퍼부었으므로 조나라 군대는 계속 그 자리에 진지를 구축하면서 다만 구원군이 오기를 기다려야 했다.

진나라 왕은 이 소식을 듣자 몸소 하내로 거동해 그곳 주민들에게 각각 벼슬을 주거나 한 급씩 올린 다음 15세 이상의 장정들을 전원 징발하여 장평의 진나라 군사를 응원하게 했다. 이들의 임무는 조나라의 구원군을 막아 계속 식량 보급을 차단하는 것이었다.

한편, 조나라 병사들은 보급을 받지 못한 지가 46일이나 되자 급기야 몰래 서로 죽여 잡아먹는 형편에 이르렀다. 또한 진나라 보루를 공격하여 탈출할 생각으로 4개 부대를 만들어 공격을 되풀이해 보았으나 끝내 탈출할 수가 없었다.

그리하여 장군 조괄이 직접 정예 부대를 이끌고 선두에 서서 있는 힘을 다해 싸웠으나 진나라 군사의 화살에 맞아 죽고 말았다. 마침내 조괄의 군사 40만 명은 무안군에게 전원 항복했다. 이때 무안군은 이렇게 생각했다.

'앞서 진나라가 상당을 공략했으나 그곳 백성들은 진나라 백성이 되는 것을 싫어해서 조나라에 붙고 말았다. 조나라 군사 역시 이랬다 저랬다 하는 실정이니 아예 모조리 죽여 없애지 않으면 뒤에 반란을 꾸밀지도 모를 일이다.'

그리하여 속임수를 써서 그들을 모조리 구덩이에 밀어넣어 죽여버리고, 어린아이 240명만을 남겨 조나라로 돌려보냈다. 전사자와 포로가 된 자는 모두 45만 명이나 되었으므로 조나라 사람들은 경악을 금치 못하며 공포에 떨었다.

소왕 48년 10월, 진나라는 다시 상당군을 평정했다. 진나라는 군대를 둘로 나누어, 왕흘이 피뢰(皮牢)를 공략하고 사마경(司馬梗)이 태원(太原)을 평정했다.

이에 공포에 사로잡힌 한나라와 조나라는 소대에게 후한 선물을 주어 진나라 재상 응후를 달래게 했다.

"마복군의 아들(조괄)을 죽인 것은 무안군이지요?"

"그렇소."

"이제 바로 한단을 포위할 것입니까?"

"그렇소."

"그리고 조나라가 멸망하면 진나라 왕은 천하의 제왕이 되고, 무안군은 삼공이 되겠군요. 무안군이 진나라를 위해 빼앗은 성은 70여 개나 됩니다. 남쪽으로는 언·영·한중을 평정하고, 북쪽으로는 조괄의 군사를 잡아 죽였습니다. 저 주공(周公) 단(旦), 소공(召公) 석(奭), 태공망(太公望)의 공적도 이에 미치지는 못합니다. 지금 조나라가 망하고 진나라 왕이 천하의 제왕이 되면 무안군이 삼공이 될 것은 뻔한 일입니다. 그러면 상공께선 그의 밑자리에 있게 될 텐데 그것을 참을 수 있겠습니까? 비록 밑자리에 서기를 원치 않는다 하더라도 어쩔 수 없는 일입니다. 진나라는 일찍이 한나라를 쳐서 형구(邢丘)를 포위하고 상당을 괴롭게 했으나, 상당 백성들은 모두 진나라에 붙지 않고 도리어 조나라로 가 붙었습니다. 천하의 사람들이 진나라 백성이 되는 것을 달가워하지 않은 것은 이미 오래전부터입니다. 지금 조나라를 없애면 그 북쪽 땅은 연나라로 돌아가고, 동쪽 땅은 제나라로 돌아가고, 남쪽 땅은 위나라로 돌아가고, 당신이 얻게 되는 백성은 얼마 되지 않을 것입니다. 그러므로 이번의 승전을 이용하여 한나라와 조나라에게 땅을 떼어 받는 조건으로 화평을 맺고, 무안군의 공로로 만들지 않는 것이 좋을 줄 압니다."

그래서 응후는 진나라 왕에게 건의했다.

"진나라 군사는 지쳐 있습니다. 한나라와 조나라가 땅을 떼어 화평을 청하는 것을 허락하고, 또 우리 군사를 쉬게 했으면 합니다."

진나라 왕은 이것을 받아들여 한나라의 원옹(垣雍)과 조나라의 6개 성을 떼어 갖는 조건으로 화평을 맺었다. 그리고 소왕 48년 정월에 군대를 모두 철수시켰다. 무안군은 이 사실을 알게 되었고, 이 일로 인해 응후와 틈이 생겼다.

그해 9월, 진나라는 다시 군사를 일으켜 오대부(五大夫) 왕릉(王陵)에게 조나라의 한단을 치게 했다. 이때 무안군은 병으로 인해 출전할 수가 없었다.

소왕 49년 정월, 왕릉은 한단을 공격했으나 별로 이롭지가 못했다. 진나라는 지원군을 보내 왕릉을 도왔으나 왕릉의 군사는 교위 5명을 잃었을 뿐 더 나아가지 못했다.

이 무렵, 무안군의 병이 나았으므로 진나라 왕은 그를 다시 장군으로 임명하려 했다. 이때 무안군이 진나라 왕에게 말했다.

"한단은 공격하기에 쉽지 않은 곳입니다. 그리고 제후들의 응원군이 매일 도착하고 있습니다. 제후들이 진나라를 원망한 것은 오래전부터였습니다. 지금 진나라는 장평의 적군을 무찌르기는 했지만 진나라 군사 역시 죽은 사람이 반이 넘고, 나라 안은 텅 비어 있는 실정입니다. 그런데도 멀리 강과 산을 넘어 남의 나라 수도를 치려 하고 있는 것입니다. 조나라 군사가 안에서 응전을 하고 제후들의 응원군이 밖에서 공격해 온다면 진나라 군사는 질 수밖에 없습니다. 한단을 쳐서는 안 됩니다."

진나라 왕의 명령에도 무안군이 출전하지 않자 왕은 응후를 보내어 사정을 말하도록 시켰다. 그러나 무안군은 끝내 사양하고 말을 듣지 않더니 결국에는 병을 핑계로 칩거(蟄居, 나가서 활동하지 않고 집 안에만 틀어박혀 있음)했다.

이에 진나라 왕은 왕릉 대신 왕흘을 장군으로 임명했다. 8월과 9월에 왕흘이 한단을 포위했으나 함락시킬 수가 없었다. 그런데 초나라가 춘신군(春申君)과 위공자(衛公子, 신릉군)에게 수십만 군사를 주어 진나라 군대를 공격하게 했다. 진나라 군대는 많은 사상자와 도망병

249

을 내고 말았다. 그러자 무안군이 사람들에게 말했다.

"진나라 왕이 내 말을 듣지 않더니 결국 지금 어떻게 되었는가?"

진나라 왕은 이 말을 듣고 노하여 무안군을 강제로 출전시키려 했으나, 그래도 그는 중병을 핑계로 명령을 듣지 않았다. 다시 응후가 간청했으나 역시 듣지 않았다.

이에 진나라 왕은 무안군을 파면시켜 병졸로 만든 다음, 벽지인 음밀(陰密)로 이주하라고 했다. 하지만 무안군은 병 때문에 떠나지 못했다.

석 달이 지나자 제후들의 군사는 진나라 군대에 맹렬한 공격을 가했고, 그때마다 진나라 군대는 물러나야만 했다. 급보를 알리는 사자들이 매일같이 진나라 도성으로 들어왔다. 그러자 진나라 왕은 사람들을 보내 백기를 내쫓아 더 이상 함양 성내에 머물러 있지 못하도록 했다. 무안군이 길을 떠나 함양 서문(西門)으로 해서 10리 거리에 있는 두우(杜郵)에 당도할 무렵, 진나라 소왕은 응후를 비롯한 뭇 신하들과 의논 끝에 이렇게 말했다.

"백기는 길을 떠날 때, 그 마음이 원한에 가득 차 원망하는 말까지 했다."

그리하여 진나라 왕은 사자를 보내 무안군에게 칼을 주고 자결할 것을 명했다. 무안군은 그 칼을 손에 받아 들고 하늘을 우러러 탄식했다.

"내가 하늘에 대해 무슨 죄를 지었기에 이 모양이 되었단 말이냐?"

그리고 잠시 동안 생각하다가 다시 한탄했다.

"나는 죽어야 마땅하다. 장평 싸움에서 항복한 조나라 병사 수십만 명을 계교로써 생매장한 것은 내가 아닌가. 이것만으로도 나는 죽어 마땅하다."

그리하여 백기는 마침내 스스로 목숨을 끊었다. 진나라 소왕 50년 11월의 일이었다. 그가 죽기는 했으나, 큰 죄를 지은 것은 아니었으므로 진나라 사람들은 그를 동정했다. 그리하여 진나라의 모든 마을에서는 무안군을 위해 제사를 지냈다.

왕전(王翦)은 빈양(頻陽)의 동향(東鄕) 사람이다. 어릴 때부터 병법을 좋아했고, 진나라 시황제를 섬겼다.

시황제 11년, 왕전은 장군이 되어 조나라 알여(閼與)를 쳐서 조나라 군사를 격파하고, 9개 성을 손에 넣었다. 그 후 시황제 18년에 역시 장군으로서 조나라를 쳐, 1년여에 걸친 싸움 끝에 조나라 왕의 항복을 받고, 그 영토를 모두 진나라에 편성시켰다.

그 이듬해 연나라가 형가(荊軻)를 보내 시황제를 찔러 죽이려 한 사건이 일어났다. 이에 시황제는 왕전에게 연나라를 정벌하게 했다. 연나라 왕 희는 요동으로 달아났고, 왕전은 연나라의 도성인 계(薊)를 평정하고 귀국했다.

시황제는 또 왕분(王賁, 왕전의 아들)에게 초나라를 치도록 했다. 왕분은 초나라 군대를 무찌르고, 그 여세로 위나라를 쳐 위나라 왕의 항복을 받아 그 땅을 평정했다. 진시황은 이로써 삼진을 없애고, 연나라 왕을 패주시켰으며, 초나라 군사에게 큰 타격을 주었다.

진나라 장군 중에는 이신(李信)이란 자가 있었는데, 아직 나이 어리지만 용맹을 자랑했다. 일찍이 군사 수천 명을 거느리고 연나라 태자 단(丹)을 추격해 연수(衍水)에서 단의 군사를 무찌르고 단을 사로잡아 시황제의 신임을 얻은 바 있었다. 어느 날 시황제가 그에게 의견을 물었다.

"내 장차 초나라를 치려 하는데, 장군의 생각으로는 몇 명의 군사가 있으면 될 것 같은가?"

"20만이면 넉넉할 줄로 아옵니다."

시황제는 같은 것을 다시 왕전에게 물었으나 왕전은 이렇게 답했다.

"60만이 아니고서는 아니 될 줄 아옵니다."

그러자 시황제가 말했다.

"왕 장군도 늙었구려. 왜 그리도 겁이 많은가? 이 장군은 과연 그 기세가 용맹하다. 그의 말이 옳다."

그리하여 이신과 몽염(蒙恬)에게 명해서 20만 군사를 이끌고 남쪽의 초(楚)나라를 치게 했다. 왕전은 자기의 의견이 받아들여지지 않았으므로 병을 핑계로 빈양(頻陽)에서 여생을 보냈다.

이신은 평여(平輿)를 치고, 몽염은 침(寢)을 쳐서 각각 대승을 거두었다. 이신은 또한 언과 영을 함락시키면서 계속 서쪽으로 나아가 몽염과 성보에서 합류했다.

그러나 초나라 군사들은 사흘 낮 사흘 밤을 몰래 이신의 뒤를 밟아 이신의 군사를 기습했다. 이신의 군사는 두 곳의 방어선이 무너지고, 도위 7명이 전사했다. 결국 진나라 군사는 대패하여 뿔뿔이 흩어지고 말았다.

시황제는 이 소식을 듣자 격노했다. 그리고 몸소 마차를 몰고 빈양으로 달려가 왕전에게 사과했다.

"과인이 장군의 의견을 좇지 않아, 결국 이신 장군이 진나라 군사의 명예를 욕보이고 말았소. 지금 들리는 말로는 초나라 군사가 진나라로 진격해 오고 있다 하오. 장군은 비록 병중이기는 하지만 과인을 차마 버릴 수야 있겠소?"

"노신(老臣)은 병들고 지친 몸이라서 생각마저 어지러운 형편입니다. 이젠 도저히 쓸모없는 몸이오니 대왕께선 다른 훌륭한 장수를 고르십시오."

"그러지 마오. 장군은 두 번 다시 그런 말 마오."

"왕께서 신을 꼭 쓰셔야 되실 형편이라면 신도 이 이상 사양하지는 않겠습니다. 다만 60만 군사가 아니면 안 될 줄로 아옵니다."

"좋소, 장군의 말을 따르겠소."

그리하여 왕전은 60만 대군을 거느리게 되었다. 시황제는 왕전의 출전을 격려하기 위해 몸소 패상(灞上) 근처까지 나와 배웅했다. 왕전은 출정하기 전에 최상급의 농지와 저택을 하사해 달라고 청했다. 그러자 시황제는 이렇게 말했다.

"장군은 걱정 말고 떠나오. 가난을 걱정할 필요야 없지 않소."

"대왕께 봉사한 장군 중 아무리 싸운 공로가 크더라도 지금껏 후로 봉해지지 않은 사람이 있습니다. 그러므로 신은 대왕의 은고(恩顧, 은혜를 베풀어 보살펴 줌)를 받고 있을 때에 그런 것들을 청해 자손의 생계를 마련해 둘까 하옵니다."

시황제는 크게 웃었다. 하지만 왕전은 함곡관에 도착한 뒤에도 사자를 다섯 번이나 보내어 좋은 논밭을 청했다. 누군가가 말했다.

"장군의 청은 너무 정도에 지나친 것 같습니다."

왕전은 이렇게 대답했다.

"그런 것이 아니다. 진나라 왕은 성질이 거칠고 남을 믿지 않는다. 진나라의 전군을 내게 맡겨 두고 있는 지금, 내가 야심이 없다는 것을 보여 주기 위해 논밭과 택지를 많이 청해 자손의 유산으로 만들어 내 지위를 튼튼히 해 두어야 한다. 그러지 않으면 진나라 왕은 나를 금세 의심할 것이다."

한편 왕전이 새로 장군이 되어 대군을 이끌고 쳐들어온다는 소식을 들은 초나라는 전국의 군사를 총동원하여 이에 대항하려 했다.

그러나 왕전은 보루를 튼튼히 쌓아 진지를 지키기만 할 뿐 싸우려 들지 않았다. 초나라군이 여러 번 싸움을 걸었지만 거들떠도 보지 않은 채 매일 병사들을 편히 쉬게 하면서 먹을 것과 마실 것을 넉넉히 보급시켰다. 그리고 자신도 병사들과 함께 식사를 하며 사기를 북돋아 주었다. 얼마 후 왕전은 진중으로 사람을 보내 상황을 알아보게 했다.

"병사들이 어떤 놀이들을 하고 있는가?"

"돌 던지기와 뜀뛰기를 하고 있습니다."

왕전은 이 보고를 듣고 말했다.

"됐다. 병사들은 이제 몸과 마음이 다 튼튼해졌으므로 싸움을 할 수가 있다."

초나라 군사는 아무리 도전해도 진나라 군사들이 전혀 나오려 하
지 않자 군사를 동쪽으로 철수시키기 시작했다. 왕전은 그제야 때가
왔다는 듯이 전군을 모조리 이끌고 뒤쫓아 갔다. 특히 장수들을 앞세
워 공격하여 초군을 대파하고 기수(蘄水) 남쪽에서 초나라 장군 항연
(項燕)을 죽였다.

초나라 군대는 완전히 무너져 버렸다. 진나라 군대는 승세를 몰아
초나라 각지를 공격하여 평정하기 시작했다. 그리고 4년 남짓해서
초나라 왕 부추(負芻)를 포로로 잡고, 마침내는 초나라 전 영토를 평
정시켜 진나라의 군현(郡縣)으로 삼았으며, 다시 여세를 몰아 남쪽
백월(百越)의 왕도 항복시켰다. 그사이 왕전의 아들 왕분은 이신과
함께 연나라와 제나라를 물리치고 그 땅을 평정했다.

그리하여 진시황 26년(기원전 221년), 진나라는 드디어 천하를 통일
했다. 왕씨와 몽씨는 그중 가장 공로가 많았으며, 그 명성이 후세에
까지 전해졌다.

진나라 2세 황제 때, 왕전과 그의 아들 왕분은 이미 죽고 없었으나,
몽씨(몽염)는 죽임을 당했다.

그 뒤 진승(陳勝)이 진나라에 반기를 들자, 진나라는 왕전의 손자
왕이(王離)에게 명해서 조나라를 치게 했다. 왕이가 조나라 왕과 장
이(張耳)를 거록성(鉅鹿城)에서 포위할 때였다. 누군가가 말했다.

"왕이는 진나라의 이름난 장수다. 지금 강대한 진나라 군사를 이끌
고 이제 막 새로 생긴 조나라를 치고 있으므로 함락시키고 말 것이 뻔
하다."

255

그러자 그의 빈객 한 사람이 말했다.

"그렇지 않습니다. 대체로 삼대에 걸쳐 장군이 된 사람은 반드시 패하고 맙니다. 왜냐하면, 할아버지와 아버지가 사람을 많이 죽였기 때문에 자손이 그 화를 받게 되는 것입니다. 그런데 왕이는 3대째 장군입니다."

그러고 나서 얼마 되지 않아 항우(項羽)가 조나라를 도와 진나라 군사를 쳐서 과연 왕이를 포로로 잡았다. 결국 왕이의 군사는 제후들에게 항복하고 말았다.

태사공은 말한다.

옛 속담에 '자[尺]도 짧은 데가 있고, 치[寸]도 긴 데가 있다.'고 했다. 백기는 적을 헤아려 임기응변으로 기이한 꾀를 끝없이 씀으로써 그의 이름만으로도 천하를 떨게 만들었다. 그러나 응후와의 사이에 생겨난 화를 면하지는 못했다.

왕전은 진나라 장군으로서 6국을 평정했다. 그 당시 왕전은 노련한 장수로서 시황제는 그를 스승으로 우러르며 받들었다. 그러나 진나라 왕을 잘 보필하여 덕을 세워 나라의 근본을 튼튼히 하지를 못하고 구차스럽게 시황제의 뜻에 맞추어 그 환심을 사다가 일생을 마치고 말았다. 이로 보아 손자인 왕이가 항우의 포로가 되고 만 것은 당연한 일이 아니겠는가.

백기와 왕전에게는 각각 모자라는 데가 있었던 것이다.

맹자·순경 열전(孟子荀卿列傳)

맹자는 유가(儒家)·묵가(墨家)가 남긴 문헌을 두루 읽고 예의(禮義)의 근본을 밝혀, 혜왕의 욕심을 단절시켰다. 순경(荀卿)은 과거의 유·묵·도(道) 삼가(三家)의 성쇠를 함께 논했다. 그래서 〈맹자·순경 열전 제14〉를 지었다.

태사공은 말한다.

나는 맹자의 저서를 읽다가 양(梁)나라 혜왕(惠王)이 맹자에게 "어떻게 하면 우리 나라를 이롭게 할 수가 있겠소?" 하고 묻는 대목에 이르러서는 무심히 책을 놓고, "아, 이익이란 진실로 혼란의 시작이로구나!" 하고 탄식하지 않을 수 없다.

공자가 이익에 대해 거의 말하지 않은 것도 혼란의 근본 원인을 막으려고 했기 때문이다. 공자는 이렇게 말했다.

"이익만을 좇아 행동하면 원한을 사는 일이 많다."

천자에서부터 서민에 이르기까지 이익을 좋아하여 생기는 폐단은 조금도 다를 바가 없다.

맹가(孟軻, 맹자의 본명)는 추(鄒)나라 사람으로, 자사(子思, 공자의 손자)의 제자에게서 가르침을 받았다. 맹자는 학문의 이치를 깨친 뒤 제나라 선왕을 섬기려 했으나, 선왕이 자신의 주장을 실행하지 않아 양나라로 갔다. 양나라 혜왕도 맹자의 주장이 현실과 동떨어져서 실행하기에는 무리라 생각하고 그를 받아들이지 않았다.

이 무렵 진나라는 상군(商君, 상앙)을 등용하여 부국강병에 힘쓰고, 초나라와 위나라는 오기를 등용하여 싸움에 이겨 적국을 약화시켰다. 또 제나라 선왕은 손자(孫子, 손빈)와 전기(田忌) 등을 중용하여 세력을 넓혔으므로 제후들은 동쪽으로 제나라에 조공을 바쳤다. 천하는 바야흐로 합종과 연횡에 힘을 기울이고, 남의 나라와 싸우고 침범하는 것을 현명한 일로 여기는 시대였다.

그런데 맹가는 오로지 요임금과 순임금, 그리고 삼대(三代, 하·은·주) 성왕의 덕치만을 부르짖어 시대의 요구에 멀었기 때문에, 어디에 가서 말을 해도 받아들여지지 않았다. 맹자는 하는 수 없이 은퇴하여 제자 만장(萬章)들과 《시경》, 《서경》을 순서대로 정리하고 중니(仲尼, 공자)의 사상을 밝혀 《맹자》7편을 저술했다.

그 뒤로 추자(騶子)의 무리가 나타났다. 제나라의 삼추자(三騶子)가 바로 그들이다. 먼저 추기(騶忌)는 거문고를 잘 타는 것으로 제나라 위왕에게 벼슬하기를 청하고, 그로 인해 나라의 정사에 참여하게 되어 마침내 성후(成侯)로 봉해지고 재상의 인수를 받았다. 그는 맹자보다 앞 시대의 사람이다.

추연(騶衍)은 맹자보다 후대의 사람이다. 추연은 제후들이 갈수록 음란해지고 사치해져 덕을 숭상할 수 없으므로《시경》〈대아(大雅)〉편에서 말한 것처럼 자신을 수양하여 백성들에게 모범을 보일 수 없다는 것을 알았다. 그리하여 음양(陰陽)의 소멸과 성장(消長), 그리고 그 변화를 깊이 관찰하여 〈종시(終始)〉와 〈대성(大聖)〉편 등 10여만 자의 책을 저술했다.

그의 학설은 너무 광대하고 커서 일반적인 이치에 맞지 않았다. 그리고 반드시 먼저 작은 일에 대해 실증·해명하고, 이것을 점점 넓혀가서 무한한 곳까지 다다르는 그런 내용의 것이었다. 역사에 대해서도 먼저 현재에서부터 거슬러 올라가 태고(太古)의 황제(黃帝)에 이르기까지 세상의 학자들이 연구한 것을 서술한 뒤에, 거기에 덧붙여 세상의 흥망성쇠를 논했다. 그리고 길흉의 조짐과 법령 제도를 기록하여 거기에 설명을 더하고, 다시 천지가 생기기 전의 혼돈스러워 그 근원을 알 수 없는 시대에까지 논했다.

지리적인 면에 대해서는 먼저 중국의 이름난 산과 큰 강, 깊은 계곡에서 사는 짐승을 비롯하여 땅과 물에서 번식하는 것들, 진기한 물건들을 열거하고, 그로부터 유추하여 사람들이 볼 수 없는 나라 밖의 사물들까지 논했다. 그리고 하늘과 땅이 갈라져서 세상이 만들어진 이래 오덕(木·火·土·金·水를 이르는 오행의 덕)의 움직임에 따라서 정치가 합당함을 얻고, 길흉의 조짐이 이에 부합되고 상응한다고 설명했다. 그 학설은 이렇다.

선비들이 말하는 중국이란 천하의 81분의 1을 차지한 것에 불과하다. 중국을 이름하여 적현신주(赤縣神州)라고 한다. 적현신주 안에는 구주(九州)[21]가 있었다. 우임금이 질서를 세운 구주라는 것이 바로 그 것인데, 본래의 주 수에는 넣을 수 없다. 중국 이외에도 적현신주와 같은 것이 아홉 개나 있는데, 이것이 구주이다. 거기에는 작은 바다가 있어서 구주 하나하나를 에워싸고 있다. 사람과 짐승들이 서로 통할 수 없는 독립된 구역을 이루고 있는 것이 하나의 주이다. 이러한 주가 아홉 개 있고, 큰 바다가 그 바깥을 둘러싸고 있다. 이것이 천지가 서로 만나는 끝이다.

추연의 학설이란 것은 모두 이런 내용들이다. 그러나 그 결론을 요약하면 반드시 인의와 절약과 검소, 군주와 신하, 위와 아래, 육친(부모, 형제, 처자) 사이의 일로 귀착된다. 다만 설명한 것이 너무 크고 황당해서 실행하기가 어렵다. 왕후와 대신들은 그의 학설을 들으면 처음에는 놀라서 마음이 혹했다가 나중에는 받아들이지 않았다. 그러나 추연은 제나라에서 후한 대접을 받았다.
그는 이후 양나라로 갔다. 양나라 혜왕은 교외까지 나와 직접 그를

---

21 기주(冀州)·연주(兖州)·청주(青州)·서주(徐州)·양주(揚州)·형주(荊州)·예주(豫州)·옹주(雍州)·양주(梁州).

260

맞이하여 빈객의 예로 대했다. 또 조나라에 갔을 때는 평원군이 몸소 그를 부축하여 걷고, 앉을 때는 옷소매로 자리의 먼지를 털어 주었다. 연나라에 갔을 때는 소왕이 비를 들고 길을 쓸면서 그를 안내하고, 제자들의 자리에 끼여 가르침을 받게 해 달라고 청했다. 그리하여 갈석궁(碣石宮)을 짓고 친히 나아가 추연을 스승으로 받들었다. 추연은 이곳에서 〈주운(主運)〉편을 저술했다.

그가 제후들의 땅을 돌아다니며 존경받음은 이와 같았다. 이것은 중니가 진(陳)나라와 채(蔡)나라에서 굶주려 배추 잎사귀와 같은 얼굴이 되었던 것과, 맹자가 제나라와 양나라에서 곤궁했던 것에 비해 너무나도 차이가 나는 일이다.

그러므로 주나라 무왕이 인의로써 은나라 주왕을 치고 왕이 됐을 때 백이가 굶어 죽을지언정 주나라의 곡식을 먹지 않은 것, 위나라 영공이 공자에게 진을 치는 법을 물었을 때 공자가 대답을 하지 않은 것, 또 양나라 혜왕이 조나라를 치려고 할 때 맹자가 주나라 태왕이 빈(邠)을 떠난 고사[22]를 일컬어 혜왕의 야심을 간한 것 등, 이러한 일들이 어찌 세속에 아부하고 사람들에게 영합(迎合, 이익을 위하여 아첨하며 좇음)하려는 것만을 생각했다고 하겠는가? 네모난 각목을 둥근 구멍에 넣으려고 한들 어찌 들어가겠는가?

누군가 이렇게 말했다.

"이윤(伊尹)은 솥을 짊어지고 요리사가 되어 은나라 탕왕에게 접근

---

22 태왕이 오랑캐의 공격을 받았을 때 '군자는 백성을 양육하는 까닭에 그 백성을 해하지 않는다.'라고 말하며 빈을 비워 주고 떠났다.

하여 그를 격려해 왕업을 이루게 하고, 백리해(百里奚)는 수레 밑에서 소를 치다가 목공(繆公)에게 등용되어 그를 패자(覇者)로 만들었다. 이 두 사람은 처음 접근하는 수단으로 상대방의 비위를 맞추다가 나중에는 그들을 큰길로 인도했다. 추연은 그 말하는 바가 일반적인 궤도를 벗어났지만, 어쩌면 소를 친 백리해와 솥을 짊어진 이윤과 같은 의도를 갖고 있지 않았을까?"

추연을 비롯한 제나라 직하(稷下) 선생〔稷門學派〕들인 순우곤(淳于髡), 신도(愼倒), 환연(環淵), 접자(接子), 전변(田駢), 추석(騶奭) 같은 인물은 저마다 책을 써서 어지러운 나라를 다스리는 문제를 논하여 당시의 군주에게 등용되기를 원했다. 이것을 어찌 이루 다 말할 수 있겠는가?

순우곤은 제나라 사람으로 학문에 널리 밝고 기억력이 좋았는데, 전문적으로 한 가지 학문을 파고들지는 않았다. 그는 임금에게 간하는 방법에 있어서는 제나라 안영(晏嬰)의 인격을 흠모하고 그것을 본받았는데, 임금의 마음을 헤아려 그 얼굴빛을 살피는 데 힘썼다. 어떤 빈객이 순우곤에게 양나라 혜왕을 만나도록 주선해 주었다. 혜왕은 좌우를 물리치고 홀로 앉아 순우곤을 두 번 만나 보았으나, 그는 끝내 아무 말도 하지 않았다. 혜왕은 이를 괴이쩍게 여겨 순우곤을 소개한 빈객을 꾸짖었다.

"그대는 순우곤 선생을 추천하며 말하기를 옛날의 관중이나 안영도 그를 따를 수 없다고 했는데, 그는 과인을 만나고도 한마디 말을 하지 않았소. 과인이 그와 더불어 말할 상대가 안 된다는 것이오? 그렇지 않다면 대체 무슨 까닭이오?"

빈객이 순우곤에게 혜왕의 뜻을 말하니, 순우곤이 대답했다.

"분명히 그렇소. 내가 임금을 처음 뵈었을 때 임금의 마음은 말을 타고 달리는 데 있었소. 두 번째 뵈었을 때는 임금의 마음은 음악에 심취해 있었소. 그래서 나는 잠자코 있었던 것이오."

빈객이 그 까닭을 자세히 보고하니, 임금은 크게 놀라며 말했다.

"아, 순우곤은 진실로 성인이오. 선생이 처음 왔을 때에는 좋은 말을 바친 자가 있어 과인은 그것을 보고 싶어 했고, 두 번째에는 마침 구자(謳者, 가수)가 옆에 있어서 음악을 들으려고 하던 차에 순우곤이 왔던 것이오. 과인은 좌우를 물리면서도 내심은 그것에 끌리고 있었소. 정말 그가 말한 대로였소."

그 뒤에 순우곤이 임금을 뵙고 한 번 입을 열자, 사흘 낮 사흘 밤 내내 얘기를 했지만 임금은 피곤한 줄을 몰랐다. 혜왕은 순우곤에게 재상의 자리를 맡겨 대우하려고 했으나, 그는 사양하고 양나라를 떠나려 했다. 이에 임금은 그에게 안락한 좌석이 있는 사두마차와 비단한 묶음에 구슬을 덧붙여서 황금 백 일(鎰)을 주었다. 그러나 순우곤은 평생 벼슬길에 오르지 않았다.

신도는 조나라 사람, 전변과 접자는 제나라 사람, 환연은 초나라 사람으로 모두 다 황노(黃老, 황제와 노자를 일컬음)의 학문을 닦고 도덕을 배워 각자의 견해에 따라 도가(道家) 사상을 체계화했다. 이렇게 해서 신도는 논문 12편을 썼고, 환연은 상편과 하편을 지었으며, 전변과 접자도 각각 저술이 있었다.

사기 열전 1

263

추석(騶奭)은 제나라 삼추자의 한 사람으로, 추연의 학술을 많이 받들어 문장을 엮었다.

그러므로 제나라 왕은 그들을 칭찬하여 순우곤을 비롯한 모든 학자에게 열대부(列大夫)라는 작위를 내리고, 번화한 거리에 높은 문이 달린 커다란 집을 지어 주어 살게 하면서 존경했다. 제나라 왕은 제후들과 빈객들에게 제나라에서 천하의 현명한 선비들을 모두 불러왔다고 자랑했다.

순경(荀卿, 순자)은 조나라 사람이다. 50세에 비로소 제나라에 건너와 학문을 닦았다. 그때 제나라에는 추연이 있었다. 그의 학술은 허(虛)하고 크면서도 넓었으며, 추석의 문장은 실용성은 없었으나 훌륭했으며, 또 순우곤은 오래 함께 있으면 명언을 쏟아 놓는 사람이었다. 그래서 제나라 사람들은 이 세 사람을 칭찬하기를 '끝없이 넓은 하늘의 일을 얘기하는 추연, 용(龍)을 아로새긴 듯 아름다운 문장의 추석, 수레바퀴의 기름통을 데우면 기름이 끊임없이 흐르는 것처럼 지혜가 많은 순우곤'이라고 했다. 전변의 무리는 제나라 양왕 때에 모두 죽었으므로, 순경이 가장 나이 많은 장로 격의 학자였다.

제나라는 열대부의 자리가 비면 그때마다 채워 넣었는데, 순경은 세 번이나 좨주(祭酒, 열대부의 수장)가 되었다. 그런데 누군가 순경을 모함하자, 그는 초나라로 갔다. 초나라 춘신군은 순경을 난릉(蘭陵)의 현령으로 앉혔는데, 춘신군이 죽자 관직에서 쫓겨났지만 내처 난릉에서 살았다.

이사(李斯)는 일찍이 순경의 제자였는데 뒷날 진나라의 재상이 되었다. 순경은 혼탁한 세상의 정치와 나라를 망치는 문란한 임금이 계속해 나고, 대도(大道)가 행해지지 않고 무당이나 점쟁이에게 혹해서 길흉화복을 믿고, 되지못한 선비들이 하찮은 일에 얽매이며 장주(莊周, 장자)의 무리가 우스개 주장으로 풍속을 어지럽히는 것을 미워했다. 그래서 순경은 유가·묵가·도가의 행실과 흥패(興敗) 등을 연구하여 수만 자의 책을 남기고 죽었다. 이런 인연으로 그는 난릉에 묻혔다.

그 밖에 조나라에는 공손용(公孫龍)이 있어서 견백동이(堅白同異)[23]의 변(辯)을 세우고, 또 극자(劇子)의 언설이 있었다. 위(魏)나라에서는 이회(李悝)가 부국강병책을 주장했다. 초나라에는 시자(尸子)와 장로(長盧)의 저서가 있었고, 아(阿)에서는 우자(吁子)가 저서를 남겼다.

맹자에서부터 우자에 이르기까지 세상에는 그런 사람들의 저서가 많지만, 그들의 전기에 대해서는 논하지 않았다.

그리고 묵적(墨翟)은 송나라의 대부로서 성을 잘 지키고 비용을 절약했다. 어떤 사람은 그를 공자와 같은 시대 사람이라고 말하고, 어떤 사람은 공자 이후라고 말하여 분명치가 않다.

---

23 견백석(堅白石)은 눈으로 보면 백석(白石)이지만 견석(堅石)인 줄 모르고, 손으로 만지면 견석이지만 백석인 줄 모른다. 견과 백은 합해서 하나가 될 수 없다는 주장이다.

맹상군 열전(孟嘗君列傳)

맹상군은 빈객을 좋아하여 일예일기(一藝一技)가 있는 선비라면 누구라도 환영했으므로 유사(遊士)들은 설(薛)로 모여들었다. 그래서 〈맹상군 열전 제15〉를 지었다.

맹상군의 이름은 문(文), 성은 전(田)씨이다. 전문의 아버지는 정곽군(靖郭君) 전영(田嬰)이다. 전영은 제나라 위왕의 막내아들이며 제나라 선왕의 배다른 아우였다. 위왕 때부터 관직에 나아가 정치에 관여하고, 성후(成侯) 추기(鄒忌), 전기(田忌)와 함께 장군이 되어 한나라를 돕고 위나라를 쳤다. 추기는 전기와 임금의 총애를 다투게 되자 전기를 중상모략했다. 전기는 두려워하여 제나라의 변경 읍을 습격했지만, 싸움에 져서 도망쳤다. 위왕이 죽고 선왕이 섰는데, 선왕은 전기가 추기에게 모함을 받은 것을 알고 전기를 불러서 장군으로 삼았다.

선왕 2년에 전기는 손빈(孫臏), 전영(田嬰)과 함께 위나라를 쳐서 위군을 마릉에서 깨뜨리고, 위나라의 태자 신(申)을 사로잡았으며, 위나라의 장군 방연(龐涓)을 죽였다.

선왕 7년에 전영은 사자가 되어 한나라와 위나라로 가서 두 나라를 제나라에 복종하게 했다. 전영은 한나라 소후와 위나라 혜왕을 데리고 동아의 남쪽으로 가서 제나라 선왕과 만나게 하고, 서로 화친을 맺고 돌아왔다. 이듬해에 전영은 또다시 양나라 혜왕과 견(甄)에서 만났다. 이 해에 혜왕이 죽었다.

선왕 9년에 전영은 제나라 재상이 되었다. 제나라 선왕은 위나라 양왕과 서주(徐州)에서 회합하고 서로 왕이라 칭하기로 했다. 초나라 위왕은 전영의 공작으로 그렇게 되었다는 말을 듣고 노발대발했다.

이듬해에 초나라는 제나라 군사를 서주에서 깨뜨리고, 제나라에 사자를 보내어 전영을 추방하라고 요구했다. 전영은 급히 장추(張丑)를 보내어 초나라 위왕을 달랬다. 그리하여 전영은 간신히 위왕의 진노를 무마시킬 수 있었다.

전영이 제나라 재상으로 있은 지 11년이 되었을 때 선왕이 죽고 민왕이 즉위했다. 민왕이 즉위한 지 3년 뒤에 전영은 설(薛)에 봉해졌다.

전영에게는 아들이 40여 명 있었다. 그중 신분이 천한 첩과의 사이에서 낳은 아들이 있었는데, 이름을 문(文)이라고 했다. 전문은 5월 5일에 태어났다. 전영은 전문의 생모에게 말했다.

"그 아이를 키워서는 안 된다."

하지만 그 어머니는 아들을 몰래 키웠다. 장성해서 전문은 형제의 주선으로 아버지를 만나게 되었다. 그러나 전영은 전문의 어머니에게 노여움을 터뜨렸다.

"나는 너에게 이 아들을 버리라고 했는데 숨겨서까지 키운 것은 어쩐 일인가?"

그때 전문이 머리를 조아리며 물었다.

"아버님이 5월에 난 아들을 키우지 않으려고 하신 까닭은 무엇입니까?"

"5월에 난 아들은 키가 문에 닿을 만하면 어버이를 죽인다고 하기 때문이다."

"사람은 목숨을 하늘에서 받는 것일까요, 아니면 문에서 받는 것일까요?"

전영은 대답하지 않았다. 전문이 말했다.

"목숨을 하늘에서 받는다면 아버님께서는 걱정하실 필요가 없습니다. 또한 목숨을 문에서 받는다면 제 머리가 닿을 수 없도록 문을 높이면 되지 않겠습니까?"

전영은 대답할 말을 잃고 헛기침만 했다.

그 뒤에 얼마 지나지 않아 전문이 틈을 엿보아 아버지에게 물었다.

"아들의 아들은 무엇입니까?"

"손자다."

"손자의 손자는 무엇입니까?"

"현손이다."

"현손의 현손은 무엇입니까?"

"모르겠다."

"아버님은 정치에 관여하고 제나라 재상이 되어 오늘까지 세 왕(위왕·선왕·민왕)을 모셨는데, 그동안 제나라 영토는 조금도 넓어지지 않았어도 아버님 자신은 만금의 부를 쌓았습니다. 그러나 문하에는 한 사람의 현인도 보이지를 않습니다. '장수의 가문에는 반드시 장수가 있고, 재상의 가문에는 반드시 재상이 있다.'고 들었습니다. 지금 아버님의 후궁에는 미인들이 화려한 비단옷을 입고 긴 치맛자락을 밟고 다니는데, 이 나라의 선비들은 짧은 잠방이(가랑이가 짧은 바지)조차도 얻어 입지 못하고 있습니다. 아버님의 첩들은 좋은 쌀밥과 고기를 배불리 먹고도 남아돌지만, 이 나라의 선비들은 겨도 먹지 못하고 있습니다. 그런데도 아버님은 더 저축을 하려 하고, 더 축적하여 그것을 누군지 알지도 못하는 어느 자손에게 주려 하는 반면에, 나라가 나날이 기울어 가는 것을 잊어버리고 있습니다. 소자는 이 점이 이상하게 생각되어 견딜 수가 없습니다."

이 말을 듣고 전영은 전문을 다시 보게 되었다. 그리하여 전문에게 집안일을 돌보게 하고 손님 접대하는 일을 맡아보게 했다. 그때부터 전영의 집에는 식객들이 더욱 들끓었고, 전문의 명성도 제후들 사이에서 날로 높아져 갔다. 제후들은 모두 사람을 보내어 전문을 후계자로 세우도록 설공(薛公) 전영에게 청했는데, 전영은 이를 승낙했다. 얼마 뒤 전영이 죽어 시호를 정곽군(靖郭君)이라고 했다. 이어 전문이 설의 영주가 되었다. 그가 바로 맹상군(孟嘗君)이다.

맹상군은 설에서 제후의 손님들을 불러들였는데, 죄를 지어서 도망친 자까지 모여들었다. 맹상군은 가산을 기울여 그들을 후대했다. 그 때문인지 별의별 인물들이 모여들어 마치 천하 선비들을 다 옮겨 놓은 것 같았다. 식객이 수천 명을 헤아리게 되었지만, 귀천을 가리지 않고 모두 똑같은 대우를 받았다. 특히 맹상군이 손님과 대좌할 때는 병풍 뒤에 항상 시사(侍史, 기록관)가 있어서 맹상군이 손님에게 친척이 사는 곳을 물으면 그것을 기록했다. 손님이 가고 나면 맹상군은 곧 심부름꾼을 보내 그 친척을 방문하고 예물을 주었다.

어느 날 밤, 맹상군이 손님을 접대하며 함께 음식을 먹었다. 그런데 누군가 등불을 가로막아 방 안이 어두웠다. 손님은 맹상군과 자기의 음식에 차별이 있는 것이라 짐작하고 노하여 식사를 하지 않고 돌아가려고 했다. 맹상군은 자리에서 일어나 자신의 밥상을 들고 손님 곁으로 갔다. 비교해 보니 똑같았다. 손님은 부끄러워 스스로 목을 찔러 죽었다.

이 일로 말미암아 맹상군에게는 더 많은 선비들이 찾아들었다. 맹상군은 손님을 차별하지 않고 평등하게 대했으므로 누구나 다 자기가 맹상군과 친하다고 생각했다.

진나라 소왕은 그가 어질다는 소문을 듣고 아우인 경양군(涇陽君)을 제나라에 볼모로 보내어 맹상군에게 면회를 청했다. 맹상군은 초청에 응해 진나라로 가려고 했다. 빈객들은 누구나 그가 가는 것을 찬성하지 않고 위험하다고 간했다. 그러나 그는 듣지 않았다.

소대(蘇代)가 말했다.

"오늘 아침에 제가 이곳으로 올 때 나무로 만든 인형과 흙으로 만든 인형이 얘기하는 것을 들었습니다. 나무 인형은 '비가 오면 자네는 곧 무너져 버릴 걸세.' 하고 말했습니다. 그 말을 듣고 흙 인형은 '나는 본디 흙에서 생겨났으니 무너지면 흙으로 돌아갈 뿐이네. 하지만 자네는 비가 와서 떠내려가면 어디까지 갈지 모르지 않나? 돌아올 수도 없을 테고 말이야.' 하고 답했습니다. 진나라는 호랑이와 같이 사납고 믿을 수 없는 나라인데, 그대는 왜 굳이 가려고 하십니까? 만약 돌아오지 못한다면 흙 인형에게도 웃음거리가 되지 않겠습니까?"

맹상군은 가는 것을 단념했다.

제나라 민왕 25년, 왕은 마침내 맹상군을 진나라에 가도록 했다. 진나라 소왕은 맹상군이 도착하자 그를 극진히 대접하며 재상으로 삼으려고 했다. 그때 누군가 소왕에게 아뢰었다.

"맹상군은 현인이며, 또 제나라 왕의 일족입니다. 진나라 재상이 되면, 반드시 제나라의 이익을 먼저 생각하고 진나라를 나중으로 할 것이니, 진나라는 위험하게 됩니다."

그리하여 진나라 소왕은 맹상군을 재상으로 삼지 않고 저택에 연금(軟禁, 일정한 장소 내에서는 신체의 자유는 있으나 외출을 허락하지 않는 가벼운 감금)시켜 죄를 뒤집어씌워 죽이려고 했다. 맹상군은 소왕의 총희에게 사람을 보내어 석방토록 힘써 주기를 부탁했다. 그러자 총희가 말했다.

"저는 맹상군이 가지고 있다는 흰 여우 겨드랑이 털로 만든 옷이 탐이 납니다."

당시 맹상군은 흰 여우 가죽옷을 한 벌 가지고 왔는데, 천금을 주고

도 살 수 없는 천하에 둘도 없는 진품이었다. 그러나 진나라에 와서 그것을 소왕에게 바쳤으므로 여벌이 없었다. 맹상군은 빈객들과 고민을 거듭했지만 뾰족한 수가 있을 턱이 없었다. 그때 말석에 앉아 있던 한 사내가 앞으로 나서며 말했다.

"제가 그 옷을 구해 오겠습니다."

그 사내는 맹상군의 식객으로 오기 전엔 마음만 먹으면 무엇이든 잘 훔치는 도둑이었다. 그는 밤에 개 흉내를 내며 진나라 궁의 광 속으로 들어가서, 소왕에게 바친 흰 여우 가죽옷을 훔쳐 왔다. 맹상군은 사람을 시켜 그것을 총희에게 갖다 바쳤다. 총희는 즉시 소왕에게 청하여 맹상군을 풀어 주었다.

맹상군은 연금에서 풀려나자마자 잠시도 지체하지 않고 제나라를 향해 도망쳤다. 봉전(封傳, 관소 통행증)을 고치고 이름을 바꾸어 밤에 국경인 함곡관에 당도했다. 진나라 소왕은 뒤에 맹상군을 풀어 준 것을 후회하고 그를 찾았지만 이미 떠난 뒤였다. 화가 난 소왕은 추격병을 보내 뒤쫓게 했다.

맹상군은 함곡관까지 왔으나, 새벽닭이 울기 전에 문을 열어 사람을 내보내지 않는 것이 진나라 관의 규칙이었다. 맹상군은 추격병에게 잡힐까 봐 겁이 났다. 그때였다. 말석의 식객 중에 닭 우는 소리를 잘 흉내 내는 자가 있었는데, 그가 흉내 내는 소리에 근방의 모든 닭들이 함께 울어 버렸다. 그 덕에 맹산군은 관을 빠져나갈 수 있었다. 한 식경(食頃, 밥을 먹을 만큼의 짧은 동안)쯤 지나서 과연 맹상군의 뒤를 쫓는 추격병이 관에 이르렀다. 그러나 맹산군 일행이 멀리 도망친 뒤였으므로 그들은 빈손으로 돌아갔다.

일찍이 맹상군이 말석의 그 두 사람을 식객으로 맞았을 때, 다른 빈객들은 그들과 한자리에 앉는 것을 수치스럽게 생각했다. 그러나 위험에 처한 맹상군을 그 두 사람이 구출하자, 빈객들은 비로소 고개를 끄덕였다.

맹상군 일행이 제나라로 돌아가는 도중에 조나라를 통과하게 되었다. 조나라 왕과 평원군은 맹상군을 빈객으로 대접했다. 조나라 사람들은 맹상군이 어질다는 것을 전해 듣고 그를 보기 위해 문 밖에까지 나와 맞았다. 그러나 맹상군을 보더니 모두 웃었다.

"맹상군이 제법 늠름한 대장부일 줄 알았는데, 지금 보니 난쟁이같이 작구나."

이 말을 들은 맹상군은 크게 노하여 동행한 식객들과 함께 수레에서 내려 구경꾼들 수백 명을 베어 쓰러뜨리고, 마침내 현 하나를 쑥대밭으로 만든 뒤에 떠나 버렸다.

제나라 민왕은 자기가 맹상군을 진나라에 보낸 일 때문에 마음이 편치 못했다. 그리하여 민왕은 맹상군이 돌아오자마자 제나라 재상으로 삼고 모든 정치를 맡겼다.

맹상군은 진나라를 원망했다. 앞서 제나라가 한나라와 위나라를 위해 초나라를 공격한 일이 있었다. 그 친분으로 맹상군은 한나라와 위나라와 함께 진나라를 공격키로 하고, 군사와 식량을 서주에서 빌리려고 했다. 소대가 서주를 대신해 맹상군에게 말했다.

"당신은 제나라의 힘을 이용해 한나라와 위나라를 위해 9년 동안이나 초나라를 공격하고, 완과 섭 이북의 땅을 빼앗고, 한나라와 위나라를 튼튼하게 했습니다. 그런데 이제 또 한나라와 위나라를 도와 진나라를 친다면, 한나라와 위나라의 세력은 막강해질 것입니다. 그러면 그들은 남쪽으로는 초나라의 압박이 없어지고, 서쪽으로는 진나라의 우환이 없어지게 됩니다. 결국은 제나라가 위험해지는 꼴입니다. 한나라와 위나라는 반드시 제나라를 업신여기고 진나라를 겁낼 것입니다. 신이 볼 때, 이 일은 당신에게 위험합니다. 당신은 서주와 진나라가 연합케 하십시오. 그리고 진나라를 치지도 말고, 또 서주에게 군사와 식량을 빌리지도 마십시오. 더욱이 당신이 함곡관에 나아가 진나라를 치지 말고, 서주로 하여금 당신의 입장을 진나라 왕에게 이렇게 말하는 것이 좋을 줄로 생각합니다. '맹상군은 진나라를 깨뜨려 한나라와 위나라를 강하게 만들지 않을 것입니다. 맹상군이 진나라를 치려고 하는 것은 당신이 초나라 회왕을 설득해서 초나라의 동국을 제나라에 떼어 주게 하고, 또한 진나라가 초나라 회왕을 풀어 주어 제나라와 진나라가 화친하기를 원하기 때문입니다.' 이렇게 하여 서주가 진나라의 은혜를 입도록 하십시오. 그러면 진나라도 싸움을 하여 군사를 잃지 않고, 초나라의 동국을 떼어 주게 한 대가로 제나라의 공격을 면하게 되죠. 진나라는 반드시 그것을 바랄 것입니다. 초나라 왕도 진나라에서 해방되면 반드시 제나라를 고맙게 생각할 것입니다. 제나라는 초나라의 동국을 손에 넣어 더욱 강대해지고, 당신의 봉읍 설은 대대로 우환이 없게 될 것입니다. 진나라가 쇠망하지 않고 삼진의 서쪽에 있게 되면, 삼진은 반드시 제나라를 소중히 여길 것입니다."

맹상군이 말했다.

"좋소."

맹상군은 한나라와 위나라에게 진나라와 우호 관계를 맺게 하고, 3국이 진나라를 공격하지 않게 했으므로 군사와 식량을 서주에서 빌리지 않아도 되었다. 당시의 초나라 회왕은 진나라에 억류되어 있었으므로 제나라는 어떻게 해서든지 회왕이 진나라에서 풀려 나오도록 하려던 것이었다. 그러나 진나라는 회왕을 놓아주지 않았다.

맹상군이 제나라의 재상이었을 때, 하인인 위자(魏子)가 맹상군을 위해 봉읍의 세납을 징수하려고 세 번이나 봉읍을 왕복했지만 세납을 한 번도 맹상군에게 바치지 않았다. 맹상군이 까닭을 물으니, 그는 이렇게 대답했다.

"현자가 있어서 그에게 빌려 주었는데, 아직 갚지를 않습니다."

맹상군은 노하여 위자를 물리쳤다. 그로부터 몇 년 뒤에 누군가가 제나라 민왕에게 이렇게 모함했다.

"맹상군이 반란을 일으키려 합니다."

때마침 전갑(田甲)이 반란을 일으켜 민왕을 위협하니, 민왕은 맹상군이 시킨 것으로 의심했다. 맹상군은 달아났다. 그러자 예전에 위자에게서 세납을 빌렸던 사람이 이 말을 듣고 왕께 글을 올렸다.

"맹상군은 결코 반란을 일으킬 사람이 아닙니다. 이 몸을 걸고 맹세하겠습니다."

그리고 그는 궁문에서 스스로 목을 찔러 맹상군의 허물이 없음을 밝혔다. 민왕은 놀라서 사정을 조사해 보았다. 과연 맹상군에게는 모반한 허물이 없었다. 그리하여 또다시 맹상군을 불렀는데, 맹상군은 병을 핑계로 사절하고 설에 돌아와 은퇴하려고 했다. 민왕은 이를 허락했다. 그 뒤에 진나라에서 망명한 장군 여례(呂禮)가 제나라 재상이 되어 소대를 괴롭혔다.

소대가 맹상군에게 말했다.

"주최(周最, 주나라 공자)는 제나라에서 매우 두터운 신임을 받고 있습니다. 제나라 왕이 그를 추방하고 친불(親弗)의 말을 들어서 여례를 재상으로 한 것은 진나라의 환심을 사기 위한 것입니다. 제나라와 진나라가 연합하면 친불과 여례는 중직에 등용될 것입니다. 이 두 사람이 제나라에 등용되면, 진나라는 반드시 당신을 가벼이 여길 것입니다. 당신은 빨리 군사를 북쪽으로 돌려 조나라에 가서 조나라를 도와 진나라와 위나라를 화친케 하고, 주최를 불러서 극진히 대접하여 제나라 왕의 신용을 돌이켜 천하 제후들이 제나라를 등지는 사태를 미리 막도록 하십시오. 만약 제나라가 진나라와의 친교가 없어지면 천하 제후들은 제나라에 모이고 친불은 반드시 도망할 것입니다. 이렇게 되면 제나라 왕은 당신을 두고서 누구와 나랏일을 의논하겠습니까?"

맹상군은 이 계책을 따르려고 했다. 하지만 여례는 맹상군의 명성을 질투했다. 맹상군은 이를 두려워하여 진나라의 재상 양후 위염에게 편지를 보냈다.

저는 진나라가 여례를 시켜 제나라를 뺏으려 한다고 들었으나, 제

나라는 천하의 대국입니다. 만약 여례가 성공한다면 진나라에 중용될
것이며, 반대로 그대는 소홀히 여겨질 것이 분명합니다. 제나라와 진
나라가 연합하여 삼진에 맞선다면, 여례는 반드시 두 나라의 재상을
겸하게 될 겁니다. 이것은 그대가 제나라를 통해서 여례의 지위를 높
게 하는 것이 됩니다. 만약 제나라가 천하 제후들의 공격을 모면한다
면 제나라는 여례의 공이 크다 하여 그대를 원수로 알 것입니다. 그대
가 진나라 왕에게 권하여 제나라를 치는 것이 상책일 것입니다. 제나
라가 패하면 진나라가 제나라에서 얻은 땅에 그대를 봉하도록 청하겠
습니다. 제나라가 패하면 삼진이 강하게 되는 것을 염려하여 진나라
는 반드시 그대를 중용해 삼진과 친교를 맺을 것입니다. 삼진도 제나
라와 싸워 지치면 진나라를 겁내게 되어 반드시 그대를 중용하여 진
나라와 화친할 것입니다. 이것은 그대가 제나라를 쳐서 공을 세우고
삼진을 이용해서 진나라에 중용되는 것이므로, 다시 말해 그대는 제
나라를 격파해 봉토(封土)를 얻고 진나라와 삼진에서도 그대를 중용하
는 결과를 가져오게 될 것입니다. 만약 제나라가 망하지 않고 여례가
다시 제나라에 쓰인다면, 그대는 반드시 몹시 곤란해질 것입니다.

양후는 진나라 소왕을 설득하여 제나라를 쳤다. 여례는 도망했다.
그 뒤에 제나라 민왕은 송나라를 멸망시키고 더욱더 교만해져서 맹
상군을 죽이려고 했다. 맹상군은 두려워하여 위나라로 떠났다. 위나
라 소왕은 그를 재상으로 삼고 서쪽 진나라와 연합하여 조나라, 연나
라와 함께 제나라를 쳐부수었다. 제나라 민왕은 거(莒)로 도망쳤는데

결국은 거기서 죽었다. 그리고 제나라에는 양왕이 섰으나, 맹상군은 제후들 사이에서 중립을 지켜 어디에도 가담하지 않았다. 양왕은 맹상군을 두려워하여 제후들과 화친하는 한편, 또 맹상군과도 친하게 지냈다.

그러다가 전문이 죽자 시호를 맹상군이라고 했다. 아들들이 자리 다툼을 하는 동안 그 틈을 타서 제나라와 위나라가 공동으로 설 땅을 멸망시켰으므로 맹상군은 후사가 끊어져 버렸다.

일찍이 풍환(馮驩)은 맹상군이 빈객을 좋아한다는 말을 듣고, 짚신을 신고 찾아갔다. 맹상군은 그 허름한 꼴을 조금도 허물하지 않고 물었다.

"선생은 먼 데서 방문해 오셨는데 제게 무엇을 가르쳐 주시렵니까?"

"그대가 선비를 좋아한다는 말을 듣고 가난한 이 몸을 그대에게 맡기려고 왔습니다."

맹상군은 풍환을 전사(傳舍, 3등 숙사)에 묵게 하고 열흘이 지난 뒤에 전사장(傳舍長)에게 물었다.

"그 손님은 무엇을 하고 있는가?"

전사장이 대답했다.

"풍 선생은 매우 가난하여 칼 한 자루를 가지고 있을 뿐입니다. 그것도 풀로 자루를 감은 보잘것없는 물건인데, 손으로 칼을 두드리며 '장협(長鋏, 자루가 긴 칼)이여, 돌아갈거나. 먹으려 해도 고기가 없네.' 하고 노래를 부르고 있습니다."

맹상군은 풍환을 행사(幸舍, 2등 숙사)로 옮겼다. 밥상에는 고기가 있었다. 5일이 지나서 맹상군이 또 행사장에게 묻자, 그가 대답했다.

"그 손님은 여전히 칼을 두드리며 '장협이여, 돌아갈거나. 바깥에 나가려 해도 수레가 없네.' 하고 노래를 부르고 있습니다."

맹상군은 풍환을 대사(代舍, 1등 숙사)로 옮겼다. 거기서는 바깥출입을 할 때 수레를 탔다. 닷새가 지난 뒤에 맹상군이 또 대사장에게 물었다. 대사장이 대답했다.

"선생은 지금도 또 칼을 두드리며 노래를 부릅니다. '장협이여, 돌아갈거나. 집을 삼으려 해도 집이 없구나.' 하고요."

맹상군은 이 말을 듣고 불쾌해했다. 그렇게 1년이 지나도 풍환은 아무 말도 하지 않았다. 당시 맹상군은 제나라의 재상으로서 설에 1만 호를 가지고 있었다. 식객이 3천 명이 넘었으므로 봉읍에서의 수입만으로는 손님들을 대접하기에 부족했다. 그리하여 사람을 시켜 설의 주민들에게 돈을 대부했는데, 1년이 지나도 돈을 빌려 간 사람들 대부분이 이자도 갚지 못했다. 손님을 봉양하는 밑천이 떨어지려고 하자, 이를 걱정한 맹상군이 말했다.

"대부한 돈을 설에서 거두어들일 적임자는 없는가?"

대사장이 말했다.

"지금 숙사에 있는 손님 풍환은 용모와 풍채가 뛰어나고 말을 잘합니다. 다른 데는 별로 재능이 없으니 돈을 거두어들이는 일을 시키면 좋지 않겠습니까?"

맹상군은 풍환을 불러 부탁했다.

"내가 불초한 줄도 모르고 내 집에 몸을 맡긴 손님들이 3천여 명이나 되는데, 봉읍의 수입만으로는 손님을 대접하기에 부족합니다. 그래서 이자를 얻으려고 설의 주민에게 돈을 대부했는데 해마다 기한이 되어도 수입이 없고, 백성들은 이자를 바치지 않습니다. 이제는 손님들에게 식사를 대접하는 것도 어려워질 지경입니다. 선생께서 이 일을 돌봐 주시면 어떠하겠는지요?"

풍환은 이를 승낙했다. 그리하여 풍환은 하직 인사를 하고 설로 가서, 맹상군에게 돈을 빌린 사람들을 불러 이자 10만 전을 받았다.

이것으로 많은 술을 빚고, 살찐 소를 사서 채무자들을 모두 불러 모았다. 이자를 낸 사람은 물론 이자를 낼 수 없는 사람도 빠짐없이 오게 했다. 모두에게 돈을 빌린 증서를 가져오게 하여 꾸어 준 쪽의 증서와 낱낱이 맞추어 보고 다시 모일 날을 정했다.

약속한 날이 되자 풍환은 소를 잡고 술을 풀어 주연을 열었다. 주연이 한창 무르익을 무렵 풍환은 증서를 꺼내 먼저와 같이 맞추어 보고, 이자를 낼 수 있는 사람은 서로 상의하여 원금과 이자를 갚을 기일을 정하고, 가난하여 이자를 낼 수 없는 사람은 그 증서를 불살라 버리고 이렇게 말했다.

"맹상군이 돈을 빌려 준 것은 주민 중 자금 없는 사람에게 밑천을 주어 본업을 경영토록 하기 위한 것이오. 이자를 받는 것은 손님을 치를 밑천이 모자라기 때문이오. 이제 여러분이 본 바와 같이 부유한 사람에게는 갚을 기일을 정하고, 가난한 사람은 증서를 불태워 버렸습니다. 여러분, 마음껏 음식을 잡수시오. 이런 군주가 있는데 어찌

하여 그 뜻을 저버릴 수 있겠소!"

앉아 있던 사람들이 모두 일어나서 두 번 절했다.

맹상군은 풍환이 증서를 불태워 버렸다는 말을 듣고 크게 노하여 사자를 보내서 풍환을 불러들였다. 풍환이 돌아오자 맹상군이 말했다.

"나의 식객은 3천여 명이나 되오. 그렇기 때문에 설에 돈을 대부한 것이오. 나는 봉읍이 좁고 세납의 수입이 적소. 그런 데다가 주민들은 대부분 기한이 닥쳐도 이자를 안 내오. 그래서는 손님을 치르는 밑천마저 딸리게 될 것을 걱정하여 선생에게 일을 돌봐 주기를 청한 것이오. 그런데 듣자 하니 선생은 돈을 손에 넣자, 그 돈으로 많은 소와 술을 준비하고 증서를 불태웠다니, 대관절 어떻게 된 일이오?"

"그렇습니다. 소와 술을 많이 준비하지 않고서는 모든 채무자들을 불러 모을 수가 없었고, 이자를 낼 만한 여유 있는 사람과 없는 사람을 구별해서 알 수가 없었습니다. 여유가 있는 사람에게는 기한을 정할 필요가 있거니와, 여유가 없는 사람에게는 증서를 보존하여 10년을 재촉해도 다만 이자가 쌓일 뿐입니다. 엄하게 독촉하면 도망을 쳐 버리거나 제 손으로 증서를 버릴 것이니, 결국 갚지 못하고 말 것입니다. 게다가 위에서는 군주가 이익을 탐하여 주민을 사랑하지 않는다고 할 것이며, 아래에서는 주민들이 군주를 멀리하여 부채를 거절한다는 나쁜 이름을 남기게 될 것입니다. 이것은 주민들을 격려하고 군주의 이름을 드러내는 일이 되지를 않습니다. 소용없는 문서를 불살라서 설 땅의 주민을 군주와 친하게 하고, 군주의 명령을 드러내려고 한 짓입니다. 그래도 이 조치가 그릇된 것이라고 말씀하시겠습니까?"

맹상군은 손뼉을 치며 고마워했다.

제나라 왕은 진나라와 초나라의 비방에 현혹되어, 맹상군의 명성이 임금을 능가하고 제나라의 권세를 마음대로 하는 것이라 생각하고, 마침내 맹상군을 벼슬자리에서 물리쳤다. 빈객들은 맹상군이 벼슬에서 밀려나는 것을 보자, 모두 그의 곁을 떠났다.

풍환이 말했다.

"진나라로 가는 데 필요한 수레 한 대만 빌려 주신다면 반드시 당신이 다시 중직에 쓰이도록, 또 당신의 봉읍이 더욱더 넓어지도록 해 드리겠습니다."

맹상군은 수레와 예물을 마련하여 그를 진나라로 보내 주었다.

풍환은 서쪽으로 가서 진나라 왕에게 말했다.

"온 세상의 유세자는 수레를 타고 말고삐를 쥐어 진나라에 들어온 이상에는 진나라를 굳세게 하고 제나라를 약하게 하려고 합니다. 이것은 한쪽이 사나이의 나라라면, 다른 한쪽은 약한 여자의 나라인 것과 같으므로 쌍방이 다 사내다울 수는 없기 때문입니다. 어느 쪽이나 사나이 쪽이 천하를 얻는 것입니다."

진나라 왕이 무릎을 꿇고 물었다.

"어떻게 하면 진나라를 여자처럼 만들지 않을 수 있겠소?"

"제나라가 맹상군을 물리친 것을 임금께서도 아십니까?"

"들었소."

풍환이 말했다.

"제나라가 천하에서 무게 있는 나라가 된 것은 맹상군이 있기 때문입니다. 그런데 이제 제나라 왕은 다른 나라의 비방에 현혹되어 그를 물리쳤습니다. 맹상군은 마음에 원한을 품고 반드시 제나라를 배반할 것입니다. 그가 제나라를 배반하고 진나라에 온다면 제나라의 세세한 실정을 모두 진나라에 알려 줄 것입니다. 그러면 진나라는 제나라 땅을 손안에 넣을 수가 있을 것입니다. 그렇게 되면 진나라가 어디 사나이 나라뿐이겠습니까? 임금께서는 속히 사자로 하여금 예물을 실어 보내어 은밀히 맹상군을 영접해 오는 것이 좋을 것입니다. 그 시기를 놓쳐서는 안 될 것입니다. 만약 제나라 왕이 자기의 허물을 깨닫고는 다시 맹상군을 기용하면 자웅의 판가름이 어느 쪽으로 날지 예측하기 어렵습니다."

진나라 왕은 크게 기뻐하며 수레 열 대, 황금 백 일을 보내어 맹상군을 영접해 오도록 했다. 풍환은 작별을 고하고 진나라의 사자보다 앞서 진나라를 떠나 제나라에 돌아와서 왕에게 말했다.

"천하의 유세자로서 수레를 몰고, 말을 달려 동쪽 제나라에 들어온 사람치고 제나라를 굳세게 하고 진나라를 약하게 만들려고 하지 않는 자는 없습니다. 진나라와 제나라는 한쪽이 사나이 나라라면 다른 쪽은 여자 나라와 같은 것이어서, 진나라가 강해지면 제나라가 약해지는 것은 자연의 형세로서 쌍방이 다 굳세어질 수는 없는 것입니다. 신이 듣건대, 진나라는 수레 열 대, 황금 백 일과 사자를 보내어 맹상군을 영접해 가려고 한답니다. 맹상군이 서쪽으로 가지 않으면 다행이지만 만일에 서쪽의 진나라에 들어가서 재상이 되면 천하는 진나라 중심으로 돌아가고 말 것입니다. 진나라가 굳세어지면 제나라가 약해지는 수밖에 없고, 그렇게 되면 순식간에 제나라의 수도 임치는 말할 것도 없고 즉묵도 위험하게 될 것입니다. 임금께서는 어째서 진나라 사자가 오기 전에 맹상군을 재상으로 복직시켜 봉읍을 넓혀 주며 사과하지 않습니까? 맹상군은 기뻐하며 그 뜻을 받들 것입니다. 진나라는 강한 나라지만 상황이 이렇게 되면 남의 나라 재상을 자기 나라로 영접해 가려고는 하지 않을 것입니다. 이것이 진나라의 음모를 꺾어 패자가 되려는 모략을 끊는 방법입니다.”

제나라 왕은 풍환의 말이 옳다며 국경에 사람을 보내 진나라 사자의 동정을 살피게 했다. 때마침 진나라에서 보낸 사자의 수레가 제나라 경계 안으로 들어왔다. 제나라의 사자는 한달음에 달려와서 그 사실을 왕에게 알렸다. 제나라 왕은 맹상군을 불러 다시 재상의 자리에 앉히고, 원래대로 봉읍을 주며 다시 천 호를 증가했다. 진나라의 사자는 맹상군이 도로 제나라의 재상이 되었다는 말을 듣고 수레를 돌려 떠나 버렸다.

전날 제나라 왕이 다른 나라의 비방으로 맹상군을 물리쳤을 때 식객들은 모두 맹상군의 곁을 떠났었다. 그런데 다시 복직되었다는 소식이 들리자 식객들이 예전처럼 몰려들었다. 풍환이 그들을 반갑게 맞아들이는 것을 보고 맹상군이 탄식하며 말했다.

“나는 전에 빈객을 좋아하여 그 대접에 부족함이 없도록 하였소. 식객이 3천 명이나 되었던 것은 선생도 아시는 바요. 그런데 그들은 내가 재상의 자리에서 물러나는 것을 보자 모두 나를 배반하여 떠나 버리고 돌아오는 자가 없었소. 이제 선생의 힘을 빌려 내가 재상의 자리에 복직되었지만, 나를 버렸던 자들은 무슨 염치로 다시 기어든단 말입니까? 그들의 얼굴에 침을 뱉고 크게 모욕을 주고 싶을 뿐이오."

그러자 풍환이 얼른 엎드려 맹상군에게 절했다. 맹상군도 어리둥절한 표정으로 맞절을 하며 말했다.

"선생은 빈객들을 대신해서 사과하는 것이오?"

"빈객들을 대신해서 사과하는 것이 아닙니다. 군주의 말씀이 경우를 잃었다고 생각되기 때문입니다. 대체로 사물에는 반드시 그렇게 되는 결과가 있고, 일에는 당연히 그렇게 되는 도리가 있습니다. 군주께서는 이것을 아십니까?"

"어리석은 내가 그것을 어찌 알겠소?"

풍환이 말했다.

"살아 있는 자가 반드시 죽는 것은 만물의 이치입니다. 부귀하면 추종하는 자가 많고, 빈천(貧賤)하면 교우가 적은 것은 당연한 것입니다. 군주는 아침에 시장에 가는 사람들을 보신 적이 있을 것입니다. 아침에는 어깨를 나란히 하여 앞을 다투어 문으로 들어가지만, 날이 저물면 아무리 팔을 붙잡아도 뿌리치며 가 버립니다. 그것은 아침에는 시장을 좋아하고 저녁에는 싫어해서가 아니라, 저녁에는 시장에 상품이 없기 때문입니다. 그와 같이 군주께서 자리를 물러났을 때 빈객들이 모두 떠나 버린 것은 당연한 이치입니다. 그러한 일로 원망을 하고 함부로 빈객의 길을 끊어서는 안 됩니다. 바라건대 군주는 빈객을 대접하기를 본디와 같이 하여 주십시오. 이는 그들을 위해서가 아니라 군주 자신을 위하는 일이기 때문입니다."

이에 맹상군은 두 번 절하고 말했다.

"삼가 그 말씀대로 따르겠소! 선생의 말씀을 듣고 그 가르침에 따르지 않을 수가 없구려."

태사공은 말한다.

나는 일찍이 설을 방문했는데, 마을에는 거칠고 사나운 젊은이들이 많아 맹자의 고향인 추나라나 공자의 고향인 노나라의 풍속과는 사뭇 달랐다. 그 까닭을 그 지방 사람들에게 물었더니 이렇게 대답했다.

"옛날에 맹상군이 천하의 건달들을 불러서 6만여 집이나 설에 넣었기 때문이오."

세상에 전해지기를 맹상군이 빈객을 좋아하여 스스로 즐겼다고 하는데, 그 소문이 빈말은 아니구나!

평원군·우경 열전(平原君虞卿列傳)

조(趙)나라의 평원군(平原君)은 풍정(馮亭)과는 권모(權謨)를 겨루고, 초(楚)나라로 가서는 한단의 포위를 구함으로써, 그 임금을 다시 제후로 칭하게 했다. 그래서 〈평원군·우경 열전 제16〉을 지었다.

평원군 조승(趙勝, 혜문왕의 아우)은 조나라의 공자(公子) 중 한 사람이다. 여러 공자 중에서도 가장 현명했고, 빈객을 반겼다. 그리하여 그의 밑으로 모여든 빈객이 무려 수천 명에 이르렀다. 그는 혜문왕과 효성왕 2대에 걸쳐 세 번이나 재상에 올랐으며, 동무성(東武城)에 봉해졌었다. 평원군 저택의 누각은 민가와 잇닿아 있고, 그 민가에는 한 절름발이가 살고 있었다. 그는 다리를 절면서도 자신이 직접 물을 길어 먹었다. 평원군의 누각에는 그의 미인(美人, 애첩)이 살고 있었는데, 어느 날 그 광경을 보고는 깔깔대며 큰 소리로 웃었다. 그러자 이튿날, 그 절름발이가 평원군의 저택으로 찾아와 말했다.

"저는 공자께서 선비들을 후대하신다고 들었습니다. 또 선비들 역시 천 리를 마다하지 않고 공자를 찾아오는 것은 공자께서 선비들을 소중히 여기시고 첩 따위는 천하게 아시기 때문입니다. 그런데 불행히도 공자의 여인은 제가 절름발이인 것을 비웃었습니다. 그러니 저를 비웃은 자의 목을 베어 주십사고 이렇게 찾아왔습니다."

평원군이 웃으며 말했다.

"알았소."

그러나 절름발이가 물러가자 평원군은 이렇게 말했다.

"저 녀석 보게. 한 번 웃었다는 이유로 내 미인을 죽이라니 너무 심하군."

평원군은 끝내 그녀를 죽이지 않았다. 그로부터 채 1년이 안 되어 빈객들이 하나둘씩 떠나가더니 마침내는 반 정도밖에 남지 않았다.

평원군은 그 까닭을 모르겠기에 빈객들에게 물어보았다.

"나는 여러분을 대우하는 데 있어서 소홀한 점이 없었다고 생각하는데 떠나가는 분이 이렇게 많으니 어찌 된 일이오?"

그러자 누군가가 대답했다.

"공자께서 지난번에 절름발이를 비웃었던 미인을 죽이지 않았기 때문에, 공자는 여자만을 사랑하고 선비는 천하게 여기는 분으로 여겨지게 되었습니다. 그래서 모두들 떠나간 것입니다."

그리하여 평원군은 곧 절름발이를 비웃었던 미인의 목을 베어 들고 몸소 절름발이를 찾아가 사과했다. 이 일이 세상에 알려지자 다시 사람들이 줄지어 모여들었다.

당시에는 이처럼 제나라에 맹상군, 위나라에 신릉군, 초나라에 춘신군—이들을 조나라의 평신군과 함께 전국사공자(戰國四公子)라고 함—이 있어서 서로 경쟁적으로 선비들을 불러 모아 후대했다.

얼마 뒤 진나라가 조나라의 수도 한단을 포위했을 때 조나라는 평원군을 초나라로 보내 구원병을 청하게 하고 초나라와 합종하려 했다. 평원군은 출발에 앞서 왕에게 용기 있고 문무를 겸비한 사람 20명을 데리고 가겠다고 말하며 이렇게 약속했다.

"말로 교섭해서 목적을 이루면 그보다 다행한 일이 또 어디 있겠습니까만, 만일 타협이 안 될 경우에는 초나라 궁궐 밑에서 피를 흘리더라도 힘에 의지해 반드시 합종의 맹약을 맺고 오겠습니다. 같이 갈 선비들은 밖에서 구할 것 없이 제 문하의 빈객들 중에서 추리면 되옵니다."

그리고 19명까지는 쉽게 뽑았는데, 한 사람을 고를 수 없어서 20명을 채우지 못했다. 이때 빈객 중에 모수(毛遂)가 평원군에게 자기를 추천하고 나섰다.

"공자께서는 초나라와 합종의 약속을 맺기 위해 공자의 빈객 가운데서 20명을 데리고 갈 것을 왕과 약속했는데, 지금 한 사람이 모자란다고 들었습니다. 바라건대 저를 그 일행에 끼워 주십시오."

"선생께서 내 집에 와 계신 지 몇 해나 되었소?"

"한 3년 됐습니다."

"무릇 현자의 처세란 마치 주머니 속의 송곳과 같아서, 송곳 끝이 주머니를 뚫고 나오듯이 금방 세상에 알려지는 법이오. 그런데 지금 선생은 내 집에 3년이나 계셨다지만, 좌우에서 한 번도 선생을 칭찬하는 일이 없었고, 나 역시 선생의 훌륭한 점을 들은 일이 없소. 이것은 결국 선생에게는 특별한 재주가 없다는 이야기이므로, 이번만은 같이 갈 수가 없소. 여기 그대로 머물러 계십시오."

"저는 오늘 비로소 주머니 속에 넣어 주십사고 청하는 것입니다. 만일 일찍부터 주머니 속에 들어가 있었으면 송곳 끝만이 아니라 송곳 자루까지 밖으로 나왔을 것입니다."

평원군은 결국 모수와 같이 가기로 했다. 그러나 다른 19명은 입밖에 말을 꺼내지는 않았지만 모수를 업신여겨 서로가 눈짓하며 비웃었다. 모수는 초나라에 도착하기 전까지 19명과 토론을 벌였는데, 그들을 모두 굴복시켰다.

초나라에 도착한 평원군은 초나라 왕에게 합종을 주장하며 그것의 이로운 점과 해로운 점을 설명했으나, 해가 뜰 무렵부터 토론을 시작해서 한낮이 되도록 결정을 보지 못했다. 그래서 일행(19명)은 모두 모수에게 청했다.

"선생이 당상으로 올라가서 담판을 짓도록 하시오."

그러자 모수는 칼을 허리에 찬 채 급히 계단으로 뛰어 올라가 평원군에게 말했다.

"합종의 결론은 이로우냐, 해로우냐의 딱 두 마디로 요약됩니다. 그토록 간단한 일을 가지고 해가 뜰 무렵부터 이야기하기 시작해서 한낮이 되도록 결정을 보지 못하는 것은 무엇 때문입니까?"

초나라 왕이 평원군을 보며 말했다.

"저 사람은 누구요?"

"제 사인(舍人)입니다."

초나라 왕은 모수를 업신여기며 꾸짖었다.

"너는 어째서 아래로 내려가 있지 않느냐? 내가 너의 주인과 이야기를 하고 있는데, 네가 웬 참견이냐?"

모수는 초나라 왕의 호통에도 전혀 기죽지 않고 오히려 칼을 빼어 들며 말했다.

"대왕께서 저를 꾸짖는 것은 초나라의 많은 군사를 믿기 때문입니다. 그러나 지금 대왕은 저와 열 걸음밖에 안 되는 곳에 있습니다. 따라서 초나라 군사는 아무 소용이 없습니다. 이제 왕의 목숨은 저의 손에 달려 있습니다. 우리 주인이 앞에 계신데, 그를 무시하고 저를 꾸짖는 것은 또 무슨 경우입니까? 은나라 탕왕은 겨우 70리 땅을 가지고 천하의 왕이 되었고, 주나라 문왕은 백 리의 작은 땅으로 제후들을 신하로 만들었다고 들었습니다. 그들이 군사가 많아서 그런 것이 아닙니다. 그 형세에 의지하여 위력을 발휘했기 때문입니다. 지금 초나라 땅은 사방이 5천 리이고, 창을 잡은 군사는 백만 명이나 됩니다. 이야말로 패자(覇者)가 되고 왕자(王者)가 되는 바탕입니다. 이 강대한 힘에 대적할 군사는 천하에 없습니다. 그런데도 진나라 장군 백기와 같이 보잘것없는 자가 이끄는 수만 명의 군대가 초나라를 한 번 공격해 언과 영을 차지하고, 두 번 공격해 이릉을 불사르고, 세 번 공격해 종묘를 욕보였습니다. 이야말로 초나라 백세(百世, 멀고 오랜 세월)

의 원한이니, 우리 조나라 사람들도 초나라를 위해 수치로 여기고 있습니다. 그런데 왕께서만 진나라가 밉지 않단 말씀입니까? 합종은 초나라를 위하는 것이지, 조나라를 위한 것이 아닙니다. 내용도 모르시면서 우리 주인이 앞에 있는데도 그를 무시하고 저를 꾸짖으시니 이 무슨 당치 않은 처사이십니까?"

초나라 왕이 말했다.

"과연 그렇소. 정말 선생의 말씀 그대로요. 삼가 나라를 들어 선생의 말을 따르겠소."

"합종은 결정이 된 것이옵니까?"

"결정했소."

모수는 초나라 왕의 좌우에게 의식을 준비시켰다.

"닭·개·말의 피를 가지고 오시오."

준비가 끝나자 모수는 직접 그 피를 담은 구리 대야를 받쳐 들고 무릎을 꿇은 채 초나라 왕에게 올렸다.

"왕께서 먼저 마시어(실상은 입술 끝에 피를 조금 묻힘) 합종을 약속해 주십시오. 그다음은 우리 주인, 다음은 저올시다."

이리하여 어전에서 마침내 합종을 맹약했다. 모수는 왼손에 구리 대야를 들고, 오른손으로 열아홉 명을 손짓해 불러 말했다.

"그대들도 당하에서 함께 피를 마시오. 이 일은 나의 힘으로 이루어진 것이지만, 맹약의 증인으로서 그대들에게도 필요한 의식이오."

평원군은 무사히 합종을 결정짓고 조나라로 돌아왔다. 그리고 이렇게 탄식했다.

"나는 다시는 감히 선비의 상을 보고 그를 평가하지 않겠다. 내가 지금까지 보아 온 선비만 많게는 천 명, 적게는 백 명이 넘을 것이다. 그리고 내 스스로는 천하 인물들을 몰라본 적이 없다고 생각했었다. 그런데 모수 선생의 경우는 몰라보았다. 모수 선생은 초나라에 가서, 조나라 위신을 저 구정(九鼎)과 대려(大呂, 주(周)나라 왕실의 큰 종)보다도 더 무거운 것으로 만들었다. 모수 선생의 무기는 다만 세 치 혀이지만, 그 힘은 백만 대군보다도 더 강한 것이었다. 정말이지 나는 다시는 선비들의 상으로 그들을 평가하지 않겠다."

그 후 평원군은 모수를 상객으로 극진히 모셨다.

한편, 평원군이 조나라로 돌아가자 초나라는 춘신군에게 군사를 주어 조나라를 구원하도록 했다. 위나라 신릉군 역시 속임수를 써서 진비(晉鄙)의 군사를 빼앗아 조나라를 구원했다. 그러나 그들 응원군이 채 도착하기도 전에 진나라는 재빨리 한단을 포위해 왔으므로 한단은 함락 직전의 위기에 놓이고 말았다. 평원군은 심히 걱정했다. 이때 전사사(傳舍吏, 전사를 관리하는 자)의 아들인 이동(李同, 이담)이 평원군을 찾아왔다.

"공자께선 조나라가 망하는 것을 걱정하지 않으십니까?"

"무슨 말이냐? 조나라가 망하면 나는 포로가 될 것이다. 어떻게 걱정이 되지 않겠느냐?"

"한단 백성들은 이제 땔감이 없어서 죽은 사람의 뼈를 때고 있으며, 먹을 것이 없어 서로 자식을 바꾸어 잡아먹고 있는 실정입니다. 이보다 더 위급한 때가 어디 있겠습니까? 그런데 공자의 후실들은 백 명을 헤아릴 정도이며, 시녀와 하녀들까지도 비단옷을 입고 쌀밥과 고기를 질리도록 먹고 있습니다. 백성들은 누더기 옷도 제대로 입지 못하고 지게미(술을 만들고 남은 찌꺼기)와 쌀겨도 배불리 먹지 못하고 있습니다. 또한 백성들은 무기마저 없어 나무를 깎아 창과 화살을 만들어 쓰고 있는 형편입니다. 그런데도 공자의 집에는 종(鐘)과 경(磬) 같은 악기까지 전과 다름없이 있습니다. 진나라가 조나라를 이기는 그날, 공자께서는 어떻게 그것들을 지닐 수 있겠습니까? 그러니 공자께서는 부인 이하 저택의 모든 사람을 병졸들과 함께 일하게 하시고 집안의 모든 물자를 있는 대로 다 병사들에게 쓰십시오. 그렇게만 하신다면 병사들은 위급하고 고통스러운 처지에 놓여 있지만 그 은혜에 감격할 것입니다."

평원군은 그의 말을 따랐다. 그 결과 결사대를 지원하는 3천 명의 용사를 얻게 되었다. 이동은 그 3천 명과 함께 진나라 군사를 향해 돌진했다. 진나라 군사는 이로 인해 30리나 후퇴했다. 때마침 초나라와 위나라의 구원병이 도착했으므로 진나라군은 포위를 풀고 가 버렸고, 한단은 다시 무사할 수 있었다. 그러나 안타깝게도 이동이 전사하여 그의 아버지를 이후(李侯)에 봉했다.

이 무렵, 조나라에 와 있던 유세객 우경(虞卿)은 신릉군이 구원병을 이끌고 한단을 구한 것은 오로지 평원군과 친분이 두터웠기 때문이라며 그 공을 평원군에게 돌리고, 평원군을 위해 봉토를 더 주도록 조나라 왕에게 청하려 했다. 이 소식을 들은 공손용이 밤에 마차를 달려 평원군을 찾아와 말했다.

"들리는 말에 의하면 신릉군이 한단을 구해 주었다 해서 공자에게 봉토를 더 주도록 왕께 청하려 한다는데 그게 사실입니까?"

"그렇소."

"그건 당치도 않은 일입니다. 왕이 공자를 조나라 재상에 등용시킨 것은 공자의 지혜와 재주가 조나라 안에서 가장 뛰어나서가 아닙니다. 또 동무성에 공자를 봉한 것도 공자께만 공로가 있고 다른 사람에겐 공로가 없어서 그런 것이 아닙니다. 그것은 다만 공자가 왕의 친척이기 때문입니다. 또 공자께서 일찍이 재상의 지위를 받으면서도 능한 것이 없다며 사양한 일이 없고, 봉토를 주었을 때도 공이 없다고 사양하지 않은 것은 역시 스스로 왕의 친척이라는 것을 생각하고 있었기 때문입니다. 지금 신릉군이 한단을 구한 것을 공자의 공이라고 해서 증봉(增封)을 받는다는 것은, 전에 왕의 친척이란 이유로 봉토를 받아 두고서도 이번에는 백성의 한 사람으로서 공을 따져 증봉을 받으려는 것이니 매우 부당한 일입니다. 뿐만 아니라 우경의 속셈은 양다리를 걸치는 데에 있을 뿐입니다. 일이 성공하면 그것을 이유로 보상을 얻으려는 것이고, 일이 성공하지 못했을 경우에는 증봉을 청해 주었다는 헛된 이름으로 공자에게 생색을 내려는 것입니다. 우경의 말을 받아들여서는 절대로 안 됩니다."

평원군은 끝내 우경의 말을 받아들이지 않았다.

평원군은 조나라 효성왕 15년에 죽었다. 자손이 대를 이어 갔으나 뒤에 결국 조나라와 함께 망했다.

평원군은 공손용을 후하게 대우했다. 공손용은 '견백동이(堅白同

異)의 변론(辯論)'에 능숙했다. 그러나 추연이 조나라에 들러 지도(至道, 지극한 도리)란 과연 무엇인가를 설파하자 평원군은 공손용을 멀리했다.

우경은 유세객이다. 짚신을 신고, 자루가 긴 관을 쓴 채 조나라 효성왕을 설득시켰다. 한 번 알현해서 황금 백 일과 흰 옥구슬 한 쌍을 얻었고, 두 번째 알현했을 때는 조나라 상경에 올랐다. 그래서 우경이라 부르게 되었다.

진나라와 조나라가 겨루었던 장평 싸움에서 조나라가 패하여 도위(都尉, 부대장) 한 사람을 잃었다. 그러자 조나라 왕은 장군인 누창(樓昌, 누수(樓緩)와 동일인이라는 설이 있음)과 우경을 불러 말했다.

"우리 군사는 승리를 거두지 못했을 뿐만 아니라 도위 한 사람이 전사했소. 과인은 가벼운 차림의 날랜 군사들을 이끌고 진나라 진영으로 쳐들어가고 싶은데 어떻겠소?"

누창이 말했다.

"이롭지 못한 일입니다. 그보다도 중요한 인물을 사신으로 보내어 화평을 맺도록 하는 것이 좋겠습니다."

그러나 우경은 의견을 달리했다.

"누창이 화평을 말하는 것은 그렇게 하지 않으면 우리 군사가 반드시 패할 것으로 생각하기 때문입니다. 그러나 화평을 맺고 안 맺는 것은 진나라에 달려 있습니다. 왕께서는 진나라가 조나라군을 깨뜨릴 것이라고 보십니까, 그렇지 않을 것이라고 보십니까?"

"진나라는 있는 힘을 다해서 쳐들어오고 있으므로, 기어코 조나라 군을 깨뜨릴 것이오."

"그러시면 왕께선 신의 의견을 들어 주십시오. 사신에게 귀중한 보물을 들려 보내 초나라와 위나라를 우리 편으로 만드십시오. 초나라와 위나라는 왕의 귀중한 보물을 얻기 위해 반드시 우리 사신들을 받아들일 것입니다. 조나라 사신이 두 나라로 들어가면, 진나라는 천하가 합종을 하는 것이 아닌가 의심하고 또 두려워할 것이 뻔합니다. 이렇게 되면 자연 화평을 맺을 것입니다."

그러나 조나라 왕은 우경의 말을 받아들이지 않았다. 그리고 평양군(平陽君)과 상의하여 화평을 맺기로 하고 정주(鄭朱)를 진나라에 사신으로 보냈다. 정주가 무사히 진나라에 입국했다는 보고를 받자 조나라 왕은 우경을 불러 이렇게 말했다.

"과인은 평양군에게 명해서, 진나라와의 화평을 계획하도록 했소. 그 결과 진나라는 이미 정주를 맞아들였소. 경은 이 점을 어떻게 생각하오?"

우경이 대답했다.

"그렇지 않습니다. 화평은 성립되지 않은 채 우리 군사만 패하게 될 것입니다. 제후들은 승리를 축하하려고 이미 진나라로 들어가고 있습니다. 정주는 귀인이니 진나라 왕은 응후와 상의하여 반드시 그를 정중하게 대접하고, 그가 조나라의 화평 교섭차 온 사신임을 천하에 보여 줄 것입니다. 그렇게 되면, 초나라와 위나라는 조나라가 진나라와 화평을 맺으려 하고 있다는 것을 이유로 결코 왕을 구원하지 않을 것입니다. 진나라가 각국이 왕을 돕지 않는 것을 알게 되면 화평은 도저히 성립될 수가 없습니다."

응후는 과연 정주를 정중히 대우하여 각국에서 승리를 축하하러 온 사신들에게 보여 줄 뿐 끝내 화평을 승낙하지 않았다.

이리하여 조나라는 장평에서 크게 패하고, 마침내는 한단까지 포위당해 천하의 웃음거리가 되고 말았다.

진나라가 한단의 포위를 풀자 조나라 왕은 조학(趙郝, 《전국책》에는 누완)을 진나라로 보내 여섯 현을 떼어 주는 조건으로 화친을 맺으려 했다. 이때 우경이 다시 조나라 왕에게 진언했다.

"진나라는 왕을 공격했다가 포위를 풀었습니다. 그것은 싫증이 나서 돌아간 것이겠습니까, 아니면 진나라가 아직도 공격할 힘이 있지만 왕을 아껴서 그만둔 것이겠습니까?"

"진나라는 우리를 치는 데 전력을 기울이고 있었던 거요. 반드시 지친 나머지 돌아갔을 거요."

"진나라는 그들 힘으로는 얻을 수 없는 것을 공격하다가 지쳐서 돌아간 것입니다. 그런데 왕께선 진나라 힘으로는 가질 수 없었던 여섯 고을을 지금 진나라로 보내 주려 하고 계십니다. 이것은 진나라를 도와 스스로 자신을 망치는 일입니다. 내년에 진나라가 다시 왕을 치게 되면 그때는 빠져나갈 길이 없을 것입니다."

왕이 우경의 말을 조학에게 전하자 그가 말했다.

"우경은 진나라의 힘이 어느 정도라는 것을 참으로 알고 있는 것일까요? 만일 진나라가 정말 지쳐 있다면 아무리 탄환만큼 조그만 땅

(여섯 고을)이라도 줄 필요가 없습니다. 그러나 진나라에 힘이 있어 내년에 다시 왕을 공격해 온다면 그때는 이보다 더 큰 땅을 떼어 주어야 화평을 맺을 수 있을 것입니다."

왕이 말했다.

"그대의 의견을 받아들여 여섯 현을 떼어 주기로 하겠소. 그런데 공은 진나라가 내년에 다시 우리 나라로 쳐들어오지 않게끔 만들 수 있겠소?"

조학이 대답했다.

"그것은 신이 감히 보증할 수 없는 일입니다. 옛날 삼진과 진나라와의 사이는 서로 가까웠습니다. 그런데 지금 진나라가 한나라와 위나라와 친하게 지내며 우리 조나라를 공격하는 것은, 왕이 진나라를 섬기는 것이 그들 두 나라만 못하기 때문입니다. 지금 신이 왕을 위해 화친을 저버린 일 때문에 일어난 싸움을 풀고, 관문으로 여러 물자를 소통시키며 진나라와의 국교를 한나라와 위나라와 마찬가지로 터둔다 하더라도 내년에 다시 왕께서 진나라로부터 공격을 당하면, 그것은 왕께서 진나라를 섬기는 것이 한나라와 위나라만 못하기 때문입니다. 이것은 신이 보증할 일이 못 되옵니다."

왕이 조학의 말을 우경에게 전하자 그는 이렇게 대답했다.

"조학의 이야기인즉, 화친을 하지 않으면 내년에 진나라는 다시 왕을 공격할 것이며, 그렇게 되면 다시 그 안쪽의 땅을 떼어 주어야만 화친을 맺을 수 있다는 것이지만, 지금 화친을 한다 해도 조학은 진나라가 다시금 쳐들어오지 않는다는 것을 보증하지 못합니다. 그렇다

면 여섯 현을 떼어 준들 무슨 소용이 있겠습니까? 내년에 진나라가
또 쳐들어오면, 왕은 또다시 진나라의 힘으로는 빼앗아 가질 수 없는
땅을 떼어 주고 화친을 하실 것입니다. 이것은 스스로 멸망하는 길입
니다. 그러므로 화친하지 않는 것이 좋습니다. 진나라가 아무리 공격
을 잘한다 해도 여섯 현을 앗아 갈 수는 없을 것입니다. 조나라가 당
해 내지 못한다 해도, 결국 여섯 현을 잃게 되지는 않을 것입니다. 진
나라가 싸움에 싫증이 나서 돌아갔다면 그 군사는 지쳐 있을 것입니
다. 그러므로 우리 나라가 여섯 현을 다른 나라에 주고 우리 편으로
만든 다음, 지쳐 있는 진나라를 공격하면 천하 제후들에게 잃은 여섯
현의 대가를 진나라로부터 얻게 되므로 우리로서는 유리한 것입니
다. 가만히 앉아 있으면서 땅을 떼어 주어 스스로를 약하게 하고 진
나라를 강하게 하는 것 중에 어느 편이 더 낫겠습니까? 지금 조학은
'진나라가 한나라와 위나라와 친하게 지내며 조나라를 공격하는 것
은, 왕이 진나라를 섬기는 것이 한나라와 위나라만 못하기 때문이
다.'라고 했습니다. 그 같은 생각대로라면 왕은 해마다 여섯 현씩을
떼어 주고 진나라를 섬겨야만 되는 것입니다. 이렇게 되면 가만히 앉
아서 조나라 성을 다 잃는 것입니다. 내년에 진나라가 또 땅을 떼어
줄 것을 요구해 오면 왕은 주시겠습니까? 주시지 않으면 지금까지
땅을 떼어 준 효과도 없이 진나라가 공격해 들어오는 화를 불러일으
킬 것입니다. 한번 주기 시작하면, 결국에는 줄 땅이 없어지고 말 것
입니다. 옛말에 '강한 자는 잘 공격하지만, 약한 자는 잘 지키지 못한
다.'고 했습니다. 지금 가만히 앉아서 진나라의 요구를 들어주면, 진

나라는 군사를 해치는 일이 없이 많은 땅을 얻게 될 것입니다. 이것은 진나라를 강하게 하고 조나라를 약하게 하는 것입니다. 점점 강해져 가는 진나라가 점점 약해져 가는 조나라 땅을 떼어 가지게 되는 만큼, 진나라의 요구는 끝이 없을 겁니다. 그리고 왕의 땅은 한정되어 있는데, 진나라의 요구는 한이 없습니다. 한정된 땅을 가지고 한이 없는 요구에 응한다면, 그 결과는 조나라의 멸망뿐입니다."

조나라 왕은 결정을 내릴 수 없었다. 이 무렵, 진나라로부터 누완(樓緩)이 찾아왔으므로 조나라 왕은 그와 이 일을 상의했다.

"진나라에 땅을 주는 것이 좋겠소, 주지 않는 것이 좋겠소?"

누완이 사양하며 말했다.

"이것은 신이 말할 수 있는 것이 아니옵니다."

"그래도 경의 의견을 말해 보시오."

누완이 대답했다.

"왕께서도 공보문백(公甫文伯)의 어머니 이야기를 들으셨습니까? 공보문백은 노나라에서 벼슬을 하고 있었는데, 그가 병으로 죽자 그의 죽음을 슬퍼하여 안방에서 스스로 목숨을 끊은 여자가 둘이나 되었습니다. 문백의 어머니는 이 말을 듣고는 울지 않았습니다. 이상하게 여긴 문백의 유모가 '자식이 죽었는데도 어찌 울지 않을 수가 있습니까?' 하고 묻자, 문백의 어머니는 '공자(孔子)는 어진 분인데, 그가 노나라에서 쫓겨났을 때 문백은 그를 따라가지 않았어. 그런데 지금 내 아들이 죽었다고 하자, 그를 위해 목숨을 끊은 여자가 둘이나 된다고 했어. 이 같은 사람은 덕이 있는 사람에겐 정을 주지 않고, 여자에게는 다정했던 것으로밖에 볼 수 없으니, 아무리 내 자식이지만 울 수 없어.' 하고 말했습니다. 이 말이 어머니 입에서 나오면 어진 어머니란 평을 듣지만, 아내의 입에서 나왔을 경우에는 질투가 심한 아내란 평을 듣지 않을 수 없습니다. 말은 같지만, 그 말을 하는 사람이 다르면 듣는 사람의 생각이 달라지는 것입니다. 지금 신은 진나라에서 왔으므로 진나라 사정을 잘 압니다. '땅을 주지 마십시오.' 하고 말씀을 드리면 좋은 꾀가 될 수 없습니다. 그러나 '땅을 주십시오.' 하고 말씀드리면 아마 왕께선 신이 진나라를 위해서 하는 말이라고 생각하실 것입니다. 그래서 감히 대답을 못 하는 것입니다. 하지만 지금의 상황을 고려해 볼 때 신이 대왕을 위해 꾀한다면 땅을 주는 것이 가장 좋은 방법일 것입니다."

왕이 대답했다.

"알았노라!"

우경은 이 말을 듣자 궁중으로 들어가 왕을 뵙고 말했다.

"누완의 말은 다만 그럴듯하게 꾸며진 것으로 조나라를 위한 것은 아닙니다. 왕께선 깊이 생각하시어 땅을 진나라에 주지 마십시오."

이 말을 들은 누완은 궁으로 들어가 왕을 뵈었다. 왕은 또 우경의 말을 누완에게 일러 주었다. 누완이 대답했다.

"그렇지 않습니다. 우경은 하나만 알고 둘은 모릅니다. 대체 진나라와 조나라가 전쟁을 하면 제후들이 모두 기뻐하는 이유는 무엇 때문이겠습니까? 제후들은 '나는 강한 쪽에 가담해서 약한 쪽을 노리리라.' 하고 있는 것입니다. 지금 조나라군이 진나라군에게 패하면 제후들은 승리를 축하하기 위해 틀림없이 모두 진나라로 모여들 것입니다. 그러므로 빨리 땅을 떼어 주고 화친을 맺어 제후들을 당황하게 하고 진나라의 마음을 달래 주는 것이 최선책입니다. 그러지 못하면 제후들은 진나라의 심한 노여움을 이용하여 조나라의 지친 틈을 기회로 참외를 쪼개듯 조나라를 나눠 먹으려 들 것입니다. 조나라가 장차 망하게 되는 판국이니 진나라가 꾀할 것까지도 없는 일입니다. 그러므로 우경은 하나만 알고 둘은 모른다는 것입니다. 왕은 이것으로 결정을 짓고 다시는 다른 생각을 마십시오."

우경은 이 말을 듣고 들어가 왕에게 고했다.

"누완의 생각은 진나라를 위한 것이므로 그 말을 따르는 것은 참으로 위험합니다. 그 방법은 제후들의 의심을 점점 더 사게 될 뿐 진나라의 마음을 달래지는 못할 것이며, 다만 천하에 조나라가 약하다는 것을 보여 줄 따름입니다. 또 신이 '땅을 진나라에 주지 마십시오.' 하는 것은 단순히 주지 말자는 생각에서가 아닙니다. 진나라가 왕에게 여섯 현을 요구하거든, 왕은 차라리 그 여섯 현을 뇌물로 제나라에 주시라는 겁니다. 제나라는 진나라와 깊은 원수지간입니다. 왕의 여섯 고을을 얻으면, 제나라는 왕과 힘을 합쳐 서쪽으로 진나라를 공격할 것입니다. 그러므로 제나라는 말이 떨어지자마자 왕의 제안을 받아들일 것입니다. 이렇게 되면 왕은 여섯 고을을 제나라에 잃는 것이 되지만, 그 대가를 진나라로부터 얻고, 진나라에 대한 제나라와 조나라의 원수도 갚는 것입니다. 그리고 천하에 조나라의 능력을 보여 주는 것이 됩니다. 왕께서 이 방침을 선언하면 제나라와 조나라의 군사가 아직 진나라 국경을 엿보기도 전에 진나라에서는 큰 뇌물을 조나라로 보낼 것이며, 진나라가 도리어 왕에게 화친을 청해 올 것으로 생각되옵니다. 진나라가 화친을 청해 오면, 한나라와 위나라는 이 말만 듣고도 왕을 소중하게 여길 것이 뻔합니다. 왕을 소중히 여기면 반드시 귀중한 보물을 보내 주며 먼저 왕께 화친을 청할 것입니다. 즉, 왕께선 한 가지 일을 함으로써 제·한·위, 이 세 나라와 화친을 맺고 진나라와 위치가 바뀌게 되는 것입니다."

조나라 왕이 말했다.

"좋다."

조나라 왕은 우경을 시켜 동쪽으로 제나라 왕을 찾아가 함께 진나라를 칠 것을 상의하게 했다. 그러자 우경이 아직 제나라에서 돌아오기도 전에 이미 진나라의 사자가 화친을 맺기 위해 조나라에 왔다. 이 소식을 들은 누완은 도망치고 말았다. 조나라는 이에 우경의 공을 표창하여 성 하나를 봉읍으로 주었다.

그 뒤 얼마 안 있어서 위나라가 조나라와 합종을 하자고 청해 왔다. 조나라 효성왕은 우경을 불러 상의하려 했다.

우경은 궁궐로 가는 길에 평원군에게 들렀다.

평원군이 말했다.

"부디 위나라와의 합종이 좋다는 것을 왕에게 말씀해 주십시오."

우경이 궁궐로 들어가 왕을 알현하자 왕이 말했다.

"위나라가 합종을 하자고 청해 왔는데……."

"위나라가 잘못한 것입니다."

"과인은 아직 승낙하지 않았소."

"왕께서도 잘못이옵니다."

"그게 무슨 뜻이오? 위나라가 합종을 청해 온 것에 대해 경은 위나라의 잘못이라고 말하더니, 과인이 아직 승낙도 하지 않았는데 또 과인도 잘못이라고 말하니, 그러면 합종은 결국 해서는 안 된다는 이야기요?"

"신이 들은 바에 의하면, '작은 나라와 큰 나라가 같이 일을 하면, 이로운 것이 있을 때는 큰 나라가 그 복을 누리고, 실패를 하면 작은 나라가 그 화를 입는다.'고 했습니다. 지금 위나라는 작은 나라로 스스로 화를 부르고 있고, 왕은 큰 나라인데 복을 사양하고 계십니다. 그러므로 왕께서도 잘못이고, 위나라도 잘못이라고 한 것이옵니다. 제 생각으로는 합종이 좋을 것 같습니다."

왕이 말했다.

"좋다."

조나라 왕은 위나라와 합종했다.

그 뒤 우경은 위제(魏齊)와의 인연으로 인해 만호후(萬戶侯)와 경상(卿相)의 자리를 내던지고 그와 함께 조나라를 떠나 위나라의 대량에서 곤궁하게 지냈다. 위제는 위나라의 재상이었는데 범수와는 원수지간이었다. 범수가 훗날 진나라의 재상이 되어 위제의 목을 요구하자 친구인 우경에게 목숨을 구해 달라고 청했다. 우경은 위제를 구하려 했으나 여의치 않자 그와 함께 대량으로 달아났다가 위제는 스스로 목숨을 끊고, 우경은 불우한 말년을 지냈다.

우경은 곤궁한 가운데서도 이루지 못한 자신의 뜻을 책으로 펴냈는데 위로는《춘추(春秋)》에서 취하고, 아래로는 근세를 두루 살피며 〈절의(節義)〉·〈칭호(稱號)〉·〈췌마(揣摩)〉·〈정모(政謀)〉 등 8편을 지었다. 그 내용은 나라가 얻는 것과 잃는 것을 비판한 것이다. 이것은 세상에《우씨춘추(虞氏春秋)》라고 전해져 온다.

태사공은 말한다.

평원군은 난세에 태어난 풍류 공자였다. 그러나 천하를 다스리는 큰 이치를 꿰뚫어 보지는 못했다. 속담에 '이(利)는 지(智)를 어둡게 한다.'고 했다. 평원군은 풍정의 잘못된 말을 받아들여 장평에 진을 치고 있던 40여만 명의 조나라 군사를 함정에 빠지게 만들고, 한단을 잃을 뻔했다.

우경은 사태와 정세를 올바로 추측하고 판단하여 조나라를 위한 계책을 냈는데, 그가 조나라를 위해 꾀한 일들은 참으로 교묘했다. 하지만 그 뒤 위제의 불행을 차마 보지 못하고 마침내는 위제와 함께 대량에서 고생스럽게 지냈다.

보통 사람들도 그것이 옳지 못하다는 것을 알 수 있는데, 하물며 우경 같은 현자가 그것을 모를 리가 없다.

그러나 우경이 곤궁 속에 빠져 수심에 차 있지 않았다면 책을 지어 자기 스스로를 후세에 드러낼 수 없었을 것이다.

위공자 열전(魏公子列傳)²⁴

부귀한 몸으로서 가난한 선비에게 자신을 낮추고, 현명하고 유능한 선비로서 하찮은 사람에게 무릎을 굽히는 일은 오직 신릉군만이 행할 수 있었다. 그래서 〈위공자 열전 제17〉을 지었다.

위나라 공자 무기(無忌)는 소왕의 막내아들이자 안희왕(安釐王)의 배다른 동생이다. 소왕이 죽고 안희왕이 즉위하면서 그를 신릉군에 봉했다.

그 무렵 진나라 재상은 위나라에서 도망쳐 간 범수(范雎)였다. 범수는 위나라에 있을 때 재상 위제(魏齊)로부터 첩자라는 의혹을 사서 죽임을 당할 뻔했었으므로 그 원한을 풀기 위해 마침내 군대를 일으

---

24 통칭 〈신릉군 열전(信陵君列傳)〉이라고 하지만, 본서에서는 《태사공자서(太史公自序)》에 따라 편명을 〈위공자 열전〉이라고 붙였다.

켰다. 진나라군은 위나라 수도인 대량을 포위하고 화양 부근에서 위나라군을 쳐부수어 장군 망묘(芒卯)를 패주시켰다. 이 진나라와의 분쟁은 안희왕과 공자에게 큰 걱정거리였다.

공자는 사람됨이 어질고 겸손했다. 선비들과 만나면 그가 착하고 착하지 않은 것을 묻지 않았고, 누구에게나 자기를 낮추고 예의바르게 대하며 교제했다. 또 자신이 부귀한 몸이라고 해서 거만한 태도를 갖는 일이 없었다. 그러므로 사방 수천 리 지방에서 선비들이 몰려와 공자에게 몸을 의지했는데, 그 수가 3천 명이나 되었다. 그런 까닭으로 인근의 제후국들은 공자의 명망이 두려워 섣불리 군사를 보내 위나라를 치려 하지 않았으며, 그런 지가 벌써 10년이 넘었다.

어느 날, 공자가 위나라 왕과 장기를 두고 있는데 북쪽 국경으로부터 봉화가 계속 오르며 조나라 군대의 습격을 알려 왔다.

위나라 왕은 장기짝을 던지고 즉시 대신들을 불러 상의하려 했으나 공자가 이를 제지했다.

"조나라 왕은 사냥을 하고 있을 뿐 침략해 온 것이 아닙니다."

그러고는 그대로 장기를 두자고 했다. 왕은 걱정이 되어 장기에 빠져들 수 없었다. 조금 후에 북방으로부터 전령이 와서 전했다.

"조나라 왕이 사냥을 하고 있을 뿐 침략을 해 온 것이 아닙니다."

위나라 왕이 크게 놀라며 물었다.

"공자는 어떻게 그것을 미리 알고 있었는가?"

"신의 빈객 중 조나라 궁정에 정보원을 가진 자가 있어서 조나라 왕의 동정을 알고 있는 것입니다."

그 뒤, 위나라 왕은 공자의 실력을 두려워해 그에게 나랏일을 맡기려 하지 않았다.

위나라에 후영(侯嬴)이라 불리는 숨어 사는 인물이 있었다. 나이는 70세였는데, 대량성 동문(東門)인 이문(夷門)의 문지기였다. 공자는 그의 현명함을 듣고 빈객으로 모실 생각에 후한 선물을 보냈다. 그러나 후영은 선물을 받지 않았다.

"저는 수십 년에 걸쳐 몸을 닦고 행실을 깨끗이 해 왔습니다. 새삼스레 문지기로서의 생활이 괴롭다 해서 공자의 재물을 받고 싶지는 않습니다."

그래서 뒷날 공자는 술자리를 벌이고 많은 손님들을 초대했다. 그리고 연회장의 좌석이 다 정해졌을 무렵 수레와 말을 거느리고, 자기가 탄 수레의 왼쪽 자리를 비워 둔 채 몸소 이문으로 후영을 맞이하러 갔다. 후영은 낡아 빠진 의관을 차려입은 채 거침없이 마차로 올라와 상석으로 비워 둔 왼쪽 자리에 앉았다. 그의 얼굴에는 조금도 어려워하는 기색이 없었다. 실상인즉 후생(侯生, 후영)은 그렇게 하여 공자의 태도를 살피려 했던 것이다. 그러나 공자는 고삐를 잡은 채 더욱 공손한 태도를 취했다. 후생이 공자에게 말했다.

"제 친구 한 사람이 시장에서 푸줏간을 하고 있습니다. 미안하지만 길을 좀 돌아서 그리로 들러 가도록 해 주십시오."

공자는 수레를 몰고 시장 안으로 들어갔다. 후생은 수레에서 내려 친구인 주해(朱亥)를 만나 일부러 오래도록 서서 이야기를 나누며 곁눈질로 공자의 기색을 살폈다. 그래도 공자의 얼굴빛은 부드럽기만 했다.

한편 위나라의 장군, 대신 및 종실의 많은 고관들과 손님들은 연회장을 메우고 공자가 돌아오기만 기다려 술잔을 들지 않고 있었다.

시장 사람들은 공자가 말고삐를 잡고 있는 광경을 존경스러운 눈으로 구경했고, 공자의 호위병들은 들리지 않게 후생을 욕했다. 후생은 공자의 안색이 끝내 변하지 않는 것을 보자 친구와 작별 인사를 나누고 수레에 올라 공자의 집으로 왔다.

공자는 후생을 안내해서 상좌에 앉힌 뒤 널리 손님들에게 그를 소개했다. 손님들은 모두 놀랐다. 술자리가 한창 무르익어 갈 무렵 공자는 일어나 후생의 앞으로 나아가더니 술잔을 올리며 그의 장수를 빌었다. 그러자 후생이 말했다.

"오늘 저도 공자를 위해 충분한 일을 한 것으로 생각합니다. 저는 한낱 이문의 문지기에 불과합니다. 그런데 공자께서 몸소 수레를 타고 오셔서 친히 저를 이 많은 손님들 자리로 맞아 주셨습니다. 또한 도중에 딴 곳을 들러서는 안 될 일이었습니다만, 공자는 저의 청을 쾌히 승낙하시고 주해의 집에 들러 주셨습니다. 그러나 이런 청을 하게 된 것은 공자의 명성을 높여 드리고 싶어서였습니다. 일부러 오래도록 공자의 수레와 호위병들을 시장 가운데에 세워 두고 제가 친구에게 들른 것은, 사람들에게 공자의 모습을 보여 드리고 싶었던 것입니다. 공자는 더욱 공손한 태도를 보여 주셨습니다. 시장 사람들은 모두 저를 못된 사람이라고 생각하고, 공자를 덕이 있는 장자로서 능히 선비에게 몸을 굽히시는 거룩한 분이라고 생각했을 줄 압니다."

이윽고 연회가 끝나고, 후생은 상객으로 대우를 받았다. 후생이 공자에게 다시 말했다.

"제가 들렀던 푸줏간의 주해란 사람은 현인이기는 하나, 세상에서 그가 현명하다는 것을 아는 사람이 없습니다. 그래서 푸줏간 같은 데 숨어서 살고 있는 것입니다."

이에 공자는 여러 번 주해를 찾아가서 빈객으로 모시고 싶다고 청했으나, 주해는 말대꾸조차 제대로 하지 않았다.

위나라 안희왕 20년, 진나라 소왕은 장평에서 조나라군을 깨뜨리고 다시 군사를 몰아 조나라 수도인 한단을 포위했다. 공자의 누이는 조나라 혜문왕의 동생인 평원군의 부인이었으므로, 평원군은 위나라 왕과 공자에게 여러 번 편지를 보내 구원을 청했다. 이에 위나라 왕은 장군 진비(晉鄙)에게 10만 명의 군사를 주어 조나라를 구원하도록 했다.

그러자 이 사실을 안 진나라 왕이 즉시 위나라 왕에게 사신을 보내 그 출병을 견제했다.

"우리 진나라는 조나라를 공격해서 머지않아 곧 항복을 받게끔 되어 있소. 그런데 제후들 중에서 감히 조나라를 구원하는 사람이 있으면 조나라의 항복을 받은 다음, 반드시 진나라 군사를 그리로 돌릴 것이오."

위나라 왕은 이 말에 겁을 먹고 진비에게 사람을 보내, 군사를 업(鄴)에 머물도록 했다. 위나라는 조나라에 구원병을 보내긴 했으나 실은 국경에서 정세를 관망만 하도록 했다. 이에 평원군은 계속해서 사신을 위나라로 보내 공자를 독촉했다.

"내가 자진해서 공자와 인척 관계를 맺은 것은, 공자가 의기가 높은 사람으로서 남의 곤궁을 보면 곧 구제할 것으로 믿었기 때문이오. 그런데 지금 한단은 진나라의 공격을 받아 함락 직전에 있는데도 위나라 구원병은 이르지 않고 있소. 이래서야 어떻게 공자가 남의 곤궁한 것을 알면 곧 구제하는 사람이라고 할 수 있겠소. 그리고 또 설령 공자가 나를 업신여겨 진나라에 항복하게끔 내버려 두는 것은 어쩔 수 없다 하더라도 공자의 누이가 불쌍한 생각이 들지 않는단 말이오?"

공자는 속이 타서 몇 번이나 위나라 왕에게 가서 '조나라가 망하면 위나라도 위험합니다. 한시바삐 조나라를 구원해야 합니다.' 하고 간청을 했다. 또 공자의 빈객과 변사들이 온갖 수단을 다 동원하여 왕을 달랬으나 위나라 왕은 진나라를 두려워하는 마음이 더 컸으므로 공자의 청을 끝내 들어주지 않았다.

공자는 아무리 생각해 봐도 왕의 승낙을 얻을 방법이 없었다. 그렇다고 위나라가 망하는 꼴을 보며 혼자 살아남고 싶은 생각도 없었다. 그래서 빈객들에게 자기 심정을 밝히고 백여 대의 마차를 준비하게 했다. 자기의 뜻에 찬성하는 빈객들을 이끌고 진나라군에 뛰어들어 조나라와 생사를 같이하려는 것이었다. 이윽고 공자의 일행이 길을 떠나 이문에 이르자, 공자는 후생에게 조나라와 운명을 같이하기 위해 진나라군으로 가는 길이라고 말했다. 그리고 작별을 고하자 후생은 꼭 한마디 이렇게 말할 뿐이었다.

"공자께선 부디 분발하십시오. 이 늙은이는 함께 가지 못합니다."

공자는 몇 리 길을 가는 동안 끝내 불쾌한 심정을 풀 길이 없었다.

"내가 후생을 부족함이 없게 대우한 것은 온 세상이 다 알고 있는 사실이다. 그런데 내가 지금 죽음의 길을 떠나는데도 후생은 내게 일언반구도 도움이 될 만한 말을 하지 않았다. 내가 그에게 무슨 잘못한 점이라도 있단 말인가?"

공자가 다시 수레를 돌려 후생을 찾아가자 후생이 웃으며 말했다.

"저는 처음부터 공자가 되돌아오실 줄 알았습니다."

그리고 다시 말을 이었다.

"공자께선 선비들을 좋아하여 그 이름이 천하에 알려져 있습니다. 지금 어려운 일에 당면하여 아무런 대책도 없이 진나라군에게 뛰어들려고 하는데, 이것은 마치 굶주린 호랑이에게 날고기를 던지는 것과 같아서 아무 효과도 기대할 수가 없습니다. 이럴 때 소용에 닿게 하기 위해 그간 식객을 길러 온 것입니다. 아니면 여태껏 그들을 무엇 때문에 두셨습니까? 공자께선 저를 언제나 후히 대접해 주셨는데, 공자께서 죽으러 떠나는 이 마당에 저는 한마디 도움될 말씀을 드리지 않았습니다. 그러므로 공자께서 괘씸한 마음에 되돌아오실 거라고 생각했습니다."

공자는 두 번 절하고 방법을 물었다. 그러자 후생은 사람들을 물리치고 말소리를 죽여 말했다.

"제가 들은 바에 의하면, 진비가 가지고 있는 병부(兵符)의 나머지 반쪽은 항상 왕의 침실 밑에 보관되어 있다고 합니다. 그런데 그곳을 출입할 수 있는 사람은 왕에게 가장 사랑받고 있는 여희(如姬)밖에 없다고 합니다. 여희가 병부를 훔쳐 낼 수 있을 것입니다. 또 제가 알기로는 여희의 아버지가 누군가에게 피살당했을 때 여희가 원수를 갚기 위해 돈과 보물을 주어 가며 사람을 시켜 3년 동안이나 범인을 찾고, 왕 이하 많은 사람들도 여희의 원수를 갚아 주려 했으나 범인을 잡을 수가 없었다고 합니다. 그때 여희가 공자에게 울며 매달리자, 공자께선 식객들에게 부탁해서 그 범인을 잡아 목을 베어 여희에게 주었다고 들었습니다. 따라서 공자에게 도움이 되는 일이라면 여희는 죽음이라도 사양치 않을 것입니다. 여희는 이제껏 공자님에게 보답할 기회가 없었을 뿐입니다. 공자께서 입을 열어 여희에게 부탁하시면, 여희는 반드시 승낙할 것입니다. 호부(虎符, 병부)를 손에 넣고 진비의 군사를 넘겨받아 북쪽으로는 조나라를 구원하고, 서쪽으로는 진나라를 격퇴한다면, 이거야말로 오패(五霸)의 공로에 견줄 만한 일입니다."

공자는 후생의 계교를 좇아 여희에게 청을 넣었다. 여희는 과연 진비가 가지고 있는 병부의 나머지 반쪽을 훔쳐 내어 공자에게 주었다. 공자가 떠나려 하자 후생이 다시 말했다.

"장군이 군사를 거느리고 싸움터에 나가 있을 때는 임금의 명령도 듣지 않는 경우가 있습니다. 그것은 나라의 이익을 도모하기 위해서입니다. 공자께서 만일 병부의 짝을 맞춰 군대를 넘겨줄 것을 요구하는데도 진비가 공자에게 군대를 넘겨주지 않고, 진부(眞否, 진짜와 가짜)를 확인하기 위해 다시 왕명을 청하면 사태가 위험해질 것입니다. 그러므로 제 친구인 푸줏간의 주해를 데리고 가시는 것이 좋을 것 같습니다. 그는 힘이 대단한 장사입니다. 진비가 공자의 요구를 순순히 듣는다면 다행한 일이지만, 만일 듣지 않을 경우에는 주해를 시켜 그를 죽이십시오."

314

이 말을 듣자 공자는 저절로 눈물이 흘렀다.

"공자께선 죽음을 두려워하십니까? 어째서 우시는 겁니까?"

"진비는 충성스러운 백전노장(百戰老將)이오. 내가 가서 요구를 해도 아마 듣지 않을 것이오. 그렇게 되면 자연 그를 죽여야 되므로 그래서 우는 거요. 내가 죽는 것은 조금도 두렵지 않소."

공자는 주해를 찾아가 동행을 청했다. 주해가 웃으며 말했다.

"저는 장바닥에서 칼을 휘두르며 짐승 잡는 것을 업으로 하고 있는 천한 몸입니다. 그런데도 공자께선 몸소 여러 번 찾아 주셨습니다. 제가 말대꾸조차 제대로 하지 않은 것은 하찮은 예절 따위를 차릴 필요가 없다고 생각했기 때문입니다. 그런데 지금 공자께선 위급한 마당에 서 계십니다. 지금이야말로 제가 목숨을 던질 때입니다."

주해는 공자와 동행했다. 공자가 후생에게 다시 들러 인사를 하자 후생은 이렇게 말했다.

"저도 공자를 따라가야 하지만, 나이가 늙어 그러지를 못합니다. 저는 공자께서 진비의 진지에 도착하실 날짜를 따져서, 그날 북쪽을 향해 스스로 제 목을 치는 것으로 동행을 대신하겠습니다."

공자는 드디어 출발하여 업에 도착한 다음, 반쪽의 병부를 진비에게 내밀며 위나라 왕이 자신에게 군사를 넘겨주라는 명령을 내렸다고 했다. 그러나 진비는 제 것과 병부를 맞춰 보고도 의심을 품고 공자를 노려보며 말했다.

"무릇 전쟁터에서는 왕의 명령도 듣지 않을 수 있습니다. 지금 저는 10만 대군을 거느리고 국경에 주둔하며 국가의 막중한 임무를 맡

315

고 있습니다. 그런데 공자께서 달랑 수레 한 대를 타고 오셔서 병권(兵權)을 넘겨 달라 하시니, 이게 말이 된다고 생각하십니까?"

진비는 공자의 말을 믿지 않았다. 이에 주해는 소매 속에 감추어 두었던 40근 철퇴를 꺼내 진비를 죽였다.

공자는 마침내 진비의 군사를 이끌고 전선에 배치시킨 다음, 진중에 영을 내렸다.

"여기에 부자가 함께 있는 사람은 그 아버지를 돌려보내라. 형제가 함께 있는 경우에는 그 형을 돌려보내고, 외아들이라면 곧장 집으로 돌아가서 부모를 모시도록 하라."

그리고 나머지 정병 8만 명을 거느리고 진나라 군대를 쳤다. 기습 공격에 진나라군은 한단의 포위를 풀고 물러갔다. 이렇게 하여 공자는 한단을 구해 위급에 처한 조나라를 구했다. 조나라 왕과 평원군은 친히 국경으로 나와 공자를 맞았다. 평원군이 화살집을 메고 예의를 갖춰 공자를 인도하자 조나라 왕도 두 번 절하며 말했다.

"예로부터 어진 사람은 많았지만 공자를 따를 만할 사람은 아무도 없습니다."

평원군도 이때만은 감히 공자 앞에서 머리를 들 수가 없었다.

한편 후생은 공자가 진비의 진영에 도착할 무렵 약속대로 북쪽을 향해 스스로 목을 베었다.

위나라 왕은 공자가 병부를 훔쳐 내고 진비를 속여 죽인 것을 알고 크게 노했다. 공자도 자신이 범한 죄를 알고 있었으므로, 진나라 군사를 물리쳐 조나라를 구하고 나서는 부하 장수에게 군사를 이끌고 위나라로 돌아가도록 한 뒤, 자신은 빈객들과 함께 조나라에 머물기로 했다.

조나라 효성왕은 공자가 위나라 왕의 명령을 거짓으로 꾸며 진비의 군사를 빼앗아 조나라를 구원해 준 것을 고맙게 생각하고 평원군과 상의해서 5개의 성(城)에 공자를 봉하려 했다. 공자는 그 이야기를 듣자 문득 교만한 생각이 들어 공을 자랑하려 했다.

그러자 주해가 공자에게 말했다.

"세상에는 결코 잊어선 안 되는 일이 있고, 또 잊지 않으면 안 되는 일이 있습니다. 남이 공자에게 덕을 베푼 것은 공자께서 잊어서는 안 됩니다. 그러나 공자가 남에게 덕을 베풀었을 때는 부디 잊으셔야 합니다. 공자께서는 위나라 왕의 명령이라 속이고 진비의 군사를 빼앗아 조나라를 구했습니다. 물론 조나라에 대해서는 공이 되겠지만, 위나라에 있어서는 결코 충신이 될 수가 없습니다. 그런데 공자께선 교만한 생각에서 공로를 자랑하고 계십니다. 그것은 공자로서 취할 태도가 아닌 줄 압니다."

이 말을 듣는 순간, 공자는 자책감이 들어 몸 둘 곳을 몰라 했다.

그런 일이 있은 줄도 모르고 조나라 왕은 궁전을 깨끗이 청소하고 몸소 나와 공자를 맞으며 주인의 예로써 공자를 귀빈이 오르는 서쪽 계단으로 안내했다. 만일 공자가 서쪽 계단을 밟아 당상에 오르면 봉읍을 받겠다는 의미가 되는 것이다. 그러나 공자는 이를 사양하며 동쪽 계단을 따라 당상으로 올라갔다. 그런 다음 자기 죄에 대해 아뢰기를, 위나라에 대해서는 반역을 저지르고 조나라를 위해서도 공로가 없다고 말했다.

그 말을 듣고 조나라 왕은 해가 저물 때까지 공자와 함께 술자리에 앉아 있었지만, 차마 5개 성을 주겠다는 말을 꺼내지 못했다. 공자가 너무나도 겸손한 태도를 취했기 때문이다. 이로 인해 공자의 명성은 더욱 높아지고 수많은 빈객들이 그에게 모여들었다. 이에 조나라 왕은 호(鄗) 땅을 공자의 탕목읍(湯沐邑)으로 주었다. 훗날 위나라 또한 신릉을 공자의 봉읍으로 주었다.

공자는 조나라에 머무르면서 조나라에 두 인물이 있다는 말을 들었다. 그중 모공(毛公)이란 사람은 노름꾼들 사이에 숨어서 살고, 설공(薛公)은 술장수 집에 숨어 산다는 것을 알게 되었다.

공자는 그들과 사귀고 싶어서 몇 번이나 초대했지만, 그때마다 두 사람은 몸을 숨기고 공자를 만나 주지 않았다. 그래서 공자는 그들의 거처를 수소문한 다음 변장을 하고 찾아가서 함께 이야기를 나누어 보았다. 그리하여 그들은 서로 완벽하게 뜻이 통함을 알게 되었다.

평원군은 이런 소문을 듣자 그의 부인에게 이렇게 말했다.

"처음에 나는 부인의 친정 동생인 공자가 천하에 둘도 없는 현인이라고 들었소. 그런데 지금 들리는 소문에 의하면 망령되게 노름꾼과 술장수 따위와 교제하고 있다는 거요. 도대체 그 사람됨을 알 수가 없소이다."

부인이 그 말을 공자에게 전하자 공자는 누이에게 작별 인사를 하며 말했다.

"처음에 저는 평원군을 총명하고 의로운 사람으로 알았기 때문에 위나라 왕을 배반하면서까지 조나라를 구원하여 평원군의 뜻을 받들려

했던 것입니다. 그러나 평원군의 교제를 보면 호걸만을 사귀고 있을 뿐 참다운 선비를 찾고 있는 것이 아니더이다. 저는 대량에 있을 때부터 이미 모공과 설공이 어질다는 말을 듣고 있었으므로 조나라에 온 이래 그들을 만나 보지 못할까 봐 걱정이었습니다. 또한 그 두 사람과 교제를 하면서도 오히려 그들이 저와의 교제를 싫어하지나 않을까 두려워했습니다. 그런데 평원군은 그들과 교제하는 것을 부끄럽게 생각하고 있습니다. 그런 사람이라면 저 역시 같이 지내고 싶지 않습니다."

그러고는 짐을 꾸려 길을 떠나려 했다. 부인이 되돌아가 공자가 한 말을 낱낱이 평원군에게 전하자, 평원군은 즉시 공자에게 달려가 관을 벗고 사죄했다.

한편, 이 이야기를 들은 평원군의 빈객들은 반수가 넘게 평원군을 떠나 공자에게로 갔고, 천하의 선비들도 잇달아 공자를 찾아왔다.

공자가 조나라에 머문 지 어느덧 10년이 되었다. 그동안 진나라는 위명(威名)을 떨치는 공자가 조나라에 있으므로 그쪽은 감히 치지를 못하고, 군사를 동쪽으로 보내 끊임없이 위나라를 공격했다. 위나라 왕은 진나라의 공격을 막을 사람은 공자밖에 없다고 생각하여 사자를 보내 공자에게 귀국할 것을 재촉했다. 그러나 공자는 왕이 자기에게 노여움을 품고 있을 것이 두려워 식객들에게 단단히 지시해 놓고 있었다.

"만일 위나라 왕의 사자를 내게로 안내하는 사람이 있으면 사형에 처하리라."

식객들 역시 대부분이 위나라를 등지고 조나라로 온 사람들이었기 때문에 아무도 공자에게 귀국을 권하지 않았다. 그러던 어느 날, 모공과 설공 두 사람이 공자를 찾아와 말했다.

"공자가 조나라에서 높은 대우를 받고, 명성이 천하에 알려져 있는 것은 오로지 위나라라는 배경이 있기 때문입니다. 그런데 지금 진나라가 위나라를 공격하고 있고, 위나라는 위급을 알려 오고 있는데도 공자는 전혀 걱정하지 않고 있습니다. 만일 진나라가 대량을 무찌르고 선왕의 종묘를 허물어 버리기라도 한다면, 공자는 무슨 면목으로 이 세상에 살아 있을 수 있겠습니까?"

이 말이 채 끝나기도 전에 공자는 얼굴빛이 변하여 마차를 준비하라고 명령하고, 위나라를 구원하기 위해 귀국했다. 위나라 왕은 공자를 만나자 반가워하며 눈물을 흘렸다. 그리고 공자에게 상장군(上將軍)의 인(印)을 내렸다. 공자는 마침내 장군이 되었다. 위나라 안희왕 30년의 일이다. 공자는 각국에 사자를 보내어 자신이 상장군에 임명된 사실을 알렸다. 제후들은 공자가 위나라 장군이 된 것을 알자 잇달아 지원군을 보냈다.

공자는 5개국 연합군을 이끌고 진나라 군사를 황하 서쪽에서 깨뜨린 다음, 진나라 장군 몽오(蒙鷔)를 패주시켰다. 또 승세를 몰아 진나라 군사를 뒤쫓아 함곡관까지 압박했다. 그러자 진나라 군사는 감히 관 밖으로 나오지 못했다.

이 승리로 공자는 천하에 위세를 떨치게 되었다. 이에 제후의 빈객들이 앞다투어 자기들이 지은 병법을 공자에게 바쳤다. 이렇게 바쳐진 병법서 하나하나에 자기 이름을 붙여 주었으므로, 세상에서는 이것을《위공자병법(魏公子兵法)》이라고 불렀다.

　진나라 왕은 이런 상황을 걱정한 나머지 만 근의 금을 위나라에 뿌리고, 일찍이 진비의 부하로 있던 빈객을 매수하여 위나라 왕에게 다음과 같이 공자를 헐뜯도록 했다.

　"공자는 위나라에서 달아나 조나라로 망명하여 밖에 나가 있은 지 10년이나 되었음에도 지금은 위나라 장군이 되었고, 제후의 장군들까지 모두 다 공자의 지휘 아래에 있습니다. 제후들은 위나라에 공자가 있는 줄만 알지 왕이 있는 줄은 모르고 있습니다. 공자도 이때를 이용해서 왕이 될 것을 바라고 있으며, 제후들도 공자의 위세를 두려워하여 다 같이 공자를 왕위에 오르도록 하려 하고 있습니다. 우환은 빨리 제거할수록 좋습니다. 우선 그의 병권이라도 빼앗으십시오."

　"설마 그럴 리가……."

　위나라 왕이 긴가민가하여 망설이고 있을 때 진나라에서 사신이 왔다.

　"공자께서 왕위에 즉위하셨다는 소문을 듣고 예물을 갖춰 축하하러 왔습니다."

　이쯤 되자 위나라 왕도 공자를 의심하지 않을 수가 없었다. 그리하여 결국은 다른 사람을 공자 대신 장군에 임명했다. 공자는 중상모략에 의해 장군의 지위를 빼앗긴 것을 알자, 병을 핑계로 다시는 조정에 나타나지 않았다. 그러고는 빈객들과 하루도 빠지지 않고 술자리를 벌이는가 하면, 여러 부녀자들과 가까이 했다. 그리하여 밤낮으로 술을 마시기를 4년, 마침내 공자는 술병으로 죽고 말았다.

그해, 위나라 안희왕도 죽었다.

진나라는 공자가 죽었다는 소식을 듣자 몽오를 보내 위나라를 공격하여 20개 성을 함락시키고 동군(東郡)을 설치했다. 진나라는 그 뒤에도 차례로 위나라를 잠식해 들어가서, 18년 뒤에는 마침내 위나라 왕을 포로로 잡고 대량을 무찔렀다.

한(漢)나라 고조(漢高組, 유방)는 아직 어리고 미천할 때부터 공자의 현명함에 대해 자주 들었다. 그래서인지 천자의 자리에 오른 뒤에도 대량을 지날 때마다 항상 공자의 제사를 지냈다. 고조 12년에는 경포(黥布)를 치고 돌아오는 길에 다섯 집의 묘지기를 두고 대대로 해마다 봄·여름·가을·겨울 네 차례씩 공자의 제사를 받들게 했다.

태사공은 말한다.

나는 대량의 성터를 지나게 되었을 때, 이른바 이문(夷門)이란 곳이 어떤 곳인가를 물어보았다. 이문은 성의 동문이었다. 천하의 여러 공자들 가운데는 선비들과 교제하는 것을 즐기는 사람이 많았다. 그러나 그중에서도 신릉군의 명성이 단연 으뜸이었다. 신릉군은 초목이나 저잣거리에 숨어 사는 현자들과 접촉하고, 천해 빠진 사람들과 교제하는 것을 부끄러워하지 않았다. 그들의 말을 귀담아듣고 실천에 옮긴 신릉군의 명성은 허명(虛名)이 아니었다. 한나라 고조는 대량을 지날 때마다 백성들에게 명해서 신릉군의 제사를 지내게 하고, 그의 제사를 끊이지 않게 했다.

춘신군 열전(春申君列傳)

황헐(黃歇)은 몸을 던져 임금을 강국 진나라에서 탈출시키고, 세객
들을 남쪽의 초나라로 달려오게 만들었다. 그래서 〈춘신군 열전 제
18〉을 지었다.

춘신군은 초(楚)나라 사람이다. 이름은 헐(歇), 성은 황(黃)이다.
각지를 두루 돌아다니며 배워서 견문이 넓었다. 경양왕(頃襄王)을 섬
겼는데, 왕은 황헐이 변론이 뛰어난 것을 보고 진나라에 사신으로 보
냈다.

이보다 앞서, 진나라 소왕은 백기에게 한나라와 위나라를 치게 했
다. 백기는 한나라와 위나라 군사를 화양에서 크게 무찌르고 위나라
장군 망묘를 포로로 잡았다. 이에 한나라와 위나라는 항복하여 진나
라를 섬겼다. 또 진나라 소왕은 백기에게 명령하여 한나라, 위나라와

323

함께 초나라를 치게 했다.

그러나 진나라 군사가 출발하기 전에, 초나라 사신인 황헐이 진나라에 도착해서 진나라의 계획을 알게 되었다.

이에 앞서 진나라는 장수 백기를 보내 초나라를 공격하게 하여 무군과 검중군을 빼앗고, 언과 영을 함락시킨 다음, 동쪽으로 경릉(竟陵)까지 공격해 들어갔다. 그 때문에 초나라 경양왕은 동쪽으로 옮겨가 진현(陳縣)을 도읍으로 삼았다.

황헐은 일찍이 초나라 회왕이 속임수에 넘어가 진나라로 들어갔다가, 끝내 빠져나오지 못하고 진나라에서 객사한 것을 알고 있었다. 경양왕은 그 회왕의 아들이었으므로 진나라는 그를 업신여겼다.

황헐은 진나라가 군사를 일으켜 쳐들어오면 초나라가 망할 것만 같아 겁이 났으므로 곧 글을 올려 진나라 소왕을 달랬다.

천하에는 진나라와 초나라보다 더 강한 나라는 없습니다. 저는 대왕께서 초나라를 치려 한다고 들었습니다. 이것은 두 호랑이가 마주 싸우는 것과 같습니다. 두 호랑이가 마주 싸우면 으레 못생긴 개가 그들의 지친 기회를 노리게 마련이니 그것은 초나라와 친하게 지내는 것만 못합니다.

신이 그 이유를 설명할까 하오니 들어 주십시오. 신은 '사물은 극단에까지 이르면 다시 처음으로 돌아간다. 겨울과 여름이 바로 그런 것이다. 또 쌓인 것이 극에 달하면 위태롭게 된다. 장기짝을 쌓아 올리는 것이 바로 그런 것이다.'라는 말을 들었습니다. 지금 진나라는 이 비유와 같은 상황에 있습니다. 즉 진나라의 땅은 천하에 두루두루 퍼져서 서쪽과 북쪽 양쪽을 차지하고 있는데, 진나라처럼 1만 대의 전차를 갖춘 나라는 일찍이 없었습니다.

또한 혜문왕, 무왕, 그리고 대왕에 이르기까지 3대에 걸쳐 진나라는 제나라와 국경을 맞대고 있음으로써 제후들의 합종의 허리 부분을 끊어 버리려 했습니다.

대왕이 한나라 재상으로 추천한 성교(盛橋)는 대왕의 뜻대로 한나라 땅을 진나라에 바쳤습니다. 이야말로 무장한 군대를 쓰지 않고도 백 리의 땅을 얻은 것이니, 대왕은 실로 유능한 분이라고 말할 수 있습니다. 대왕이 또 군사를 일으켜 위나라를 공격하여 대량의 문간을 막고, 하내를 공략하여 위나라 땅 연(燕)·산조(酸棗)·허(虛)·도인(桃人)·형(邢)을 함락시켰는데도 위나라 군사는 구름처럼 도망쳐 흩어질 뿐 감히 자신들의 나라를 구원할 생각을 갖지 못했습니다. 이로 보아 대왕의 공 또한 크다 하겠습니다.

그리고 대왕은 군대를 놀리고 백성을 쉬게 한 다음, 2년 뒤에는 다시 군사를 일으켜 포(浦)·연(衍)·수(首)·원(垣)을 병합하고, 인(仁)·평구(平丘)를 육박하여 황(黃)·제양(濟陽)·영(嬰)을 포위함으로써 위나라를 굴복시켰습니다. 대왕은 또 복수(濮水)·마(磨)의 북쪽을 떼어 제나라와 진나라 사이의 허리 부분을 차지하고, 초나라와 조나라 사이의 등뼈 부분을 끊어 버렸습니다. 천하 제후들은 그 때문에 여섯 차례에 걸쳐 군사를 집결시키기는 했으나, 감히 구원하지는 못했습니다. 이로 보아 대왕의 위력 또한 극도에 이르고 있습니다.

대왕께서 만일 지금까지의 공을 유지하고, 위엄을 지키며 더 이상의 야심을 물리치고, 인의의 도를 두텁게 하여 뒷날의 근심을 방지하신다면, 옛 삼왕(三王)과 오패(五霸)와 어깨를 겨루기는 쉬운 일로서 삼왕은 대왕을 더하여 사왕(四王)으로 하고, 오패는 대왕을 더하여 육패(六霸)로 칭할 것입니다. 그러나 대왕이 만약 진나라가 백성이 많고 무력이 강하다는 것만을 믿고, 위나라를 깨뜨린 위력을 바탕으로 힘으로써 천하의 제후들을 굴복시키려 한다면 후환이 있을까 두렵습니다.

《시경(詩經)》에는 '처음이 없는 사람은 없으나, 끝을 잘 맺는 사람은 드물다.'고 했고,《역경(易經)》에는 '여우가 물을 건너다가 그 꼬리를 적신다.'고 했습니다. 이는 시작은 쉽지만 끝맺음은 어렵다는 것을 말한 것입니다.

왜냐하면 옛날 지씨(智氏, 지백요)는 조씨를 치는 이익만 내다보았지 유차(榆次)에서 죽을 줄은 예측치 못했습니다. 또 오나라는 제나라를 치는 것이 좋은 줄만 알지 간수(干隧)에서 패할 것은 미처 생각지 못했습니다. 지씨와 오나라는 큰 공을 세우기는 했지만, 눈앞의 이익에만 마음이 쏠린 나머지 뒤에 올 재난을 등한시했습니다. 오나라 왕은 월나라를 믿은 채 군사를 이끌고 제나라를 쳤습니다. 그리고 제나라를 애릉(艾陵)에서 이기기는 했으나, 돌아와 월나라 왕에게 삼저포(三渚浦)에서 포로가 됐습니다. 지씨는 한나라와 위나라를 믿은 채 한나라와 위나라의 군사를 거느리고 조나라를 쳤습니다. 그리고 진양성(晉陽城)을 쳐서 승리를 눈앞에 바라보게 되었으나, 한나라와 위나라가 반기를 들어 지백요를 착대(鑿臺) 밑에서 죽였습니다. 지금 대왕께선 초나라가 망하지 않는 것만 시기할 뿐, 초나라를 망하게 하는 것이 한나라와 위나라를 강하게 만드는 결과가 된다는 것을 잊고 계십니다. 그러므로 신이 왕을 위해 생각할 때 이 일은 찬성할 일이 못 됩니다.

《시경》에 말하기를 '큰 세력을 가진 사람은 멀리까지 가서 공격하지 않는다.'고 했습니다. 이 말을 놓고 생각해 볼 때 초나라는 진나라 편이요, 한나라와 위나라는 진나라의 적입니다. 또 《시경》에는 '팔짝 팔짝 뛰어다니는 날랜 토끼도 사냥개를 만나면 잡히고 만다. 다른 사람이 마음속에 품고 있는 생각을 내가 알아맞힐 수 있다.'고 했습니다.

지금 대왕께서 한나라와 위나라를 신뢰하는 것은 다만 그들 두 나라가 대왕에게 잘하는 것만 믿는 것으로, 이것이 바로 오나라가 월나라를 믿었던 일이라 하겠습니다. 신이 듣건대 '적은 용서해서는 안 되며, 시기는 놓쳐서는 안 된다.'고 했습니다. 신은 한나라와 위나라가 말을 공손히 하며 진나라의 근심을 덜어 줄 것처럼 하는 것은 실상 진나라를 속이려 하는 것이 아닌가 염려스럽습니다. 왜냐하면 진나라는 대대로 한나라와 위나라에 덕을 베푼 일이 없고, 반대로 한나라와 위나라로부터 대대로 원한을 사고 있었기 때문입니다. 한나라와 위나라의 부자(父子)와 형제들이 진나라와 싸워 죽은 게 어느덧 10대(代)에 이르고 있습니다. 즉, 나라는 황폐해지고 사직과 종묘는 무너졌습니다. 백성들은 배가 갈리고 창자가 끊기고 목이 잘리고 턱이 부서졌습니다. 또 머리와 몸뚱이가 따로 떨어져 풀밭과 진펄에 흩어지고, 머리통은 땅에 나동그라진 채 서로 국경에서 바라보고 있습니다.

또 목이 매이고 손이 묶이어 포로가 된 사람들이 길 위에 끊일 날이 없습니다. 죽은 사람의 영혼은 홀로 슬퍼할 뿐으로, 제사를 지내 줄 유족마저 없습니다. 백성들은 삶을 즐길 수가 없고, 일가친척들은 뿔뿔이 흩어져 남의 집 첩이 되고 종이 된 사람이 천하에 가득 차게 되었습니다. 그러므로 그 한나라와 위나라가 망하지 않는 한 그것이 바로 진나라의 후환이 되는 것입니다.

그런데 지금 대왕께선 한나라와 위나라에 응원군을 보내 함께 초나라를 치려 하고 있으니, 이 어찌 잘못이 아니겠습니까? 그리고 만일 대왕께서 초나라를 치신다면 어느 곳으로 군대를 내보내시겠습니까? 대왕은 한나라와 위나라에게 지나가는 길을 빌리려 하십니까? 그렇게 되면 군사가 출병하는 그날부터 대왕께선 그 군사가 과연 돌아올 것인가 하고 걱정을 하시게 될 뿐입니다. 이것은 대왕께서 군사를 보내 원수인 한나라와 위나라를 돕는 것입니다. 대왕께서 만일 원수인 한나라와 위나라에게 길을 빌리지 않으신다면, 반드시 수수(隨水)의 오른쪽을 공격할 수가 있을 것입니다. 그곳은 넓디넓은 큰 강물이 흐르고 숲과 골짜기만이 있는 무인지경입니다. 대왕께서 그 땅을 차지하신다 해도 아무 소용이 없는 곳입니다. 그것은 대왕이 초나라를 공격했다는 이름만 얻을 뿐 실속은 하나도 없을 것입니다.

그리고 대왕이 초나라를 공격하는 날에는 네 나라가 모두 반드시 군사를 일으켜 왕에게 대적해 올 것입니다. 진나라와 초나라 군사가 오랜 기간에 걸쳐 마주 싸우면, 그동안에 위나라는 군대를 보내 유(留)·방여(方與)·질(銍)·호릉(湖陵)·탕(碭)·소(蕭)·상(相, 송나라 고지, 당시는 초나라 영토)을 쳐서 그전 송나라 땅을 모조리 차지할 것입니다. 또 제나라는 남쪽으로 초나라를 공격함으로써 사수 일대의 땅을 차지할 것입니다. 그곳은 모두 평야 지대로 사방으로 길이 통하고 기름진 땅입니다. 결국 제나라와 위나라만 싸워서 이득을 독점하게 되는 것입니다.

바꿔 말한다면, 대왕께서 초나라를 치는 것은 중원 지대에서 한나라와 위나라를 살찌게 하고, 제나라를 강하게 만드는 결과가 되고 말 뿐입니다. 한나라와 위나라가 강해지면 그들은 진나라에 대항할 수가 있게 되며, 또 제나라는 남쪽으로는 사수를 경계로 하고, 동쪽으로는 바다를 등지며, 북쪽으로는 황하를 의지하게 됨으로써 등 뒤의 근심이 사라지게 됩니다. 그리하여 천하에 제나라와 위나라보다 더 강한 나라는 없게 되는 것입니다. 이렇듯 제나라와 위나라가 땅을 얻어 이득을 누리며 거짓으로 진나라를 떠받들고 있으면, 1년 뒤에는 스스로 제(帝)를 칭하지는 못한다 하더라도 대왕이 제를 칭하는 것을 방해할 만한 힘은 갖추고도 남을 것입니다.

대왕과 같이 넓은 영토와 많은 백성과 강한 군사를 갖추고 있으면서, 한 번 일을 꾸며 초나라에 원한을 심고, 한나라와 위나라로 하여금 귀중한 제호(帝號, 제왕의 칭호)를 제나라에 바치도록 만드는 것은 대왕의 실책입니다. 신은 대왕을 위해 생각할 적에 초나라와 친선을 도모하는 길보다 나은 것이 없다고 봅니다. 진나라와 초나라가 하나로 합쳐 한나라를 상대하면, 한나라는 반드시 손을 쓸 수가 없게 될 것입니다. 대왕께서 험준한 동산(東山)에 기대고 굽이진 황하의 이로움으로 나라를 튼튼하게 하면, 한나라는 반드시 한낱 관문 안의 제후로 변하고 말 것입니다. 이런 뒤에 대왕이 10만의 군사로 한나라 수도 정(鄭)에 주둔하면, 위나라는 가슴이 서늘해질 것입니다. 허(許)와 언릉(鄢陵)은 성안에서 갇히게 되고, 상채(上蔡)와 여릉(呂陵)은 수도와의 교통이 끊기게 되어 위나라 역시 관문 안의 한 제후로 전락하고 말 것입니다.

대왕께서 일단 초나라와 화친하여, 만 승의 전차를 가진 한나라와 위나라의 두 임금을 관내후로 만들고 제나라와 국경을 맞대게 되면, 제나라의 서쪽 땅은 두 손을 움직이지 않아도 차지하게 될 것입니다. 즉 대왕의 땅은 중국의 동쪽과 서쪽에 걸쳐 천하를 주름잡을 수 있게 될 것입니다. 이렇게 되면 연나라와 조나라는 제나라와 초나라의 도움을 얻지 못하게 되고, 제나라와 초나라는 연나라와 조나라의 원조를 얻지 못하게 됩니다. 그런 다음에 연나라와 조나라를 공포에 떨게 하고, 곧장 제나라와 초나라를 뒤흔들면 이들 네 나라는 힘들여 공격할 것도 없이 복종하게 될 것입니다.

진나라 소왕은 '과연 그렇다.'고 말하고, 백기의 출병을 중지시킨 다음 한나라와 위나라의 청을 거절했다. 그리고 초나라에 사신과 예물을 보내어 동맹국이 될 것을 약속했다. 황헐은 그 약속을 받고 초나라로 돌아갔다.

초나라는 다시 황헐을 태자 완(完)과 함께 진나라에 볼모로 가게 했다.

진나라에 두 사람이 머문 지 몇 해가 지났을 무렵, 초나라 경양왕이 병석에 누웠으나 태자는 귀국할 길이 없었다.

　이에 황헐은 평소 친하게 지내는 진나라 재상 응후를 달랬다.

　"상국께선 참으로 초나라 태자와 친하십니까?"

　"그렇소."

　"지금 초나라 임금께서 병중이신데, 아마 회복되지 못할 것입니다. 진나라는 태자를 돌려보내는 것이 좋을 것입니다. 태자가 돌아가 왕이 되면 진나라를 소중히 섬길 것이며, 상국의 은혜를 잊지 않을 것입니다. 이야말로 동맹국을 다정하게 대하고 덕을 만승의 나라에 베푸는 것이 됩니다. 만일 귀국하지 못하면 태자는 지위도 벼슬도 없는 함양의 일개 백성에 지나지 않게 됩니다. 초나라가 새로 태자를 세우게 되면 진나라를 섬기지 않을 것이 뻔한 일입니다. 동맹국을 잃고 만승국과의 화친을 끊는 것은 옳은 꾀가 되지 못합니다. 부디 상국께서 이 점을 깊이 생각해 주시기를 바랍니다."

　그리하여 응후가 바로 이것을 진나라 임금에게 청했다. 진나라 왕이 말했다.

　"태자의 보호자를 먼저 보내어 초나라 왕의 병을 알아보게 하고, 그가 돌아온 뒤에 다시 생각해 보는 것이 좋겠소."

　황헐은 계획을 세워 태자에게 말했다.

　"진나라가 태자를 붙들어 놓는 것은 그로 인해 이익을 얻으려 함입니다. 그러나 지금 태자에게는 진나라에 이익을 줄 만한 힘이 없습니다. 저는 그 점을 몹시 걱정하고 있습니다. 또 양문군(陽文君)의 아들이 두 사람이나 초나라에 있습니다. 왕께서 만일 세상을 뜨시게 되고 태자께서 초나라에 계시지 않게 되면, 양문군의 아들이 반드시 뒤를 이을 것입니다. 그러면 태자께서는 왕위를 계승하여 종묘의 제사를 받들 수 없게 될 것입니다. 사신과 함께 진나라를 빠져나가는 도리밖에 없습니다. 신은 여기 머물러 뒤처리를 맡겠습니다."

이윽고 초나라 태자는 변장하여 초나라 사신의 마부로 꾸민 다음 함곡관을 빠져나갔다. 황헐은 태자의 숙사에 머물러 있으면서 날마다 병을 핑계로 바깥출입을 하지 않았다. 그리고 태자가 멀리 떠나가서 진나라가 뒤쫓을 수 없을 즈음에 직접 진나라 소왕에게 말했다.

"초나라 태자는 벌써 귀국길에 올라 함곡관을 지나 멀리 가 있습니다. 달아나게 한 신의 죄는 죽어 마땅합니다. 청컨대 저를 죽여 주십시오."

소왕은 크게 화가 나서 그에게 자살을 명했으나 응후가 나서서 말했다.

"황헐은 신하 된 자로서 자기 한 몸을 던져 임금에게 충성을 다했습니다. 태자가 즉위하면 반드시 황헐을 중용할 것입니다. 그러므로 죄를 묻지 말고 그대로 돌려보내, 초나라와 화친하는 것이 좋겠습니다."

그래서 진나라는 황헐을 초나라로 돌려보냈다. 황헐이 초나라에 도착한 지 석 달 만에 초나라 경양왕이 죽었다. 그리고 태자 완이 왕의 자리에 올랐다. 그가 바로 고열왕(考烈王)이다.

고열왕 원년, 왕은 황헐을 재상에 임명하고 춘신군에 봉해 회북(淮北) 땅 12현을 주었다. 그로부터 15년 뒤에 황헐이 초나라 왕에게 말했다.

"초나라 회북 땅은 제나라와 맞닿아 있어서, 정치적으로 긴급을 요하는 곳입니다. 군(郡)으로 승격시켜 왕께서 직접 다스리는 것이 편리할 줄 압니다."

그리하여 황헐은 그의 봉읍인 회북 땅 열두 고을을 모조리 왕에게 바치고, 그 대신 강동에 봉읍을 청했다. 고열왕은 이를 허락했다. 그래서 춘신군은 옛날 오나라 성터에다 성을 쌓고 자기의 봉읍으로 삼았다.

춘신군이 초나라 재상이 되었을 당시 제나라에는 맹상군, 조나라에는 평원군, 위나라에는 신릉군이 있었다. 그들은 몸을 낮추어 유능한 선비들을 빈객으로 맞이하려 서로 힘을 기울이고, 그 빈객들의 힘을 빌려 나라의 정치를 돕는 한편, 자신들의 권력을 굳히려 했다.

춘신군이 초나라의 재상이 된 지 4년 만에 진나라는 조나라의 장평에서 40만 대군을 격파하고, 이듬해에는 한단을 포위했다. 한단은 그 위급함을 초나라에 알려 구원을 청했다. 춘신군은 군사를 이끌고 가서 조나라를 구했다. 또 고열왕 8년에는 북쪽으로 노나라를 쳐서 멸망시키고 순경(筍卿, 순자)을 난릉의 현령으로 임명했다.

그리하여 초나라가 다시 강국의 위치에 올라서게 되었을 무렵, 조나라의 평원군이 춘신군에게 사신을 보냈다. 춘신군은 그를 상등 객사에 머물게 했다. 그런데 조나라 사신은 초나라에 자랑할 생각으로 대모(瑇瑁, 바다거북의 등딱지)로 만든 비녀를 끼고 칼집을 구슬로 장식한 다음, 춘신군의 빈객들에게 면회를 청했다. 당시 춘신군의 빈객들은 3천 명이 넘었는데, 그중 상객들은 모두 구슬 장식이 붙은 신을 신고 있었으므로 그들을 만나 본 조나라 사신은 오히려 망신을 당했다.

춘신군이 재상이 된 지 14년에 진나라 장양왕(莊襄王)이 즉위하여 여불위를 재상에 임명하고 문신후(文信侯)에 봉한 다음 동주(東周)를 취했다. 춘신군이 재상이 된 지 22년에 제후들은 진나라가 계속 공격해 오는 것을 우려하여, 서로가 합종을 맹약하고 서쪽으로 진나라를 쳤다. 초나라 왕이 합종의 맹주(盟主)가 되고, 춘신군이 모든 일을 처리했다. 그러나 제후국의 연합군이 함곡관에 이르렀을 때, 진나라 군사의 공격을 받고 그만 대패해 뿔뿔이 흩어져 버렸다. 그리하여 초나라 고열왕은 그 책임을 물어 춘신군을 꾸짖었고, 끝내는 이 일로 인해 고열왕과 춘신군의 사이가 벌어지고 말았다.

이 무렵, 춘신군의 빈객 중 관진 사람인 주영(朱英)이 춘신군에게 진언했다.

"사람들은 초나라가 예전에는 강했는데 상공이 재상이 되면서부터 약해졌다고 생각합니다. 그러나 저는 그렇게 생각지 않습니다. 선군(先君)이 계시던 때에 진나라와 20년 동안이나 친선 관계를 유지하며 그사이 한 번도 진나라가 초나라를 공격해 오지 않았던 것은 무엇 때문이었겠습니까? 진나라가 면애(黽隘)의 요새를 넘어와서 초나라를 치기가 불편했고, 또 동주의 서쪽 길을 빌려야 했으며, 한나라와 위나라를 등 뒤에 두고 초나라를 치는 것이 불가능했기 때문입니다. 그러나 지금은 그렇지가 않습니다. 위나라는 나날이 멸망의 길을 걷고 있으므로 허와 언릉을 잃어버려도 아까워할 수 없는 형편입니다. 그 허를 위나라가 진나라에 떼어 주게 되면 진나라 군대는 우리 초나라의 수도 진(陳)과는 겨우 160리밖에 떨어져 있지 않게 됩니다. 제가 보는 바로는 이제 진나라와 초나라는 매일 전쟁을 치르게 될 것입니다."

주영의 말에 따라 초나라는 진을 버리고 도읍을 수춘(壽春)으로 옮겼다. 그러자 진나라는 위(衛)나라를 야왕(野王)으로 옮긴 다음, 그자리에는 동군을 두었다. 이로 인해 춘신군은 자기 봉읍인 오(吳)에 머물러 살면서 그곳에서 재상의 일을 보게 되었다.

그런데 초나라 고열왕에게는 아들이 없었다. 춘신군은 그것이 걱정이 되어 자식을 낳을 만한 여자를 물색해서 왕에게 차례로 바치곤 했다. 그 수가 헤아릴 수 없을 만큼 많았으나 끝내 자식을 낳지 못했다.

조나라 사람 이원(李園)이란 자가 자기 누이동생의 어여쁜 얼굴을 믿고 그녀를 초나라 왕에게 바칠 생각이었으나, 그녀가 반드시 자식을 낳을 거라는 장담은 할 수 없었다. 그렇다면 오랜 뒤에는 사랑을 잃고 말 것이 뻔했으므로 그게 걱정이었다.

그래서 이원은 먼저 춘신군을 섬기기로 하여 그의 사인이 되었다. 그 뒤 휴가를 얻어 고향으로 갔는데 일부러 약속한 기일보다 뒤늦게 돌아와 춘신군을 뵈었다. 춘신군이 늦어진 까닭을 묻자 이렇게 대답했다.

"제나라 왕이 사람을 보내 제 누이를 데려가려 했습니다. 그래서 그 사람과 술자리를 같이하다 보니 자연 늦어지고 말았습니다."

춘신군이 말했다.

"이미 폐백을 받았는가?"

"아직은……."

"만나 볼 수 있겠나?"

"어렵지 않습니다."

그래서 이원은 그 누이를 춘신군에게 바쳤다. 춘신군은 그녀가 마음에 들어 곁에 두었는데, 얼마 후 아기를 가졌다. 그 사실을 알고 이원은 누이와 계략을 꾸몄다.

이원의 누이는 계획대로 한가한 틈을 타서 춘신군에게 말했다.

"초나라 왕께선 상공을 소중히 여기고 친형제보다도 더 아끼셨습니다. 지금 상공께선 초나라의 재상으로 있은 지 20년이나 되셨고, 왕에게는 아들이 없습니다. 만일 왕께서 붕어(崩御, 왕이 세상을 떠남)하시면 왕의 형제들 가운데 누군가가 새로 왕이 될 것이 아닙니까? 그렇게 되면 상공께서는 더 이상 총애받기 힘들어질 것입니다. 그뿐만 아니라, 상공께선 높은 지위에 계시며 오랫동안 정치를 해 오는 사이에 왕의 형제들에게 무례하게 대한 것으로 압니다. 그런 형제들이 왕위에 오르면 화가 상공의 몸에 미치게 됩니다. 그러니 어떻게 재상의 자리와 강동의 봉읍을 그대로 지닐 수 있겠습니까? 지금 제가 아기를 가진 것은 저만 알고, 다른 사람은 모르고 있습니다. 제가 상공의 사랑을 받은 지는 아직 얼마 되지 않습니다. 만일 상공께서 상공의 높은 지위를 이용해 저를 초나라 왕에게 바치면 왕은 반드시 저를 사랑하실 것입니다. 그리고 제가 하늘의 도움으로 사내 아기를 낳으면 상공의 아들이 왕이 되는 것입니다. 그러면 상공께선 초나라를 몽땅 손아귀에 넣게 되는 것입니다. 감당하기 어려운 화를 입는 것과 이 계책을 따르는 것 중에 어느 쪽이 좋겠습니까?"

춘신군은 그 말이 그럴듯하게 생각되었으므로 이원의 누이를 딴 집에 거처하게 한 다음 초나라 왕에게 그녀를 천거했다. 초나라 왕은 왕궁으로 그녀를 불러들여 아끼며 사랑했고, 마침내 그녀는 사내 아기를 낳았다. 그 아기를 세워 태자로 봉하고 이원의 누이를 왕후로 삼았다. 그래서 초나라 왕은 이원을 소중히 여기었고, 이원은 점차 정치에 관여하게 되었다. 이원은 누이가 왕후가 되고 그녀가 낳은 아들이 태자가 되자, 춘신군의 입에서 비밀이 새어 나오고 또 그 일로 춘신군이 더욱 교만해질 것을 두려워한 나머지 비밀리에 사병(私兵)을 길러, 춘신군을 죽여 그의 입을 틀어막으려 했다. 그러나 이미 나라 안의 많은 사람들이 그 비밀을 알고 있었다.

춘신군이 재상이 된 지 25년에 초나라 고열왕이 병으로 눕게 되었다. 이때 주영이 춘신군에게 말했다.

"세상에는 생각지 않았던 복이 있고, 또 생각지 않았던 화가 있습니다. 지금 상공은 그러한 생각지 못한 화와 복이 일어날 수 있는 세상에 살고 있고, 언제 수명이 다할지 모르는 임금을 섬기고 계신데 어찌하여 화를 막아 낼 수 있는 인물을 물색해 두지 않으십니까?"

"무엇을 가지고 생각지 못한 복이라고 하는 거요?"

"상공께서 초나라 재상이 된 지 어느덧 25년이 되었습니다. 이름은 재상이지만 사실은 초나라 왕이나 다름없습니다. 지금 초나라 왕은 병중으로 언제 돌아가실지 모릅니다. 앞으로 상공께선 어린 임금을 도와 옛날의 이윤(伊尹, 은(殷)나라의 재상)이나 주공(周公, 주(周)나라

무왕의 동생)처럼 섭정을 하시다가 왕이 성장한 뒤에 정권을 돌려주든
가, 아니면 용상에 올라 고(孤, 제후의 자칭)라 일컬으며 초나라를 차지
하게 되실 겁니다. 이것이 이른바 생각지 못한 복입니다.”

“그럼 무엇을 생각지 못한 화라고 하는 거요?”

“이원은 상공이 계시기 때문에 그 자신이 권력을 잡을 수 없다고
생각하여 상공을 원수로 알고 벌써 오래전부터 사병을 기르고 있습
니다. 초나라 왕이 돌아가시면 이원은 반드시 사병을 이끌고 왕궁으
로 쳐들어가 권력을 쥐고 상공을 죽여 입을 막으려고 할 것입니다.
이것이 이른바 생각지 못한 화입니다.”

“어떤 사람들이 어느 경우에고 재난을 막아 줄 수 있는 인물이오?”

“저를 낭중(郎中)에 임명해 주십시오. 초나라 왕이 돌아가시면 이
원은 반드시 먼저 왕궁으로 들어올 것입니다. 제가 상공을 위해 이원
을 죽이겠습니다. 이것이 바로 생각지 못한 화를 막아 줄 인물인 것
입니다.”

“그만두오. 이원은 심약한 사람이오. 나는 그를 후하게 대접해 주
고 있거늘 어찌 그토록 엄청난 일을 꾸밀 수 있겠소?”

주영은 자기 말이 받아들여지지 않자 화가 자기 몸에 미치게 될 것
이 두려워 아예 달아나 버렸다. 그로부터 열이레 후, 초나라 고열왕
이 죽었다. 이원은 주영이 말한 대로 먼저 왕궁으로 들어가 사병을
극문(棘門, 궁문의 이름) 안에 숨겨 두었다. 이윽고 춘신군이 극문으로
들어오자, 이원의 사병들이 춘신군을 에워싸고 칼로 찌른 다음, 그의
머리를 베어 극문 밖으로 내던졌다. 그러고는 관리를 보내 춘신군의

가족을 모조리 죽여 없앴다.

그리고 이원의 누이가 낳은 자식이 마침내 왕위에 올랐다. 그가 초나라 유왕(幽王)이다. 이 해는 진나라의 시황제가 즉위한 지 9년이 되는 해였다. 노애(嫪毐)가 진나라에서 난을 일으켰다가 삼족이 몰살을 당하고, 여불위가 벼슬에서 쫓겨났다.

태사공은 말한다.

나는 초나라로 가서 춘신군의 옛 성과 집들을 구경한 적이 있는데 훌륭하기 이를 데 없었다. 일찍이 춘신군이 진나라 소왕을 설득시키고, 또 자신의 몸을 내던져 초나라 태자를 귀국시킨 것을 보면 그의 지혜가 얼마나 뛰어났는지를 알 수 있다. 훗날 그가 이원에게 목숨을 잃은 것은 아마도 그의 노망 탓이리라. 옛말에 '마땅히 결단을 내려야 할 때 결단을 못 내리면 도리어 화를 받는다.'고 했는데, 춘신군이 주영의 말을 받아들이지 않은 것을 두고 하는 말일 것이다.

범수·채택 열전(范睢蔡澤列傳)

위제(魏齊)에게서 받은 치욕을 참고 강국 진나라의 재상이 되어 위세를 떨치면서도, 어진 사람을 추천하여 자리를 양보한 사람이 두 명 있다. 그래서 〈범수·채택 열전 제19〉를 지었다.

범수(范睢)는 위나라 사람으로, 자(字)는 숙(叔)이다. 그는 제후들을 찾아다니며 유세하던 끝에 위나라 왕을 섬기려 했지만, 집이 가난해 활동 자금을 마련할 수 없었다.

그래서 그는 우선 중대부(中大夫) 수가(須賈)를 섬겼다. 그 뒤 범수는 수가가 위나라 소왕의 명을 받아 제나라에 사신으로 갈 때 그를 수행했다. 그러나 몇 달이 지나도 수가는 제나라로부터 이렇다 할 회답을 얻지 못했다.

제나라 양왕은 범수가 변설에 뛰어나다는 말을 듣고, 사람을 보내

어 금 열 근과 쇠고기, 술 등을 선사했다. 범수는 이것이 나중에 문제
가 되리라 생각하여 쇠고기와 술만 받고 금은 돌려보냈다. 그러나 뒷
날 그 사실을 안 수가는 범수가 위나라의 기밀을 제나라에 고해바친
대가로 그런 후한 선물을 받았으리라 생각하고 격노했다.

그 후 수가 일행은 위나라로 돌아왔다. 수가는 귀국하자마자 범수
의 일을 재상인 위제(魏齊, 공자의 한 사람)에게 보고했다. 위제 역시 크
게 노하여 범수를 벌주게 했다. 범수는 심하게 매를 맞아 갈비뼈와
이가 부러졌다. 범수는 죽은 척하고 움직이지 않았다. 사인들이 그를
삿자리(갈대를 엮어서 만든 자리)에 싸서 변소에 버려두었다. 그리고 술
에 취한 여러 사람들로 하여금 번갈아 가며 그의 몸에 소변을 보게 했
다. 다시없는 모욕을 가함으로써 뒷날에 일어날 수 있는 일의 본보기
로 삼은 것이다.

범수는 삿자리 속에 누워 경비병에게 말했다.

"당신이 나를 여기서 벗어나게만 해 준다면 반드시 후한 사례를 하
겠소."

경비병은 삿자리 속의 시체를 내다 버리겠다고 말했다. 위제는 술
에 취해 있었으므로 무의식중에 그러라고 허락했다.

범수는 가까스로 목숨을 지킬 수 있었다. 뒤에 위제는 후회를 하고
다시금 범수를 잡아들이도록 했다. 그러나 범수는 이미 정안평(鄭安
平)이란 사람의 보호를 받아 이름마저도 장록(張祿)으로 바꾸었다.

그 무렵 진나라 소왕이 알자(謁者, 왕의 접대관) 왕계(王稽)를 위나라
에 사신으로 보냈다.

정안평은 신분을 속이고 왕계의 하인으로 들어갔는데, 왕계가 정안평에게 물었다.

"위나라에 우리 진나라로 데리고 갈 만한 훌륭한 인물이 있을까?"

"저희 마을에 장록 선생이라는 현인이 있습니다. 대감을 뵙고 천하 대세에 관해 말씀을 드리고 싶다 합니다. 그러나 선생에게는 원수가 있기 때문에 낮에는 뵐 수가 없습니다."

"밤에 같이 와 주게."

그날 밤, 정안평은 장록과 함께 왕계를 만났다. 이야기가 채 끝나지도 않았는데 왕계는 벌써 범수의 훌륭한 재능을 알아보았다.

"선생은 나를 삼정(三亭, 국경 근처의 정(亭) 이름) 남쪽에서 기다려 주십시오."

범수와 왕계는 이렇게 비밀리에 약속을 하고 헤어졌다.

왕계는 위나라에 하직 인사를 하고 떠나면서, 삼정 남쪽에서 범수를 만나 수레에 태워 진나라로 들어갔다. 일행이 호(湖, 함양 동쪽의 현)에 이르자 서쪽에서 수레와 기마대가 다가오는 것이 보였다. 범수가 왕계에게 물었다.

"저기 오는 사람은 누구입니까?"

"진나라 재상 양후가 동쪽의 각 고을을 순시하고 있는 것입니다."

"양후는 진나라의 정권을 마음대로 휘두르며, 제후국에서 오는 세객들을 유달리 싫어한다고 들었습니다. 아마 저를 욕보일지 모르니, 잠시 수레 안에 숨어 있겠습니다."

잠시 후, 과연 양후가 다가와 수레를 멈추고 왕계의 수고를 위로했다.

342

"관동(關東)에서는 별일 없었소?"

"없었습니다."

"혹시 제후의 세객 따위를 데리고 오지는 않았겠지요? 그런 녀석들은 아무 짝에도 쓸모없는 자들로, 남의 나라를 어지럽게 할 뿐이오."

"감히 그럴 리 있겠습니까?"

양후는 그대로 가버렸다. 범수가 왕계에게 말했다.

"양후는 지모가 뛰어난 인물이라는 소문을 들었는데, 생각 외로 소홀하군요. 아까 수레 안에 사람이 숨어 있지 않나 하고 의심을 하면서도 뒤져 보지 않았습니다."

그러면서 수레에서 뛰어내려 저만치 달아나며 말했다.

"반드시 마음에 걸려 다시 뒤지러 올 것입니다."

10리 남짓 갔을 때, 과연 양후의 명령을 받은 기마병이 되돌아와 수레 속을 뒤졌다. 그러나 아무도 보이지 않았으므로 그냥 돌아가 버렸다. 왕계는 범수를 찾아 다시 수레에 태워 함양으로 들어갔다. 그리고 왕계는 진나라 왕에게 사신으로 다녀온 일을 보고하며 기회를 엿보아 이렇게 말했다.

"위나라에 장록 선생이란 인물이 있는데, 천하의 변사였습니다. 그의 말이 '진나라는 달걀을 쌓아 놓은 것 같은 위기를 맞고 있으나 제 의견을 받아들이면 무사할 수 있을 것이오. 그러나 그것은 글로써 전할 수가 없소.'라고 하기에 함께 데리고 왔습니다."

그러나 진나라 왕은 이 말을 믿지 않았다. 숙사를 정해 주긴 했으나 하찮은 대우를 할 뿐이었다. 이렇게 2년이 지나도록 범수는 진나라 왕에게서 소식이 있기만을 기다렸다.

당시는 소왕이 즉위한 지 36년이었다. 그동안 소왕은 남쪽으로 초나라의 언과 수도인 영을 쳐서 함락시키고, 초나라 회왕을 진나라에 억류해 객사하게 했다. 또 동쪽으로는 제나라를 쳐서 깨뜨렸다. 제나라 민왕은 일찍이 '제(帝)'라고 부르고 있었으나, 그 뒤로 제라는 칭호를 쓰지 않았다.

한편 진나라는 자주 삼진에게 시달려, 천하의 유세가라도 그곳 출신이면 싫어하고 믿지 않았다.

양후와 화양군은 소왕의 어머니인 선태후의 동생이었고, 경양군과 고릉군은 소왕의 동생이었다. 양후는 재상이 되고, 다른 세 사람은 번갈아 장군이 되어 봉읍을 받았으며, 태후와의 관계로 인해 그들의 개인 집 살림살이는 왕실을 능가할 정도였다.

이 무렵 양후는 장군이 되자, 곧 한나라와 위나라를 지나 제나라 강수(綱壽)를 치려 했다. 그것은 자기의 봉읍인 도(陶)를 넓히려는 욕심에서였다. 그러자 범수는 다음과 같은 글을 올렸다.

신은 '명군(名君)이 나라를 다스리면 공이 있는 사람은 반드시 상을 받고, 능력이 있는 사람은 반드시 관직을 얻는다. 공로가 큰 사람은 그의 봉록이 후하고, 공이 많은 사람은 그의 벼슬이 높으며, 백성을 잘 다스리는 사람은 그의 관직이 높다. 그러므로 능력이 없는 사람은 감히 관직에 오르지 못하고, 능력이 있는 사람은 또 그가 가진 재능을 덮어 숨길 수가 없다.'고 들었습니다. 만일 왕께서 신의 말이 옳다고 생각하신다면, 부디 그것을 실행에 옮기시어 그 방면을 더욱더 빛나게 하십시오. 왕께서 생각하시기에 신의 말이 옳지 않으면 오래도록 신을 머물러 있게 해도 무익한 일입니다. 옛말에도 '평범한 임금은 그가 사랑하는 사람에게 상을 주고, 그가 미워하는 사람에게는 벌을 준다. 그러나 명군은 그렇지 않다. 상은 반드시 공이 있는 사람에게 주고, 형벌은 반드시 죄가 있는 사람에게 내린다.'고 했습니다. 신의 가슴은 칼을 받을 자격이 없고, 허리는 도끼를 맞을 자격이 없는 천한 몸이기는 하나, 감히 자신이 없는 말로써 대왕을 시험하려 하지는 않습니다. 신을 천한 사람이라 하여 가볍게 여기실지라도, 신을 책임지고 천거한 사람(왕계)이 왕을 배반할 인물이 아니란 것은 믿으시겠지요. 그리고 또 신은 '주나라에는 지액(砥砨)이라는 보배 구슬이 있고, 송나라에는 결록(結綠)이라는 보배 구슬이 있으며, 양나라에는 현려(縣藜)라는 보배 구슬이 있고, 초나라에는 화박(和璞, 화씨벽)이라는 보배 구슬이 있는데, 이 네 개의 보배 구슬은 흙 속에서 나온 것으로 처음에는 뛰어난 옥공들도 그것이 보물인 줄을 몰랐으나, 마침내는 천하의 유명한 보물이 되었다.'고 들었습니다. 그렇다면 성왕(聖王)이 무능하다고 버린 사람이 반드시 나라를 번창하게 할 수 없는 사람이라고 단정 지을 수 없습니다. 신은 또 '집을 번창하게 할 인재는 한 나라 안에서 찾아내고, 나라를 번창하게 할 인재는 온 천하에서 찾아낸다.'고 들었습니다. 천하에 명군이 있으면 다른 제후들이 마음대로 인재를 얻을 수 없다는 것은 무엇 때문이겠습니까? 명군이 그 같은 인재를 제후들로부터 앗아 오기 때문입니다. 명의는 병자가 죽고 사는 것을 알고, 성왕은 일의 성패에 밝습니다. 이로움이 있으면 실행하고, 해가 되는 것은 버리며, 의심스러운 것은 먼저 시험해 봅니다. 이 점은 순임금과 우임금이 다시 살아나도 고칠 수 없는 일입니다. 이 이상 심각한 문제에 관해서는 이 글에는 적지 않겠습니다. 또 가벼운 일들은 왕께서 들으실 가치도 없습니다. 생각건대 왕께서 지금껏 저를 내버려 두신 것은 신이 어리석어 왕의 마음에 들지 않기 때문인가요, 아니면 신을 천거한 사람이 천한 사람이라서 취할 바가 못 된다고 생각하시기 때문인가요? 만일 그 어느 쪽도 아니시라면, 바라옵건대 구경 다니시고 남은 여가에 대왕을 뵈올 수 있는 영광을 주시옵소서. 그때 신이 드리는 말씀에 한마디라도 쓸모없는 것이 있을 때에는 삼가 대왕의 처형을 달게 받겠습니다.

진나라 소왕은 이 글을 읽고 크게 기뻐했다. 우선 왕계에게 자기의 잘못을 말한 다음 수레를 보내 범수를 불러오게 했다. 이리하여 범수는 별궁에서 왕을 만나게 되었다. 그러나 막상 왕이 나타날 때쯤 범수는 모른 척하며 궁전의 영항(永巷, 남자는 출입을 금지한 내전)으로 들어갔다.

이때 왕이 나타나자, 환관(宦官, 내시)이 화를 내며 그를 내쫓기 위해 소리쳤다.

"대왕의 행차시다."

그러나 범수는 짐짓 환관에게 이렇게 말했다.

"진나라에 왕이 있을 리가 없다. 다만 태후와 양후가 있을 뿐이다."

범수는 소왕을 노엽게 만들 생각이었다. 소왕은 그곳에 이르러 범수가 환관과 하는 수작을 듣자 곧 궁중으로 그를 청해 들이며 사과했다.

"과인은 진작 선생을 만나 가르침을 받았어야 했소. 마침 의거(義渠, 서융의 국명)와의 문제가 긴박한지라 아침저녁으로 태후의 지시를 받아야만 했기 때문에, 그 일에 쫓기어 바쁜 나날을 보냈소. 그럭저럭 의거의 문제도 일단락되었으므로 선생의 가르침을 들을 수 있게 되었소. 과인은 스스로 불민(不敏, 어리석고 둔하여 재빠르지 못함)했음을 민망하게 생각하고 있소. 그럼 삼가 주인과 빈객의 예로써 가르침을 받겠소."

그러나 범수는 이를 사양했다. 이날 범수가 왕과 만나는 광경을 본 신하들은 모두가 엄숙한 낯빛을 하고 자세를 바로 하여 지켜보았다.

진나라 왕은 좌우를 물리쳤다. 그리고 단둘이 되자 무릎을 꿇고 간청했다.

"선생은 어떤 것을 과인에게 가르쳐 주시겠소?"

그러자 범수는 다만 이렇게 대답할 뿐이었다.

"예에, 예에."

잠시 후 진나라 왕은 다시 무릎을 꿇고 물었다.

"선생께선 과인에게 무엇을 가르쳐 주시겠소?"

범수는 여전히 똑같은 대답만 할 뿐이었다.

"예에, 예에."

이런 일이 세 번이나 거듭되자, 진나라 왕은 무릎을 꿇은 채 말했다.

"선생께선 끝내 과인을 가르쳐 주시지 않을 생각입니까?"

그러나 범수가 말했다.

"감히 그럴 리가 있겠습니까? 신은 옛날 태공망 여상(呂尙)이 주나라 문왕을 만났을 때, 그는 어부로서 위수(渭水) 기슭에서 낚시를 하고 있었다고 들었습니다. 그렇게 만난 것은 두 사람 사이가 멀었기 때문이었으나, 거기서 서로 이야기를 주고받은 결과, 문왕은 여상의 말에 설복되어 그를 태사로 삼아 수레를 함께 타고 돌아왔습니다. 그것은 여상의 말에 깊이가 있었기 때문입니다. 문왕은 마침내 여상의 힘으로 공을 이룩하고 천하의 왕이 된 것이라고 합니다. 만일 처음에 문왕이 여상을 소홀히 대하여 깊은 이야기를 나누지 않았다면 주나라에는 천자의 덕이 갖춰질 수 없었고, 문왕과 무왕도 그 왕업을 이룩할 수 없었을 것입니다. 지금 신은 외국에서 들어온 나그네로서 대왕과의 사이는 멉니다. 그리고 신이 드리고 싶은 말씀은 모두가 왕의 잘못을 바로잡으려는 것뿐이며, 또 왕의 혈육 관계에 대한 이야기입니다. 어리석은 저는 충성을 다하고 싶은 마음은 간절하나 아직 왕의 속마음을 알 수가 없습니다. 이것이 왕께서 세 번이나 물으시는데도 감히 대답을 드리지 못한 까닭입니다.

　신은 형벌을 받는 것이 두려워 말씀드리지 않는 것이 아닙니다. 오늘 말씀을 드리면 내일 처형을 받게 될 것으로 생각되오나, 신은 결코 피하지 않을 것입니다. 왕이 참으로 신이 드린 말씀을 실행만 해 주신다면 죽음도 괴로울 것이 못 되고, 멀리 달아나는 것도 걱정할 일이 못 되며, 몸에 옻을 칠하고 문둥병자로 가장을 하거나 머리를 풀어 헤치고 미치광이로 꾸미는 한이 있더라도 신은 그것을 부끄러워하지 않을 것입니다. 오제 같은 성인도 죽었고, 삼왕 같은 어진 분도 죽었으며, 오패 같은 착한 사람도 죽었고, 오획(烏獲)과 임비(任鄙) 같은 장사도

죽었으며, 성형(成刑)·맹분(孟賁)·왕경기(王慶忌)·하육(夏育) 같은 용
사도 죽었습니다. 죽음이란 사람으로서는 면할 수 없는 것입니다. 반
드시 죽을 몸을 가지고 조금이라도 진나라의 과오를 바로잡는 것이
바로 신이 바라는 것인데, 또 무엇을 두려워하겠습니까?

오자서는 초나라를 탈출할 때 자루 속에 숨어서 수레에 실려 소관
을 빠져나와, 밤에는 걷고 낮에는 숨어서 능수(陵水)에 도착했을 때는
입에 넣을 음식이 없었습니다. 오나라 시장 바닥에서는 무릎걸음을
치며 기어 나아가, 머리를 땅에 조아리고 옷을 벗은 채 절을 하며 배를
두드리기도 하고, 피리를 불기도 하며 거지 노릇까지 했으나 마침내
는 오나라를 크게 일으켜 세워 오나라 왕 합려(闔閭)를 천하의 패자(覇
者)가 되게 했습니다. 비록 옥에 갇히는 몸이 되어 평생에 다시 왕을
뵐 수 없더라도 신으로 하여금 오자서처럼 있는 꾀를 다할 수 있게만
해 주신다면 또 무엇을 걱정하겠습니까? 기자(箕子)와 접여(接輿, 초나
라 은사)는 몸에 옻칠을 하여 문둥병자를 가장하고 머리를 풀어 미치
광이로 꾸미기까지 했으나 그의 임금을 도울 수 없었습니다. 만일 신
이 기자와 똑같은 행동을 하게 되더라도, 임금의 잘못만 바로잡을 수
있다면 신에게 큰 영광이 될 텐데 또 무엇을 부끄러워하겠습니까? 다
만 신이 두려워하는 것은, 신이 죽은 뒤에 천하의 선비들이 신이 충성
을 다하고도 죽임을 당하는 것을 보고, 그로 인해 입을 닫고 발을 싸맨
채 감히 진나라로 오지 않으려 하게 될까 하는 것뿐입니다.

만일 왕께서 위로는 태후의 위엄을 두려워하고, 아래로는 간신들의
아첨과 거짓에 매혹되어 깊숙한 궁궐 속에만 계시면서 시종들의 손에

서 떠나지 못하시고, 평생을 어둠 속에서 지내시면서 간악한 신하를 가려 내시지 못한다면 크게는 종묘를 뒤집어엎게 되고, 작게는 왕의 몸이 고립되어 위태롭게 될 것입니다. 이것만이 신이 두려워하는 것입니다. 신 자신이 곤궁하게 지내고 부끄러움을 당하는 것이라든가, 처형을 당하고 망명의 고초를 겪거나 하는 것은 결코 두려운 것이 아닙니다. 신이 죽고 진나라가 잘 다스려지기만 한다면 신의 죽음은 사는 것보다 더 훌륭한 것이 될 것입니다."

진나라 왕이 다시 무릎을 꿇은 채 말했다.

"선생께선 무슨 그런 말씀을 하십니까? 우리 진나라는 멀리 벽지에 떨어져 있고, 과인은 어리석고 착하지 못한 사람입니다. 그런데 선생께서 욕되게 생각지 않고 와 주셨으니, 이는 하늘이 과인으로 하여금 선생의 힘을 빌려 선왕의 종묘를 이어 갈 수 있도록 한 것입니다. 과인이 선생의 가르침을 받게 된 것은, 하늘이 우리 선왕을 위해 그의 고아인 과인을 버리지 않은 것입니다. 그런데 선생께선 어찌 그런 말씀을 하십니까? 앞으로는 크고 작은 일을 가리지 않고, 위로는 태후에 관한 일에서부터 아래로는 대신에 관한 일까지 모든 것을 과인에게 가르쳐 주시고 과인을 의심치 말아 주시오."

이 말에 범수가 절을 하자 진나라 왕도 역시 절을 하여 예를 갖추었다. 그러자 범수가 말했다.

"대왕의 나라는 사방이 자연의 요새로 둘러싸여 있습니다. 북쪽에는 감천(甘泉)·곡구(谷口)가 있고, 남쪽에는 경수(涇水)가 있으며, 서쪽에는 농(隴)·촉(蜀)이 있고, 동쪽에는 함곡관과 상판이 있습니다.

350

그리고 용맹스런 군사는 백만 명에 이르고 전차는 천 승이 있어, 유리할 때면 밖으로 나가 치고 불리하면 안에서 지킬 수 있습니다. 이곳이야말로 왕업을 이룰 수 있는 땅입니다. 또 백성들은 사사로운 싸움에는 겁이 많으나, 나라를 위한 싸움에는 용감합니다. 이 백성들이야말로 왕께서 왕업을 이룰 수 있게 해 주는 토대입니다. 왕께선 이 두 가지를 함께 가지고 계십니다. 따라서 군사의 용맹과 수레만으로도 제후들을 평정할 수 있습니다. 그것은 마치 한로(韓盧) 같은 명견(名犬)을 몰아가서 절름발이 토끼를 잡는 거나 다를 것이 없습니다. 패왕의 공업을 성취시킬 수 있는 것입니다. 그런데 왕의 여러 신하들은 모두 그 관직을 감당해 내지 못하고, 지금까지 함곡관을 닫은 지 15년이 되도록 감히 군사를 일으켜 산동을 엿보지 못하고 있습니다. 그것은 양후가 진나라를 위하여 꾀하는 데 성의가 없고, 대왕의 처사에도 또한 마땅치 못한 점이 있기 때문입니다."

이 얘기를 듣자 진나라 왕은 무릎을 꿇은 채 다시 물었다.

"과인의 처사가 부당했던 점에 대해 듣고 싶소."

범수는 태후와 양후에 대해 이야기하고 싶었으나, 좌우로 비밀을 엿듣는 사람이 많은 것 같은 느낌이 들었으므로 말이 새어 나가는 것이 두려워 나라 안의 문제는 언급하지 않고, 먼저 나라 밖의 문제를 다루어 왕의 태도를 살피려 했다. 그래서 앞으로 다가앉으며 말했다.

"양후가 한나라와 위나라를 넘어가서 제나라 강수를 치려 하는 것은 좋은 꾀가 되지 못합니다. 작은 군사로는 제나라를 이길 수 없고, 많은 군사를 보내면 진나라에 해를 끼치게 됩니다. 생각해 보건대 왕께서는 진나라 군사는 적게 동원하고 모자라는 병력은 한나라와 위나라의 군사로 보충하려고 하시지만 그것은 옳지 못한 일입니다. 지금 동맹국인 제나라가 친절하지 못하다고 해서, 남의 나라를 지나가서 공격하는 것이 옳은 일이겠습니까? 아무래도 계획에 소홀한 점이 있습니다. 그리고 또 옛날 민왕이 남쪽으로 초나라를 쳐서 적을 무찔러 장군까지 죽이고 영토를 사방 천 리나 넓히려 했지만, 결과적으로 제나라는 단 한 치의 땅도 얻지 못했습니다. 그것이 땅을 얻고 싶지 않아서였겠습니까? 땅을 차지할 수 없는 형세였기 때문입니다. 제후들은 제나라가 지쳐 있고 임금과 신하 사이가 화목하지 못한 것을 알고 군사를 일으켜 제나라를 쳤습니다. 그 때문에 제나라는 크게 패하여 장수는 욕을 당하고 군사는 꺾이고 말았던 것입니다. 제나라에서는 모두 왕에게 그 책임을 물어 '누가 이런 계책을 세웠습니까?' 하고 물었습니다. 왕이 '전문(田文, 맹상군)이 세웠다.'고 대답하자 대신들은 난을 일으켰고, 전문은 달아났습니다. 제나라가 크게 패한 이유는 초나라를 침으로써 한나라와 위나라를 살찌게 만든 데 있습니다. 이것이 바로 적에게 무기를 빌려 주고 도둑에게 식량을 주는 꼴입니다. 왕께선 먼 나라와 친교를 맺고 가까운 나라를 치는 것이 최상의 방책입니다. 그렇게 하면 한 치의 땅을 얻어도 왕의 것이 되고, 한 자의 땅을 얻어도 왕의 것이 됩니다. 지금 이같이 좋은 꾀가 있는데, 이것을 버리고 먼 나라를 치려고 한다면 어찌 잘못된 일이 아니겠습니까?

옛날 중산국(中山國)은 영토가 사방 백 리나 되었지만, 중산에서 가장 가까운 조나라가 혼자서 이것을 병합시켜 공을 이루고 명성도 얻어

352

많은 이익을 누렸습니다. 하지만 천하의 어느 나라도 이를 방해하지 못했습니다. 대체로 지금 한나라와 위나라는 중원에 위치하여 천하의 중심 지대를 차지하고 있습니다. 왕께서 천하의 우두머리가 되시려면 반드시 중원에 있는 나라들을 가까이하여, 왕께서 직접 천하의 중심이 되어 초나라와 조나라를 누르셔야 합니다. 초나라가 강하면 조나라를 진나라 편으로 끌어들이고, 조나라가 강하면 초나라를 진나라 편으로 끌어들이십시오. 초나라와 조나라가 모두 진나라 편이 되면 제나라는 반드시 무서워할 것입니다. 제나라가 겁이 나면 반드시 말을 공손히 하고 예물을 무겁게 하여 진나라를 섬길 것입니다. 제나라가 진나라 편이 되면 한나라와 위나라도 저절로 손아귀에 넣을 수 있습니다."

소왕이 다시 물어보았다.

"과인이 위나라와 친하게 지내려고 한 지는 이미 오래요. 그러나 위나라는 변덕이 심해서 믿을 수가 없소. 그래서 과인은 친할 수가 없었던 거요. 위나라와 친할 수 있는 방법을 가르쳐 주시오."

"왕께서 말을 겸손히 하고 예물을 후하게 하여 위나라를 섬기도록 하십시오. 그래도 안 되거든 땅을 떼어 뇌물로 주십시오. 그래도 안 되거든 그때는 군사를 일으켜 위나라를 치십시오."

"삼가 가르침에 따르겠소."

소왕은 범수를 객경에 임명하고, 군사(軍事)에 관한 일을 하게 했다. 그러고는 범수의 계책에 따라 오대부 관(綰)을 보내 위나라를 공격하여 회(懷)를 함락시켰다. 그리고 2년 뒤에는 형구를 함락시켰다. 객경 범수가 다시 소왕에게 아뢰었다.

"진나라와 한나라는 그 지형이 서로 얽혀 있어 마치 수라도 놓은 것처럼 되어 있습니다. 진나라에게 한나라의 존재는 나무에 좀이 있고 사람의 내장에 병이 있는 것과 같습니다. 천하에 변이 없으면 모르거니와, 만일 변이 생기게 되면 진나라의 적으로 한나라보다 더한 나라가 없습니다. 그러므로 왕께선 한나라를 진나라 편으로 해 두는 것이 좋습니다."

"과인도 한나라를 내 편으로 만들어 두고 싶은데 한나라가 듣지를 않소. 어떻게 하면 좋겠소?"

"한나라가 어째서 진나라 편이 되지 않을 수 있겠습니까? 만일 왕께서 군사를 보내 형양을 치면 공(鞏)과 성고(成皐)로 통하는 길이 막히고, 북쪽으로 태행산 길목을 끊으면 상당의 군사는 남쪽으로 내려올 수 없습니다. 다시 말해 왕께서 한 번 군사를 일으켜 형양을 치면, 한나라는 세 토막으로 쪼개집니다. 그리 되면 한나라가 망한다는 것을 뻔히 알면서 어떻게 진나라의 요구를 듣지 않을 수 있겠습니까? 한나라가 진나라 편이 되면 패업을 달성하기 위한 계책을 세울 수 있습니다."

소왕이 말했다.

"과연 그렇군."

소왕은 곧 사신을 한나라에 보내려 했다.

범수는 날이 갈수록 소왕의 신임을 얻었다. 이렇게 소왕에게 진언하면서 지낸 지 어느덧 몇 해에 이르렀다.

범수는 비로소 기회를 엿보아 내정 개혁 문제를 들고 소왕을 설득시키기로 했다.

"신이 산동에 있을 무렵에 많은 이야기를 들었습니다. 제나라에는 전문이 있을 뿐 그 왕에 대해 듣지 못했고, 진나라에는 태후·양후·화양군·고릉군·경양군이 있을 뿐 왕에 관해 들은 적이 없습니다. 대체로 나라의 정사를 마음대로 할 수 있는 사람을 왕이라 부르고, 사람에게 이익과 해를 줄 수 있는 권력을 가진 사람을 왕이라 하며, 사람을 살리고 죽이고 하는 위력을 가지고 있는 사람을 왕이라 합니다. 그런데 지금 태후는 왕을 염두에 두지 않고 마음대로 일을 처리하고, 양후는 외국으로 사신을 보내도 왕께 보고하지 않으며, 화양군과 경양군은 사람을 마음대로 처형하면서도 조금도 왕을 어려워하지 않고, 고릉군은 사람을 자기 생각대로 채용하고 파면하면서도 왕의 허가를 받지 않습니다. 즉 진나라에는 네 사람의 귀인이 있는 셈인데, 이러고서야 나라가 위태롭지 않을 수가 없는 일입니다. 왕께서 이들 네 사람의 아랫자리에 서게 되면 실상 왕을 왕이라고 할 수 없습니다. 그렇게 되면 왕의 권력은 기울어질 수밖에 없고, 명령도 왕으로부터 나갈 수 없게 됩니다.

신은 '나라를 잘 다스리는 사람은 안으로는 그 권위를 굳히고, 밖으로는 그 권력을 무겁게 한다.'고 들었습니다. 그런데 양후는 왕의 권한을 가로채어 마음대로 사신을 보내 제후들을 다루고, 천하의 땅을 나눠 사람을 봉하고, 적을 무찌르고 나라를 치는 등 진나라의 국사를 좌지우지하다시피 하고 있습니다. 싸움에서 이기면 그 이익을 자기의 봉읍인 도(陶)의 것으로 만들고, 싸움에 패하면 그 화를 왕에게 돌립니다. 옛 시에도 '나무 열매가 지나치게 많으면 가지가 부러지고, 가지가 부러지면 나무의 정기를 해친다. 수도가 너무 크면 나라가 위태롭고, 신하가 높으면 임금은 낮아진다.'고 했습니다.

최저(崔杼)와 요치(淖齒)의 예를 보십시오. 그들은 함께 제나라 국정을 맡고 있었습니다만 최저는 제나라 장공(莊公)의 다리를 활로 쏘아 죽이고, 요치는 민왕의 힘줄을 뽑아내어 사당 대들보에 매달아 죽였습니다. 조나라 이태(李兌)는 국정을 장악하게 되자 무령왕을 사구에 유폐시켜 백 일 만에 굶겨 죽였습니다. 그런데 지금 진나라에서는 태후와 양후가 나랏일을 도맡아 하며, 고릉군·화양군·경양군이 일을 도와 진나라 왕을 안중에 두지 않고 있다고 하니, 이 또한 요치와 이태와 같은 무리라 할 수 있습니다.

하·은·주 삼대의 왕조가 차례로 망한 까닭은 임금이 정권을 오로지 신하에게만 맡겨 둔 채 술에 빠지고 사냥이나 하며, 직접 정사를 돌보려 하지 않았기 때문입니다. 또 정권을 맡은 신하가 현인을 시기하고 유능한 자를 미워하며, 아래를 누르고 위를 가로막아 사욕만을 채우고 임금을 속여 자기 배만 채우는데도, 임금이 그것을 모르고 있었기 때문에 나라를 잃은 것입니다. 그런데 지금 진나라에서는 지방 수령 이상의 고급 관리에서부터 심지어는 왕의 좌우에 있는 근신들까지, 상국 양후의 입김을 거치지 않은 사람이 없습니다. 신이 보는 바로는 왕께서는 완전히 조정에서 고립되어 있습니다. 신이 우려하는 것은 만세(萬世) 뒤에 진나라를 누리게 될 사람이 왕의 자손이 아닐 거라는 점입니다."

소왕은 이 말을 듣자 크게 두려워하며 말했다.

"과연 그렇다."

소왕은 태후를 폐하는 한편, 양후·고릉군·화양군·경양군을 함곡관 밖으로 내쫓았다.

그리하여 소왕은 범수를 재상에 앉히고 양후의 직인을 거둔 다음 도(陶)로 돌아가게 했다. 그때 고을의 관리에게 명해서 짐을 실어 갈 수레와 소를 양후에게 제공하도록 했는데, 그 수가 천 대를 넘었다. 함곡관에 이르자 관문을 지키는 관리가 귀중품들을 조사했는데, 보물 그릇과 진기한 물건들이 왕실보다도 더 많았다.

진나라는 범수를 응(應)에다 봉하고 응후(應侯)라 불렀다. 진나라 소왕 41년의 일이었다.

범수가 진나라 재상이 되었지만 진나라에서는 장록이라 부르고 있었으므로, 위나라에서는 이를 모르는지라 범수가 이미 죽은 지 오래인 것으로 생각하고 있었다.

그런데 위나라는 진나라가 동쪽으로 한나라와 위나라를 치려 한다는 말을 듣고, 수가를 사신으로 진나라에 보냈다. 이 소식을 들은 범수는 신분을 감추고 해진 옷을 입고 한가히 걸어서 객관으로 찾아가 수가를 만났다. 수가는 범수를 보자 깜짝 놀라며 말했다.

"범숙(范叔, 叔은 범수의 자)은 그동안 무사했던가?"

"그렇습니다."

수가가 웃으며 말했다.

"범숙은 진나라에서 유세를 하고 있는가?"

"그렇지는 못합니다. 저는 그때 위나라 재상에게 죄를 짓고 이곳으로 도망쳐 왔는데 어찌 감히 유세를 할 수 있겠습니까?"

"그럼 지금 무얼 하고 있는가?"

"남의 집에서 날품팔이를 하고 있습니다."

수가는 마음속으로 불쌍한 생각이 들어, 그와 음식을 나누어 먹으며 말했다.

"범숙이 이토록 고생을 하고 있단 말인가?"

수가는 두꺼운 비단 솜두루마기 한 벌을 꺼내 주며 물었다.

"진나라는 장군(張君)을 재상으로 삼았다는데, 자네도 그걸 알고 있는가? 들리는 말로는 장군은 왕의 신임을 받고 있어서 천하의 일은 모두 그의 의견에 의해서 결정된다고 하더군. 이번에 내가 내 사명을 완수하느냐 못 하느냐 하는 것은 그 장군의 생각 하나에 달려 있는 것이 아니겠는가. 자네 혹시 재상과 친한 사람을 알고 있는가?"

"저의 주인이 잘 알고 있습니다. 그래서 저도 한 번 재상을 뵌 적이 있습니다. 주인에게 부탁해서 대감을 만나게 해 드리지요."

"그런데 지금 내 말이 병든 데다 수레도 바퀴가 부러졌다네. 어디서 사두마차를 구할 수 없겠나? 그래야만 재상께서 나를 만나 주실 게 아닌가."

"그럼 대감을 위해 사두마차를 주인에게서 빌려 오겠습니다."

범수는 돌아가서 사두마차를 준비한 다음, 수가를 위해 손수 말을 몰고 진나라 재상이 있는 청사로 들어갔다. 그러자 사람들이 예를 갖춰 인사를 하거나 바삐 숨어 버렸다. 수가는 이를 이상하게 생각했다. 재상이 거처하는 관사 정문 앞에 이르자 범수가 수가에게 말했다.

"여기서 좀 기다리십시오. 제가 먼저 들어가서 재상께 말씀을 드린 다음 안내를 하겠습니다."

수가는 문간에서 기다리고 있었는데, 시간이 꽤 지났는데도 기별이 없어 문지기에게 물었다.

"범숙이 들어가서 나오지 않으니 어찌 된 일이오?"

"범숙이라니, 누구 말입니까?"

"아까 나와 함께 마차를 타고 와서 들어간 사람 말이오."

"아, 그분요? 그분은 우리 재상인 장군(張君)이십니다."

수가는 크게 놀랐다. 그제야 상황을 깨달은 수가는 웃옷을 벗고 무릎걸음을 쳐서 들어가 문지기를 통해 죄를 빌었다.

범수는 비로소 장막을 걷고 많은 근신들의 호위를 받으며 수가를 만났다. 수가는 땅에 머리를 조아리며 스스로 죽을죄를 지었음을 고백했다.

"이 수가는 상공께서 이토록 출세하셨으리라고는 생각조차 못했습니다. 수가에게는 이토록 사람을 보는 눈이 없었으니, 다시는 천하의 글을 읽지 않을 것이며, 다시는 천하의 일에 관여하지도 않겠습니다. 제게는 기름 가마에 뛰어들어야 할 죄가 있습니다. 그러니 용서를 빌어 스스로 북쪽 오랑캐 땅으로 물러가 있고자 하옵니다. 그저 상공의 너그러우신 처분만을 바라옵니다."

범수가 말했다.

"네 죄가 몇 가지나 되는지 아느냐?"

"머리카락을 뽑아 세어도 모자랄 만큼 많은 줄로 아옵니다."

"네게는 세 가지 죄가 있다. 옛날 초나라 소왕 때, 신포서(申包胥)는 초나라를 위해 오나라 군사를 물리쳤다. 초나라 왕은 5천 호의 고을에다 그를 봉하려 했으나 신포서는 사양하고 받지 않았다. 그것은 오나라 군사를 물리친 것은 조상 무덤이 초나라에 있기 때문이었고, 단순히 초나라만을 위한 것이 아니라고 생각했기 때문이다. 그런데 우리 조상의 무덤은 위나라에 있고, 나도 위나라를 배반할 생각은 없었다. 그런데 너는 앞서, 내가 제나라와 내통한다고 위제에게 일러바쳤다. 이것이 네 첫 번째 죄다. 위제가 나를 욕보이기 위해 변소에 두라고 했을 때, 너는 그것을 말리지 않았다. 이것이 너의 두 번째 죄다. 위제의 손님들이 술이 취해 번갈아 가며 내게 오줌을 누었으나 너는 모르는 척했다. 이것이 너의 세 번째 죄다. 그러나 내가 너를 죽이지 않는 것은, 내게 비단 솜두루마기를 주며 옛 정을 못 잊어 하는 태도를 보였기 때문이다. 그래서 살려 주는 것이다."

이리하여 범수는 물러가고 그 일은 끝났다. 범수는 왕궁으로 나가 위나라에서 있었던 자초지종을 소왕에게 말하고, 수가의 사신 자격을 빼앗아 위나라로 돌려보내기로 했다.

범수가 제후의 사신들을 초대해 크게 연회를 벌이고 있을 때 수가가 귀국 인사를 하기 위해 찾아왔다. 범수는 수가를 대청 밑에 앉히고 그 앞에 말에게 주는 여물과 콩을 놓아두고, 이마에 먹물을 넣은 두 죄인을 양쪽에 서게 한 뒤, 말에게 먹이를 먹이듯 수가에게 그것을 먹게 하면서 꾸짖어 말했다.

"나를 위해 위나라 임금에게 일러라. '당장 위제의 목을 가져오지 않으면 내가 곧 대량을 짓밟고 말겠다.'고 말이다."

수가는 돌아와 그런 사실을 위제에게 전했다. 위제는 겁을 먹고 조나라로 달아나 평원군 밑에 몸을 숨겨 버렸다.

범수를 위나라에서 데려온 왕계가 어느 날 재상 범수에게 말했다.

"지금 예측할 수 없는 일이 세 가지 있고, 어떻게 할 수 없는 일이 또한 세 가지 있습니다. 임금이 언제 돌아가실지 모르는 것이 예측할 수 없는 일의 하나입니다. 상공이 언제 관직을 잃게 되실지 모르는 것이 예측하기 어려운 일의 두 번째입니다. 제가 언제 구렁에 빠져 죽을지 모르는 것이 예측하기 어려운 일의 세 번째입니다. 하루아침에 임금이 돌아가실 경우, 상공이 저를 임금에게 진작 천거하지 못한 것을 후회해 봐야 이미 어쩔 수 없는 일입니다. 상공께서 갑자기 그 자리를 떠나실 경우, 저를 등용하지 않은 것을 후회해 봐야 그때는 이미 어쩔 수 없는 일입니다. 제가 갑자기 구렁에 빠져 죽게 되었을 때, 상공께서 제게 미안한 마음을 갖는다 해도 그땐 이미 어쩔 수 없는 일입니다."

범수는 불쾌했다. 그러나 왕에게 가서 말했다.

"왕계의 충성심이 없었다면 신은 함곡관을 통과해 이리로 오지 못했을 것입니다. 또 대왕과 같은 현군이 아니었다면 신은 높은 지위에 오를 수 없었을 것입니다. 지금 신의 벼슬은 재상에 이르고 작(爵)은 열후로 있는데, 왕계의 벼슬은 아직도 알자에 머물러 있습니다. 이것은 신을 진나라로 데리고 온 왕계의 본뜻이 아닐 줄로 압니다."

그래서 소왕은 왕계를 하동 태수에 임명했다. 그러나 왕계는 부임한 지 3년이 지나도 행정에 관한 보고를 올리지 않았다.

범수는 또 정안평을 천거했다. 정안평 역시 장군에 올랐다. 그리고 범수는 다시 자기 집 재물을 풀어 일찍이 가난하게 살면서 신세 진 사람에게 일일이 보답을 했다. 그때 단 한 끼의 식사라도 대접받았으면 반드시 이를 갚았고, 또 단 한 번일지라도 눈을 흘긴 자에게는 반드시 앙갚음을 했다.

범수가 진나라 재상이 된 지 2년, 진나라 소왕 42년에 진나라는 동쪽으로 한나라의 소곡과 고평을 쳐서 함락시켰다. 진나라 소왕은 위제가 평원군 밑에 숨어 있다는 말을 듣자, 범수를 위해 기어코 원수를 갚아 줄 생각이었다. 그래서 친선을 도모하는 척하는 편지를 써서 평원군에게 보냈다.

과인은 공자의 높은 이름을 들었습니다. 그리하여 공자의 지위와 상관없이 교제를 맺고 싶습니다. 바라건대 과인이 있는 곳으로 찾아와 주십시오. 공자와 열흘을 두고 술자리를 함께하여 즐기려 합니다.

평원군은 진나라를 무서워하는 한편, 소왕의 말이 그럴듯하게 생각되어 진나라로 가 소왕을 만났다. 소왕은 평원군과 며칠 동안 술자리를 함께한 뒤 말을 꺼냈다.

"옛날 주나라 문왕은 여상을 얻어 태공으로 받들었고, 제나라 환공은 관이오(管夷吾, 관중)를 얻어 중보라 높였습니다. 지금 범군(范君)도 또한 과인의 숙부(叔父)와 같은 존재입니다. 그런데 범군의 원수가 지금 공자의 집에 있습니다. 청컨대 사람을 보내 그 원수의 머리

를 베어 오도록 해 주십시오. 그러지 않으면 공자를 함곡관 밖으로
내보내지 않겠습니다."

평원군이 대답했다.

"높은 자리에 있으면서 사람과 사귀는 것은 천한 몸이 되었을 때
도움을 받기 위해서입니다. 부유한 몸으로 사람을 사귀는 것은 가난
하게 되었을 때 도움을 받기 위해서입니다. 위제는 제 친구입니다.
설사 제 집에 있더라도 그를 내놓을 수는 없습니다. 게다가 지금은
제 집에 있지 않습니다."

그러자 소왕은 이번에는 조나라 왕에게 편지를 보냈다.

지금 평원군은 진나라에 와 있습니다. 우리 범군의 원수인 위제가
평원군의 집에 있으니, 왕께선 사자 편에 그의 머리를 빨리 보내 주십
시오. 그렇게 하지 않으면 군사를 일으켜 조나라를 칠 것이며, 평원군
을 함곡관 밖으로 내보내지도 않겠습니다.

그래서 조나라 효성왕은 급히 군사를 보내 평원군의 집을 포위했
다. 하지만 위제는 벌써 도망을 치고 없었다. 위제는 조나라 재상인
우경에게로 가서 매달렸다. 우경은 여러 모로 생각해 보았으나 위제
를 모른 체하라고 조나라 왕을 설득시킬 가망이 없었으므로, 자신의
재상 직인을 돌려준 뒤 위제와 함께 몰래 조나라를 떠났다.

그리고 의지할 만한 제후들을 생각해 보았으나 갑자기 찾아갈 만한
곳이 없는지라, 우선 대량으로 가서 신릉군의 주선을 받아 초나라로

달아나려 했다. 신릉군은 두 사람이 왔다는 소식을 들었으나 진나라
가 겁이 나는지라 주저하면서 만날 생각도 않고 빈객들에게 물었다.

"우경은 대체 어떤 인물이오?"

그때 후영(侯嬴)이 신릉군 옆에 있다가 말했다.

"사람은 원래 자기를 알기 힘든 것이지만, 남을 아는 것도 쉬운 일
은 아닙니다. 저 우경이란 사람은 짚신을 신고 긴 관을 쓴 초라한 모
습으로 조나라 왕을 한 번 만나 구슬 한 쌍과 황금 백 일을 상으로 받
았고, 두 번 만났을 때는 상경에 임명되었으며, 세 번 만났을 때는 재
상의 직인을 받고 만호후(萬戶侯)에 봉해졌습니다. 그 당시에는 천하
가 다투어 그를 알려고 했습니다. 그런데 위제가 오갈 데 없어 우경
에게 매달리자, 우경은 높은 작록도 중하게 여기지 않고 재상의 직인
을 돌려주고 만호후의 녹도 버린 채, 몰래 이리로 찾아온 것입니다.
즉, 남의 어려움을 중하게 생각하여 공자를 의지하려고 온 것입니다.
그런데 공자께선 어떤 인물이냐고 물었습니다. 사람은 자기를 알기
도 어렵지만 남을 아는 것도 쉬운 일은 아닙니다."

신릉군은 크게 부끄러워하며 마차를 몰고 들 밖으로 나가 두 사람
을 맞았다. 그러나 위제는 이미 신릉군이 자기를 만나기를 주저하고
있다는 소문을 듣고 노여움에 못 이겨 스스로 목숨을 끊은 뒤였다.
조나라 왕은 이 소식을 듣고, 끝내는 그의 머리를 얻어 진나라로 보내
주었다. 진나라 소왕은 평원군을 조나라로 돌려보냈다.

소왕 43년, 진나라는 한나라의 분(汾)과 형(陘)을 쳐서 함락시킨 다
음, 황하 가까이 있는 광무(廣武)에다 성을 쌓았다. 그로부터 5년 뒤

에 소왕은 응후의 계교를 써서 첩자를 보내 조나라를 속였다.

그로 인해 조나라는 마복군의 아들인 조괄을 염파(廉頗)와 교대시켜 장군에 임명했다. 진나라는 조나라 군사를 장평에서 크게 깨뜨리고 마침내는 수도 한단을 포위했다.

그로부터 얼마 후 응후는 무안군 백기와 사이가 벌어져 그를 모함해 죽였다. 그리고 정안평을 장군으로 추천하여 조나라를 치게 했다. 그런데 정안평은 조나라 군사에 포위되어 위급한 지경에 이르자 2만 명의 군사를 거느린 채 조나라에 항복하고 말았다.

이 때문에 응후는 짚자리를 깔고 앉아 왕에게 처형을 청했다. 본래 진나라 법에는, 사람을 추천했을 경우 추천받은 사람이 죄를 범하면 추천한 사람도 그와 똑같은 처벌을 받게 되어 있었다. 법대로 할 경우 응후의 죄는 삼족을 멸해야 하는 죄이지만, 진나라 소왕은 응후를 염려하여 전국에 포고령을 내렸다. 정안평의 사건을 말하는 사람이 있으면 정안평과 같은 죄로 다스리도록 했다. 그리고 상국인 응후에게는 먹을 것을 평상시보다 더 많이 하사하여 그의 마음을 달래 주었다.

그로부터 2년 뒤, 이번에는 왕계가 하동 태수로 있으면서 제후와 내통하다가 법망에 걸려 사형되었다. 응후는 점차 불안해졌다.

그러던 어느 날, 소왕이 조정에 나와 한숨을 내쉬었다. 응후가 나와서 말했다.

"임금이 근심이 있으면 신하는 욕을 당하고, 임금이 욕을 당하면 신하는 죽는다고 했습니다. 지금 대왕은 조회 도중에 근심스런 모습을 보이셨습니다. 이는 신의 부족한 탓이오니 감히 죄를 듣고자 하옵니다."

소왕이 말했다.

"듣건대 초나라의 쇠칼은 날카롭고 광대들은 서투르다 하오. 쇠칼이 날카로우면 군사들은 용감할 것이며, 광대들이 서투르다면 생각이 깊은 것이 아니겠소. 깊은 생각을 가지고 용감한 군사를 부리게 된다면 초나라가 진나라를 꾀하지 않을까 두려운 생각이 드오. 대개 세상일이란 미리미리 준비하지 않으면 급한 경우에 대처할 수 없는 거요. 무안군은 이미 죽었고, 정안평 무리들은 나라를 배반했소. 안에는 좋은 장수가 없고 밖으로는 적국이 많은 형편이라 그것이 걱정되는 것이오."

소왕은 응후를 격려하려 했던 것이지만, 응후는 도리어 황공해서 몸 둘 곳을 몰라 했다.

그 무렵, 이 소식을 들은 채택이 진나라를 찾아왔다.

채택은 연나라 사람이다. 각처로 다니며 공부를 하고, 벼슬을 하기 위해 수많은 제후들을 찾아다녔으나 뜻을 이루지 못했다. 그래서 당거(唐擧)에게 관상을 보러 갔다.

"소문에 의하면 선생께서 이태의 관상을 보고 백 일 안에 나라의 정권을 잡겠다고 했다는데, 그것이 사실입니까?"

"그렇소."

"그럼 나 같은 사람은 어떻습니까?"

당거는 한참 동안 채택을 물끄러미 바라보더니 웃으며 말했다.

"선생은 납작코에 어깨는 목보다도 높이 솟아 있고, 툭 불거진 이마에 얼굴은 아무렇게나 막 끌어 올려 짠 상투처럼 생겼으며, 콧대는 주저앉고 다리마저 활처럼 휘어 있습니다. '성인(聖人)의 상(相)은 보아도 모른다.'고 했는데 그 말이 바로 선생을 두고 한 말 같습니다."

채택은 당거가 농담을 하고 있는 것으로 알고 이렇게 말을 받았다.

"부귀는 내가 본래부터 가지고 있는 거요. 내가 알 수 없는 것은 수명뿐이니, 그것이나 좀 알았으면 좋겠습니다."

당거가 말했다.

"선생은 앞으로 43살을 더 사실 것입니다."

채택은 웃으며 고맙다는 인사를 하고 떠났다. 그러고는 그의 마부를 보고 말했다.

"찰밥에 연한 고기를 먹고, 말을 몰고 뛰어다니며, 황금으로 된 직인을 가슴에 품고, 자줏빛 인끈을 허리에 차고, 임금 앞을 오고 가는 부귀한 생활을 할 수 있다면, 43년만으로도 충분하다 하겠지."

그리고 그 길로 조나라로 갔으나 오래지 않아 쫓겨나고, 한나라와 위나라로 갔으나 도중에 도둑을 만나 가지고 다니던 가마솥과 세발솥마저 빼앗기고 말았다.

그런데 응후가 정안평과 왕계를 진나라 왕에게 천거했다가 그들이 모두 진나라에 중죄를 지어 몹시 불안해하고 있다는 소식을 들었다. 채택은 진나라로 향했다.

그러고는 소왕과 만날 기회를 만들기 위해 사람들에게 다음과 같은 소리를 퍼뜨려 응후를 격분시키고자 했다.

"연나라 사람인 채택은 천하의 영웅호걸로서 변론이 뛰어나고 지혜가 놀라운 선비다. 그가 한 번 진나라 왕을 만나기만 하면 진나라 왕은 그를 좋아하여 반드시 범수를 궁지로 몰아넣고 그의 지위를 거두어들일 것이다."

응후는 그 소문을 듣자 이렇게 말했다.

"오제(五帝)와 하·은·주 삼대의 일과 제자백가(諸子百家, 춘추 전국 시대의 여러 학파)의 학설은 나도 오래전부터 알고 있다. 또 나는 많은 사람들의 변론도 다 물리쳤다. 그 따위 녀석이 어떻게 나를 궁지로 몰아넣어 내 지위를 빼앗을 수 있단 말이냐?"

그러고는 사람을 보내 채택을 불렀다. 채택은 응후를 만나자 가볍게 손만 들어 보였다. 응후는 처음부터 불쾌했는데, 만나 보니 더욱 거만한지라 꾸짖어 말했다.

"그대가 나를 대신해서 진나라 재상이 된다고 큰소리치며 다녔다는데 그것이 사실인가?"

"그렇습니다."

"어디 이야기를 한번 들어 보자."

채택이 말했다.

"어떻게 아직도 그 까닭을 모르고 있단 말입니까? 봄·여름·가을·겨울도 각각 맡은 일을 끝내면 다음 절기와 교대하게 됩니다. 사람이 세상에 태어나서 온몸이 건강하여 손발이 말을 잘 듣고, 귀와 눈이 밝고, 마음이 광명하고, 머리가 지혜롭다면 이는 선비 된 사람의 소원이 아니겠습니까?"

"물론이지."

"인을 바탕으로 의를 지키며, 도를 행하고 덕을 베풀어 천하에서 뜻을 얻으면, 천하 사람들이 모두 그를 그리워하며 사랑하고 존경하여 임금으로도 떠받들고 싶어 할 것이오. 이것이야말로 웅변과 지모를 가진 선비들이 기대하는 바가 아니겠습니까?"

"물론이지."

채택은 말을 계속했다.

"부귀와 영달을 겸한 몸이 되어 천하 만물을 제대로 올바르게 처리함으로써 각각 제 위치를 찾게 만들고, 오래도록 하늘이 준 수명을 다하여 일찍 죽는 일이 없으며, 천하 사람들이 자기의 전통을 이어 사업을 지켜 나가 이것을 영원토록 전해 가게 하고, 이름과 실제 모습이 참되어 그 은덕이 천 리 먼 곳에까지 미치며, 대대로 이를 칭송하여 끊임이 없이 천지와 더불어 함께한다면, 이는 곧 도덕의 실현으로서 성인이 말하는 경사이자 상서로운 일이 아니겠습니까?"

"물론이지."

"저 진나라 상군과 초나라 오기와 월나라 대부 종(種)같은 사람은 결과에 있어서 선비들이 바라고 원하는 인물이 될 수 있겠습니까?"

응후는 채택이 자기를 궁지로 몰아넣고 설득시킬 계획임을 알아차렸다. 그래서 마음에도 없는 대답을 했다.

"안 될 것이 무엇 있겠소. 저 공손앙(商君)은 효공을 섬길 때 있는 힘과 마음을 다해 개인의 일을 돌아보지 않고 나랏일을 위해 충성을 바쳤고, 법령을 만들어 간사(姦邪)를 금하며, 상벌을 공평하게 실시하여 세상을 바로잡고, 참된 마음 참된 뜻을 털어놓아 남의 원한을 사는 것도 마다하지 않았으며, 옛 친구를 속여 공자 앙을 잡고, 진나라 사직을 돌봐 백성들을 이롭게 했으며, 마침내는 진나라를 위해 적장을 포로로 잡고 적군을 무찔러 영토를 천 리나 넓히지 않았던가.

오기가 초나라 도왕(悼王)을 섬길 때에는 사사로운 이익으로 나라의 이익을 해치지 못하게 하고, 참소하는 말이 충신을 가로막지 못하도록 했으며, 말을 억지로 꾸며 대지 않고 도리에 어긋난 행동을 하지 않았으며, 위험에 직면해 있어도 방침을 바꾸지 않고 의를 행하여 어려움을 피하지 않았으며, 임금을 패자(覇者)로 만들고 나라를 강하게 하기 위해서 화와 재난을 당하는 것도 사양하지 않았소.

대부 종이 월나라 왕 구천을 섬길 때에는 충성을 다해 조금도 게을리하지 않았으며, 임금이 죽거나 망할 위험에 놓여 있어도 있는 재주를 다해 떠나지 않았고, 공을 이루어도 자랑함이 없었으며, 부귀한 몸이 되어도 교만하거나 게으름을 피우는 일이 없었소.

이들 세 사람은 원래가 의리와 충성이 지극했던 것이오. 군자는 의를 위해서는 어려운 일을 당해 죽는 것도 마다하지 않고, 죽는 것을 자기 집으로 돌아가는 것으로 알고 살아서 욕을 당하는 것보다는 죽어서 이름을 남기는 것을 귀하게 여겼소. 선비란 원래가 자기 몸을 죽여 이름을 남기는 것이며, 정의를 위해서는 죽음도 사양치 않는 것이오. 어째서 이들 세 사람이 우리가 원하는 대상이 될 수 없단 말인가?"

"임금이 성스럽고 신하가 어진 것은 천하의 지극한 복입니다. 임금이 밝고 신하가 정직한 것은 나라의 복입니다. 아비가 사랑이 깊고 자식이 효심이 두터우며, 남편이 성실하고 아내가 정숙한 것은 집안의 행복입니다. 그런데 비간(比干)은 충성을 다 바쳤으나 은나라를 지키지 못했고, 오자서는 지혜로웠으나 오나라를 완전하게 할 수 없었으며, 신생(申生)은 효성스러웠으나 진나라는 어지러웠습니다. 이들은 모두 충신이요, 효자였지만 나라와 집이 망하고 어지러웠습니다. 무엇 때문이었을까요? 그것은 밝은 임금과 착한 아비가 없어, 신하와 자식의 간하는 말을 듣지 않았기 때문입니다. 그러기에 세상 사람들은 그런 임금과 아비를 더러운 사람이라 하여 천하게 여기고, 그런 신하와 아들을 가엾게 생각했던 것입니다. 그런데 상군·오기·대부 종은 신하로서는 훌륭했으나 임금이 훌륭하지 못했던 것입니다. 그러므로 세상에는 세 사람이 공을 세우고도 자랑을 삼지 않은 점을 칭찬하기는 하지만, 세상을 만나지 못하고 죽은 것을 부러워하지는 않습니다. 만일 죽은 뒤라야 비로소 충성스럽다고 명성을 얻는 것이라면, 미자(微子, 은나라 주왕의 형)도 어진 사람이 될 수는 없고, 공자도 성인일 수는 없으며, 관중도 위대하지는 못할 것입니다. 또 공을 세우는 데 있어 완전한 것을 기대하지 않는 사람이 있겠습니까? 그 몸과 이름이 함께 완전한 사람이 가장 훌륭하고, 이름이 남의 본받을 바가 되나 몸이 죽고 만 사람은 그다음이며, 이름은 욕되어도 그 몸만은 완전한 사람이 가장 아래입니다."

응후가 말했다.

"과연 옳은 말이오."

채택은 비로소 인정을 받은 터이므로 말을 계속했다.

"저 상군·오기·대부 종은 신하로서 충성을 다하고 공을 세운 점에서는 선비 된 사람이라면 누구나 바라는 대상이 될 수 있으나, 굉요(閎夭)가 주나라 문왕을 섬기고 주공이 주나라 성왕을 도운 것 또한 충성스럽고 성스러운 것이 아니겠습니까? 또한 원만한 임금과 신하의 사이였다는 점에서 논한다면 상군·오기·대부 종 세 사람과 굉요·주공과는 어느 편이 선비 된 사람의 바라는 바로 적합하겠습니까?"

"상군·오기·대부 종이 굉요와 주공만 못하지요."

"다음으로 지금 상공이 섬기고 있는 임금이 인자하여 충신들을 신임하고, 옛 친지들을 후하게 대접하며, 어질고 지혜로워 도를 지키는 선비들과 굳게 사귀며, 의를 지켜 공을 세운 신하를 저버리지 않는 점에서 진나라 효공과 초나라 도왕과 월나라 왕 구천과 비교할 때 어느 쪽이 더 낫습니까?"

"글쎄, 그건 알 수가 없지."

"지금 왕이 충신을 신임하는 정도는 진나라 효공, 초나라 도왕, 월나라 왕 구천 이상은 될 수 없습니다. 그리고 상공이 지혜와 재주를 다하여 임금을 위해 위태로운 것을 편안히 하여 정치를 닦고, 어지러운 것을 다스려 군사를 강하게 하며 근심 걱정을 없애고, 영토를 넓혀 수확을 크게 함으로써 나라를 부하게 하고 집을 넉넉하게 만들며, 임금을 권위 있게 하여 사직을 높이고 종묘를 빛나게 함으로써 천하에 임금을 업신여기거나 침범할 자가 없습니다. 그 결과 임금의 위엄이 세상을 덮고 공적이 만 리 밖에까지 미쳐 빛나는 이름이 천세(千世)에 전하게 되는 점에서는 상공과 상군·오기·대부 종을 비교하면 어느 쪽이 더 낫습니까?"

"내가 미치지 못하오."

"지금의 왕이 충신을 가까이하고 옛 친구를 잊지 않는 점에서는 효공·도왕·구천을 따르지 못하고, 상공의 공적과 임금의 사랑과 신임을 받는 정도가 또한 상군·오기·대부 종에 미치지 못합니다. 그런데 상공의 녹은 후하고, 지위는 높으며, 가진 재산도 세 사람보다 많습니다. 만일 상공이 물러나지 않고 그대로 있는다면, 아마 상공이 받을 화와 근심은 세 사람보다 심할 것입니다. 그 점을 이 사람은 상공을 위해 몹시 두려워하고 있습니다. 옛말에도 '해가 중천에 오르면 이윽고 서쪽으로 기울게 되며, 달도 차면 이지러지기 시작한다.'고 했습니다. 만물이 성하면 곧 쇠하는 것은 천지의 공평한 이치이며, 나아가고 물러나는 것, 굽히고 펴는 것이 때에 따라 바뀌는 것은 성인의 영원한 도리입니다. 그러므로 나라에 도가 행해지면 나가서 벼슬을 하고, 나라에 도가 행해지지 않으면 물러나 숨는 것이 당연한 일입니다. 성인은 말하기를 '나는 용이 하늘에 있으면 대인(大人)을 보는 것이 이롭다.'고 했고, '의롭지 못한 부귀는 내게 있어서 뜬구름과 같다.'고 했습니다. 지금 상공께선 남에게서 받은 원한과 은혜는 갚을 대로 다 갚았으며, 바라고 원하는 것은 모조리 다 이룬 셈입니다. 그런데도 변화에 대응할 수 있는 대책을 세우지 않고 있습니다. 상공을 위해 도저히 그대로 있을 수 없는 일입니다.

 그리고 또 물총새며 따오기, 코뿔소나 코끼리들만 해도 그들이 살고 있는 곳이 그렇게 안전한 곳이 아니지만 그런대로 천수를 누릴 수는 있습니다. 그런데도 잡혀 죽는 것은 먹이를 탐하는 욕심에 끌리기 때문입니다. 소진과 지백(智伯)의 지혜는 욕된 것은 피하고 죽음의 위험을 멀리하기에 부족하지 않았지만, 그래도 죽임을 당하고 만 것은 이익을 탐하는 마음에 빠져 그칠 줄을 몰랐기 때문입니다. 그러므로 성인은 예를 만들어 욕심을 억제하고, 백성으로부터 세금을 걷는데도 한도가 있고, 백성을 부리는 데도 그 한가한 때를 고르도록 제한을 두었던 것입니다. 그러므로 생각은 넘치는 일이 없고 행동은 교만하지 않으며 항상 도리에 맞아 어김이 없었습니다. 그래서 천하 사람들도 그것을 본받아 이어 감으로써 끊이지 않는 것입니다.

옛날 제나라 환공은 제후들을 규합하여 천하를 바로잡았으나, 규구(葵邱)의 만남에서 교만함을 보여 아홉 나라가 배반했습니다. 오나라 왕 부차의 병력은 천하에 당할 자가 없을 정도였으나, 용맹과 힘을 자랑하며 제후들을 업신여기고 제나라와 진나라를 누르려 했기 때문에 결국에는 몸을 죽이고 나라를 망쳤습니다. 하육과 태사 교(暾)는 한 번 호령하면 삼군(三軍)을 놀라게 하는 용사였으나 하찮은 사람의 손에 죽고 말았습니다. 이들은 모두가 최고에 이르렀을 때 본연의 도리로 돌아오지 않고 자신을 낮추어 겸손하고 절제할 줄 모른 데서 일어난 화였습니다.

저 상군은 진나라 효공을 위해 법령을 밝게 하여 범죄의 원인을 없애고, 공이 있는 사람은 계급을 높여 반드시 상을 주고, 죄 있는 사람은 반드시 벌을 주었으며, 저울을 공평하게 하고 길이를 재는 일과 부피를 헤아리는 것을 바르게 하고, 물가를 조절하고 밭고랑을 정리해 농경지를 넓혀 백성들의 생활을 안정시키고, 풍속을 똑같이 하고 백성들에게 농사일을 장려하여 땅의 생산력을 올리며, 한 집에서 두 가지 생업(生業)을 하지 못하게 하고, 농사에 힘을 기울여 식량을 쌓아 두게 하는 한편 전쟁에 관한 훈련도 시켰습니다. 그러므로 전쟁이 있을 때마다 영토는 넓어졌고, 전쟁이 없으면 나라가 부강해졌습니다. 이리하여 진나라는 천하에 적이 없고, 제후들에게 위엄을 과시하여 공적을 이루었습니다. 그런데 공적이 이루어지자 그의 몸은 거열형에 처해지고 말았습니다.

초나라는 땅이 사방 수천 리에 달하고 창을 든 전사가 백만 명에 이르는 큰 나라였으나, 백기는 겨우 수만 명의 군사를 이끌고 초나라와 단 한 번 싸워 언과 영을 쳐서 빼앗고 이릉을 불살랐으며, 두 번 싸워 남쪽으로 촉과 한을 병합했습니다. 또 한나라와 위나라를 지나 강대한 조나라를 쳐서, 북쪽으로 마복군(조괄)을 구덩이에 넣고 40만 대군을 무찔러 그들을 장평에서 전멸시켰습니다. 그 흐르는 피는 내를 이루고, 울부짖는 소리는 천지를 진동시켰습니다. 그리고 마침내는 한단을 포위하여 진나라로 하여금 제업(帝業)을 누리게 했습니다. 원래 초나라와 월나라는 천하의 강국으로 진나라의 원수였습니다. 그런데도 그 뒤로 초나라와 조나라는 모두 겁이 나서 진나라를 칠 생각을 하지 못했습니다. 그것은 백기의 위세 때문입니다. 백기는 혼자 70여 개 성을 항복시켰습니다. 그런데 공을 이루자 마침내는 칼을 받고 두우에서 자결할 수밖에 없었습니다.

오기는 초나라 도왕을 위해 법을 세워 대신들의 무거운 권리를 깎아 내리고, 무능한 자를 파면시키고 쓸모없는 일을 없애 버리며, 급하지 않은 벼슬을 줄이고 왕실의 사사로운 청탁을 막았으며, 초나라 풍속을 하나로 만들고 유세를 금하며, 농부와 전사들을 철저히 훈련

시켜 남쪽으로는 양월(揚越)을 손에 넣고 북쪽으로는 진나라와 채나라를 병합시켰으며, 연횡과 합종의 외교 정책을 버림으로써 유세를 일삼고 쫓아다니는 선비들이 입을 열지 못하도록 만들고, 당파를 만드는 것을 금하여 이로써 백성들을 격려하고 초나라 정치를 바로잡아 그 군사는 천하를 떨게 만들고, 위엄은 제후들을 굴복시켰습니다. 그런데 공적이 이루어지자 거열형을 당하고 말았습니다.

대부 종은 월나라 왕 구천을 위해 깊은 꾀와 앞날을 내다보는 계획으로서 회계의 위급한 형편을 모면시키고, 망하게 된 나라를 다시 붙들어 두어 치욕을 영예로 돌리고, 초원을 개간하여 새로운 고을로 만들고, 땅을 개척하여 곡식을 심고, 사방의 선비들을 거느리고 위아래의 힘을 하나로 뭉쳐 구천의 어짊을 돕고, 부차에게 원수를 갚고, 마침내는 억센 오나라 왕을 사로잡아 월나라로 하여금 패업을 이룩하게 했습니다. 그의 공적은 너무도 뚜렷했고 사람들도 다 믿었습니다. 그런데 구천은 그를 배신하여 죽이고 말았습니다.

위에 말한 네 사람은 공을 이룬 뒤 물러나지 않은 탓으로 화를 입게된 것으로, 이른바 '펴기만 하고 굽힐 줄은 모르며, 가기만 하고 돌아올 줄을 모르는 사람들'이었습니다.

범려(范蠡)는 이 이치를 알고 있어, 초연히 세상을 피해 오랫동안 도주공(陶朱公)으로서 살아남았던 것입니다. 상공께선 도박하는 자들을 보지 못했습니까? 크게 승부를 단번에 내려는 사람이 있는가 하면, 끈기 있게 조금씩 이기려는 사람도 있습니다. 이 점은 상공도 잘 아실 겁니다.

그런데 상공은 진나라 재상으로서, 앉은 자리에서 계획을 꾸미고 조정에 머문 채 다만 계책으로 제후들을 누르며 삼천의 땅을 평정하여 의양의 부를 충실하게 하고, 양장(羊腸)의 험지를 돌파하여 태행도(太行道)를 막으며 또 범(范)과 중행(中行)으로 통하는 길을 끊어 여섯 나라 군대가 합종할 수 없게 만들고, 천 리에 달하는 잔도(棧道, 험한 벼랑 같은 곳에 낸 길)를 촉과 한으로 통하게 함으로써 천하 제후들이 진나라를 무서워하게 만들었습니다. 진나라가 바라는 일은 성취되었고, 상공의 공적은 절정에 이르렀습니다. 지금이야말로 진나라로서는 서서히 조금씩 승리를 거둬야 할 시기입니다. 이러한 상황에서 물러나지 않으면 상군·백기·오기·대부 종과 같은 처지가 됩니다. 저는 '성공 밑에서는 오래 머물러 있지 말라.'는 말을 들었습니다. 저들 네 사람의 화 가운데 어디다 몸을 두시려 합니까? 어째서 이 기회에 재상의 직인을 돌려주고, 어진 사람에게 자리를 물려준 다음 물러나 바위 밑에 살며 냇가의 경치를 구경하지 않습니까? 그렇게 하시면 반드시 백이와 같은 청렴한 이름을 얻고, 영원히 응후로 불리어 대대로 제후로 있게 되며, 허유(許由)나 연릉(延陵)의 계자(季子)같이 겸양하다는 칭송을 받고, 왕자교(王子喬)와 적송자(赤松子)처럼 오래 사실 것입니다.

이것과 화를 입어 일생을 마치는 것 중에 어느 쪽이 낫겠습니까? 상공은 어느 쪽을 택하시겠습니까? 만일 지금의 지위를 떠나는 것이 아까워 결단을 내리지 못한다면, 반드시 저들 네 사람과 같은 화가 미칠 것입니다.

《역경》에 말하기를 '끝까지 올라간 용은 뉘우칠 날이 있다.'고 했습니다. 이것은 오르기만 하고 내려올 줄을 모르고, 뻗을 줄만 알고 굽힐 줄을 모르며, 나아가는 것만 알고 돌아설 줄을 모르는 사람을 비유해 말한 것입니다. 바라옵건대 깊이 생각하십시오."

다 듣고 난 응후가 말했다.

"알았소. 나도 '욕심을 부리며 그칠 줄을 모르면 그 욕심 부린 것을 잃게 되고, 가지고 만족할 줄을 모르면 그 가진 것을 잃는다.'고 들었습니다. 선생께서 다행스럽게 내게 가르쳐 주셨으니 삼가 가르침에 따르겠습니다."

응후는 채택을 안으로 맞아들여 상객으로 모셨다.

며칠 후, 응후는 조회에 들어가 소왕에게 말했다.

"새로 산동에서 온 현자(賢者)가 있는데 채택이라 하옵니다. 그는 변론이 뛰어난 사람으로, 삼왕의 사적과 오패의 공적과 세상의 변화에 밝지 않은 것이 없어서 진나라 정치를 맡기기에 충분하옵니다. 신은 지금까지 많은 사람들을 만나 보았으나 그를 따를 사람은 없습니다. 신도 그를 당할 수 없으므로 감히 아뢰는 바입니다."

진나라 소왕은 채택을 불러 함께 이야기를 나누어 보니 그 재주가 뛰어나 크게 기뻐하며 그를 객경(客卿)에 임명했다. 응후는 곧 병을 핑계로 재상의 직인을 돌려줄 것을 청했다. 소왕은 억지로 응후를 불러낼 생각이었으나 응후는 군이 병이 무겁다 하여 거절했다. 이리하여 범수는 재상의 지위에서 물러났다.

소왕은 범수의 천거를 받아들여 채택을 진나라 재상에 임명하고,

그의 계책에 따라 동쪽으로 주나라 땅을 손아귀에 넣었다. 채택이 진나라 재상이 되고 몇 달이 지나자, 누군가가 그를 모함했다. 채택은 벌이 두려워 병을 핑계로 재상의 직인을 도로 바쳤다.

그러나 강성군(綱成君)이란 이름으로 진나라에 10여 년 동안 머물러 살며 소왕·효문왕·장양왕을 섬기고, 마지막으로 진시황을 섬겨 진나라 사신으로 연나라로 갔다. 3년 뒤, 연나라는 태자 단을 진나라에 볼모로 보냈다.

태사공은 말한다.

한비자가 말하기를 '소매가 길면 춤이 잘 춰지고, 돈이 많으면 장사가 잘된다.'고 했는데, 이 말은 참된 말이다.

범수와 채택은 세상에서 말하는 '일절변사(一切辯士)', 즉 어떤 경우에든 자유자재로 변론을 펼 수 있는 변사다. 그런데도 제후들의 나라를 유세하며 머리카락이 희어지도록 그를 받아 주는 임금을 만날 수 없었던 것은 계책이 서툴러서 그런 것은 아니었다. 유세한 나라들이 약하고 작았기 때문이다. 두 사람이 두루 돌아다닌 끝에 진나라로 들어가게 되자, 서로 뒤를 이어 경상(卿相)의 지위에 올라 공적을 천하에 떨친 것은, 진나라와 다른 여러 나라들과의 국력 차이 때문이다. 그러나 선비에게는 우연히 때를 만나는 경우도 있다. 이들 두 사람 못지않은 어진 사람들이 뜻을 이루지 못한 예는 이루 다 헤아릴 수 없을 정도로 많다. 하지만 이들 두 사람도 곤궁한 처지에 빠지지 않았던들, 어떻게 분발하여 성공을 거둘 수 있었겠는가!

악의 열전(樂毅列傳)

계책을 성공시켜 5개국 군사를 연합하고, 약한 연나라를 위해 강한 제나라에게 원수를 갚아 그 선군(先君)의 부끄러움을 씻었다. 그래서 〈악의 열전 제20〉을 지었다.

악의(樂毅)의 선조는 악양(樂羊)이다. 악양은 위나라 문후의 장군으로 중산(中山)을 공략해 영수(靈壽)에 봉해졌었다. 악양은 죽어 영수에 묻혔고, 그 자손들은 대대로 그곳에 정착했다. 그 뒤 중산은 다시 나라를 일으켰으나 조나라 무령왕 때에 다시 멸망했다. 이 무렵, 악씨의 후손 중에 악의란 사람이 있었다.

악의는 현명하고 병법을 좋아하여 조나라에 천거되었었다. 그러나 무령왕이 사구(沙邱)의 내란으로 죽자, 조나라를 떠나 위나라로 갔다. 당시 연나라에서는 자지(子之)의 난이 일어났는데, 제나라는 이 틈을 타 연나라를 쳐부수었다. 연나라 소왕은 제나라를 원망하며 제나라에 복수할 것을 하루도 잊지 않았다. 그러나 연나라는 나라가 작고 멀리 구석진 곳에 위치하고 있어 힘으로써 제나라를 제압할 수 없었다. 그래서 몸을 굽혀 선비를 높이 받들며, 먼저 곽외(郭隗)를 예로써 대우하여 현인들을 끌어들이려 했다.

이 소문을 들은 악의는 위나라 소왕에게 청하여 연나라에 사신으로 갔다. 연나라 왕은 빈객의 예로써 그를 대우하려 했으나, 악의는 이를 사양하고 예물을 올린 다음 신하가 되었다. 연나라 소왕은 악의를 아경(亞卿, 상경 다음가는 벼슬)에 임명했다.

그 뒤 오랜 세월이 흘렀다.

당시는 제나라 민왕의 세력이 강했다. 민왕은 남쪽으로는 초나라 장군 당말(唐眛)을 중구(重邱)에서 깨뜨리고, 서쪽으로는 삼진의 군사를 관진에서 무찌른 다음, 마침내는 삼진과 함께 진나라를 공격하고 조나라를 도와 중산을 멸망시켰으며, 송나라를 쳐서 영토를 천여 리나 넓혔다. 제나라 민왕은 진나라 소왕과 서로 세력을 겨루어 제(帝)라고 칭하다가 얼마 후 폐지하고 다시 왕이라 불렀다.

제후들은 모두 진나라를 배반하고 제나라에 복종하려 했으므로 민왕은 교만해지기 시작했고, 백성들은 그의 포악함에 고통스러워했다.

이에 연나라 소왕은 악의에게 제나라를 어떻게 쳐야 할 것인가를 물었다. 악의가 대답했다.

"제나라에는 일찍이 환공이 세상을 제패한 업적이 있으며, 땅도 넓고 인구도 많아 연나라 혼자 힘으로는 공격하기 어렵습니다. 왕께서 기필코 제나라를 치실 생각이면 조나라·초나라·위나라와 합세하여 치는 도리밖에 없습니다."

이리하여 연나라 왕은 악의를 시켜 조나라 혜문왕과 맹약을 맺게 하고, 또 다른 사람을 시켜 초나라와 위나라를 끌어들인 다음, 다시 조나라를 통해 진나라에게 제나라를 치는 것이 유리하다는 것을 설득시켰다. 제후들은 제나라 민왕의 교만함과 포악함을 미워하던 참이라 모두 앞을 다투어 합종을 하고, 연나라와 함께 제나라를 치려 했다.

악의가 돌아와 그런 내용을 보고하자 연나라 소왕은 나라 안의 병력을 총동원하고 악의를 상장군으로 임명했는데, 조나라 혜문왕 역시 악의에게 상국의 직인을 주었다. 악의는 이리하여 조·초·한·위·연의 5개국 연합군의 총지휘를 맡은 다음, 제나라로 쳐들어가 제나라 군사를 제수 서쪽에서 무찔렀다.

제후국의 연합군들은 싸움이 끝나자 제각기 자기 나라로 돌아갔지만, 악의는 연나라 군사만을 이끌고 계속 제나라군의 뒤를 쫓아 제나라 수도인 임치에까지 쳐들어갔다. 제나라 민왕은 제수 서쪽에서 패한 뒤 달아나 거(莒)를 지키고 있었다. 그래서 악의는 제나라 전국에 정령(政令, 정치상의 법도와 규칙)을 폈으나 제나라의 각 성은 항복하지 않은 채 계속 수비 태세를 갖추고 있었다. 악의는 임치에 진입해 제나라의 귀중한 보물과 제기 같은 것들을 모조리 연나라로 실어 보냈다. 연나라 소왕은 크게 기뻐하며 몸소 제수 기슭으로 나와 장병들을 위로했다. 그리고 상품을 나눠 주며 잔치를 벌이는 한편, 악의를 창국(昌國, 제나라 땅)에 봉하고 창국군(昌國君)이라 불렀다. 그리고 소왕

자신은 제나라의 전리품들을 거두어 돌아갔으며, 악의에게는 다시금 군대를 이끌고 아직 항복하지 않은 제나라 성과 고을들을 평정시키도록 했다.

악의는 제나라에 남아 각지를 돌아다니며 정령을 펴고 공략한 지 5년 만에 제나라의 70여 개 성을 항복시켜 모두 연나라 군현으로 편입시켰다. 그러나 거와 즉묵, 두 성만은 항복시키지 못했다.

때마침 연나라 소왕이 죽고 그 아들이 왕이 되었다. 그가 바로 혜왕이다. 혜왕은 태자 때부터 늘 악의를 못마땅하게 생각했다. 그 사실을 안 제나라 전단(田單)은 첩자를 연나라로 보내 다음과 같은 소문을 퍼뜨렸다.

"제나라 성 중에서 항복하지 않은 곳은 두 성뿐이다. 그런데 이것을 빨리 함락시키지 않는 것은, 들리는 소문에 의하면 악의가 연나라의 새 임금과 사이가 좋지 않기 때문에, 전쟁을 질질 끌어 제나라에 한동안 머물러 있으면서 제나라에서 왕 노릇을 할 계획을 꾸미고 있기 때문이다. 그러므로 제나라가 걱정하는 점은 연나라에서 다른 장군이 오지나 않을까 하는 것이다."

연나라 혜왕은 그렇잖아도 악의를 의심하던 참이라, 제나라 첩자들이 퍼뜨린 소문을 듣자마자 기겁(騎劫)을 대신 장군으로 임명하여 보내고 악의를 불러들였다.

악의는 연나라 혜왕이 자기를 못마땅하게 생각해 다른 사람으로 교체시킨 것을 알고, 죄를 받게 될까 겁이 나서 서쪽 조나라로 달아나 항복했다. 조나라는 악의를 관진(觀津)에다 봉하고, 망제군(望諸君)

이라고 불렀다. 그리고 악의를 높이 떠받들어 연나라와 제나라를 견제했다.

제나라 전단은 얼마 후 속임수로 연나라 군사를 속이고, 마침내는 기겁을 즉묵 부근에서 격파한 다음, 뒤이어 각지에서 연나라 군사를 몰아냈다. 그리고 북쪽 황하 기슭에 이르러 제나라의 모든 성과 고을들을 회복한 뒤에 민왕의 아들 양왕을 거로부터 임치로 맞아들였다.

연나라 혜왕은 뒤에야 비로소 기겁을 악의와 교체시킨 탓으로 싸움에 지고 장수를 잃고 제나라 땅을 잃은 것을 후회했다. 또 악의가 조나라에 투항한 것을 괘씸하게 생각하는 한편, 조나라가 악의를 장군으로 삼아 연나라가 무력해진 틈을 타서 공격해 올까 봐 전전긍긍했다. 그래서 사신을 시켜 편지를 보내어 악의를 꾸짖는 한편 사과를 했다.

"선왕께선 나라를 통째로 장군에게 맡겼었소. 장군은 연나라를 위해 제나라를 무찌르고, 선왕의 원수를 갚아 천하를 진동하게끔 만들었소. 과인이 어찌 하루인들 장군의 공을 잊었겠소. 마침 선왕께서 세상을 뜨시고 과인이 새로 즉위하자, 좌우에 있는 사람들이 과인을 잘못 인도했던 것이오. 과인이 기겁을 장군과 교체시킨 것은 장군이 오랫동안 나라 밖에서 뜨거운 햇볕과 비바람에 시달리고 있었기 때문에, 장군을 불러 잠시 쉬게 하며 일을 꾀하려 했던 것이었소. 그런데 장군은 이쪽 소식을 잘못 듣고, 과인과 사이가 나쁜 것으로 생각하여 연나라를 버리고 조나라로 가 버렸소. 장군이 자기 몸을 생각하는 것은 좋은 일이겠지만, 선왕께서 장군을 후하게 대접한 뜻에 장군은 무엇으로 보답하겠소?"

악의는 혜왕의 편지를 읽고 다음과 같은 답장을 보냈다.

신은 영리하지 못하여 왕명을 받들고도 왕의 좌우를 믿을 수가 없었으므로, 선왕의 밝으심을 해치고 임금님의 덕을 상하게 하지나 않을까 두려워하여 조나라로 도망친 것이옵니다. 지금 임금께서 사람을 보내 신의 죄를 꾸짖었습니다만 신은 아직도 왕의 좌우 신하들이 선왕께서 신을 사랑해 주신 까닭을 살피지 못하고, 또 신이 선왕을 섬기던 뜻을 모르는 것 같아 두려워하고 있습니다. 그리하여 감히 글로써 제 마음을 올리는 바입니다.

신은 '어질고 성스러운 임금은 단지 친근하다는 이유로 벼슬과 녹을 주지 않으며, 공이 많은 사람에겐 상을 주고 재주와 능력이 있는 사람에겐 그에 맞는 소임을 맡긴다.'고 들었습니다. 그러므로 사람의 재능을 살펴 관직을 주는 임금이야말로 대업을 이룩할 수 있으며, 임금의 하는 일을 올바로 말하여 임금을 섬기는 선비야말로 이름을 세울 수 있습니다. 신이 선왕의 하신 일을 살펴보니, 이 세상 어느 군주들보다 높은 뜻을 가지고 계셨습니다. 그래서 위나라 사신의 이름으로 연나라로 들어간 것입니다.

선왕께선 지나치게 신을 대우하여 빈객들 틈에 끼워 주시고, 뭇 신하들의 위에 오르게 하시고, 일족들과의 상의도 없이 신을 아경으로 임명하셨습니다. 신은 마음속으로 그 임무를 감당해 낼 수 있을까 두려워하면서도, 왕명을 받들고 가르침을 받아들인다면 다행히 큰 허물은 없지 않을까 하는 생각에서 사양치 않고 명령에 따랐던 것입니다. 선왕께서 신에게, '나는 제나라에 깊은 원한과 노여움을 가지고 있소. 그래서 우리 연나라가 힘이 약한 것도 생각지 않고, 그저 제나라를 치고 싶을 따름이오.'라고 말씀하셨습니다. 신은 '제나라에는 일찍이 환공이 세상을 제패한 업적이 있고, 자주 싸움에 이긴 실적이 있고, 무기와 장비가 갖춰져 있고, 전투에도 능숙합니다. 왕께서 만일 이런 제나라를 치고 싶으시면, 아무래도 천하 제후들을 우리 편으로 만든 다음에 공격해야 합니다. 그러기 위해서는 먼저 조나라와 동맹을 맺는 것이 좋습니다. 그리고 또 회수 북쪽에 있는 옛 송나라 땅은 초나라와 위나라가 탐내는 땅입니다. 조나라가 만일 승낙하여 세 나라가 우리와 동맹하여 제나라를 치면, 제나라를 크게 물리칠 수가 있을 것입니다.' 하고 대답했습니다. 선왕께선 신의 말이 옳다고 생각하시어 부절을 마련해 신을 조나라에 사신으로 보내셨습니다. 신은 돌아와 보고를 마친 뒤 군사를 일으켜 제나라를 쳤습니다. 하늘의 도움과 선왕의 현명하심 덕분에 황하 북쪽의 전 지역이 선왕을 따랐으며, 그곳 군사들은 명령을 받고 제수 근처로 집결해 제나라를 크게 물리쳤습니다. 또 날랜 정예 부대가 제나라 수도로 육박해 들어가자, 제나라 왕은 거로 도망쳐 목숨만을 겨우 건졌습니다.

그때 제나라의 보옥(寶玉, 보석)과 전차, 무기, 진기한 그릇들은 모조리 연나라 것이 되었습니다. 제나라에서 온 그 전리품들은 영대(寧臺, 연나라 왕궁 안에 있는 대(臺) 이름)에 진열되고, 대려(大呂, 제나라의 종 이름)는 원영(元英, 연나라의 궁전 이름)에 전시되었으며, 앞서 제나라에 빼앗겼던 연나라 수도인 정(鼎)은 마실(磨室, 연나라의 궁전 이름)로 되찾아 오고, 연나라 수도 계구(薊丘)에는 제나라의 문수 가에서 생산되는 대나무를 옮겨 심었습니다. 오패(五覇) 이래로 선왕보다 더 큰 공적을 이룬 분은 없습니다.

선왕께선 만족하시어 땅을 떼어 신을 봉하시고, 조그만 제후와 비교할 수 있는 몸이 되게 해 주셨습니다. 신은 책임을 감당해 낼 수 있을까 하는 두려운 느낌이 들었으나, 명령을 받들어 가르침에 따르면 다행히 큰 허물은 없으리라는 생각에서 사양치 않고 명령에 따랐던 것입니다. 신은 '어질고 성스러운 임금이 공을 세우면 그것이 무너지지 않기 때문에 그 이름이 역사에 남게 된다. 앞을 내다보는 현명한 선비가 공명을 이루면 그것을 손상시키지 않기 때문에 후세에까지 칭송을 듣게 된다.'고 들었습니다. 선왕께서는 원수를 갚아 치욕을 씻고, 제나라와 같은 만승의 강국을 평정하여 8백 년 동안 쌓아 둔 보물과 진기한 그릇들을 빼앗아 오셨고, 세상을 버리시는 날까지도 생전의 가르침이 조금도 시들지 않았습니다. 정사를 맡은 신하들은 그 법령을 바르게 닦고, 적서(嫡庶)의 분수를 어지럽게 하는 일이 없게 하여 이를 백성과 하인들에게까지 미치게 한 것은 모두 후세의 교훈이 될 만합니다. 또 '일을 잘 꾸민다고 해서 반드시 일을 잘 이루는 것은 아니며, 시작을 잘한다고 해서 반드시 마무리도 잘하는 것은 아니다.'라는 말도 들었습니다.

옛날 오나라 왕 합려는 오자서의 말을 잘 받아들였기 때문에 멀리 초나라 수도 영에까지 쳐들어갔었습니다. 그러나 뒤를 이은 오나라 왕 부차는 오자서의 말을 옳게 여기지 않아, 그에게 죽음을 내리고 그 시체를 말가죽으로 만든 자루에 넣어 강수(양자강)에 띄웠습니다. 오나라 왕 부차는 그 선왕의 정책을 그대로 이어 가면 공을 세울 수 있다는 것을 깨닫지 못했기 때문에 오자서를 강에 던지고도 후회하지 않았던 것입니다. 또 오자서는 두 임금의 도량이 같지 않다는 것을 일찍 알아차리지 못했기 때문에, 강에 던져질 처지에 놓였으면서도 자기 의견을 꺾지 않았던 것입니다.

그런데 신의 경우는 죄에서 벗어나 공을 세우고, 선왕이 남기신 업적을 뚜렷하게 하는 것이 가장 좋은 일이옵니다. 모욕스러운 비난을 받음으로써 선왕의 이름을 손상시키는 것은 신이 가장 두려워하는 것이옵니다. 이미 연나라를 버리고 조나라로 도망친 크나큰 죄를 범했는데, 또 연나라의 지친 기회를 틈타 조나라를 위해 연나라를 쳐서 이미 저지른 죄를 요행으로 면해 보려는 그런 짓은 도의상 도저히 할 수 없는 일이옵니다.

신은 '옛 군자는 사람과 교제를 끊고도 그 사람의 나쁜 점을 말하지 않고, 충신은 나라를 떠난 뒤에도 허물을 임금에게 돌려 자신의 결백을 주장하지 않는다.'고 들었습니다. 신은 비록 영리하지는 못하지만 자주 군자의 가르침을 받아 왔습니다. 저는 다만 왕께서 좌우 사람들의 말에 이끌려 제가 조나라로 오게 된 이유를 오해하실까 봐 두려워 감히 글로써 말씀 올리오니, 바라옵건대 왕께서만은 신의 뜻을 살펴 주십시오.

이리하여 연나라 왕은 악의의 아들 악간(樂閒)을 다시 창국군에 봉했다. 악의는 조나라와 연나라 사이를 왕래하며 다시금 연나라와 친하게 되었다. 연나라와 조나라는 그를 객경에 임명했다. 악의는 조나라에서 죽었다.

악간이 연나라에 산 지 30년이 되었을 때, 연나라 왕 희는 재상 율복(栗腹)의 꾀를 써서 조나라를 치려 하면서 그 가부를 창국군 악간에게 물었다. 악간이 말했다.

"조나라는 사방의 적들과 자주 싸워 온 나라입니다. 그 백성들은 싸움에 익숙해 있습니다. 조나라를 치는 것은 옳지 못합니다."

그러나 연나라 왕은 듣지 않고 마침내 조나라를 쳤다. 그러나 조나라는 장군 염파를 보내 이를 역습했다. 염파는 율복의 군사를 호(鄗)에서 크게 깨뜨리고 율복과 악승(樂乘)을 포로로 잡았다. 악승은 악간의 집안사람이었다. 그래서 악간은 조나라로 달아났다. 조나라는 결국 연나라를 포위했다. 이에 연나라는 거듭 땅을 떼어 주고 조나라와 화친했다. 조나라 군사는 포위를 풀고 물러갔다.

연나라 왕은 악간의 의견을 듣지 않은 것을 후회했지만 악간은 이미 조나라에 가 있었으므로 글을 써 보내 말을 전했다.

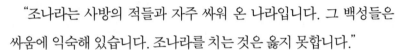

은나라 주왕 때, 기자(箕子)는 주왕이 그의 말을 받아들이지 않았으나 여전히 굳게 간하여 그의 말을 받아들이기를 바랐고, 상용(商容)도 그의 의견을 주왕이 받아들이지 않고 몸을 욕되게 했으나 여전히 주왕이 마음을 고치기를 바랐소. 그리고 정치가 더욱 어지러워져서 민

심이 이탈되고, 감옥에 갇힌 죄수들이 감옥을 탈출하기에 이르러서야 비로소 두 사람은 은퇴했소. 그러므로 주왕은 포악한 하나라 걸왕과 같은 사람으로 취급받고 있지만, 두 사람은 충성과 성스러운 이름을 잃지 않았소. 그들은 나라를 걱정하는 정성을 다했기 때문이오.

그런데 과인은 어리석기는 하지만 주왕과 같이 포악하지는 않소. 연나라 백성들은 어지러워져 있기는 하지만, 은나라 백성들처럼 심하지는 않소. 한 집안에서 문제가 생기면 안에서 스스로 해결하지 않고 이웃집에 이야기하는 것은 어찌 된 일이오. 경이 과인에게 간하지 않은 것과 이웃 나라인 조나라로 달아나 버린 이 두 가지 일은, 과인이 경에게 심히 유감으로 생각하는 바이오.

그러나 악간과 악승은 연나라가 자기들의 꾀를 받아들이지 않은 것을 원망하여 조나라에 머물렀다. 조나라는 악승을 무양군(武襄君)에 봉했다. 그 이듬해, 악승과 염파는 조나라를 위해 연나라를 포위했다. 그러나 연나라가 무거운 예로써 화친을 청해 왔기 때문에 포위를 풀었다.

그로부터 5년 뒤에 조나라 효성왕이 죽었다. 그 뒤를 이은 도양왕은 염파 대신 악승을 장군에 임명했으나, 염파가 이에 불복하고 악승을 공격했다. 악승은 싸움에 패해 달아나고, 염파도 망명해서 위나라로 들어갔다. 그로부터 16년 뒤에 진나라가 조나라를 멸망시켰다.

그로부터 20여 년 뒤, 고제(高帝, 한고조)가 조나라 옛 땅을 지날 때 사람들에게 물었다.

"악의에게 자손이 있느냐?"

사람들이 대답했다.

"악숙(樂叔)이란 사람이 있습니다."

그래서 고제는 그를 악향(樂鄕, 하북성 소재)에다 봉하고, 화성군(華成君)이라 불렀다. 화성군은 악의의 손자다. 그 밖에 악씨 집안사람으로는 악하공(樂瑕公)과 악신공(樂臣公)이 있었는데, 그들은 조나라가 진나라에게 망할 무렵 제나라 고밀(高密)로 망명했다. 악신공은 황제(黃帝)와 노자의 학문에 능통해서 제나라에서 이름이 높았고, 훌륭한 스승으로 일컬어졌다.

태사공은 말한다.

일찍이 제나라 괴통(蒯通)과 주보언(主父偃)은, 악의가 연나라 왕에게 보낸 편지를 읽을 때마다 책을 덮고 울지 않을 수가 없었다고 한다. 악신공은 황제와 노자의 학문을 배웠다. 그의 학문의 첫 스승은 하상장인(河上丈人)이라는 인물이었는데, 그의 내력은 확실치 않다. 하상장인은 안기생(安期生)을 가르쳤고, 안기생은 모흡공(毛翕公)을 가르쳤고, 모흡공은 악하공을 가르쳤고, 악하공은 악신공을 가르쳤고, 악신공은 개공(蓋公)을 가르쳤다. 개공은 제나라의 고밀과 교서(膠西) 땅에서 가르쳐 훗날 조상국(曹相國, 조참)의 스승이 되었다.

염파·인상여 열전(廉頗藺相如列傳)

인상여(藺相如)는 강국 진나라를 상대로 자기 뜻대로 행동하고, 염파에게 몸을 굽혀 그의 임금을 위함으로써 제후들로부터 존경을 받았다. 그래서 〈염파·인상여 열전 제21〉을 지었다.

염파는 조나라의 훌륭한 장수이다. 조나라 혜문왕 16년, 염파는 제나라를 쳐서 크게 깨뜨리고 양진(陽晉)을 취했으므로 상경에 올랐다. 이로써 그의 용맹은 제후들에게 널리 알려졌다.

인상여 역시 조나라 사람으로 목현(繆賢)의 사인(舍人)이었다.

이 무렵 조나라 혜문왕은 초나라의 화씨벽(和氏璧, 변화(卞和)가 발견하여 초나라 왕에게 바친 보옥)을 손에 넣었다. 진나라 소왕이 그 소문을 듣고 사신 편에 글을 보내 진나라의 15개 성과 화씨벽을 교환하자고 청했다.

조나라 왕은 대장군 염파와 여러 대신들을 불러 모아 상의했다. 화씨벽을 진나라에 보내 준다 해도 진나라가 15개 성을 조나라에 넘겨줄 리는 만무했다. 그러나 화씨벽을 보내 주지 않을 경우 진나라의 침공을 받을 우려가 있었으므로 좀처럼 결정을 내릴 수 없었다. 또한 진나라에 가서 그 회답을 알릴 만한 적당한 사람을 물색하기도 힘들었다.

이때 환관의 우두머리인 목현이 말했다.

"신의 사인인 인상여가 적임자일 것 같습니다."

왕이 물었다.

"그것을 어떻게 알 수 있는가?"

"신이 일찍이 왕께 죄를 짓고 몰래 연나라로 도망갈 계획을 세운 일이 있습니다. 그때 인상여가 저를 말리며 '주인은 어떻게 해서 연나라 왕을 알게 되었습니까?' 하고 물었습니다. 그래서 저는 '일찍이 왕을 모시고 연나라 왕과 국경 근처의 모임에 참석한 일이 있었다. 그때 연나라 왕이 가만히 내 손을 잡으며 친구가 되자고 말한 일이 있어서 알게 되었다. 그래서 그리로 가려고 한다.'라고 대답했습니다. 그랬더니 인상여는 저에게 '조나라는 강하고 연나라는 약합니다. 게다가 주인께서 조나라 왕에게 사랑을 받고 있기 때문에 연나라 왕이 주인과 교제를 맺으려고 했던 것입니다. 그런데 지금 주인께선 조나라를 도망쳐 연나라로 달아나려 하십니다. 연나라는 조나라가 무서워 주인을 머물러 있게 하지 않을 것이 뻔합니다. 그리고 주인을 묶어 조나라로 돌려보낼 것입니다. 차라리 옷을 벗고 처형대에 엎드려 죄를 청하는 것이 가장 좋은 방법일 것입니다. 그러시면 혹 죄를 면할지도 모릅니다.' 하고 말했습니다. 신이 그의 말대로 했더니, 왕께서 신을 용서해 주셨습니다. 이 때문에 저는 인상여가 용사인 동시에 지모가 있는 사람이란 것을 알게 되었습니다. 사신으로 보내도 틀림없으리라 여겨집니다."

그래서 왕은 인상여를 불러 물었다.

"진나라 왕이 자신의 성 15개와 과인의 화씨벽을 바꾸자고 청해 왔는데 이것을 보내 주어야 하는가, 보내 주지 말아야 하는가?"

"진나라는 강하고 조나라는 약합니다. 허락하지 않을 수 없을 것입니다."

"이쪽 화씨벽만 받아 챙기고, 성을 주지 않으면 어떻게 할 것인가?"

"진나라가 성을 주는 조건으로 화씨벽을 달라고 청해 왔는데, 조나라가 듣지 않으면 잘못은 조나라에 있습니다. 반대로 조나라가 화씨벽을 주었는데, 진나라가 성을 주지 않으면 잘못은 진나라에 있습니다. 두 가지를 놓고 비교해 볼 때, 저쪽의 요구를 들어주어 진나라한테 잘못한 책임을 지우는 편이 나을 것으로 생각되옵니다."

"누가 사신으로 적당하겠는가?"

"왕께서 적당한 사람을 찾지 못하셨다면, 신이 그 화씨벽을 가지고 진나라로 가겠습니다. 15개 성이 조나라 손에 들어오면 화씨벽은 진나라에 두고 오겠습니다. 성이 들어오지 않으면 틀림없이 화씨벽을 다시 조나라로 가지고 오겠습니다."

이리하여 조나라 왕은 인상여에게 화씨벽을 들려 진나라로 들여보냈다.

진나라 왕은 장대(章臺)에 앉아 인상여를 만났다. 인상여는 화씨벽을 받들어 진나라 왕에게 올렸다. 진나라 왕은 매우 기뻐하며 옆에 있던 비빈과 좌우 근신들에게 차례로 보여 주었다. 근신들은 모두 만세를 외쳤다. 인상여는 진나라 왕이 그 대가로 조나라에 성을 줄 생각이 없는 것을 알아차리고 앞으로 나아가 말했다.

"그 화씨벽에 흠이 한 곳 있습니다. 그것을 왕께 보여 드리겠습니다."

왕은 화씨벽을 인상여에게 내주었다. 인상여는 화씨벽을 받자마자 물러서서 기둥을 의지하고 우뚝 섰다. 그는 격노한 나머지 머리카락이 거꾸로 치솟아 관을 찌를 정도였다.

인상여가 말했다.

"대왕께선 화씨벽을 얻을 생각으로 사신을 통해 조나라 왕에게 글을 보내셨습니다. 조나라 왕은 신하들을 전부 모아 놓고 상의했습니다. 모두가 '진나라는 탐욕스러워서 자신들이 강국임을 믿고 거짓 약속을 하여 화씨벽을 차지하려는 것이다. 대신 주기로 한 성은 주지 않을 것이다.'라는 의견이었습니다. 상의한 결과 진나라에 화씨벽을 보내 주지 않기로 했습니다. 그러나 신은 '평민들 사이에도 그런 거짓말 교제란 있을 수 없는 일인데, 하물며 큰 나라와 나라 사이의 교제에 그럴 수는 없는 일이다. 그리고 화씨벽 하나 때문에 강한 진나라의 비위를 거스를 수는 없다.'고 아뢰었습니다. 이리하여 조나라 왕은 닷새 동안 재계(齋戒, 몸과 마음을 깨끗이 함)한 뒤 신에게 명하여 화씨벽을 받들고 진나라로 삼가 글을 보낸 것입니다. 대국의 위엄을 두려워하여 정성을 다하려 했기 때문입니다. 그런데 지금 신이 도착하자, 대왕은 신을 빈객으로 대우하지 않고 신하들과 함께 대하며 그예절이 매우 거만하셨습니다. 그리고 화씨벽을 받아 들자 그것을 비빈들에게 건네주어 신을 희롱하셨습니다. 신은 대왕께서 화씨벽 대신 주시기로 한 성을 내줄 마음이 없으신 것을 짐작했기 때문에 화씨벽을 되찾은 것입니다. 만일 대왕께서 신을 협박하신다면, 신의 머리는 이 구슬과 함께 기둥에 부딪쳐 깨어지고 말 것입니다."

인상여는 화씨벽을 들고 기둥을 노려보며 화씨벽을 내던질 기세를 보였다. 진나라 왕은 인상여가 화씨벽을 깨뜨릴까 겁이 나서 잘못을 사과하는 한편 지도를 가져오게 한 다음, 손으로 지도를 가리키며 여기서부터 저기까지 15개 성을 조나라에 넘겨주라고 지시했다. 그러나 인상여는 진나라 왕이 거짓으로 조나라에 성을 줄 것처럼 시늉만 해 보였을 뿐, 사실상 성을 줄 생각이 없다는 것을 알아채고 진나라 왕에게 말했다.

"화씨벽은 온 천하가 다 같이 보물로 알고 있는 것입니다. 조나라 왕은 진나라가 두려워 그것을 바치지 않을 수 없었습니다. 조나라 왕이 화씨벽을 보낼 때에는 닷새 동안 재계를 했습니다. 이제 대왕께서도 닷새 동안 재계를 하시고, 빈객을 대접하는 구빈(九賓)의 예를 대궐 뜰에서 행하셔야 되옵니다. 그렇게 하셔야만 신은 감히 화씨벽을 바칠 수 있습니다."

진나라 왕은 도저히 화씨벽을 강탈할 수 없음을 깨닫고 닷새 동안 재계할 것을 허락하며 인상여를 광성전사(廣成傳舍, 객사 이름)에서 묵게 했다. 인상여는 진나라 왕이 재계를 한다 해도 결국은 약속을 어긴 채 성을 내주지 않을 거라고 판단하고, 수행원을 시켜 허름한 옷차림으로 화씨벽을 품속에 간직하고 샛길로 도망쳐 조나라로 가져가게 했다.

　진나라 왕은 닷새 동안 재계를 한 다음, 구빈의 예를 대궐 뜰에서 행하고 조나라 사신 인상여를 만나기로 했다. 인상여는 들어와 진나라 왕에게 말했다.

　"진나라는 목공(繆公) 이래로 스무 명이 넘는 임금이 있었으나 여태껏 약속을 굳게 지킨 임금은 없었습니다. 신은 대왕에게 속임을 당하여 조나라를 배반하는 결과가 되는 것을 두려워한 나머지, 사람을 시켜 화씨벽을 가지고 몰래 조나라로 돌아가게 했습니다. 그러나 진나라는 강하고 조나라는 약합니다. 지금 왕께서 사신 한 명을 조나라에 보내시면, 조나라는 당장 화씨벽을 바칠 것입니다. 지금 강한 진나라의 성 15개를 떼어 조나라에 주면, 조나라가 감히 화씨벽을 쥐고 앉아 대왕에게 죄를 지을 리 있겠습니까? 신은 대왕을 속인 죄, 죽어 마땅한 줄로 아옵니다. 바라옵건대 신은 기름 가마에 뛰어들겠습니다만 왕께서는 여러 신하들과 깊이 의논하여 주십시오."

　진나라 왕은 대신들과 서로 쳐다보며 놀라워하면서도 노여움을 참지 못했다. 좌우의 근신 중에는 인상여를 끌어내려는 사람도 있었다. 하지만 진나라 왕이 그것을 제지했다.

　"지금 인상여를 죽인다고 해서 화씨벽이 얻어질 리 없다. 진나라와 조나라의 화친만 끊어질 뿐이다. 차라리 인상여를 후대해 조나라로 돌려보내는 것이 좋을 것이다. 조나라 왕이 한낱 화씨벽으로 인해 진나라를 배반할 리야 있겠느냐?"

이리하여 마침내 진나라 왕은 인상여를 빈객으로 대우해 대궐로 맞아들여 예를 마친 다음 귀국시켰다. 인상여가 돌아오자, 조나라 왕은 그가 현명하고 유능해서 사신으로의 임무를 다했다 보고, 그 공으로 상대부에 임명했다. 물론 진나라도 성을 보내오지 않았고, 조나라 역시 화씨벽을 진나라로 보내지 않았다.

그 뒤, 진나라는 조나라를 쳐서 석성(石城, 하남성)을 함락시켰다. 그리고 그 이듬해에 다시 조나라를 쳐서 2만 명의 군사를 죽였다. 그런 다음 진나라 왕은 조나라 왕에게 사신을 보내 이렇게 일렀다.

"왕과 친목을 도모하고 싶으니 서하 남쪽 면지(하남성)에서 만납시다."

조나라 왕은 진나라가 무서워서 가지 않으려고 했다. 그러나 염파와 인상여가 서로 상의 끝에 이렇게 말했다.

"왕이 가시지 않으면 조나라가 약하고 또 비겁하다는 것을 보여 주게 됩니다."

그래서 조나라 왕은 결국 가기로 했다. 인상여가 동행하고 염파가 국경까지 전송했다. 염파는 왕에게 하직 인사를 하며 말했다.

"왕께서 무사히 다녀오시기를 빕니다. 거리로 계산해 볼 때, 회합을 마치고 돌아오시기까지 30일이 넘지는 않을 것 같습니다. 30일이 지나도록 돌아오시지 않으면, 태자를 왕위에 오르게 하여 진나라의 야망을 끊어 버리도록 해 주십시오."

왕은 이를 허락하고 마침내 진나라 왕과 면지에서 만났다. 진나라 왕은 술자리가 한창 무르익어 가자 말을 꺼냈다.

"과인은 조나라 왕께서 음악을 좋아하신다는 말을 들었습니다. 슬(瑟, 현악기의 일종) 연주라도 한번 들려주시지 않겠습니까?"

조나라 왕은 슬을 연주했다. 그러자 진나라 어사가 앞으로 나와 다음과 같이 기록했다.

"모년 모월 모일, 진나라 왕은 조나라 왕과 만나 술을 마시며 조나라 왕으로 하여금 슬을 타게 했다."

그러자 이번에는 인상여가 앞으로 나서며 말했다.

"조나라 왕은 진나라 왕께서 진나라 음악에 능하다고 들었습니다. 청컨대 분부(盆缻)²⁵를 진나라 왕께 올릴 터이니 서로가 즐길 수 있도록 해 주십시오."

진나라 왕은 노여워하며 허락지 않았다. 그러나 인상여는 분부를 받쳐 들고 앞으로 다가가 무릎을 꿇고 진나라 왕에게 청했다. 그래도 진나라 왕이 분부를 두드리며 노래하기를 거부하자 인상여가 은근히 협박했다.

"대왕과 신과의 거리는 겨우 다섯 걸음도 못 됩니다. 제 목의 피로써 대왕을 물들여도 좋겠습니까?"

이 소리를 듣고 진나라 왕의 좌우에 있는 사람들이 인상여를 칼로 치려고 했다. 그러나 인상여가 눈을 부릅뜨고 꾸짖자 모두 놀라 뒤로

---

25 질그릇으로 만든 악기이다. 원래는 술을 담는 그릇인데, 진나라 음악에서는 이것을 두드려 노래의 반주로 삼았다.

물러났다. 진나라 왕은 마지못해 분부를 한 번 두드렸다. 인상여는 뒤를 돌아보며 조나라 어사를 불러 이렇게 기록에 남기라고 했다.

"모년 모월 모일, 진나라 왕이 조나라 왕을 위해 분부를 쳤다."

그 뒤 또 이런 응수가 있었다. 진나라 신하들이 말했다.

"조나라가 성 15개를 바쳐 진나라 왕의 장수를 축복해 주셨으면 하오."

이에 인상여는 이렇게 받아넘기며 말했다.

"진나라야말로 함양(咸陽, 진나라 수도)을 바쳐서 조나라 왕의 장수를 축복해 주셨으면 하오."

그리하여 진나라 왕은 술자리가 끝날 때까지 끝내 조나라 왕을 누를 수가 없었다. 조나라 역시 군대를 배치시켜 진나라에 대비하고 있었으므로, 진나라는 손을 쓸 수가 없었다.

회합을 다 끝내고 돌아오자, 조나라 왕은 인상여의 공이 크다 하여 그를 상경으로 임명했다. 염파의 상석이었다. 염파는 불쾌해했다.

"나는 조나라 장군으로, 전쟁에 큰 공이 있었다. 인상여는 겨우 입과 혀끝을 놀렸을 뿐인데 지위는 나보다 높다. 게다가 인상여는 본래가 천한 출신이다. 나는 부끄러워 도저히 그의 밑에 있을 수가 없다."

이렇게 공언하고는, 또 이렇게 벼르며 말했다.

"인상여를 만나기만 하면 기어코 모욕을 주고 말겠다."

이 말을 들은 인상여는 될 수 있으면 염파와 만나지 않도록 조심했다. 조회가 있을 때마다 늘 병을 핑계로 나가지 않았다. 염파와 서열을 다투기가 싫어서였다. 인상여가 외출을 했을 때, 멀리 염파가 오는 것이 보이면 수레를 끌어 숨어 버리곤 했다. 그러자 사인들이 모두 불평을 했다.

"우리들이 고향을 떠나와 상공을 모시는 까닭은 오직 상공의 높으신 의기를 사모하고 있기 때문입니다. 지금 상공께선 염 장군과 서열이 같습니다. 그런데 염 장군이 상공을 욕하는데도 상공께선 그를 피하고 숨으시며 지나치게 겁을 내십니다. 이것은 평범한 사람들도 부끄러워하는 일인데, 하물며 장군이나 대신으로서야 말할 것도 없습니다. 못난 저희들은 상공을 모실 수 없으니 이만 하직하고 물러갈까 합니다."

인상여가 그들을 붙잡으며 말했다.

"그대들은 염 장군과 진나라 왕 가운데 누가 더 무섭소?"

"진나라 왕을 당할 수야 없지요."

"그런 진나라 왕의 위엄을 상대로 하여, 나는 조정에서 그를 꾸짖고 그 신하들을 욕되게 했소. 내가 아무리 어리석기로 염 장군을 무서워할 리가 있겠소? 다만 살펴보건대 강한 진나라가 감히 조나라를 공격해 오지 못하는 것은 오직 우리 두 사람이 있기 때문이오. 만일 지금 우리 두 호랑이가 싸우면, 형세로 보아 둘 다 무사할 수는 없는 일이오. 내가 염 장군을 피하는 까닭은 나라의 위급을 먼저 생각하고 사사로운 원수는 뒤로 돌리기 때문이오."

이 말을 전해 들은 염파는 웃옷을 벗고 가시 채찍을 등에 짊어지고 인상여의 집 문 앞에 이르러 사죄했다.

"비천한 저로서는 장군께서 이토록 너그러우신 줄을 미처 몰랐소."

이리하여 두 사람은 마침내 화해를 하고 생사를 같이하자는 문경지교(刎頸之交)를 맺었다.

그해, 염파는 동쪽으로 제나라를 쳐서 부대 하나를 무찔렀다. 그로부터 2년 뒤에 염파는 또 제나라의 기(幾)를 쳐서 함락시켰고, 3년 뒤에는 위나라 방릉(防陵)과 안양(安陽)을 쳐서 손에 넣었다. 그리고 4년 뒤에는 인상여가 장군으로 제나라를 쳐서 평읍(平邑)까지 쳐들어갔다가 철수했다.

그 이듬해, 조사(趙奢)는 알여(閼與) 부근에서 진나라 군사를 쳐부수었다.

조사는 본래 조나라 전답의 조세 징수를 맡은 관리였다. 그가 조세를 거두어들이는데 평원군의 집에서 이를 내지 않으려고 했다. 그리하여 조사가 법에 따라 평원군의 집사 9명을 사형에 처해 버리자, 화가 난 평원군이 그를 죽이려 했다. 그러나 조사는 조금도 겁먹지 않고 평원군을 달랬다.

"공자는 조나라의 귀인입니다. 만일 공자의 집에서 나라에 대한 의무를 다하지 않는 것을 그대로 방치한다면, 국법을 침범하는 것이 됩니다. 국법이 침범을 당하면 나라는 약해지고 맙니다. 나라가 약해지면 제후들이 조나라를 엿보게 될 것이며, 만일 제후들이 군사로 압박하면 조나라는 망하고 맙니다. 그렇게 되었을 경우, 공자 혼자 부귀를 누릴 수 있겠습니까? 공자와 같이 존귀한 분이 국법이 정한 대로 나라의 의무를 다하면 위아래가 공평하게 되고 나라는 강해질 것이며, 나라가 강해지면 조나라의 기반은 더욱 튼튼해집니다. 그리고 또한 공자께선 가까운 왕족이시니 천하에 누가 공자를 가볍게 대할 사람이 있겠습니까?"

평원군은 조사의 말에 감복해 곧 왕에게 그를 천거했다. 왕은 그를 등용시켜 나라의 세금을 관리하게 했다. 그로부터 나라의 세금은 공평하게 거두어졌고, 백성들은 부유해졌으며, 국고는 언제나 가득 차 있었다.

그 무렵, 진나라가 한나라를 치기 위해 알여에 군대를 진군시켰으므로 왕은 염파를 불러 상의했다.

"알여를 구원할 수 있겠소?"

"길이 멀고 험한 데다 지역이 좁아서 구원하기가 어렵습니다."

악승을 불러 물었으나 그 역시 염파와 마찬가지로 대답했다. 그래서 이번에는 조사를 불러 묻자, 조사는 이렇게 대답했다.

"길은 멀고 험한 데다 좁은 지역이므로 그곳에서 싸운다는 것은 마치 쥐 두 마리가 쥐구멍 속에서 싸우는 것과 같습니다. 따라서 용감한 장수가 이기게 되어 있습니다."

왕은 조사를 장군으로 임명하여 구원하게 했다. 군대가 한단을 떠나 30리쯤 왔을 때, 조사는 군대를 멈추고 전군에 군령을 내렸다.

"지금부터 군사(軍事)에 관해 간하는 자가 있으면 사형에 처한다."

진나라군은 무안(武安) 서쪽에 진을 친 뒤 북을 치고 함성을 지르며 부대를 배치시켰는데, 그 기세가 대단하여 무안 성안의 기왓장이 모조리 흔들릴 정도였다. 이에 조나라 척후병이 달려와 말했다.

"급히 무안을 구해야 되겠습니다."

조사는 그 자리에서 그의 목을 베어 군령을 세웠다. 그리고 보루의 벽을 튼튼히 하여 28일 동안이나 머물러 있으면서 오직 방벽만을 튼튼히 쌓을 뿐이었다. 보루 안으로 들어온 진나라 첩자를 붙잡고도 조사는 오히려 음식을 잘 대접해 돌려보냈다. 첩자가 돌아가 조나라 진중에서 겪은 일을 진나라 장군에게 보고하자, 진나라 장군은 크게 기뻐하며 말했다.

"도대체가 수도에서 겨우 30리밖에 떨어지지 않은 지점에서 군대를 멈춰 두고 그저 방벽만을 쌓고 있으니, 알여는 이미 조나라 땅이 아니다."

조사는 진나라 첩자를 돌려보낸 그 즉시, 군사들의 갑옷과 투구를 벗겨 가벼운 차림으로 전진시켜 1박 2일 만에 진나라 군대에 이르렀다. 그리고 활을 잘 쏘는 부대에게 명하여, 알여에서 50리 떨어진 곳에 진을 치게 했다. 이때 부장 허력(許歷)이 군사에 관해 간할 말이 있다고 했다. 조사는 그를 불러들였다. 허력이 말했다.

"진나라 군사들은 우리가 여기로 이동한 줄 모르고 아주 용맹스러운 기세로 쳐들어올 것입니다. 장군께선 반드시 진지를 두텁게 하여 대기하고 계셔야 합니다. 그러지 않으면 패할 것입니다."

"앞서 군사에 관해 간하는 자는 사형에 처한다고 영을 내렸으니, 그대도 마땅히 그 군령에 따라야만 할 것이 아닌가?"

"죽어 마땅합니다."

"다음 명령이 있을 때까지 기다리라."

그러자 허력은 또 간할 일이 있다고 청하여 말했다.

"먼저 북산(北山, 알여 부근의 산) 꼭대기를 점령하는 쪽이 이기고, 늦는 쪽이 질 것입니다."

조사는 허력의 의견을 받아들여 군사 1만 명을 보내 북산 정상을 점령하도록 시켰다. 진나라군은 뒤늦게 달려와서 산정(山頂)을 다투었으나 차지하지 못했다. 조사는 군대를 풀어 그들을 쳐서 크게 무찔렀다. 진나라 군사는 허둥지둥 달아났다. 조나라 군사는 마침내 알여의 포위를 풀어 승리를 거두고 돌아왔다.

조나라 혜문왕은 조사를 마복군에 봉하고, 허력을 국위(國尉)에 임명했다. 조사는 염파와 인상여와 같은 지위에 오른 것이다.

그로부터 4년 뒤, 조나라 혜문왕이 죽고 아들 효성왕이 즉위했다.

효성왕 7년, 진나라는 다시 조나라 군사와 장평(長平, 조나라 읍)에서 맞서게 되었다. 그때 조사는 이미 죽고, 인상여는 병이 중했다. 조나라는 염파를 장군에 임명하여 진나라군을 치게 했으나, 자주 패하곤 했다. 그래서 조나라 군사는 방벽을 굳게 지킬 뿐 싸우려 하지 않았다. 진나라군이 여러 차례 도전해 와도 염파는 끝내 응전하지 않았다. 이때 조나라 왕은 다음과 같은 진나라 첩자들의 역선전을 믿었다.

"진나라가 두려워하는 것은 오직 마복군 조사의 아들 조괄이 장군이 되는 것이다. 그 외에는 아무것도 걱정할 일이 없다."

그래서 조나라 왕은 조괄을 장군으로 임명하여 염파를 대신하려 했다. 그러자 인상여가 말했다.

"왕께선 명성만 믿고 조괄을 쓰시려고 하는데, 이는 마치 거문고의 줄을 아교로 몸체에 붙여 고정시킨 채 거문고를 타려는 것과 같습니다. 조괄은 다만 그의 아버지가 남겨 놓은 병법에 관한 책을 읽은 것뿐으로 임기응변을 모릅니다."

그러나 조나라 왕은 듣지 않고, 마침내 조괄을 장군으로 임명했다.

조괄은 소년 시절부터 병법을 배워 군사에 관한 이야기를 자주 했다. 그리고 병법가로서는 천하에 자기를 당할 만한 사람이 없다고 자부했다. 일찍이 그는 아버지 조사와 병법을 토론하곤 했는데, 아버지도 조괄을 당해 내지 못했다. 그러나 조사는 한 번도 그를 칭찬하지 않았다. 조괄의 어머니가 그 까닭을 묻자, 조사는 이렇게 말했다.

"전쟁이란 목숨을 거는 것이오. 그런데 조괄은 그것을 가볍게 말하고 있소. 조나라가 조괄을 장군에 임명하는 일이 없다면 다행이겠지만, 만일 그 애가 장군이 되는 날이면 반드시 조나라 군사를 망치고 말 것이오."

그래서 조괄의 어머니는 아들이 출발하기에 앞서 왕에게 글을 올렸다.

"조괄을 장군으로 삼아서는 아니 되옵니다."

왕이 조괄의 어머니를 불러 그 이유를 묻자, 이렇게 대답했다.

"처음 제가 그의 아비를 모셨을 때, 그의 아비는 장군이었습니다. 그런데 직접 먹여 살리는 부하가 수십 명이나 되었고, 친구는 수백 명에 이르렀습니다. 대왕이나 왕족들에게서 하사받은 상은 모조리 병사와 사대부들에게 나눠 주었습니다. 또한 출전 명령을 받은 그날부터는 집안일을 전혀 돌보지 않았습니다. 그런데 지금 조괄은 하루아

침에 장군이 되어 높은 자리에 앉게 되었으나, 군리(軍吏, 군대의 벼슬
아치)들 가운데 그를 우러러보는 사람이 한 명도 없습니다. 왕께서 내
리신 돈과 비단은 가지고 돌아와 집에다 저장하고, 사 두어서 이익이
될 만한 땅이나 집을 매일 둘러보며 사들이곤 합니다. 대왕께서는 그
아비와 비교해 보았을 때 그가 어떻게 생각되십니까? 아비와 자식은
마음 쓰는 것부터가 다릅니다. 바라옵건대 대왕께선 그 아이를 장군
으로 보내시지 말아 주십시오."

그러나 왕은 듣지 않았다.

"어미는 더 이상 아무 말도 하지 말라. 나는 이미 결정을 보았노라."

그러자 조괄의 어머니가 말했다.

"대왕께서 굳이 그 아이를 보내시려거든, 그 애가 책임을 다하지 못
하더라도 저를 자식의 죄에 연루시켜 벌을 받지 않게 해 주십시오."

왕은 승낙했다.

조괄은 염파를 대신하자, 군령을 모조리 뜯어 고치고 군리들을 전
부 갈아 치웠다.

그 소식을 들은 진나라 장군 백기는 기병을 보내 거짓으로 달아나
는 척하면서 조나라군의 식량 보급로를 끊어 조나라 군사를 둘로 갈
라놓았다. 조나라 병사들의 마음은 이미 조괄에게서 떠났다. 이렇게
40여 일이 지나자, 조나라 군사는 굶주리기 시작했다. 조괄은 마침내
정예 부대를 앞세우고 그 자신도 직접 진나라군과 맞붙어 싸웠다. 그
러나 그는 진나라 군사의 화살을 맞고 죽었다. 조괄의 수십만 군사는
싸움에 패하여 마침내 진나라에 항복했다. 그리고 진나라는 그들을

모조리 구덩이에 처넣어 죽였다. 조나라는 이 싸움을 전후로 45만 명이나 되는 군사를 잃었다.

이듬해, 진나라군은 마침내 한단을 포위했다. 1년 남짓하여 한단이 거의 함락될 지경에 이르렀으나, 초나라와 위나라의 구원에 의해 겨우 포위를 풀 수 있었다. 조나라 왕은 조괄의 어머니와 앞서 한 약속 때문에 그녀에게 벌을 주지는 않았다.

한단의 포위가 풀린 5년 후에 이번엔 연나라가 다음과 같은 율복(栗腹)의 건의를 채택해 군사를 일으켜서 조나라를 공격해 왔다.

"조나라 장정들은 장평에서 다 죽고, 그 고아들은 아직 장정이 되지 않았습니다."

조나라는 염파를 장군으로 삼아 연나라를 공격하게 했고, 염파는 연나라 군사를 호(鄗)에서 크게 무찔러 율복을 죽이고 연나라 수도를 포위하기에 이르렀다. 그러자 연나라는 5개 성을 떼어 주며 화친을 청해 왔다. 조나라 왕은 이를 받아들인 다음 위문(尉文)이란 곳에 염파를 봉하여 신평군(信平君)이라 하고, 임시로 상국에 임명했다. 이보다 앞서, 염파가 장평에서 파면되어 돌아와 권세를 잃었을 무렵, 오랫동안 정들었던 빈객들이 모조리 떠나 버렸었다. 그런데 그가 다시 등용되어 장군이 되자 빈객들이 또다시 찾아들었다. 이에 염파가 말했다.

"돌아들 가시오."

그러자 한 빈객이 말했다.

"아아, 장군은 어쩌면 그렇게도 생각이 둔하십니까? 대체로 천하 사람들은 이익이 있는 곳으로 모여들기 마련입니다. 우리는 장군에게 권세가 있으면 따르고 권세를 잃으면 떠나갈 뿐으로, 그것은 당연한 이치입니다. 앞서 떠나간 것을 섭섭해하실 이유는 조금도 없는 것입니다."

그로부터 6년이 지나, 조나라는 염파에게 위나라 번양(繁陽)을 치게 하여 함락시켰다. 그 뒤 조나라 효성왕이 죽고 그의 아들 도양왕이 즉위하자, 왕은 악승을 염파 대신 장군으로 임명했다. 염파는 격노한 나머지 악승을 공격했다. 악승은 패해서 도망치고, 염파도 마침내 위나라 대량(大梁, 위나라의 수도)으로 달아났다. 그 이듬해, 조나라는 이목(李牧)을 장군으로 임명하고, 연나라를 쳐서 무수(武遂)와 방성(方城)을 함락시켰다.

염파는 오랫동안 대량에 머물렀으나 위나라는 그를 믿지 못했다. 그래서 그를 등용하지 않았다. 그런데 그동안에 조나라는 자주 진나라군에게 시달리고 있었으므로, 조나라 왕은 다시금 염파를 쓸 생각이 들었다. 염파도 다시 조나라를 위해 일하고 싶어 했다. 조나라 왕은 사자를 보내 염파가 과연 장군으로서의 임무를 감당할 수 있을지 어떨지를 알아보고 오게 했다.

하지만 염파와 원수지간인 곽개(郭開)가 사자에게 많은 돈을 주고 염파를 모함하도록 시켰다. 조나라 사자가 염파를 만나자, 염파는 한 말 밥과 열 근 고기를 먹어 보이고, 갑옷과 투구를 쓰고 말에 뛰어올라 아직도 충분히 임무를 감당할 수 있음을 보여 주었다. 하지만 조나라 사자는 돌아와 왕에게 이렇게 보고했다.

"염 장군은 늙었는데도 아직 식성이 좋았습니다. 그러나 신과 자리를 같이하고 있는 동안 자주 변소를 들락거렸습니다."

조나라 왕은 염파가 늙은 것으로 판단하고 결국은 부르지 않았다.

초나라는 염파가 위나라에 와 있다는 말을 듣고, 몰래 사람을 보내 그를 맞아들였다. 염파는 한 차례 초나라 장군이 되기는 했으나 공을 세우지는 못했다. 그리고 말했다.

"나는 조나라 군사를 쓰고 싶다."

그러나 조나라로 돌아가지 못한 채 끝내 초나라 수춘(壽春)에서 죽고 말았다.

이목은 조나라 북쪽 국경을 지키는 훌륭한 장수였다. 일찍이 대(代)의 안문(鴈門, 산서성)에 살면서 흉노를 대비하고 있었다.

그 무렵, 이목은 형편에 따라 적당히 관리를 배치시키고, 저잣거리에서 거둬들이는 세금은 전부 막부(幕府, 장수가 머물면서 지휘하는 곳)로 가져다가 병사들의 비용에 충당시켰다. 매일 몇 마리의 소를 잡아 장병들을 먹여 가며 활 쏘고 말 타는 연습을 시켰다. 또한 적의 침입을 알리는 봉화를 준비해 두는 한편, 많은 첩자를 사방에 풀어놓고 병사들을 후하게 대접했다. 그리고 이렇게 군령을 내렸다.

"만일 흉노가 침입해 와서 도둑질을 하면 재빨리 가축들을 거두어 성안으로 들어와 지켜라. 감히 적을 사로잡는 자가 있으면 사형에 처하리라!"

이로 인해 흉노가 침입할 때마다 봉화는 신중하고 적절하게 사용

410

되었고, 그 신호에 따라 백성과 군사들은 재빨리 가축들을 성안으로 거둬들이고 굳게 성을 지키며 나가 싸우지 않았다.

따라서 몇 해가 지나도록 백성과 군사들은 아무것도 손해 보는 일이 없었다. 그러나 흉노는 이목을 겁쟁이라고 여겼으며, 조나라 변경을 지키는 군사들까지도 그들의 장군을 겁쟁이로만 생각했다. 조나라 왕이 이목을 꾸짖었지만 그는 종래의 방침을 바꾸지 않았다.

조나라 왕은 노하여 이목을 불러들인 다음, 다른 사람을 대신 장군에 임명했다. 그로부터 1년 남짓 되는 동안, 흉노가 쳐들어올 때마다 조나라 군사는 나가 싸웠다. 그러나 싸움이 불리해서 손해를 보는 일이 자주 있었고, 변경의 백성들은 농사를 짓거나 가축을 기를 수 없었다.

조나라는 다시 이목을 불러다가 쓰려 했으나 이목은 문을 굳게 닫고 조정에 나오지 않았으며, 병을 이유로 벼슬도 사양했다. 그래서 조나라 왕이 강제로 이목을 장군에 임명하자, 이목은 이렇게 말했다.

"왕께서 굳이 신을 쓰실 의향이시라면, 신의 방침대로 해도 좋다는 것을 허락해 주십시오. 그러면 감히 명령에 따르겠습니다."

왕은 이를 허락했다. 이목은 변방에 이르자, 전과 같은 군령을 내렸다. 그래서 다시 흉노는 몇 해 동안이나 얻은 것이 없었고, 여전히 이목을 겁쟁이로만 생각했다. 조나라 변경의 장병들은 날마다 후한 대접을 받았지만 실전에 나서지 못했으므로 모두가 한번 싸워 보기를 원했다. 이에 이목은 튼튼한 전차 3백 승과 말 3천 마리를 골라냈다. 그리고 공을 세워 백 금의 상을 탄 용사 5만 명과 활 잘 쏘는 만 명을 배치시켜 많은 연습을 실시했다. 한편 많은 가축을 놓아먹이게 했으므로 들판은 사람들로 가득 찼다. 어쩌다 흉노가 쳐들어와도 이기려 하지 않고 거짓으로 패하는 척하며 몇천 명씩을 버린 채 달아났다.

흉노의 선우(單于)왕은 이 소식을 듣자, 대군을 이끌고 쳐들어왔다. 이목은 이미 배치해 둔 많은 독립 진지들에게 영을 내려 좌우로 길게 날개를 벌려 진용을 가다듬은 다음 적군을 쳐서 크게 승리를 거두었다. 이 싸움에서 이목은 10만 명이 넘는 흉노 기병을 죽이고 담람(襜襤)이라는 부족을 없애 버린 뒤, 동호(東胡)를 쳐부수고 임호(林胡)를 항복시켰다. 선우는 쫓겨 도망을 치고, 그 후 10여 년 동안 흉노는 조나라 국경에 가까이 오지를 못했다.

조나라 도양왕 원년, 염파는 위나라로 망명해 있었는데, 조나라는 이목에게 연나라를 치게 해 무수와 방성을 함락시켰다.

그로부터 2년이 지나, 이번엔 조나라 장수 방난(龐煖)이 연나라 군사를 깨뜨리고, 원래 조나라 사람인데 연나라에서 벼슬을 하고 있던 극신(劇辛)을 죽였다.

그 7년 후에 진나라가 무수를 공격해 와 조나라 장군 호첩(扈輒)을 죽였다. 이 싸움에서 조나라는 10만 명의 군사를 잃었다. 그래서 조나라는 이목을 대장군에 임명했다. 이목은 진나라군을 의안(宜安)에서 맞아 싸워 크게 깨뜨리고 진나라 장군 환의(桓齮)를 패주시켰다. 이목은 이 공로로 무안군(武安君)에 봉해졌다.

그로부터 3년이 지나, 진나라가 파오(番吾)를 공격해 왔으나 이목이 나가 진나라 군대를 무찌르고, 남쪽으로 한나라와 위나라의 군사를 막았다.

　조나라 왕 천(遷) 7년, 진나라 왕전이 조나라를 공격해 왔으므로 조
나라는 이목과 사마상을 시켜 이를 막게 했다. 싸움에 앞서 진나라는
조나라 왕이 아끼는 신하인 곽개에게 많은 돈을 주어 포섭한 다음, 이
목과 사마상이 반란을 꾀하고 있다는 말을 퍼뜨리게 했다. 그리하여
조나라 왕은 조총(趙蔥)과 제나라 장군 안취(顔聚)를 보내 이목을 대
신하려 했다. 그러나 이목이 그 명령에 따르지 않았기 때문에 조나라
는 사람을 시켜 몰래 이목을 죽이고 사마상을 해임시켰다.

　석 달 뒤, 왕전은 급히 조나라를 쳐서 대파하고 조총을 죽였으며,
조나라 왕 천과 그의 장군 안취를 포로로 사로잡았다. 이로써 조나라
는 멸망하고 말았다.

　태사공은 말한다.

　죽음을 각오하면 반드시 용기가 넘치게 된다. 죽는 것 자체가 어려
운 것이 아니고, 죽음에 대처하기가 어려운 것이다. 인상여가 화씨벽
을 도로 받아 쥐고 기둥을 노려보았을 때, 혹은 또 진나라 왕의 좌우
를 꾸짖을 때에는, 고작해야 자신이 죽으면 그만이라는 것을 알고 있
었던 것이다. 그러나 선비들 중에는 비겁해서 감히 용기를 내려 하지
않는 자가 많다. 인상여는 한 번 용기를 내어 위엄을 적국에 떨치고,
물러나서는 염파에게 양보를 하니, 그의 이름은 태산보다도 더 높았
다. 그는 지혜와 용기, 두 가지를 함께 지녔던 인물이라고 말할 수 있
을 것이다.

전단 열전(田單列傳)

제나라 민왕은 임치를 잃고 거로 달아났으나, 오직 전단만은 즉묵을 지켜 기겁을 패주시킴으로써 끝내 제나라 사직을 온전히 지켰다. 그래서 〈전단 열전 제22〉를 지었다.

전단은 제나라 전씨 일문(一門)의 한 사람이었다. 민왕 때 제나라 도읍 임치(산동성)의 시연(市掾, 시장을 감독하는 관리)이 되었는데, 당시에 그의 이름을 아는 사람은 별로 없었다.

연나라가 악의를 장군으로 삼아 제나라를 쳐서 깨뜨리자, 제나라 민왕은 임치에서 달아나 거성(莒城)을 지키고 있었다. 그리하여 연나라 군사는 깊숙이 들어와 제나라를 평정했다.

전단은 안평(安平)으로 달아나, 그의 집안사람들에게 수레의 차축 끝을 모조리 잘라 버리고 쇠로 싸서, 튼튼하고 달리기 쉽도록 만들게 했다. 이윽고 연나라 군사가 안평으로 쳐들어와 성이 함락되었다.

제나라 사람들은 앞을 다투어 달아났다. 하지만 차축이 부러지고 수레가 부서지는 바람에 연나라 군사의 포로가 되었다. 그러나 전단의 집안사람들만은 차축을 쇠로 싸 두었기 때문에 탈출에 성공하여, 동쪽의 즉묵까지 가서 그곳을 지켰다.

연나라군은 제나라의 모든 성을 다 함락시켰으나, 거와 즉묵만은 함락시키지 못했다. 연나라는 제나라 왕이 거에 있다는 소식을 듣고 군대를 그리로 몰고 가 공격했다. 그러자 제나라를 구원하기 위해 파견되어 온 초나라 장군 요치가 거에서 민왕을 죽이고, 거를 굳게 지키며 연나라군에 대항하여 여러 해 동안 항복하지 않았다. 그래서 연나라는 군대를 이끌고 동쪽으로 가 즉묵을 포위했다.

즉묵 부대는 나가 싸우다가 패해 죽었다. 그러자 성안 사람들은 모두 전단을 추대하여 그를 장군으로 삼았다.

"안평 싸움 때, 전단의 집안사람들은 차축을 쇠로 쌌기 때문에 무사했다. 전단은 병법에 능숙하다."

전단은 즉묵을 지키며 연나라 군대에 대항했다.

얼마 후, 연나라 소왕이 죽고 혜왕이 즉위했다. 혜왕은 악의와 사이가 좋지 못했다. 전단은 그것을 알고 첩자들을 연나라로 보내 소문을 퍼뜨렸다.

"제나라 왕은 이미 죽었고, 제나라 성 중에 함락되지 않은 곳은 단 두 곳뿐이다. 악의는 처벌이 두려워 귀국하지 않고 있다. 그리고 제나라를 토벌하겠다고 하지만 이는 말뿐이고, 실은 전쟁을 질질 끌며 자신이 제나라 왕이 되려 하고 있다. 그러나 제나라 사람들이 자신을 따르지 않기 때문에 잠시 즉묵의 공격을 늦추어 시기를 엿보고 있는 것이다. 제나라 사람들은 다만 다른 장군이 와서 즉묵이 쑥밭이 될까 무서워하고 있을 뿐이다."

연나라 왕은 과연 그렇다고 생각하고, 기겁을 장군으로 임명하여 악의와 교체시켰다. 그래서 악의는 달아나 조나라에 귀순하고, 연나라 장병들은 모두 그가 쫓겨난 데 분개했다.

한편 전단은 성안 사람들에게, 끼니때마다 반드시 뜰에다 음식을 차려 놓고 조상에게 제사를 지내라고 명령했다. 날고 있던 새들은 모두 성안으로 내려와서 차려 놓은 음식을 먹었다. 연나라 사람들이 새가 성안으로 날아드는 것을 보고 이상하게 여기자, 전단이 말했다.

"신이 내려오셔서 나를 가르쳐 주시는 거다."

그리고 성안 사람들에게도 말했다.

"이제 신이 내려오셔서 내 스승이 될 것이다."

그러자 병졸 한 사람이 물었다.

"저 같은 사람도 그 스승이 될 수 있을까요?"

그리고 그는 몸을 돌려 부리나케 달아났다. 전단은 곧 일어나 그를 불러들여 동쪽을 향해 앉힌 다음 그를 스승으로 섬기려 했다. 병졸이 말했다.

"저는 장군을 속였습니다. 실은 저는 아무것도 아는 것이 없습니다."

전단이 말했다.

"너는 아무 말도 말아라."

그러고 나서 전단은 그를 스승으로 모셨다. 그리고 명령을 내릴 때마다 반드시 스승인 신명의 지시라고 말했다. 그러고 나서 전단은 이렇게 선전했다.

"내가 두려워하는 것은 연나라 군사가 포로로 잡힌 제나라 병졸들의 코를 베고, 그들을 앞장세워 우리와 싸우게 하는 것이다. 그렇게 되면 즉묵은 패할 것이다."

연나라 사람들은 이 말을 듣자, 전단이 말한 그대로 실행했다. 성안 사람들은 항복한 제나라 군사들이 모조리 코를 베이는 형벌을 당한 것을 보자, 모두 분개하여 굳게 성을 지키며 혹시나 포로가 될까 두려워했다. 전단은 또 첩자를 놓아 이런 말을 퍼뜨렸다.

"나는 연나라 사람들이 성 밖의 무덤을 파헤치고 조상을 욕되게 하지 않을까 겁이 난다. 그런 생각만 해도 가슴이 섬뜩하다."

그러자 연나라 군사들은 또 무덤을 모조리 파헤치고 시체를 불살라 버렸다. 즉묵 사람들은 성 위에서 이를 바라보고 모두 눈물을 흘리며, 달려 나가 함께 싸우려 했다. 그들의 분노는 열 배나 더했다.

전단은 병사들이 싸움할 준비가 되었다는 것을 알고, 몸소 판자와 삽을 들고 병졸들의 일을 거들며 자기 집 부녀자들까지 군대에 편입시키고, 음식을 있는 대로 나누어 병사들을 대접했다. 그러고 나서 무장한 군사들을 모두 숨겨 두고 노인, 아이들, 부녀자들을 성 위로 올려 보낸 뒤 사자를 보내 항복을 약속했다. 연나라 군사는 모두 '만세'를 외쳤다. 전단은 또 백성들에게서 돈을 거두어 천 일을 모아 놓고, 즉묵의 부자들을 통해 연나라 장수에게 보내 주며 이렇게 말하라고 시켰다.

"즉묵이 만일 항복하거든, 저희들 집안만은 가족들을 포로로 한다거나 재물을 앗아 가는 일이 없이 편안히 있게 해 주시오."

연나라 장수들은 크게 기뻐하며 점점 더 방심하게 되었다.

그다음에 전단은 성안에서 천여 마리의 소를 모았다. 붉은 비단옷을 만들어서 거기에 오색으로 용의 모습을 그려 소에다 입히고, 칼날을 쇠뿔에 붙들어 맨 다음, 갈대를 쇠꼬리에 매달아 기름을 들이붓고 그 끝에 불을 붙였다. 그리고 성벽에 수십 개의 구멍을 뚫어 밤이 되자 그리로 소를 내보냈다. 그 뒤를 장사 5천 명이 따랐다. 소는 꼬리가 뜨거워 오자 성이 나서 연나라 군중으로 뛰어들었다. 연나라 군사는 밤중이라 크게 당황했다. 쇠꼬리 횃불은 눈이 부실 정도로 빛났다. 연나라 군사가 자세히 살펴보니 전부가 용의 모습을 하고 있는데, 그것에 부딪치기만 하면 모조리 죽거나 상했다. 거기에 5천 명 장사가 나무 토막을 물고 말없이 뛰어들었고, 성안에서는 북을 울리며 함성을 올렸으며, 노인과 아이들도 모두 구리 그릇을 두드리며 성원을 했다. 그 소리는 천지를 진동시키는 것 같았다. 연나라 군사는 몹시 놀라 패해 달아났다. 이 싸움에서 제나라 사람들은 연나라 장군 기겁을 무찔러 죽였다. 연나라 군사는 허둥지둥 정신없이 계속 달아났다. 제나라 사람들은 도망치는 적을 뒤쫓았는데, 지나가는 성과 고을은 모두 연나라를 배반하고 전단에게로 돌아와 군사의 수는 날마다 늘어났다.

연나라 군사는 날마다 쫓겨 도망을 친 끝에 겨우 하상(河上, 제나라 북계)에 와 닿았다. 이리하여 제나라 70여 개 성은 다시 모두 제나라 것이 되었다. 그리하여 제나라는 양왕을 거에서 임치로 맞아들여 정사를 다시 맡겼다. 양왕은 전단을 안평군(安平君)에 봉했다.

태사공은 말한다.

전쟁이란 것은 정병(正兵)으로 적과 맞서서 싸우고, 기병(奇兵)으로 적의 허점을 찔러 이기는 것이다. 싸움을 잘하는 사람은 기병을 쓰는 방법이 무궁무진해서, 기병과 정병이 돌고 도는 것이 흡사 처음과 끝이 없는 둥근 고리와 같다. 무릇 처음에는 처녀와도 같이 약하게 보여서 적이 방심하고 방비조차 하지 않게 하며, 뒤에는 날랜 토끼와도 같아서 적이 방비하려 해도 그럴 여가가 없다고 한 것은 전단의 병법을 두고 한 말일 것이다.

요치가 민왕을 죽인 다음, 거 사람들은 민왕의 아들인 법장(法章)을 찾아냈다. 그때 법장은 태사 교(嘄)의 집에서 고용살이를 하며 정원에 물 주는 일을 하고 있었는데, 태사 교의 딸이 그를 불쌍히 여겨 후하게 대우했다. 뒤에 법장은 자신의 처지를 그녀에게 고백했고, 법장과 그녀는 좋은 관계로 지냈다. 궁 사람들이 모두 법장을 제나라 왕으로 세우고 연나라와 대항해 싸우게 되자 태사의 딸은 마침내 왕후가 되었는데, 그녀가 바로 군왕후(君王后)이다.

연나라가 처음 제나라에 침입해 왔을 때, 획읍(畫邑) 사람 왕촉(王蠋)이 어질다는 말을 듣고 '획읍을 둘러싼 30리 안으로는 들어가지 말라.'고 영을 내렸다. 그 뒤 연나라 장군은 사람을 보내 왕촉을 달랬다.

"많은 제나라 사람들이 당신의 의로움을 높이 평가하고 있소. 나는 당신을 장수로 삼고, 당신에게 만 호의 땅을 봉하겠소."

왕촉은 굳이 사양했다. 연나라 장군이 말했다.

"당신이 내 말을 받아들이지 않으면 나는 삼군을 이끌고 획읍을 무찌를 것이오."

그러자 왕촉이 말했다.

"충신은 두 임금을 섬기지 아니하고, 열녀는 남편을 바꾸지 않는다 했소. 제나라 왕이 내가 간하는 말을 듣지 않기 때문에 벼슬을 그만두고 들로 나와 밭을 갈고 있는 거요. 나라가 이미 깨어져 망했는데도 나는 나라를 붙들어 놓지 못했소. 그런데 지금 무력에 못 이겨 당신의 장수가 된다는 것은, 걸왕을 도와 포악을 일삼는 거나 다름이 없소. 살아서 의로운 일을 못할 바엔 차라리 기름 가마에 뛰어들어 죽는 편이 훨씬 나을 거요."

그러고는 마침내 나뭇가지에 목을 매어 자결했다. 난을 피해 도망치던 제나라 고관들은 이 소문을 듣고 말했다.

"왕촉은 지위도 벼슬도 없는 한 평민에 불과하다. 그런 그가 정의를 위해, 북쪽으로 얼굴을 돌려 연나라를 섬기지 않았다. 하물며 벼슬에 올라 녹을 먹고 있는 우리가 그만 못할 수 있겠는가!"

그들은 궁으로 달려가 제나라 민왕의 아들 법장을 찾아 양왕(襄王)으로 세웠다.

노중련·추양 열전(魯仲連鄒陽列傳)

능히 궤변을 꾸며 포위된 조나라의 근심을 풀고, 작록을 가볍게 여겨 자기 뜻대로 사는 것을 즐겼다. 그래서 〈노중련·추양 열전 제23〉을 지었다.

노중련은 제나라 사람이다. 그는 기발한 책략을 종횡무진으로 구사했으나 전혀 벼슬할 뜻이 없었으므로 고상한 절개를 지키며 세상과 떨어져 살았다.

노중련이 조나라를 떠돌아다닐 때의 일이다. 당시는 효성왕의 시대로서 때마침 진나라 장군 백기가 장평 싸움에서 조나라 군사 40여만 명을 전멸시켰을 무렵이었다.

진나라 군대는 이에 그치지 않고, 조나라의 도읍 한단까지 포위해 왔다. 공포가 극에 달한 조나라 왕은 제후들에게 지원군을 요청했지

421

만, 제후들의 구원군이 온다는 소식은 없었다. 위(魏)나라 안희왕이 장군 진비를 시켜 보냈다는 구원군은 진나라가 무서워서 탕음(蕩陰)에 머물러 있을 뿐 진군하지 못했다.

한편 위나라 왕은 객장군(客將軍) 신원연(新垣衍)을 급파해 한단으로 들어가 평원군을 통해 조나라 왕에게 이렇게 건의하게 했다.

"진나라가 갑자기 조나라 도읍을 포위한 까닭은 이렇습니다. 앞서 진나라 왕이 제나라 민왕과 세력을 다투어 제(帝)라고 칭했다가 곧 제라 칭호를 쓰지 않았습니다. 제나라 민왕은 그 뒤로 힘이 점점 약해지고, 이제는 진나라만이 천하에 으뜸가는 존재가 되어 버렸습니다. 따라서 한단을 포위한 것은 점령에 뜻이 있다기보다도 다시금 제라고 칭하고 싶어서일 겁니다. 그러니 제나라에서 당장 사신을 보내 진나라 소왕을 높여 제라 불러 주기만 하면 진나라는 틀림없이 기뻐서 군대를 철수할 것입니다."

그러나 평원군은 마음이 내키지 않아 끝내 결정을 못 내리고 있었다. 그때 우연히도 노중련이 조나라로 들어오게 되었다.

노중련은 마침 진나라 군사가 조나라 수도를 포위하고는, 위나라가 조나라에게 진나라를 높여 제라 부르게 하려고 한다는 말을 듣고 곧 평원군을 만나 말했다.

"이 일을 어떻게 처리할 생각입니까?"

"나는 이 문제에 대해 말할 자격이 없소. 앞서는 밖에서 40여만 군사를 잃었고, 지금은 또 안으로 한단까지 포위당했으나 그들을 물리칠 수가 없소. 그런데 위나라 왕이 객장군 신원연을 보내와서 우리더러 진나라를 높여 제라고 불러 주라고 하오. 그가 지금 여기에 있으나 나는 이 문제에 대해 말할 자격도 없소."

"나는 처음 공자를 천하의 현공자(賢公子)로 알고 있었습니다. 그런데 지금 공자가 천하의 현공자가 못 된다는 것을 알았습니다. 위나라에서 온 신원연은 지금 어디에 있습니까? 내가 공자를 위해 그를 꾸짖어 돌려보내겠습니다."

"아니요. 내가 선생을 모시고 만나 보게 하겠소."

그리고 평원군은 서둘러 신원연을 찾아가 말했다.

"동국에 노중련 선생이란 분이 있는데, 지금 그가 이곳에 와 있습니다. 내가 그분을 소개할 터이니 장군께서 한번 만나 보십시오."

신원연이 말했다.

"노중련 선생이라면 제나라의 지조 높은 선비라고 들었습니다. 그러나 나는 공무로 이곳에 온 것이니 내가 해야 할 직분이 따로 있습니다. 노중련 선생 같은 사람을 만날 필요는 없다고 봅니다."

"벌써 선생과 약속을 해 두었습니다."

이 말에 신원연은 승낙을 안 할 수 없었다. 노중련은 신원연을 만났으나 잠자코 앉아만 있었다. 신원연이 마지못해 먼저 말을 꺼냈다.

"내가 이 포위된 성안에 있는 사람들을 보니, 모두들 평원군에게만 의지하려는 사람들뿐입니다. 그런데 선생의 모습을 뵈니 아무것도 평원군에게 요구할 게 없으신 분인 것 같습니다. 왜 이 포위된 성안에 계시면서 떠나지 않으시는지요?"

그러자 노중련이 비로소 입을 열었다.

"세상 사람들은 포초(鮑焦)[26]를 가리켜 너그럽지 못하고 성질이 까다로워 죽었다고 하는데, 그건 틀린 생각이오. 그는 더러운 세상을 바른길로 돌려 보려고 한 것이었는데, 사람들은 그것을 모르고 자기한 몸만 깨끗이 지키려고 한 이기주의자로 알고 있는 것이오. 진나라는 예의를 버리고 다만 적의 머리를 많이 베는 것을 가장 큰 공적으로 여기는 나라요. 그러므로 군사들을 권모술수로 부리고 백성들을 노예와 같이 다루고 있소. 그 같은 진나라 왕이 만일 그의 소원대로 제(帝)가 되어 그릇된 정치를 천하에 편다면, 나는 동해 바다에 빠져 죽는 한이 있어도 도저히 진나라 왕의 백성으로 살 수는 없을 것이오. 장군을 뵙는 것은 그렇게 되지 않도록 조나라를 도와주고 싶어서요."

"조나라를 어떻게 도우신다는 거요?"

"위나라와 연나라가 조나라를 돕도록 하겠소. 제나라와 초나라가 조나라를 돕는 것은 말할 필요도 없는 일이니까요."

"연나라에 대해서는 더 묻지 않겠소. 그러나 위나라에 대한 것이라면 내가 바로 위나라 사람이므로 사정을 잘 알고 있소. 선생께선 어떤 방법으로 위나라를 움직일 생각이시오?"

"진나라가 제라고 칭할 경우 그 해악이 어떤 것인가를 위나라는 아직 모르고 있을 뿐이오. 그러므로 진나라가 제라고 칭할 경우의 해로움이 어떤 것인가를 위나라에게 알려 주면 반드시 조나라를 도울 것이오."

---

26 주(周)나라 때 세상을 떠나 숨어 살던 선비. 더러운 세상이 미워서 나무를 안은 채 서서 죽었다.

예법에 근거하여 그 따위 방법으로 우리 임금을 대접하겠다는 것인가. 우리 임금은 천자이시다. 천자가 순행을 하면 제후는 자기의 궁궐을 내어 주고, 성문과 창고의 열쇠를 내맡기며, 옷깃을 여미고 시중을 들며, 천자의 수라를 대청 밑에서 지휘하여 천자가 식사를 끝내시면 그제야 물러나와 정사를 듣는 것이다.' 그러자 노나라 사람들은 성문을 닫고 그 열쇠를 땅에 내던지며 민왕을 입국시키지 않았소. 민왕은 노나라에 들어갈 수 없게 되자 설(薛, 산동성)로 가려 했소. 그곳으로 가려면 반드시 추나라를 지나야 했소. 그런데 마침 추나라에서 임금이 죽었으므로 민왕은 조문을 하려 했소. 이유자가 추나라의 새 임금인 상주를 보고 말했소. '천자께서 조문을 하러 오면 주인은 관을 뒤로 하여 북쪽을 향해 있는 자리를 남쪽으로 만들어 놓은 뒤에 천자께서 남쪽을 향해 조문을 하도록 해야만 된다.' 그러자 추나라 신하들은 '꼭 그렇게 해야만 되는 것이라면 우리는 차라리 칼을 물고 죽겠다.' 고 하며, 결국엔 민왕을 추나라로 들이지 않았소. 추나라와 노나라 신하들은 나라가 약하고 작았기 때문에 그들 임금이 살아 있을 때도 충분한 봉양을 못 했고, 죽은 뒤에도 충분히 제사 음식을 차려 놓을 수가 없었던 것인데 제나라가 천자의 예를 자기 나라에서 행하려 하자, 단연코 이를 받아 주지 않았던 것이오. 지금 진나라는 만승의 나라며, 위나라 역시 만승의 나라요. 그런데 지금 위나라는 진나라가 싸움에서 한 번 승리한 것을 보고 진나라에 복종하여 진나라 왕을 제로 만들려 하고 있소. 이것은 삼진의 대신들을 추나라와 노나라의 하인이나 첩만도 못하게 만드는 것이오. 나아가 이렇다 할 저항도 받지 않은 채 진나라가 제라 칭할 경우 진나라는 제후국의 대신들 역시 멋대로 갈아 치울 것입니다. 즉 진나라가 못마땅하게 보는 사람, 미운 사람들은 모조리 그 지위를 빼앗기고 말 것이며, 또 그의 딸과 천한 계집들을 제후들의 부인이나 첩으로 삼으라고 할 것이오. 위나라 궁중에도 그런 여자들이 보내질 것입니다. 그렇게 되면 위나라 왕도 편안히 있을 수 없을 것이며, 장군도 지금처럼 귀한 대우를 받을 수 없을 것이오."

그제야 신원연은 일어나 두 번 절하고 사과했다.

"선생을 이제껏 평범한 사람인 줄로만 생각하고 있었는데, 오늘에야 비로소 선생이 천하의 선비라는 것을 알았습니다. 저는 곧 이곳을 떠나 다시는 진나라 왕을 제로 받들라는 말을 하지 않겠습니다."

이 소문을 들은 진나라 장군은 곧 군사를 50리나 뒤로 물렸다. 또한 때마침 위공자(신릉군) 무기가 조나라를 구원하기 위해 진비의 군사를 앗아 진나라군을 공격해 왔으므로, 진나라 군대는 마침내 한단 포위를 풀고 물러갔다.

위기를 모면한 조나라의 평원군은 노중련에게 영지를 주려고 했으나 노중련은 이를 사양했다. 사자를 세 번이나 보내어 간청했지만 끝내 받지 않았다. 그래서 평원군은 성대한 주연을 베풀어 공을 치하하려 했다. 그리고 술자리가 한창 무르익어 갈 무렵 노중련 앞에 나아가 천 금을 내놓으며 그의 장수를 빌었다. 그러나 노중련은 웃으며 거절했다.

"천하에서 선비를 귀하게 여기는 까닭은 남을 위해 걱정을 덜어 주고, 어려움을 없애 주고, 어지러운 것을 해결해 주며, 그러고도 보상을 받지 않기 때문입니다. 만일 보상을 받는다면 그것은 장사꾼이 하는 일입니다. 나는 그런 것은 차마 하지 못합니다."

그러고는 마침내 평원군에게 하직하고 떠나가 버렸다. 뿐만 아니라 평생토록 다시는 만나지 않았다.

그 뒤 20여 년이 지나, 연나라 장군이 제나라 요성(聊城, 산동성)을 함락시켰다. 그런데 요성 사람들 중에 그 장군을 연나라에 모함한 자가 있어서 장군은 처형을 당할까 겁이 난 나머지 귀국하지 않은 채 요성에 주저앉았다. 한편 제나라는 전단을 보내 요성을 탈환하려 했으나 1년 남짓 되도록 많은 희생자만 냈을 뿐 좀처럼 굴복시키지 못했다. 그 무렵 전단 앞에 나타난 노중련이 화살 끝에 편지 한 장을 매어 성안으로 쏘아 보냈다. 그 편지는 노중련이 연나라 장군에게 보내는 것이었다.

나는 '지혜로운 사람은 때를 거역해 불리한 입장에 빠지지 않으며, 용사는 죽음을 겁내어 명예를 잃지 않으며, 충신은 자기 한 몸만 생각해 임금을 저버리지 않는다.'고 들었소. 지금 장군은 참소를 받은 한 때의 분함을 못 참아 가뜩이나 좋은 신하가 모자라는 연나라 왕을 버렸소. 이것은 충성이 아니요. 또한 장군이 죽어 요성이 함락된다면 그 위엄마저 제나라에 떨칠 수 없게 되오. 이것은 용기가 아니요. 그리고 이대로 끌고 나가다가 공이 허물어지고 이름을 잃게 되면 후세의 사람들은 장군이 있었다는 것을 알 수도 없소. 이런 오명을 남기는 자는 세상 군주들이 신하로 삼지 않으며, 세객들의 입에 오르내릴 자격마저도 없게 되오. 그러기에 지혜로운 사람은 그 자리에서 결단을 내리고, 용사는 죽음을 두려워하지 않소. 장군은 지금 사느냐 죽느냐,

영예냐 굴욕이냐, 귀천존비의 갈림길에 놓여 있소. 그리고 다시 생각할 시간은 두 번 다시 돌아오지 않소. 부디 깊이 생각하시오. 속된 사람과 같은 행동을 하지 마시길 바라오.

또 초나라는 제나라 남양(南陽)을 치고 위나라는 평륙(平陸, 제나라의 서경)을 쳤으나, 제나라는 남쪽의 초나라와 상대할 생각이 없소. 남양과 평륙을 잃는 손해는 작고, 요성을 포함한 제북(濟北, 제수의 북쪽) 땅을 손에 넣는 것은 이익이 크다고 생각했기 때문이오. 그러므로 계획을 세워 세밀하게 대처하고 있는 것이오. 지금 진나라가 군사를 밀고 내려오면 위나라는 감히 동쪽으로 향하지 못할 것이며, 제나라와 진나라가 손을 잡으면 초나라의 형세는 위태롭게 될 것이며, 제나라는 남양을 버리고 평륙을 단념하더라도 제북 땅을 평정하는 것만은 결단코 단행할 것이오. 제나라가 요성을 다시 차지하리라는 것은 이미 정해진 사실이니 장군은 지금 곧 결단을 내리셔야 하오. 더군다나 초나라와 위나라 군사는 차례로 제나라에서 물러가는 중이지만 연나라 구원병은 오지 않았소. 천하에 거리낄 것이 없는 제나라의 모든 군대가 1년 동안이나 시달림을 거듭해 온 요성과 맞붙게 된다면 장군의 목적이 이뤄질 수 없는 것은 뻔한 일이오.

그리고 또 연나라는 크게 혼란에 빠져 있어 임금과 신하가 똑같이 올바른 계획을 세우지 못하고 위아래가 모두 정신을 잃고 있소. 율복은 10만 명의 군사를 거느리고 원정했으면서도 다섯 번이나 패했고, 그 결과 연나라는 만승의 나라인데도 조나라에게 수도를 포위당했으며, 땅은 깎이고 임금은 욕을 당해 천하의 웃음거리가 되었소. 나라는 황폐해지고 재난마저 잦아서 백성들은 마음 붙일 곳이 없소. 그런데 지금 장군은 지칠 대로 지친 요성 백성들을 이끌고 제나라 전체 병력을 상대하고 있으니, 실로 송나라를 위해 묵적(墨翟, 묵자)이 초나라를 막아 낸 것에 비할 만하오. 궁핍해서 사람의 고기를 먹고 사람의 뼈를 땔감으로 쓰고 있는데도 장군의 병사들은 배반할 생각을 품지 않고 있으니 장군이야말로 참으로 저 손빈(孫臏)에 비할 만하오. 이제 장군의 뛰어난 능력은 온 천하가 다 인정하고 있소.

그러나 장군을 위한 최선책은 전차와 군사를 고스란히 가지고 연나라로 돌아가는 것이오. 그러면 백성들은 부모를 만난 듯이 기뻐하고, 장군의 친구들은 팔을 걷어붙이고 장군의 업적을 세상에 자랑할 것이오. 마침내는 장군의 공을 천하가 다 알게 될 것이오. 위로는 고립되어 있는 연나라 왕을 도와 뭇 신하들을 누르고, 아래로는 백성들을 잘살게 하여 유세객들에게 이야깃거리를 제공하고, 나랏일을 바로잡아 타락된 풍속을 고치게 되면 공명이 이룩될 것이오.

혹은 또 연나라로 돌아갈 의향이 없으시다면 세상을 버리고 동쪽의 노나라로 가시는 것도 좋겠지요. 제나라는 기꺼이 땅을 떼어 장군에게 봉읍지를 줄 것이오. 그렇게 되면 장군은 도주공(陶朱公)이나 위공자(衛公子) 형(荊)과 같은 부귀를 누릴 수 있으며, 장군의 자손들은 대대로 한 나라의 임금과 한 성의 성주가 되어 제나라와 함께 길이길이 부귀를 누리게 될 것이니, 이 또한 하나의 계책일 수 있소.

위에 말한 두 가지 계책은 다 같이 이름을 세상에 알리고 실리를 얻는 좋은 방법이오. 장군은 깊이깊이 생각해 그중 하나를 택하십시오.

나는 또 '작은 예절에 얽매이는 사람은 큰 공을 세울 수 없다.'고 들었소. 옛날 관이오(管夷吾, 관중)가 제나라 환공에게 활을 쏘아 그의 허리띠의 쇠고리를 맞힌 일은 실로 반역 행위였소. 또 공자 규(糾)를 내버리고 그와 함께 죽지 못한 것은 비겁한 행동이었으며, 오랏줄에 묶여 수갑과 차꼬를 차게 된 것은 부끄러운 노릇이었소. 이 같은 세 가지 행동을 저지른 사람은 세상의 어떤 임금이라도 신하로 써 주지 않을 것이며, 마을 사람들도 그와 교제하려 하지 않을 것이오. 만일 관자가 옥에 갇힌 채 다시 세상에 나오지 못했거나 옥사하여 제나라로 돌아올 수 없었다면, 그는 끝내 치욕에 가득 찬 오명을 면할 수 없었을 것이오. 양민은 말할 것도 없거니와 하인이나 하녀들도 그렇듯 더러운 이름을 듣는 것조차 부끄러워했을 것이오. 그런데도 관자는 감옥에 갇혀 있는 것보다는 천하를 바로잡지 못하는 것을 부끄러워했고, 공자 규를 위해 죽지 못한 것보다는 제나라의 위력이 제후들 위로 뻗지 못하는 것을 부끄러워했던 것이오. 그러기에 세 가지 잘못을 아울러 범하고서도 환공을 오패의 우두머리로 만들어 그의 이름을 천하에 떨치게 하고, 이웃 나라에까지 그 빛을 비추게 했던 것이오.

또 조자(曹子, 조말)는 노나라 장군이 되어 제나라와 세 번 싸워 세 번 다 패했고, 노나라 땅을 잃은 것이 5백 리나 되었소. 만일 그가 뒷일을 생각지 않고 노나라로 돌아가지 않았다면 싸움에 패하고 포로가 된 장수라는 이름을 면하지 못했을 것이오. 그러나 그는 연패한 수치도 아랑곳하지 않은 채 다시 돌아와 노나라 왕과 계책을 꾸몄소. 그리하여 제나라 환공이 천하 제후들을 불러 회맹을 가졌을 때 단지 비수 하나를 손에 쥔 채 단상에 뛰어올라 환공의 가슴을 겨누었소. 그때 그는 안색 하나 변하지 않았으며, 목소리도 전혀 떨리지 않았소. 그러고는 마침내 세 번 싸워 잃었던 땅을 하루아침에 되찾았소. 이로써 조말은 천하를 진동시키고 제후들을 경악시켜 노나라의 위엄을 멀리 오나라와 월나라에까지 미치게 했던 것입니다.

이 두 사람은 작은 치욕을 부끄러워하고 작은 절개를 이룰 수가 없었던 것은 아닙니다. 그들은 다만 몸을 죽이고 집안과 자손의 뒤를 끊어 공명을 세우지 못하는 것은 지혜로운 사람이 취할 길이 아니라고 생각했던 것이오.

그러므로 마침내 울분과 원한을 버리고 일생일대의 공명을 세웠으며, 원망에 사로잡힌 작은 절개를 버리고 대대로 전해질 수 있는 공을 이룩했던 것이오. 그러기에 그 업적은 하·은·주 삼왕과 함께 전해지고, 이름은 천지와 더불어 영원히 남게 된 것이오.

장군이여, 이 중 하나를 택하여 실행하시오.

사기 열전 1

연나라 장군은 노중련의 편지를 읽고 눈물을 흘렸다. 그리고 사흘 동안이나 방법을 궁리했다. 연나라로 돌아가려 해도 이미 연나라 왕과 사이가 벌어져 있었으므로 죽임을 당할 염려가 있었고, 제나라에 항복을 한다 해도 제나라 사람들을 죽이고 사로잡은 것이 너무도 많았기 때문에 오히려 욕을 당하기가 십상이었다. 그래서 탄식하며 '남의 칼에 죽느니 차라리 내 스스로 목숨을 끊으리라.' 하고 자살하고 말았다.

요성 안은 혼란 속에 빠졌다. 전단은 마침내 요성을 무찌르고 돌아와 제나라 왕에게 노중련의 공적을 말하고 그에게 벼슬을 주려 했다. 그러나 노중련은 재빨리 몸을 피해 달아나 어느 바닷가에 숨어 살며 이렇게 말했다.

"나는 부귀하여 남에게 눌려 사느니 차라리 가난할망정 세상을 가볍게 내 멋대로 살리라!"

추양(鄒陽)은 제나라 사람이다. 그는 양나라를 떠돌아다니면서 오나라 사람인 장기부자(莊忌夫子)와 회음 사람인 매생(枚生, 매승)의 무리들과 사귀며 이따금 양나라 효왕(孝王)에게 글을 올리기도 했다. 또 양승(羊勝)과 공손궤(公孫詭)와도 내왕이 있었다. 그런데 양승의 무리가 추양을 시기하여 양나라 효왕에게 그를 모함했다. 효왕은 노하여 추양을 감옥에 가둔 뒤 그를 죽이려 했다. 추양은 남의 나라에 와서 모략을 받아 체포되어 죽는 날이면 천추에 오명을 남기게 될까 두려웠기 때문에 옥중에서 양나라 왕에게 글을 올렸다.

신이 듣건대 '충성된 사람은 임금에게 정당한 대우를 받지 않는 일이 없고, 진실한 사람은 남에게 의심을 받지 않는다.'고 했습니다. 신은 언제나 그런 줄 알았습니다. 그러나 그것은 헛된 말이었습니다. 옛날 형가가 연나라 태자 단의 의기를 사모하여 단을 위해 진나라 왕을 찔러 죽일 결심을 했을 때, 그의 충성은 하늘마저 감동시켜 흰 무지개(무기를 상징)가 해(왕을 상징)를 꿰뚫었는데도 태자 단은 오히려 형가를 의심했습니다. 또 위선생(衛先生)이 진나라를 위해 장평 싸움의 계책을 백기에게 일렀을 때, 그의 충성됨은 태백성(太白星, 금성)이 묘성(昴星, 천문 분야에서 조나라에 해당함)을 범하는 상서로운 징조를 나타내게 했습니다. 그런데도 진나라 소왕은 위선생을 의심했습니다. 형가와 위선생의 정성은 천지를 감동시켰음에도 두 임금은 그들의 참됨을 받아들이지 못했던 것입니다. 이 어찌 슬픈 일이 아니겠습니까?

지금 신은 충성을 다하고 있는 재주를 다해 대왕의 부름을 받기를 원하고 있었으나, 대왕의 좌우에 있는 사람들이 밝지 못한 탓으로 오히려 옥리에게 심문을 당하고, 세상 사람들에게 의심을 받는 궁지에 빠졌습니다. 이래서야 형가와 위선생이 다시 태어난다 해도 연나라와 진나라는 역시 두 사람의 참뜻을 깨닫지 못할 것입니다. 바라옵건대 대왕께선 깊이 생각하소서.

옛날 변화(卞和)는 보옥(화씨벽)을 초나라 왕에게 바쳤는데, 왕은 그것이 가짜라고 발을 자르는 형벌에 처했습니다. 이사 역시 진나라를 위해 충성을 다했지만 호해(胡亥)는 그를 극형에 처했습니다. 은나라 기자가 미치광이처럼 굴고, 초나라 접여가 세상을 피해 살았던 것도 다 이와 같은 환난을 당하게 될까 봐 두려웠기 때문입니다. 바라옵건대 대왕께선 변화와 이사의 참뜻을 깊이 살피시어 초나라 왕과 호해처럼 잘못된 참소를 받아들이는 일이 없고, 신이 이사와 접여에게 비웃음을 받지 않게끔 꾀하여 주옵소서.

또 신은 '비간(比干)은 은나라 주왕에게 가슴을 찢기고, 오자서는 오나라 왕 부차의 노여움을 사서 죽은 뒤 시체마저도 말가죽 주머니에 담겨 강물에 던져졌다.'고 들었습니다. 처음에는 믿지 않았으나 이제야 그것이 사실임을 알게 되었습니다. 바라옵건대 대왕께선 깊이 살피시어 작은 은혜를 베풀어 주옵소서.

속담에 '젊을 때부터 백발이 되도록 친구로 사귀었으면서도 서로 마음을 모르는 자가 있는가 하면, 이야기 한마디로 백년의 지기가 되는 사람도 있다.'는 말이 있습니다. 이것은 상대방의 마음을 아느냐 모르느냐의 차이뿐입니다.

옛날 번오기(樊於期)는 진나라에서 도망쳐 연나라로 갔는데, 연나라 태자 단을 위해 자기 머리를 형가에게 주어 진나라로 갖고 가라고 할 정도로 정성을 다했습니다. 제나라를 버리고 위나라로 갔던 왕사(王奢)는 그로 인해 뒤에 제나라가 위나라를 치자, 위나라 도성 위로 올라가 스스로 목을 베어 제나라 군사를 물리치고 위나라에 누를 끼치지 않았습니다. 왕사와 번오기는 연나라와 위나라와 인연이 깊었던 것은 아닙니다. 두 나라(진나라와 제나라)를 떠나 두 임금(태자 단과 위왕)을 위해 죽은 것은, 두 임금의 처사가 각각 두 사람의 뜻에 맞아서 그의 의로움을 사모하는 마음이 지극했기 때문입니다.

또 소진은 가는 곳마다 신임을 받지 못했으나 오직 연나라에서만은 미생(尾生)과 같이 신의를 지켰고, 백규(白圭)는 중산(中山, 나라 이름)의 장군이 되어 싸움에 패하고 6개 성을 잃은 뒤 위나라로 망명했는데, 위나라 문후의 후한 대접에 감동되어 위나라를 위해 중산을 공격했습니다. 그 까닭은 군주와 그가 서로 마음이 통했기 때문입니다. 소진이 연나라 재상이 되자 연나라 사람 중에 그를 왕에게 비방한 사람이 있었습니다. 하지만 왕은 오히려 칼을 만지며 비방한 자를 꾸짖고, 소진을 더욱 후대하여 자기의 애마(愛馬)인 결제(駃騠)를 잡아 그 고기를 먹었습니다. 백규가 중산을 빼앗아 공을 세우자 위나라 문후에게 그를 비방한 자가 있었습니다만, 문후는 그런 말에 개의치 않고 더욱더 백규를 후히 대접하여 야광벽(夜光璧)을 하사했습니다. 이것은 두 임금과 두 신하가 각각 속마음을 터놓고 얘기하면서 서로 신뢰를 쌓았기 때문입니다. 그러니 어찌 떠도는 말에 마음이 흔들리겠습니까?

여자는 예쁘든 못생겼든 궁중으로 들어가면 질투를 받고, 선비는 어질든 어리석든 조정에 들어가면 시샘을 받기 마련입니다.

옛날 사마희는 송나라에서 발을 베이는 형을 받았으나 마침내는 중산의 재상이 되었습니다. 범수는 위나라에서 갈비뼈가 부러지고 이가 분질러졌으나 마침내 진나라에서 응후가 되었습니다. 이 두 사람은 다 같이 반드시 그렇게 되리라는 계획을 믿고 당파를 의지하기보다는 홀로 몸을 세웠던 것입니다. 그런 까닭에 자연 시기심 많은 사람들의 미움을 사지 않을 수 없었습니다. 그러기에 은나라 신도적(申徒狄)은 임금에게 간언이 받아들여지지 않자 스스로 황하에 몸을 던졌고, 주나라 서연(徐衍)은 더러운 세상이 싫어서 돌을 지고 바다에 뛰어들었습니다. 이들은 자신들이 세상에서 용납되지 않더라도 도의상 조정에서 당파를 만들어 서로 짜고 함부로 임금의 마음을 흔들려고는 하지 않았던 것입니다. 백리해는 길에서 걸식하고 있었으나 진나라 목공은 기꺼이 그에게 정사를 맡겼고, 영척(寧戚)은 수레 아래에서 소를 치고 있었으나 제나라 환공은 그에게 나라를 맡겼습니다. 이두 사람은 처음부터 조정에서 벼슬을 하고 있으면서 좌우의 칭송을 받아 목공과 환공에게 발탁된 것은 아니었습니다. 서로가 마음이 통하고 행동이 일치되면 아교나 옻칠보다 더 굳게 맺어져 설령 형제라도 그 사이를 갈라놓을 수 없게 됩니다. 하물며 뭇 사람들의 말에 현혹될 리가 있겠습니까? 결국 한쪽 말만 들으면 간사한 일이 생기고, 한 사람에게 모든 것을 맡기면 혼란이 일어납니다.

옛날 노나라는 계손(季孫)의 말을 듣고 공자를 내쫓았고, 송나라는 자한의 꾀를 믿고 묵적을 가두었습니다. 공자와 묵적의 변설로써도 참소와 아첨에서 빠져나오지 못한 것입니다. 까닭인즉 뭇 사람의 입은 쇠라도 녹일 수 있고, 쌓이고 쌓인 참소의 말은 뼈라도 녹일 수 있기 때문입니다.

한편 진나라는 오랑캐 유여(由余)를 써서 중국을 제패했고, 제나라는 월나라 사람인 몽(蒙)을 써서 위왕과 선왕의 위세를 높였습니다. 이 두 나라는 결코 세속에 얽매여 이끌리거나, 아첨과 한쪽에 치우친 말에 흔들리지 않았던 것입니다. 공정하게 듣고 잘 비교해 봄으로써 이름을 그 시대에 남긴 것입니다. 그러므로 뜻만 맞으면 호와 월의 사람들도 형제가 될 수 있었습니다. 유여나 몽이 바로 그러했습니다. 뜻이 맞지 않으면 골육 사이라도 내쫓고 쓰지 않습니다. 요임금의 아들 단주(丹朱), 순임금의 동생 상(象), 주공(周公) 단(旦)의 동생 관숙선(官叔鮮)과 채숙도(蔡叔度)가 바로 그 예입니다. 오늘날 임금 된 사람이 참으로 제나라와 진나라 같이 도리에 맞는 방법을 쓰면서 송나라와 노나라 같은 공평하지 못한 방법을 물리친다면, 오패와 삼왕에 맞먹는 큰 공을 세우는 것도 쉬운 일일 것입니다.

그러므로 성군은 모든 것을 깨달아 연나라 자지와 같은 간신배를 믿지 않고 제나라 전상과 같은 역신배를 물리칠 수 있어야 합니다. 주나라 무왕은 은나라 충신 비간의 아들을 봉하고, 주나라 왕에 의해 배를 가르게 되었던 임신한 여인의 무덤을 가꾸어 줌으로써 그의 공적을 천하에 펼쳤습니다. 그것은 무왕이 옳은 일을 하기를 좋아했기 때문입니다. 또 진나라 문공은 그의 원수인 발제와 친하게 지냄으로써 제후들의 우두머리가 되었고, 제나라 환공은 그의 원수인 관중을 씀으로써 천하를 바로잡을 수 있었습니다. 그것은 문공과 환공이 사랑과 친절로써, 그리고 진심으로 각각 그 원수들을 신임했기 때문이지, 마음에도 없는 빈말로써 그들을 이용할 수 있었던 것은 아닙니다.

그러나 진나라는 상앙의 법을 써서 동쪽으로 한나라와 위나라를 약하게 만들고, 병력을 천하에서 제일 강하게 만들었지만, 마침내는 상앙을 거열형에 처했습니다. 월나라는 대부 문종(文種)의 꾀를 써서 강적인 오나라 왕을 사로잡아 제후들의 우두머리가 되었지만 끝내 대부 문종을 죽이고 말았습니다. 이러한 형편이므로 초나라의 손숙오는 세 번 재상의 지위에 올라도 기뻐하지 아니하고, 세 번 그만둘 때에도 후회하는 일이 없었으며, 오릉(於陵, 초나라 땅)의 자중(子仲)은 초나라 왕이 그를 재상으로 초빙했어도 이를 거절하고 남의집살이를 하면서 정원에 물을 주며 지냈던 것입니다. 오늘날의 임금이 참으로 교만한 마음을 버리고 공이 있는 사람에게는 보답할 뜻을 품고, 속마음을 꺼내 진실을 보여 주며, 속마음을 털어 덕을 후히 베풀고, 기쁨과 어려움을 선비와 더불어 함께하며, 선비에 대해 작록을 아낌없이 주면, 포악한 걸왕의 개라도 성왕인 요임금에게 짖게 할 수 있고, 도둑인 도척의 명을 따라 그 식객들은 성인 허유를 찔러 죽일 수도 있을 것입니다. 하물며 만승의 권세를 잡고 성왕의 자질을 가진 분의 명이라면 누가 응하지 않겠습니까? 형가가 연나라 태자 단을 위해 진나라 왕을 찔러 죽이려다가 실패하고, 그의 온 집안이 연좌되어 죽은 일이라든가, 또 오나라 왕 합려가 왕자 경기(慶忌)를 죽이려 했을 때 오나라 왕의 신하인 요이(要離)가 경기를 가까이 하기 위해 거짓으로 죄를 지은 것처럼 꾸며 자기 처자들을 불타 죽게 만든 것은 말할 필요조차도 없는 일입니다.

신은 '어둠 속을 걸어가고 있는 사람에게 명월주와 야광벽을 던지면 칼을 잡고 노려보지 않을 사람이 없다는 것은 아무 아유 없이 보물이 눈앞에 나타났기 때문이요, 구불구불 뒤틀린 나무뿌리일지라도 만승 임금의 그릇이 되는 것은 좌우에 있는 사람들이 먼저 조각을 하고 모양을 꾸미기 때문이다.'라고 들었습니다. 그러므로 말없이 눈앞에 날아들게 되면 '수후주(隨侯珠)'와 '야광벽'도 원한을 사는 원인이 될 뿐 고맙게는 생각되지 않을 것입니다. 그러나 누군가가 미리 소개를 해 두게 되면 마른 나무와 썩은 등걸을 바쳐도 그의 공이 잊혀지지 않게 됩니다.

오늘날 지위도 벼슬도 없이 곤궁한 처지에 놓여 있는 선비는, 요임금과 순임금의 도를 알고 이윤과 관중과 같은 말재주를 가지고 하나라 용봉과 은나라 비간 같은 뜻을 품어 그의 충성을 당시의 임금에게 바치고 싶어도, 아무도 나무뿌리를 다듬어 임금에게 바치듯이 천거해 주는 사람이 없고, 마음과 생각을 다해 충성과 진실을 열어 임금의 정사를 보좌하려 해도 임금은 칼에 손을 얹고 노려보는 경향이 있습

니다. 이리하여 지위도 벼슬도 없는 선비를 마른 나무와 썩은 등걸만
도 못하게 만들어 두고 있습니다. 그러므로 성군이 세상을 거느리고
풍속을 바로잡을 경우에는, 저 도공(陶工)이 돌림판으로 크고 작은 여
러 가지 그릇을 만들어 내듯이 마음대로 세상을 어루만져, 천박하고
혼탁한 말에 이끌리거나 뭇 사람들의 근거 없는 말에 마음을 빼앗기
는 일이 있을 리 없습니다.

　진나라 시황제는 중서자(中庶子, 벼슬 이름) 몽가(蒙嘉)가 하는 말만
듣고 형가의 말을 믿었다가, 몰래 감춰 둔 비수에 찔릴 뻔했습니다. 이
와 달리 주나라 문왕은 경수와 위수 근처에서 사냥을 하다가 여상을
수레에 태우고 돌아와, 그의 힘으로 천하의 왕이 되었습니다. 다시 말
한다면 진시황은 좌우의 말을 믿다가 죽는 변을 당할 뻔했고, 문왕은
까마귀가 나무에 날아 앉듯이 우연히 여상을 발탁함으로써 왕이 되었
던 것입니다. 그것은 문왕이 자신을 속박하는 따위의 말을 넘어서서
웅대한 포부를 세우고 공명정대한 관점에서 서 있었기 때문입니다.

　그런데 오늘날 세상의 군주는 아첨하는 말에 스스로를 빠뜨리고, 좌
우에 있는 사람에게 이끌려 마치 하늘에라도 뛰어오를 수 있을 것 같은
인재들을 소나 말처럼 취급해 왔습니다. 이것이 바로 주나라 포초가 세
상을 원망한 나머지, 부귀의 즐거움을 누리려 하지 않았던 이유입니다.

　신이 들은 바에 의하면 '의관을 바르게 하고 조정에 들어온 사람은
사사로운 이익을 위해 정의를 더럽히는 일이 없으며, 이름을 소중히
아는 사람은 사사로운 욕심 때문에 행실을 해치지 않는다.'고 합니다.
그러므로 증자는 승모(勝母, 어미를 이긴다)라는 이름을 가진 고을에

들어서지 않았으며, 묵자는 음악을 좋아하는 조가(朝歌)라는 도시에서 수레를 되돌렸던 것입니다. 그런데 오늘날 임금들은 천하의 식견과 기량이 다 같이 위대한 선비들을 권력 앞에 무릎을 꿇게 하여 세력과 지위로 누르고, 짐짓 얼굴빛을 부드럽게 하고 행실을 더럽혀 가면서까지 아첨을 좋아하는 사람을 섬기게 하고 좌우에 있는 사람들에게도 친하고 가깝게 하기를 바라고 있습니다. 이래서는 뜻있는 선비들은 험악한 바위굴 속에 엎드려 죽을 수밖에 없습니다. 어떻게 충성과 신의를 다해 대궐 밑으로 들어가는 사람이 있겠습니까?

이 글이 양나라 효왕에게로 올라가자, 효왕은 사람을 보내 추양을 풀어 준 뒤 마침내 상객으로 맞았다.

태사공은 말한다.

노중련이 지향하는 뜻은 대의에는 맞지 않았다. 그러나 나는 그가 지위도 벼슬도 없는 몸으로 호탕하게 그의 뜻하는 바를 마음껏 즐기고, 제후들에게 굽히는 일이 없이 그의 언변을 당대에 떨치며 대신들의 권력을 꺾은 것을 장하게 생각한다.

추양은 말은 좀 공손하지 못했으나, 사물을 비교해 가며 그 예를 열거한 점에 있어서는 비장한 감이 있으며, 또한 불굴의 정신과 정직한 마음으로 그 자신을 굽히지 않았다고 말할 수 있다. 이런 이유로 그를 〈열전〉에 실은 것이다.

굴원·가생 열전(屈原賈生列傳)

사부(辭賦)를 지어 정치를 비판하고, 예를 차례로 들어 의(義)를 강
조한 것이 굴원이 지은 〈이소(離騷)〉이다. 그래서 〈굴원·가생 열전 제
24〉를 지었다.

굴원(屈原)은 이름이 평(平)이고, 초나라 왕실과 성이 같다. 그는 초
나라 회왕의 좌도(左徒, 벼슬의 이름)로 있었는데, 보고 들은 것이 많고
기억력이 뛰어나며 나라가 잘 다스려질 때와 어지러울 때의 도리에
밝고 문장에 능했다. 궁중에 들어가서는 임금과 국사를 의논하여 명
령을 내리고, 밖에 나와서는 손님을 접대하고 제후들을 응대하여 왕
의 신임이 매우 두터웠다.

상관대부(上官大夫) 근상(靳尙)은 굴원과 지위가 같았는데, 서로 임
금의 총애를 다투었기 때문에 마음속으로 늘 굴원의 재능을 시기했

443

다. 회왕이 굴원에게 법령을 만들도록 했는데, 굴원이 기초를 세우자 상관대부가 그것을 보고 뺏으려고 했다. 그러나 굴원이 내주지 않자 왕에게 그를 모함했다.

"임금께서 굴원에게 법령을 만들라고 하신 것을 모르는 사람이 없는데, 그는 법령이 하나 만들어질 때마다 자기의 공로를 자랑하며 자기가 아니면 그 누구도 할 수 없는 일이라고 우쭐거립니다."

왕은 노하여 굴원을 멀리했다. 굴원은 왕이 신하의 말을 가려들을 줄 모르고, 거짓 간하고 아첨하는 무리가 왕의 총명을 덮어서 그릇된 말이 나라를 해치고, 바른 선비를 받아들이지 않는 것을 마음 아프게 생각하며 근심하던 끝에 〈이소〉를 지었다. '이소'란 근심스러운 일을 만난다는 뜻이다.

대체로 하늘은 사람의 시초이며 부모는 사람의 근본이니, 사람은 궁하면 그 근본으로 돌아가게 된다. 그런 까닭에 괴롭고 피곤하면 하늘을 부르지 않는 자가 없고, 병고에 시달리면 부모를 부르지 않는 자가 없다. 굴원은 도리를 바르게 행하고 충성과 지혜를 다하여 임금을 섬기면서도 헐뜯는 말로 이간을 당하니 일이 곤궁하게 되었다. 신의를 지키고도 의심받고, 충성을 다하고도 비방을 받는다면 원통해하지 않을 사람이 없을 것이다. 굴원이 〈이소〉를 지은 것도 원통한 생각에서 나온 것이라 생각된다.

《시경》의 〈국풍(國風)〉 중 여러 편은 호색을 읊었으면서도 음탕하고 야비한 데로 흐르지 않았고, 〈소아(小雅)〉의 여러 편은 사람을 원망하고 비방하면서도 문란한 데로 이르지 않은 훌륭한 시였는데, 〈이소)는 이 두 가지의 우수한 점을 겸한 것이라고 할 만하다.

〈이소〉는 위로는 제곡(帝嚳, 오제의 한 사람)을 칭찬하고, 아래로는 제나라 환공에 대해 설명했으며, 중간에는 은나라 탕왕과 주나라 무왕을 서술하여 당대의 일을 풍자하고 도덕의 숭고함과 나라가 잘 다스려질 때와 어지러울 때의 일의 조리를 밝혀 남김없이 표현해 놓았다. 문장은 간결하지만 의도는 극히 크며, 예를 든 것은 우리 주변에서 흔히 보고 들을 수 있는 것들이지만 나타난 도리는 높고 멀다. 그 뜻이 고결하므로 비유로 든 사물마다 향기가 있고, 행위가 청렴하므로 그 몸은 죽어서 세상에 용납되지 않고 사람들에게서 멀어졌다. 진흙 속에서 뒹굴다가 몸이 더럽혀지자 매미가 허물을 벗듯 진흙을 벗어나고, 먼지 바깥에 따로 떨어져 있어 세상의 더러움에 물들지 않고, 진흙 속에서도 결백을 지녔다. 그의 지조를 살펴보면 해와 달과 빛을 다툰다고 해도 지나친 말이 아닐 것이다.

굴원이 관직에서 쫓겨난 뒤, 진나라는 제나라를 치려고 했다. 그런데 제나라가 초나라와 합종을 맺었다. 이를 걱정한 진나라 혜왕은 장의(張儀)에게 명하여 거짓으로 진나라를 떠나 예물을 후하게 가지고 초나라에 가서 다음과 같이 말하게 했다.

"진나라는 제나라를 매우 미워하고 있는데, 제나라는 초나라와 합종을 맺었습니다. 만약에 초나라에서 제나라와 국교를 끊기만 한다면 진나라는 상오의 땅 6백 리를 초나라에 바치겠습니다."

장의의 말을 듣고 욕심이 난 초나라 회왕은 제나라와 절교하고 땅을 받기 위해 진나라로 사자를 보냈다.

그러자 장의는 속임수를 써서 말했다.

"나는 초나라 왕에게 6리라고 약속했지, 6백 리라고는 말한 기억이 없소."

초나라의 사자는 노한 채로 자신의 나라로 돌아가서 회왕에게 보고했다. 이 일을 들은 회왕은 노하여 진나라를 치기 위해 대군을 일으켰다. 진나라도 군사를 출동시켜 이를 맞아 싸웠는데, 단수(丹水)와 절수(浙水)에서 초나라 군대를 크게 부수어 8만 명의 목을 베고, 초나라의 장군 굴개(屈匄)를 사로잡고, 초나라의 한중(漢中, 섬서성 남부에서 호북성 북부의 땅)을 뺏었다. 초나라 회왕은 다시 나라 안의 병력을 모두 동원하여 진나라를 치고 깊이 남전(藍田, 삼서성)으로 침입했는데, 이 소식을 들은 위나라가 초나라를 습격하여 등(鄧, 하남성)으로 진출했으므로, 초나라 군사들은 겁을 먹고 진나라에서 후퇴했다. 제나라는 초나라가 배신한 데 노하여 조금도 구원하지 않았으므로 초나라는 크게 고통을 당했다. 이듬해에 진나라는 한중 땅을 돌려주면서 초나라와 화목하려고 했으나 초나라 왕은 이렇게 말했다.

"토지를 얻는 것은 바라지 않소. 나는 장의를 얻어 마음대로 하고 싶을 뿐이오."

장의가 이 말을 듣고 말했다.

"일개 신의 몸과 한중 땅을 바꿀 수 있다면 신을 초나라로 보내 주십시오."

그는 자진하여 초나라로 가서 권세 높은 신하 근상에게 많은 예물을 바치고 또 궤변을 써서 회왕의 총희 정수(鄭袖)에게 자기의 목숨

을 돌봐 주기를 청했다. 회왕은 마침내 정수의 말을 받아들여 장의를
용서하여 진나라로 돌려보냈다. 이때 굴원은 이미 임금의 곁에서 멀
어져 다시 벼슬자리에 오르지 못하고, 제나라에 사신으로 갔다가 초
나라로 돌아와서 회왕에게 간했다.

"어째서 장의를 죽이지 않았습니까?"

이에 회왕이 후회하며 장의를 뒤쫓게 했으나 이미 늦었다.

그 뒤 제후들이 힘을 합쳐서 초나라 군대를 크게 깨뜨리고 장군
당말을 죽였다. 이때 진나라 소왕은 초나라와 혼인을 맺기 위해 회
왕에게 만나자고 했다. 회왕이 진나라로 떠나려고 할 때 굴원이 간
했다.

"진나라는 호랑이나 이리 같은 나라이므로 믿어서는 안 됩니다. 가
시지 않는 것이 좋습니다."

그러자 임금의 막내아들 자란(子蘭)이 말했다.

"어찌하여 진나라의 호의를 거절하십니까?"

그리하여 회왕은 마침내 출발하여 진나라 무관으로 들어갔다. 진
나라는 복병을 두어 후방을 끊고 회왕을 억류하여 땅을 떼어 주기를
요구했다. 회왕은 노하여 승낙하지 않고 조나라로 도망갔는데, 조나
라가 받아 주지 않아 하는 수 없이 다시 진나라로 돌아갔다. 결국 회
왕은 진나라에서 세상을 떠났고, 그 시신은 본국으로 보내져 초나라
에서 장사를 치렀다.

그 후 맏아들 경양왕이 임금이 되고 아우인 자란이 영윤(令尹, 재상)
이 되었는데, 회왕을 진나라로 가게 하여 귀국치 못하게 한 것은 자란

사기 열전 1

447

이었으므로 초나라 사람들은 자란에게 불만을 품었다.

굴원도 일찍부터 자란을 미워했다. 굴원은 비록 추방을 당했지만 초나라와 회왕을 그리워했으며, 왕이 마음을 돌이켜 다시 초나라로 돌아갈 때를 기다렸다. 임금을 모시고 나라를 일으켜 옛날과 같은 시대를 갈망한 뜻은 〈이소〉에서 세 번 읊어져 있는데, 결국은 방법이 없어 옛날로 돌아가지 못했다. 회왕이 최후까지 깨닫지 못한 것은 이런 일로도 알 수 있다. 임금인 이상에는 지혜로움과 어리석음, 어짊과 어질지 않음을 가리지 않고 자신을 위해 충신을 구하며, 어진 사람을 써서 도움받기를 원하지 않는 자는 없을 것이다. 그러나 나라가 망하고 가정이 깨지는 일이 계속 생기고, 성군(聖君)이 다스리는 좋은 시대가 세상에 겹쳐 나타나지 않는 것은 이른바 충신이라는 자가 충성을 다하지 않고, 지혜로운 자가 실은 어리석기 때문이다.

회왕은 충성스러움과 충성스럽지 않음을 구별하지 못했기 때문에 안으로는 정수에게 현혹을 당하고, 밖으로는 장의에게 속았으며, 굴원을 멀리하고 상관대부와 영윤 자란을 믿어 군사는 꺾이고 땅은 뺏기어 6개 군을 잃고, 몸은 진나라에서 객사하여 천하의 웃음거리가 되었다. 이것은 사람을 보는 밝음이 없었던 탓이다.

《역경》에 다음과 같은 말이 있다.

"우물물이 맑아도 사람이 마시지 않으니 내 마음은 이를 슬퍼하노라. 물을 길어라. 밝은 임금이 길면 천하가 아울러 그 복을 받으리라."

임금이 총명하지 못하면 어떻게 사람에게 복을 줄 수가 있겠는가!

영윤 자란은 굴원이 자기를 미워한다는 말을 듣고 크게 노하여 상관대부를 시켜 굴원을 경회왕에게 모함했다. 왕은 노하여 굴원을 강남으로 내쫓았다. 굴원은 강수에 이르러 머리카락을 풀어 헤치고 물가에서 노래를 읊으며 방황했다. 얼굴은 해쓱하고 그 겉모습은 말라서 고목과 같았다. 한 어부가 물었다.

"그대는 삼려대부(三閭大夫, 초나라의 왕족 소씨, 굴씨, 경씨 일을 맡아 보는 사람)가 아니십니까? 어찌하여 이런 데를 오셨습니까?"

"세상이 다 혼탁해 있는데 나만 홀로 깨끗하고, 뭇 사람들이 다 취해 있는데 나만 홀로 깨어 있어서 추방을 당했다네."

"성인은 사물에 구애받지 않고 시세를 따라 잘 처세한답니다. 세상이 다 혼탁해 있으면 어째서 그 흐름을 따라 그 물결에 실리지 않습니까? 뭇 사람이 다 취해 있으면 어째서 그 찌꺼기와 거르고 난 술이라도 마시지를 않습니까? 어째서 아름다운 옥과 같은 재능을 가지셨으면서 스스로 추방당하는 일을 하셨습니까?"

"새로 머리를 감은 사람은 반드시 관의 먼지를 털어서 쓰고, 새로 목욕한 사람은 반드시 옷의 티끌을 털어서 입는다고 했네. 누가 그 깨끗한 몸을 때와 먼지로 더럽히려고 하겠는가. 차라리 강수에 몸을 던져 고기 배 속에서 장사를 지내는 것이 낫지, 또 어찌 희디흰 결백한 몸으로 세속의 검은 먼지를 뒤집어쓰겠는가!"

그러고는 〈회사부(懷沙賻)〉를 지었다. 그것은 다음과 같다.

여름날의 눈부신 햇살이여, 초목이 무성하도다.
다친 마음의 슬픔은 끝이 없어

남쪽 땅으로 바삐 달려가도다.

문득 눈앞에 보이는 골짜기는 청정하도다.

마음에 맺힌 서러움은 아픔이 되고,

결국 병(病)이 되도다.

마음을 달래고 뜻을 밝혀 거짓 죄의 시달림을 자제하도다.

모난 나무는 둥글게 깎인다 해도

한 번 정하여진 법도는 버릴 수 없도다.

처음에 뜻한 길을 바꿈은 군자가 더러워하는 바

명쾌하게 그은 한 획의 먹줄은 처음과 다름없도다.

마음은 바르고 마음 쓰임은 어지노니

이는 대인(大人)이 기리는 바,

명장(名匠)의 손길이 없다면 누가 그 바름을 알아채리요.

그윽한 곳의 현묘한 문양(文樣)은

몽매한 자가 말할 수 없도다.

이루(離婁, 눈이 밝은 사람)의 가벼이 스치는 눈길 역시

무명(無明)과 다름없도다.

백은 흑, 상은 하가 되도다.

조롱에 갇힌 봉황이여, 뱁새가 하늘을 날며 춤을 추도다.

옥석(玉石)은 섞이어 하나로 헤아리도다.

저들의 더러운 마음이 어찌 숨겨 둔 나의 뜻을 알리요.

가득히 실을 것을 기다린 수레가 구렁에 빠져 있도다.

손 안의 아름다운 옥과 같은 재능을 누구에게 보이리요.

450

마을의 개들은 무엇을 보고 짖느뇨.

인재는 비난하고 준걸은 의심하는 사람이여,

허술한 겉차림으로는 이채로움을 알아낼 수 없도다.

나무를 쌓고 쌓아도 아무도 내가 나무임을 알지 못하도다.

더욱 어질고 보다 의로워도

더욱 삼가고 덕행을 쌓아도

순임금을 만날 수 없으니 누가 그것을 알리요.

성군과 현신이 예로부터 짝지지 못하는 까닭은 무엇인가.

탕왕과 우왕은 아득히 멀어서 사모할 수 없도다.

이 서러움을 그치고 이 노여움을 바꾸고 싶도다.

자제하노니

난세의 자리를 피하지 않으련다.

오직 뒷세상의 본보기가 될지어다.

길을 나아갈수록 북쪽으로 머리를 두어도

어느 날이나 저물어 어둠이 깔리도다.

우울한 마음을 노래 불러 슬픔을 달래노니

이 또한 죽음을 기다림인가.

뜻을 간추려 말한다〔亂歌〕

광대하도다, 원수(沅水)와 상수(湘水)여.

갈라져 흐르며 더욱 빠르도다.

홀러가는 길은 풀이 가리어 바라볼 수 없도다.

노랫소리에 슬픔을 긋고 있노니

세상은 나를 버리고 나 또한 말하지 않도다.

마음에 품은 정행(情行)은 누구와 나눌 수 없도다.

백락(伯樂) 또한 이미 죽어

준마(俊馬)의 힘을 가늠할 수도 없도다.

사람의 삶은 천명이노니 누구에게나 갈 길이 있도다.

마음을 정하고 뜻을 넓히니 다시는 두려움이 없도다.

다친 마음의 슬픔은 끝없는 탄식이어도

난세가 내 마음을 알지 못함을 말하지 않도다.

죽음은 피할 길 없노니 삶에 매달릴 바 없도다.

분명하게 알리노니 군자여,

내 그대들의 본보기가 되고 싶구나.

그리고 나서 굴원은 돌을 안고 마침내 멱라수(汨羅水)에 몸을 던져 죽었다.

굴원이 죽은 후에 초나라에는 송옥(宋玉)·당륵(唐勒)·경차(景差)의 무리가 있었는데, 이들은 다 문장을 좋아하고 시를 짓는 사람들로서 명성이 높았다. 그러나 모두 굴원을 흉내 냈을 뿐, 임금에게 직접 간하려고 한 자는 없었다. 그 뒤로 초나라는 하루하루 땅을 뺏겨 영토가 좁아지고, 수십 년 만에 결국 진나라에게 멸망했다.

굴원이 멱라수에 잠긴 지 백여 년 뒤에 한나라에 가생이란 인물이 있었는데, 장사왕의 태부가 되어 상수를 지날 적에 글을 물에 던져 굴원을 조문했다.

가생은 낙양(洛陽) 사람으로 이름이 의(誼)이며, 18세 때부터 시를 잘 짓고 문장이 능숙하여 고을에서 이름이 높았다. 오(吳)씨 성을 가진 정위(廷尉, 벼슬 이름)가 하남 태수로 있을 때, 가생이 수재란 소문을 듣고 그를 문하로 불러들여 매우 총애했다.

효문 황제가 처음 즉위하였을 무렵 하남 태수 오공(吳公, 공은 경칭)의 치적이 천하 일등이었다. 효문 황제는 오공이 원래 이사와 같은 읍 출신으로 일찍부터 이사를 좇아 배웠다는 말을 듣고 불러 정위로 삼았다.

정위는 가생이 비록 나이는 어리지만 여러 사상가의 학문에 매우 능통하다고 아뢰었다. 문제(文帝)는 가생을 불러 박사(博士, 관직 이름)로 삼았다. 그때 가생의 나이는 20세 남짓하여 가장 젊은 박사였다. 천자가 조령(詔令)에 관해 물으면, 나이 많은 선생들이 대답을 하지 못하는 것도 가생은 막힘없이 대답했다. 누구나 마음속에 생각은 하면서도 말로는 표현하기 어려운 것도 아주 명확하게 대답했으므로, 선생들도 가생을 당해 낼 수가 없었다.

문제는 그런 가생을 흡족하게 여겨 파격적으로 승진시켰다. 그리하여 1년 만에 태중대부(太中大夫), 즉 궁중고문관(宮中顧問官)이 되었다.

그때 가생은 다음과 같은 생각을 했다.

'한나라가 일어나서 효문제에 이르기까지 20여 년 동안 천하가 태평하니 이제 역법(曆法)을 고치고 관복 색깔을 바꾸며, 제도를 재정비하고 관직 이름을 새로 정하는 한편 예악(禮樂)을 일으켜야겠다.'

그리하여 이에 필요한 자료를 모아 법령을 기안했다. 색깔은 황색을 숭상하고, 수는 5를 기준으로 삼으며, 관직 이름을 정하는 등 옛 진나라 때의 법을 모두 개정했다. 효문제는 즉위한 지 얼마 되지 않아 겸손한 데다 아직 새 법을 실시할 겨를이 없다가 비로소 모든 율법을 개정하고 열후를 각각 그 영지에 취임케 했다. 이는 모두 가생에게서 나온 의견이었다. 그리하여 천자는 가생을 공경의 지위에 앉히는 문제를 신하들과 상의했다.

그런데 강후(絳侯, 주발)의 무리는 가생을 싫어하여 비방했다.

"저 낙양에서 온 선비는 나이가 어리고 학문을 한 지가 얼마 되지 않아 미숙한데 제멋대로 권력을 휘둘러 모든 일을 어지럽게 하려고 듭니다."

이 일로 인해 천자도 나중에는 가생을 멀리하여 그의 의견을 받아들이지 않았다. 그리고 마침내 장사왕의 태부로 삼았다. 가생은 좌천되어 떠나게 되니 마음이 편안할 수가 없어, 상수를 건널 때 글을 지어 물속에 던져 굴원을 조문했다. 그 글은 다음과 같다.

황공하옵게도 조령을 받아,
장사에 죄를 기다리는 몸이 되었구나.

듣건대 굴원은 스스로 멱라수에 몸을 던졌다 한다.

상수 흐르는 물에 부쳐,

삼가 공경하는 마음으로 선생을 조문하노라.

선생은 무도한 세상을 만나 마침내 그 목숨을 끝마쳤다.

아아, 슬프도다. 상서롭지 못한 때를 만났음이여!

봉황은 엎드려 숨어 버리고,

올빼미는 일어나서 날개를 친다.

재능이 없는 불초한 무리들은 존귀하게 되고

거짓말과 아첨하는 무리는 뜻을 얻어도

현인, 성인은 거꾸로 끌어내려지고,

방정한 사람은 거꾸로 세워진다.

세상 사람은 백이를 탐욕스럽다 하고

도척을 청렴하다고 한다.

막야(莫邪, 칼 이름)를 무디다 하고

납으로 만든 칼을 날카롭다 한다.

아! 묵묵히 그 뜻을 이루지 못하고

선생은 까닭 없이 화를 입었구나.

주정(周鼎)의 중보(重寶)를 버리고

무용한 표주박을 보배라 한다.

지친 소에게 수레를 끌게 하고,

절름발이 나귀를 곁말로 쓰니

준마는 두 귀를 늘어뜨리고 소금 수레를 끄는구나.

장보(章甫)의 관(冠)은 발 아래로 깔리니,

이러다간 오래지 않아 난을 만나리라.

아아, 괴로워라. 선생이 홀로 이 화를 만났구려.

다시 이어지는 노래는 이러하다.

어찌하랴, 나라에 나를 알아주는 자는 없으니

홀로 이 우울한 심정을 누구에게 말하랴.

봉황은 표표히 하늘 멀리 날았다.

나와 내 몸을 이끌고 멀리도 가 버렸다.

구중의 연못 속에 잠긴 신룡(神龍)은

깊이 잠기어 스스로 자중한다.

밝은 빛을 멀리하여 숨어서 사노니

어찌 개미, 개구리, 지렁이들과 짝을 같이하랴.

성인의 신덕을 귀히 알고 혼탁한 세상을 멀리하여

스스로 숨노라.

준마도 묶어서 자유를 잃게 하면

어찌 개나 양과 다르다고 말하랴.

어지러운 세상을 방황하여 그곳을 떠나지 못한 허물은,

또한 선생 자신의 죄라고 하리라.

구주를 두루 돌아 어진 임금을 도우리니,

어찌 반드시 이 도성에만 연연할 것인가.

봉황은 천 길 높이에서 날고

덕의 빛이 비치는 곳을 보아서 내린다.

작은 덕의 위험하고 하찮은 것을 보면,

날개를 쳐 그곳을 멀리한다.

저 작은 못이나 도랑이

어찌 배를 삼킬 만한 큰 고기를 받아들이랴.

강호에 누운 큰 물고기라 할지라도,

있을 곳을 얻지 못하면 개미 새끼한테도 욕을 본다.

가생이 장사왕의 태부가 된 지 3년 후에 올빼미가 가생의 방으로 날아들어 한쪽 구석에 앉은 일이 있었다.

초나라에서는 올빼미를 복(服)이라고 했다.

가생은 귀양살이를 하는 몸이었는데, 장사는 습한 땅이어서 도저히 오래 살지는 못한다고 슬퍼하여 글을 지어서 스스로를 위로했다.

묘(卯)의 해(문제 6년) 4월 초여름 경자일(庚子日),

해는 서쪽으로 기울고 올빼미들은 나의 숙소로 모여,

방구석에 앉았는데 그 모양은 매우 한가롭다.

난데없는 것이 와서 모이니 은근히 그 까닭이 괴이쩍다.

책을 펼쳐 이것을 점치니

산가지에 점사(占辭)가 있다 말하되,

들새 날아와서 방에 있으니 주인은 마침내 가려고 한다.

올빼미에게 물었노라, 우리 이제 떠나서 어디로 가냐고.

길한 일이거든 내게 알려라.

흉한 일이거든 그 화를 말하라.

그 이르고 늦은 시기를 나에게 말해 달라.

올빼미는 곧 탄식하여 머리를 들고 날개를 떨며,

입은 말을 못 하니, 바라건대 뜻으로써 대답을 대신 하노라고.

만물은 변화하여 진실로 쉬는 때가 없다.

유전하여 옮아 가고 혹은 추진하여 돌고 도니

형(形)과 기(氣)가 끊임없이 교착하여 변화하는 것이

매미와 같다.

심원 미묘하기는 한이 없으니 어찌 말로써 다하랴.

화는 복을 따라 나는 것, 복은 화가 숨어 있는 것.

근심과 기쁨은 같은 문으로 모이고,

길과 흉은 자리를 같이한다.

저 오나라는 강대하였지만 임금 부차는 패하였고,

월나라는 회계에 숨어 살았지만

구천이 세상에 승리를 불렀다.

이사는 유세에 성공했어도 마침내 오형을 받았고,

부열(傅說)은 죄수였으나

뒤에 무정(武丁, 은나라)의 재상이 되었다.

그래서 화와 복은 비비 꼬인 새끼와 같다네.

천명은 설명할 수가 없으니 누가 그 끝을 알랴.

물은 격하면 빠르게 흐르고 화살은 격하면 빨리 날아간다.

만물은 회전하여 서로 부딪치고, 진동하여 변화한다.

올라가서는 구름이, 내려와서는 비가 되어

서로 섞이며 흐트러진다.

조화의 신이 만물을 녹여 만들기는 끝이 없다.

하늘과 도는 그 이치가 심원하여

지레짐작을 할 수가 없으며,

더디고 빠른 것은 천명이니 어찌 그 시기를 알랴.

천지는 화로요, 조물주는 공인(工人)이라.

음양은 숯불이요,

만물은 구리에 비할 것이다.

그 이합 증감에 일정한 규칙이 있겠는가.

천변만화하여 처음부터 다하는 데가 없다.

홀연히 사람이 되었을지라도 어찌 생명에 집착할 것인가.

바뀌어 다른 것이 되더라도 또 어찌 생명에 근심할 것인가.

지혜롭지 못한 사람은 작은 지혜로 난 척하여

만물을 낮춰 보고 나를 귀하다 한다.

통달한 사람은 크게 보니 만물 보기를 나와 같이 안다.

탐욕한 사람은 재물 때문에 죽고, 열사는 명예에 죽는다.

권세를 탐하는 자는 권력에 죽고,

뭇 범인들은 생명에만 애착할 뿐이다.

재물에 꾀임받는 무리들과 가난에 쫓기는 무리들은

동분서주한다.

대인은 사물에 국한하지 않고,

억만의 변화를 당해도 동요하지 않는다.

일에 구애받는 자는 세속에 묶이고,

우리 속에 갇히기를 죄수와 같이 한다.

지극히 덕 있는 사람은 만물을 초월하고

다만 도와 함께 행동한다.

뭇 사람들은 미혹(迷惑)에 빠져

좋고 나쁜 것을 마음속에 쌓는다.

지극히 참된 사람은 담백(淡白)하고 정숙(靜肅)해서

다만 도와 함께 산다.

사념을 버리고 형체를 잃어 초연해서 내 몸을 잊어버린다.

그 마음 광대무변하여 다만 도와 함께 하늘을 달린다.

흐름을 타면 곧 가고 모래펄을 만나면 곧 멈춘다.

몸을 마음대로 하늘에 맡겨 자아에 구애받지 않는다.

그 삶이란 뜬 것과 같고 그 죽음이란 쉬는 것과 같다.

담백, 정숙, 심연과 같은 도를 따라서 매이지 않음이

배가 흐름을 따라 움직이는 것 같다.

사는 까닭을 가지고 스스로 귀중해하지 않고

공허한 성정을 길러서 유유자적한다.

덕 있는 사람은 마음의 괴로움이 없고

천명을 알아서 근심하지 않는다.

자질구레한 사고는 초목의 가시에 비할 것이니
의심할 것이 무엇에 있는가.

그 뒤 1년쯤 지나서 가생은 임금께 불려 갔다. 효문제는 마침 제사
를 지내고 남은 고기를 받아(당시에는 제사에 사용한 고기가 복을 가져다준
다고 믿었음) 정전에 앉아 있다가 귀신에 대해 느낀 바가 있어 가생에
게 귀신의 본체를 물었다. 가생은 자세히 도리를 설명하다가 밤중에
이르렀다. 문제는 가까이 다가앉아 듣고 있더니, 얘기가 끝나자 말
했다.

"나는 오랫동안 그대를 만나지 못하여 내가 그대보다 낫다고 여겼
소. 그런데 지금 보니 그대에게 미치지 못하는구려."

그로부터 얼마 후, 가생을 양나라 회왕의 태부로 삼았다. 양나라
회왕은 효문제의 막내아들로서 아버지에게 사랑을 받고 독서를 즐겨
하였으므로, 가생을 태부로 삼은 것이었다.

효문제는 또 회남 여왕(厲王)의 네 아들을 열후에 봉했다. 이 일로
가생은 임금에게 간했다. 또 여러 번 상소하여 말했다.

"천하의 근심은 이것으로부터 일어날 것입니다. 제후가 여러 군의
땅을 가지는 것은 고대의 제도와는 틀립니다. 조금 삭감하는 것이 좋
을 것입니다."

그러나 효문제는 듣지 않았다. 몇 년 뒤에 회왕은 말을 타다가 말
에서 떨어져 죽었는데 후사가 없었다. 가생은 자기가 태부로 있으면
서 그런 일이 생긴 불찰(不察, 조심해서 잘 살피지 않은 탓으로 생긴 잘못)

을 탄식하여 울기를 1년 남짓, 자기도 또 죽었다. 이때 그의 나이는 33세였다.

효문제가 작고하고 무제가 즉위했다. 무제는 가생의 손자 두 사람을 등용하여 군수 자리에 앉혔다. 그중 가가(賈嘉)는 학문을 좋아하여 가계를 이었으며, 나 사마천과 편지를 주고받은 일이 있다.

태사공은 말한다.

나는 〈이소〉, 〈천문(天門)〉, 〈초혼(招魂)〉, 〈애영(哀郢)〉 등을 모두 읽고 나서 몹시 슬퍼했다. 또 일찍이 장사에 가서, 굴원이 몸을 던진 멱라수를 보고 눈물을 흘리며 그 인격을 돌이켜 생각하지 않고는 견딜 수 없었다. 나는 또 가생이 굴원을 조문한 글을 보고, 굴원이 그만한 재능이 있으면 제후들에게 유세하여 어느 나라에선들 받아들이지 않을 리가 없는데, 스스로 그러한 최후를 부른 것은 어찌 된 일인가 하고 괴이하게 생각했다. 또 〈복조부(服鳥賦)〉를 읽었는데, 죽음과 삶을 한가지로 보고 벼슬에 나아가고 물러남을 가볍게 여긴 그의 초탈한 경지를 엿보며 나는 망연자실(茫然自失, 멍하니 정신을 잃음)해지지 않을 수가 없다.

여불위 열전(呂不韋列傳)

공자 자초(子楚)를 진나라 왕실과 친하게 하고, 천하의 세력들로 하
여금 다투어 진나라를 섬기도록 한 것은 여불위다. 그래서 〈여불위
열전 제25〉를 지었다.

여불위(呂不韋)는 양책(陽翟)의 큰 상인이었다. 여러 곳을 왕래하면
서 물건을 싸게 사서 비싸게 팔아 집에는 천 금의 돈을 쌓았다.

진나라 소왕 40년에 태자가 죽고, 42년에 둘째 아들 안국군(安國君)
이 태자가 되었다. 안국군에게는 아들이 20여 명 있었다. 가장 총애
하는 총희로 정부인을 삼고 화양 부인(華陽夫人)이라 했는데, 화양 부
인에게는 아들이 없었다. 안국군의 둘째 아들은 자초(子楚)였는데,
그를 낳은 어머니 하희(夏姬)는 안국군의 총애를 잃고 있었다. 자초
는 진나라를 위해 조나라에 볼모로 가 있었는데, 진나라가 여러 차례

조나라를 공격했으므로 조나라는 자초를 극히 냉대했다. 또한 자초는 첩의 소생이요, 다른 나라에 볼모로 가 있었으므로 수레와 말과 재물이 넉넉하지 못할 뿐 아니라 일상생활도 곤궁했다. 여불위가 장사 사관으로 조나라의 도성 한단에 갔을 때 자초를 가엾게 여겨 그를 찾아갔다.

'이것은 좋은 장삿거리다. 사 두는 것이 좋을 것이다.'

실은 이렇게 생각했던 것이다. 그리하여 자초에게 말했다.

"제가 그대의 문호(門戶, 집)를 크게 지어 드리겠습니다."

그러자 자초가 웃으면서 말했다.

"먼저 당신의 문호를 크게 짓고 나서, 내 문호를 크게 지어 주시오."

"모르시는 말씀입니다. 제 문호는 당신의 문호부터 크게 지어야 덩달아 커집니다."

자초는 그제야 말뜻을 깨닫고 안으로 불러들여 마주 앉아서 속마음을 털어놓았다. 여불위가 말했다.

"진나라 왕은 이미 늙었습니다. 안국군이 태자가 되었는데, 들리는 말에 의하면 화양 부인을 총애한답니다. 화양 부인에게는 아들이 없으므로 누가 왕의 뒤를 이을지 정해 놓지 않으면 안 될 터인데, 그것은 오직 화양 부인의 마음에 달려 있습니다. 지금 당신의 형제는 20명이 넘는데, 당신은 둘째 아들인 데다 그다지 귀염을 받지 못하고 있습니다. 게다가 오랫동안 남의 나라에 볼모로 있습니다. 만약 대왕께서 돌아가시고 안국군이 즉위하면, 당신은 아무래도 형이나 여러 형제와 아침저녁으로 태자의 자리를 다투게 되지는 않을 것입니다."

"사실이 그렇소. 그러니 이를 어찌하면 좋겠소?"

"당신은 가난하고 남의 나라에 나와 있는 몸이라 어버이를 봉양하는 일도, 빈객과 교제하여 당신을 위해 유세하도록 하는 일도 할 수가 없습니다. 저는 비록 가진 것은 없지만, 천 금을 가지고 당신을 위해 서쪽 진나라로 가서 안국군과 화양 부인을 가까이 하며 당신을 후사로 삼도록 하겠습니다."

자초가 머리를 숙여 말했다.

"만약 당신의 계획대로 된다면, 진나라를 당신과 함께 나누어 가지겠소."

그리하여 여불위는 자초에게 5백 금을 주어 빈객과의 교제 비용으로 쓰라 하고, 또 5백 금으로 진기한 노리개들을 사 가지고 서쪽 진나라를 향해 떠났다. 연줄을 찾아 화양 부인의 언니를 만나, 그녀를 통해 가지고 온 물건을 모두 화양 부인에게 바치며 말했다.

"자초는 어질고 지혜가 있으며, 널리 천하 제후의 빈객들과 교제를 맺고 있습니다. 자초는 언제나 부인을 마음의 하늘이라 여기고, 밤낮으로 태자(안국군)와 부인을 흠모하여 눈물을 흘립니다."

그 말을 듣고 화양 부인은 매우 기뻐했다. 여불위는 다시 그 언니에게 이렇게 말해 화양 부인을 설득시키도록 했다.

"제가 듣건대 '용모가 뛰어나 총애를 받은 사람은 그 용모가 늙어지면 총애도 시들해진다.'고 합니다. 지금 부인께서는 태자를 모시어 매우 총애를 받고 있지만 불행하게도 아들이 없습니다. 그런데 어찌하여 여러 공자들 중에서 가장 현명하고 효성스러운 공자와 인연을

465

맺어 후사를 이을 양자로 들이지 않습니까? 남편이 세상에 있으면 그대로 존경을 받지만, 남편이 죽은 후면 양자가 왕이 되어야만 세력을 잃지 않습니다. 이것이 바로 만세의 이익을 얻는 일입니다. 영화를 누리고 있을 때에 터를 단단히 하지 않으면, 총애가 시들해졌을 때 한마디 말을 하려고 해도 때가 늦습니다. 자초는 현명하여 둘째 아들로서는 후사를 이을 수 없음을 알고 있으며, 그 어머니도 사랑을 받고 있지 못하므로 애써 부인에게 마음을 쏟고 있습니다. 부인께서 이 기회를 놓치지 않고 자초를 발탁하여 후사를 잇게 한다면 일생 동안 진나라에서 우대를 받는 몸이 될 것입니다."

화양 부인은 과연 그러리라 생각하고 한가한 시간을 틈타 태자에게 간했다.

"조나라에 볼모로 가 있는 자초는 매우 현명하여 내왕이 있는 사람들은 다 칭찬을 하고 있습니다."

그리고 눈물을 흘리면서 말을 이었다.

"저는 다행히도 후궁으로 들어와 정부인까지 되기는 하였으나 불행히도 아들이 없습니다. 아무쪼록 자초를 저의 아들로 삼아 후사를 잇게 하여 제 말년을 돌보게 해 주십시오."

그러자 안국군은 이것을 허락하고 부인에게 왕부(王符)를 새겨 주어 자초를 후사로 삼겠다고 약속했다. 그리하여 안국군과 부인은 자초에게 많은 물품을 보내며 여불위에게 뒤를 돌봐주도록 청했다. 이 일로 자초의 명성은 차츰 제후들 사이에서 높아졌다.

여불위는 용모가 뛰어나고 춤을 잘 추는 한단의 여자와 동거하고 있었는데, 얼마 후 그 여자가 임신을 했다. 자초가 여불위의 초청을 받아 그의 집에서 술을 마시다가 그 여자를 보고 한눈에 반했다. 자초는 일어서서 여불위의 건강을 축하하면서, 그 여자를 얻고 싶다고 청했다.

여불위는 처음엔 노하였으나, 가산을 기울여서까지 자초를 위해 애를 쓴 것은 큰 이익을 낚으려던 것이었음을 생각하고 그 여자를 자초에게 바쳤다. 그 여자는 임신한 사실을 숨기고 열두 달 만에 정(政)이라는 사내아이를 낳았다. 자초는 그 여자를 부인으로 삼았다.

진나라 소왕 50년에 진나라는 왕의(王齮)에게 명하여 조나라 한단을 포위하게 했다. 한단이 위급한 지경에 빠지자 조나라는 자초를 죽이려고 했다. 자초는 여불위와 의논하고 금 5백 근으로 감시하는 관리를 매수하여 진나라 군대로 도망쳤다가 마침내 본국으로 귀국했다. 조나라에서는 또 자초의 아내와 아들을 죽이려고 했는데, 자초의 부인은 조나라 호족의 딸이었으므로 숨어 지낼 수 있었다. 그리하여 모자가 생명을 보존할 수 있었다.

진나라 소왕은 즉위한 지 56년 만에 세상을 떠났다. 태자 안국군은 임금이 되어 화양 부인을 왕후로 하고, 자초를 태자로 삼았다. 그러자 조나라는 자초의 부인과 아들 정을 정중히 진나라로 돌려보냈다.

안국군은 왕으로 즉위한 지 1년 만에 죽고, 시호를 효문왕(孝文王)이라 했다. 그 뒤를 이어 자초가 임금이 되었는데, 이 사람이 장양왕(莊襄王)이다.

장양왕은 양어머니 화양 부인을 화양 태후라 하고, 친어머니인 하

467

희(夏姬)를 존경하여 하태후라 했다. 장양왕 원년에 여불위를 승상에 앉혀 문신후(文信侯)라 봉하고, 하남 낙양의 10만 호를 식읍으로 주었다. 장양왕이 즉위 3년 만에 죽고, 태자 정이 왕위에 올랐다. 그는 여불위를 존경하여 상국(相國)으로 삼고 중부(仲父)라고 불렀다. 진나라 왕은 아직 나이가 어렸다. 어머니인 태후는 때때로 몰래 여불위와 사통했다. 여불위의 집에는 1만 명의 하인이 있었다고 한다.

당시 위나라에는 신릉군, 초나라에는 춘신군, 조나라에는 평원군, 제나라에 맹상군이 있어 이들은 다 선비를 대우하고 서로 빈객을 대접하는 기쁨을 경쟁하였다. 여불위는 진나라가 강국이면서도 이들 나라에 미치지 못하는 것을 수치로 생각하여 선비들을 불러 후대하니, 빈객이 3천 명이나 되었다. 이때 여러 나라에는 변사가 많았고, 순자 같은 사람은 책을 저술하여 천하에 널리 퍼뜨렸다. 그리하여 여불위도 자기의 빈객들에게 각각 보고 들은 것을 쓰게 하여 〈팔보(八寶)〉, 〈육론(六論)〉, 〈십이기(十二紀)〉 등의 20여만 자로 된 책을 만들었는데, 그 내용에 천지, 만물, 고금의 일이 다 담겨 있다고 여겨 제목을 《여씨춘추(呂氏春秋)》라고 했다. 이것을 도성 함양(섬서성)의 시장 문 앞에 펼쳐 놓고, 상금 천 금을 걸어 제후국의 선비와 빈객들 중 한 글자라도 더하거나 뺄 수 있는 사람이 있으면 그 돈을 주겠다고 했다.

시황제가 장년이 되었는데도 모태후의 음란한 행동은 그치지를 않았다. 여불위는 일이 발각되어 자기에게 화가 미칠 것을 염려하여, 은밀히 음경이 큰 노애(嫪毐)라고 하는 사내를 찾아내어 하인으로 삼고 이따금 음란한 음악을 연주하면서 노애의 음경에 오동나무 수레

바퀴를 달아서 걷게 했다. 태후의 귀에 이 소문이 들어가게 해 음란한 마음을 일으키려고 한 것이었다. 소문을 듣자 과연 태후는 은밀히 그를 가까이하려고 했다. 여불위는 노애를 태후에게 보내고, 사람을 시켜 부형(腐刑, 성기를 도려내는 형벌)에 해당하는 죄를 꾸며 내어 노애를 고발케 함과 동시에 한편으로는 조용히 태후에게 알렸다.

"죄를 입어 부형에 처했다고 속이면, 그 사람을 궁중에서 하인으로 부릴 수가 있습니다."

태후는 부형을 맡은 자에게 뇌물을 후하게 주어 판결을 위조하게 하고, 노애는 수염을 뽑아 환관으로 만들어서 마침내 측근에 두게 했다. 태후는 그와 사통하여 매우 총애했다. 그런 중에 임신이 되었으므로 남에게 소문이 나는 것이 두려워 일부러 꾸며서 점을 치고, 재앙을 피하기 위해 궁을 나와 옹(雍)으로 갔다. 노애는 밤낮으로 태후를 모시어 많은 상을 받았고, 태후는 모든 일을 노애가 결재하게 했다. 그리하여 노애는 수천 명의 하인을 거느렸으며, 벼슬을 구하여 노애의 사인이 된 자도 천여 명이 넘었다.

시황제 7년에 장양왕의 생모 하태후가 죽었다. 효문왕의 왕비였던 화양 태후를 효문왕과 함께 수릉에 합장하고 장양왕은 지양(芷陽)에 묻었으므로, 하태후는 홀로 두원에 묻혔다.

이것은 다음과 같은 유언에 의해서였다.

"동쪽으로 나의 아들을 바라보고, 서쪽으로 나의 남편을 바라보고 싶다. 백 년 후에는 이 근방이 만 호의 읍이 되리라."

시황제 9년에 이렇게 고하는 자가 있었다.

"노애는 실은 환관이 아니고, 태후와 사통하여 아들 둘을 낳았습니다. 또 그 사실을 감추고, 태후와 '임금이 만약 죽으면 이 아들로 뒤를 잇게 하자.'고 꾀하고 있습니다."

그리하여 진나라 왕이 관리인을 시켜 조사하니, 전후 사정이 드러나고 상국 여불위도 연관이 있는 것을 알게 되었다. 9월에 노애의 삼족을 멸하고, 태후가 낳은 두 아들을 죽이고, 태후를 옹으로 내치고, 노애의 가산을 모두 몰수하여 사인들을 촉(蜀)으로 내쫓았다.

왕은 상국도 죽이려고 했으나, 선왕에게 진력한 공로가 큰 데다 그를 위해 변호하는 빈객과 변사가 많아 차마 법대로 처벌할 수가 없었다. 진나라 시황제 10년 10월에 상국 여불위를 관직에서 내쫓았다.

그 뒤, 제나라 사람 모초(茅焦)의 말을 좇아 진나라 왕은 태후를 옹에서 맞아 함양으로 돌아오게 하고, 문신후(여불위)를 도성에서 추방하여 하남의 식읍에 있게 했다. 그러나 1년이 넘게 지나도 문신후에게 면회를 청하는 제후의 빈객과 사자들이 끊이지 않았다. 진나라 왕은 모반이 일어날까 두려워 문신후에게 편지를 보냈다.

그대가 진나라에 무슨 공로가 있어서 하남에 봉해지고 10만 호의 세납을 먹는가? 또 그대는 진나라에 무슨 혈연이 있어서 중보라고 불리는가? 가족을 데리고 함께 촉으로 떠나라.

여불위는 자기의 권세 때문에 시황제가 점점 자기를 옥죄어 온다고 생각하고 결국은 죽임을 당할 것 같아 독주를 마시고 자살했다.

진나라 왕이 분하게 여겼던 여불위와 노애가 죽었으므로 일전에 촉으로 쫓았던 노애의 사인들은 모두 돌아오도록 했다.

시황제 19년에 태후가 죽었다. 시호를 제태후(帝太后)라 하고, 장양왕과 함께 지양에 합장했다.

태사공은 말한다.

여불위와 노애는 귀인으로 대접받게 되어 여불위는 문신후에 봉해지고, 노애는 장신후(長信侯)에 봉해졌다. 어떤 사람이 노애를 밀고했다는 것을 노애도 들어서 알고 있었다. 진나라 왕은 좌우에 있는 자에게 명하여 증거를 확고하게 했는데, 아직 발표치 않고 옹에 나아가 교사(郊祀, 천자가 교외에서 하늘에 지내는 제사)를 지내려고 했다. 노애는 몸에 화가 닥칠 것이 두려워 자기를 따르는 무리와 음모를 꾀하고 거짓으로 태후의 도장을 몰래 도용하여 군사를 일으켜 기년궁(蘄年宮)에서 반기(反旗)를 들었다. 임금은 관리를 보내어 노애를 치게 하고, 노애가 패하여 달아나는 것을 쫓아가서 호치(好畤)에서 노애를 베고 일족을 멸했다. 여불위도 이로 말미암아 꺾이고 말았다. 공자가 말한 적이 있는 문(聞)[28]이라는 것은 여자(呂子, 여불위)와 같은 자를 가리킨 것인가?

---

28 표면으로는 인자(仁者) 같아 칭찬이 고을과 나라에 퍼지나, 내실의 행동은 틀리는 왜인(倭人)을 말한 것. 《논어》 〈자장편〉에 있음.

‖ 성 낙 수 ‖
한국교원대학교 교수, 연세대학교 졸업, 동 대학원에서 석사·박사 학위 받음
‖ 오 은 주 ‖
서울여고 교사, 현재 한국교원대학교 대학원 재학, 국민대학교 졸업
‖ 김 선 화 ‖
홍천여고 교사, 현재 한국교원대학교 대학원 재학, 강원대학교 졸업

판 권
본 사
소 유

중학생이 보는
사기 열전 1

초판1쇄 인쇄 2012년 7월 30일
초판1쇄 발행 2012년 8월 10일

엮은이   성낙수 · 오은주 · 김선화
지은이   사마천
역   해   김영수 · 최인욱
펴낸이   신원영
펴낸곳   (주)신원문화사

주   소   서울시 영등포구 당산동 121-245 신원빌딩 3층
전   화   3664—2131~4
팩   스   3664—2130

출판등록   1976년 9월 16일 제5－68호

＊ 잘못된 책은 바꾸어 드립니다.

ISBN 978－89－359－1609－2 44800
ISBN 978－89－359－1582－8 (세트)